有爱的青春陪伴者

Jiaou doujuese

佳偶都绝色

李李翔 著

中国 · 广州

图书在版编目（CIP）数据

佳偶都绝色 / 李李翔著. — 广州 : 广东旅游出版社, 2020.12
ISBN 978-7-5570-2118-4

Ⅰ. ①佳… Ⅱ. ①李… Ⅲ. ①长篇小说－中国－当代 Ⅳ. ①I247.5

中国版本图书馆CIP数据核字(2020)第028365号

佳偶都绝色

JIA OU DOU JUE SE

李李翔／著

◎出版人：刘志松　◎总策划：苏瑶　◎责任编辑：何方
◎策划：廖妍　娄薇　◎设计：刘艳　西楼　◎封面绘制：王点点

出版发行：广东旅游出版社
地址：广州市荔湾区沙面北街71号
邮编：510060
电话：020-87347732
印刷：长沙鸿发印务实业有限公司
地址：长沙黄花工业园三号
邮编：410137
开本：880毫米×1230毫米　1/32
印张：9
字数：308千字
版次：2020年12月第1版
印次：2020年12月第1次
定价：36.80元

版权所有・侵权必究
如本图书印装质量出现问题，请与印刷公司联系调换。联系电话：020-87808715-321

目 录

Contents

目录
Contents

Chapter 01 心有不平

透过市医院的窗户往外望去，只见灯火璀璨，夜色沉沉。沈星乔搬了个小马扎，坐在病床前削甜瓜，一分为二，去瓤，削皮，切成块，装在饭盒里，然后插上叉子。

“那天放学，我跟小飞他们打篮球。太阳下山了，天还没黑，篮球脱手，冲场外飞去，砸到一个女生身上。我跑过去，隔着一段距离问：‘喂，同学，你没事吧？’距离……呃，大概这里到走廊那么远。她抬起头，反问我：‘你觉得呢？’我不以为意，让她帮忙捡下球。她捡起篮球，拍了几下，慢慢走过来，冲我一笑，突然照着我脸砸来，动作又快又狠。我被砸个正着，人都蒙了，连发火都忘了。她眨着眼睛，一脸无辜地说：‘喂，同学，你没事吧？’我知道她是故意的，可是她就站在那里，带着恶作剧得逞般的笑容看着我，身后是落日黄昏，美得就像电影里的场景，我一点气都生不起来——第一次就是这样。”

安静的病房里响起高以诚沙哑的声音，忽略他青青紫紫的脸和打着石膏的右腿，这确实是一段美好又特别的邂逅。

“可是也不能打架啊，逞英雄也要看时候。”沈星乔无奈地说。

高以诚一听这话就不耐烦，不以为然地说：“你还小，不懂这些，一边待着去！”

沈星乔无语腹诽，只不过比我大一岁而已，情窦初开好像多了不起似的。她决定不随意置评，把切好的甜瓜往高以诚那边推了推：“哥哥，吃瓜。”

少年哪里憋得住心事，何况刚做了这么一件“大事”，忍不住又说起来：“后来才知道她叫韩琳，高二七班的。”

沈星乔心想，原来是隔壁班的，虽然名字和人对不上号，不过她应该见过。

“我打听到她住校，周末便在宿舍楼前等她，一直等到天黑她才回来——”高以诚像是想起什么，说到一半，突然打住了。

沈星乔不明白他怎么不说了，忍不住问：“后来呢？”

那天发生的事像一幅挂在床头的名画，深深印刻在高以诚心上，将来想必亦难以忘怀。他坐在女生宿舍楼旁的石阶上，一边无聊地等着，一边很专注地盯着进进出出的人。他苦苦思索着接下来该怎么搭讪，一遍遍地在脑海里演练见到韩林时的场景，他要装作无意中碰到她的样子，然后质问她“那天你把我砸得鼻子流了好多的血，差点没脑震荡，总要有个说法吧”，若是她问想要什么说法，自己就让她请吃饭——当然不是真的让她请，这样一来二去，大家不就认识了嘛！他越想越觉得这个法子可行，如意算盘打得噼里啪啦响，可所有美好计划在见到她的那一刻倾然崩塌。

韩琳是哭着回来的。她没有进宿舍楼，而是站在垃圾桶旁，背对着人，双手捂住脸，时不时发出一两声压抑的低泣。

高以诚站在旁边，手足无措，呆呆地看着她哭。

韩琳哭了一会儿后，好似平静下来，从背上拿下书包，拉开拉链，胡乱地在里面翻找着什么。

高以诚反应过来，手忙脚乱地从口袋里掏出一包纸巾递过去。

韩琳用含泪的双眸扫了他一眼，没接，把书包挨个翻了个遍，没找到纸巾，这才接了过来，抽出一张，又还给他，走到一边擦眼泪擤鼻涕。她把纸巾扔进垃圾桶，对高以诚说了句谢谢，转身要走。

高以诚看着路灯下她莹白的小脸、红红的眼睛，急得拉住她的胳膊，问：“你怎么了？”

韩琳瞪他，不客气地甩开他的手。

“你不认识我了？前两天你还拿篮球砸我呢。”高以诚忙说。

韩琳这才认出他，脸上神情没有那么防备了，淡淡地“哦”了一声，抬脚上了台阶。

“哎！”高以诚在后面喊。

韩林回头。

“你怎么了？”

“不关你的事。”韩琳面无表情，刷卡进了宿舍楼，留下一头雾水、呆怔不已的高以诚。

明明生活照旧，可是高以诚却觉得好像有什么不同了，世界陡然明亮起来，原本覆盖着的一层朦胧轻纱“哗啦”一声揭开了——原来这就是一见钟情。

“你就算非要打抱不平，不能等到高考后吗？”沈星乔看着他的断腿，摇头不已。还有三天就高考了，而高以诚马上要动手术。

“反正我成绩也不怎么样，明年再考就是了。”事已至此，高以诚也只好装作无所谓的样子。

沈星乔提醒他：“舅舅很生气，等他出差回来，肯定饶不了你。你打算怎么办？”

高以诚闻言苦笑：“还能怎么办，船到桥头自然直。我腿都断了，他总不能把我从病床上拖起来一顿胖揍吧！”他胡乱叉了块甜瓜吃，想到父亲勃然大怒的样子，心里发怵，忍不住唉声叹气起来。

沈星乔见他这样，没好气地说：“活该，早知如此，何必当初！”

高以诚丝毫没有后悔之意，用一副过来人的口气居高临下地说：“你不懂。”

沈星乔无言以对。

吃着吃着，高以诚突然放下叉子：“她总是傻乎乎的，姓纪的对她不好她只会默默忍受，一个人躲起来偷偷哭。”

沈星乔好奇地问：“那个，他是我们学校的？”

高以诚明白她问的是谁，想起跟自己打架的那个少年，顿时愤愤不已，好半晌才说：“不是，英威国际的。”

沈星乔不语。不同于江城一中，英威国际是本市有名的私立学校。

“我气不过，原本只是想找他谈谈，让他对韩琳好点，总让女人哭，算什么男人。可是他态度太恶劣，出言不逊，吵着吵着不知怎么就动起手来。”

这个沈星乔听说了，两人在游戏城动的手，置物架倒下来，高以诚砸断了腿。

“我在游戏城堵到他的时候，他正在教一个女孩子玩游戏，大庭广众之下卿卿我我、搂搂抱抱。我见过他两次，两次身边跟着的都是不同的女孩。”

沈星乔皱眉：“韩琳不知道吗？”

“她知道啊，可是知道有什么用，除了伤心哭泣，一点办法都没有。”高以诚声音里带着一股说不出的灰心丧气，“我让她离开他，别理他，她就是不听。那人随便哄一哄，说两句甜言蜜语，她就又好了伤疤忘了痛，什么都不记得了。”

“为什么有的人，对待感情可以这样随随便便、为所欲为？”高以诚用力捶了下床，表达着自己的愤恨。

他喜欢她，她喜欢别人——在旁观者看来，不过是一出烂俗的三角恋，毫无新意。可是唯有深陷其中的人，唯有亲身经历过那些甜蜜、痛苦、折磨的人，才知道那是不一样的，那是真正属于自己的，独一无二的感情。

第二天放学，有人叫住沈星乔，是个高高瘦瘦的短发女孩，脸色苍白，眼下青黑，精神萎靡，似乎最近没休息好。她拦住沈星乔，问：“高以诚是你表哥？”

原来她就是韩琳，沈星乔打量着她。

“他……还好吗？”韩琳犹豫了一会儿问道。

“今天手术。”

她显得很不安：“高考，还来得及吗？”

沈星乔嗤笑：“你觉得呢？”

也许是沈星乔犹带怒气的冷漠表情刺激到韩琳，她神情变得痛苦，颤抖着说：“我没想到会发生这种事，我没有脚踏两条船，我没有吊着他。我很明确地跟他说过我不喜欢他，让他别管我，我不是狐狸精，我、我不是故意的，我没想毁了他的前途……”说着说着，她激动起来，声音从颤抖的哽咽变成隐忍的啜泣。

沈星乔看着她自责难过的样子，有些于心不忍。学校里有很多不好的谣言传出来，身为当事人的她想必这几天承受了很大的压力。其实，她也很无辜。

“可是事情已经发生了。你拦住我，想怎么样？”

“我想去医院看他。”

两天后是周末，沈星乔在市医院门口接到韩琳。

天气有些闷热，韩琳提着一大袋水果，短发湿嗒嗒黏在额头上，气喘吁吁。沈星乔接过袋子时，发现她双手都勒出了红印，水果袋上印着“江城一中”四个字，是从学校一路提过来的。

“舅妈回家拿东西去了，下午我陪床。”和韩琳一样，沈星乔也不是本市人，高中考进江城一中，借住在舅舅家。

不用面对受害人的家长，韩琳松了口气。

手术过去两天了，高以诚恢复得不错。知道韩琳要来，沈星乔一走，他便对着手机扒拉头发，想把头顶一丛翘起来的头发按下去，又抽出湿巾擦手擦脸，慌里慌张、忐忑不安地等着。

高以诚住的是双人病房，另一人是个老大爷，此刻正不在。沈星乔给韩琳拿了一瓶水，带上门出去。

韩琳在凳子上坐下，先是问他手术怎么样。

“很顺利，小手术而已，过两个月又活蹦乱跳了。”高以诚大大咧咧地说，为了显示自己没事，还隔着被子在腿上拍了一下。

“哎呀！”韩琳小声惊叫，“伤筋动骨一百天，你还是好好躺着吧。”

高以诚嘿嘿一笑：“没事，伤的是另外一条腿，不疼。”

韩林不知道要怎么将来意表明，只好胡乱说了些学校里的事充数。高以诚含笑听着，看着她的眼睛越来越亮：“你来看我，我真高兴。”

周身的空气仿佛有重量，压得韩琳呼吸越来越艰难。她避开对方炽热的目光，垂着头，不说话，好半天，终于下定决心，小声但清晰地说：“你以后不要再联系我了，我也不会联系你。”

静谧的房间里，像是点燃了什么，空气“砰”的一声炸裂，热浪当头袭来。

高以诚先是呆住了，继而明白过来她在说什么，神情激动，不断地问：“为什么？”

“没有什么为什么。”

高以诚露出一个苦笑：“因为我吗？我做的事让你为难了，是不是？”

韩琳一直看着地上，脸上看不出什么表情。

“我再也不找纪又涵麻烦了，你别生气，好不好？”高以诚恳求。

“我不值得你这样。”韩琳站起来，扭身要走。

高以诚探出上半身想要拽住她，可惜失败了。韩琳的裙子像风一样从他手边滑了过去，他急了，大声说：“值不值得是我的事，我喜欢，就值得。”

韩琳来之前早已下定决心，不为所动，走到门口时，转过来，看着他，语气平静地说：“我走了，再见，你好好养伤，希望你明年能考上好的大学。”

她推门出来，头也不回地离开了。

沈星乔进来，见到的是双眼通红的高以诚，她不知道怎么安慰他，只好说：“不要难过了。韩琳也是没办法，大家话说得很难听，等事情过去就好了——”

“你不明白，你根本不明白她什么意思，她是打算再也不理我了，你什么都不懂！”高以诚打断她的话，声音嘶哑地叫起来。

沈星乔怔怔地看着他，继而沉默不语。

高以诚眼眶慢慢湿了，上身蜷缩起来，像头受伤的幼兽，惨兮兮地说：“我的初恋没了。”

“这就是爱情吗？”沈星乔表示疑惑。

爱应该更魂牵梦萦，更残忍无情才是。

高考前一天，学校放假，沈星乔去了医院，看见一个穿着正装精英模样的中年男子提着礼物，到处打听高以诚住哪间病房。沈星乔心想，肇事者家长终于出现了。没想到他自我介绍说是纪总的助理，代表纪总来看望伤患，大包小包提了许多礼物，不少是虫草人参等贵重补品。

高舅妈和他去了趟医生办公室，好半天一个人回来了。

沈星乔问：“那个助理呢？”

“走了，他是来医院拿账单的。”高舅妈摇头，连探病都这么敷衍，一点诚意都没有。无奈对方财大气粗，一看就不好惹，高舅妈不想把事情闹大，只能就这么算了。

高舅舅出差回来，知道后很不满：“把人腿打折了，高考也误了，就派个助理过来，不说赔礼道歉，家长面都不露一下，有这样的父母，怪不得小孩这么冲动胡来。”随即摇头，“养不教，父之过。”又指着高以诚鼻子骂，“真是出息了，为女孩子打架！明年高考分数要是上不了一本线，不用别人动手，我先把你另外一条腿打瘸了，省得到处惹是生非！”

高以诚做鹌鹑状，不敢吱声。

高考结束，高以诚出院了，在家休养。沈星乔也迎来了期末考试，刚考完，她便去报了个雅思暑假培训班，交完钱领了教材出来，已经是中午。

这里是市中心繁华地段，车水马龙，高楼林立，离舅舅家有点远，每天中午赶回去吃饭来不及。附近有家麦当劳，点餐的人很多，多是来上课的学生，排着长队，吵吵嚷嚷。沈星乔等得不耐烦，眼睛四处乱看，不料发现了个熟人。韩琳一个人靠窗坐着，时不时看一眼桌上的手机，像是在等人。

沈星乔犹豫要不要过去打招呼。等她点完餐，韩琳那桌来了个男孩，高高帅帅的，头发染成非主流烟灰色，因为皮肤白净，五官俊秀，不但不显得土，反而有一种慵懒贵气，浑身上下散发着一股毫不在乎的劲儿。

沈星乔立即猜到他是谁。比起冲动鲁莽愣头青似的高以诚，他完全不像个十几岁青涩稚嫩的少年，身上有一种超出同龄人的成熟气质，还有超出普通人的出众外貌。

沈星乔端着餐盘走过去，不动声色地在纪又涵背面坐下。

“你想吃什么？中饭吃了吗？”韩琳语气小心翼翼的，带着点讨好。

“不用。”

“喝的呢，也不要吗？要不点杯果汁吧，有冰的。”韩琳站起来。

纪又涵斜倚着椅子懒洋洋地坐着，抬眼扫了她一下，没说话。

韩琳见状，复又坐下。两人好一会儿没说话。纪又涵玩着手机，专心致志地打游戏，屏幕时不时闪一下，完全没有开口的意思。

韩琳强笑着说：“这里太吵了，我们找个安静的地方吃饭吧，吃面好不好？”

纪又涵露出一个不耐烦的神情，没动。

韩琳咬唇，欲言又止：“我和他没什么。”她无力地解释着，像是试图挽回什么。

“嗯。”男孩应得漫不经心，根本不在意。

韩琳有些难堪，好半晌问：“肩膀上的伤还疼吗？”

纪又涵不答。

韩琳用力挤出一个不那么难看的表情：“放假了，明天我就要回家。”

“哦。”纪又涵表示知道了，除此之外，没有多说一个字，眼睛看着手机，手指在键盘上飞快移动。

男孩态度如此冷淡，韩琳有些失望，但仍然努力找着话题：“今天好热啊，天气预报说有雷阵雨，你要是出门，别忘了带伞……”

这时两男一女朝他们走过来，其中一个男孩用脚钩了张椅子，在纪又涵旁边坐下，说：“昨晚看球看到四点，今儿还起这么早啊。”

另一个胖胖的男孩远远坐到别桌去了，拿出手机玩游戏，一副万事不管的模样。那女孩则没坐，而是站在那里。她穿着吊带热裤，胸部饱满，一头栗色长鬈发随意披在脑后，长长的指甲涂成艳丽张扬的大红色，如此热烈张扬，完全不似清汤挂面的高中生。

韩琳见到他们，又看了眼纪又涵，神情一暗。

那女孩居高临下地看着韩琳，嗤笑一声：“你怎么这么不要脸啊。”

韩琳脸色一变：“你说谁呢？”

“谁应说谁，勾三搭四还不许人说啊。”

韩琳站起来：“怎么说话呢你？”

“怎么，敢做不敢认了？男人为你打架，是不是很得意？狐狸精，不要脸，死缠烂打。”

韩琳气得眼睛都红了，转头看向纪又涵，无声地祈求帮助。

纪又涵没出声。

倒是旁边的男孩说话了：“宜茗，算了。”

“算什么算啊，纪又涵的肩膀肿成那样你又不是没看见，她还有脸找上门来。”

韩琳哆嗦着唇，难以承受般闭了闭眼睛。

气氛如此尴尬，没有人说话，周围嘈杂的声音瞬间成倍放大，争先恐后地涌入耳中。

韩琳终于认识到再怎么自欺欺人委曲求全都没用，脆弱的自尊在一次又一次的凌迟下遍体鳞伤，一切早就该结束，可她不想颜面无存地离开，看着纪又涵，轻声说：“我不明白为什么会这样，我好像也没做错什么。事情有始有终，感情有分有合，就算结束，也要清楚明白地说出来。”

从进来到现在，纪又涵终于正视她了，没什么表情地说：“好，那就分手。”

“好。”韩琳声音小小的。说完这句话，她木然地站了会儿，然后背起双肩包，慢慢朝门口走去。

沈星乔怔怔地看着韩琳离去的背影。

陈宜茗一屁股坐在韩琳的位置上，撇嘴说：“这个烦人精，总算赶走了。”

孙蓬笑嘻嘻地说：“你就这么高兴？”

陈宜茗娇嗔着要打他。

另一个胖胖的男孩见人走了，也挪过来，问：“等下还去唱歌吗？”

纪又涵说：“去。”

孙蓬忙说：“那我去叫人。”拿出手机，一边发信息一边说，“庆祝纪大帅哥恢复单身歌友会，有意者速来。”

纪又涵推了下他，笑骂：“去你的。”又问，“你们吃了吗？”

陈宜茗说：“你还没吃啊？”

纪又涵抱怨：“一大早被人吵醒，烦死了，先去吃饭。”

一行人说说笑笑地走了。

纪又涵神情轻松地走在后面，不时地低头和身旁的陈宜茗说着什么，全然忘了刚才有个女孩因为他而伤心欲绝。

过了几天，期末考试成绩下来了，全班四十多个人，沈星乔考了二十一名，成绩中等偏下。进班级群讨论答案的时候，她得知一个消息——韩琳转学了。

群里顿时炸了锅。

“啊，昨天我在学校见到她了，还在想她怎么没回家，原来是来办转学手续。她本来就瘦，昨天见她，都快成纸片人了。”一个家住学校的同学说。

“其实她人挺好的，值日的时候还帮我倒过垃圾呢，完全不是大家说的那样。”

“哎，你们不知道，她是被牵连的，男生动不动就打架，关她什么事？”一个颇知内情的女同学仗义执言。

“打架当然不算什么，问题是有人因为她不但断了腿，还误了高考，事情闹得这么大，以后大家怎么看她，不转学也不行啊。”

沈星乔关了群，来到高以诚房间，跟他说了韩琳转学的事。

高以诚闻言大惊，立即打电话求证，却一直没人接。他不停地拨着，机械冰冷的女声一遍又一遍重复：“对不起，您拨打的电话已关机。”

韩琳不肯接他的电话。

高以诚露出一个苦笑，自责不已：“都怪我。”

沈星乔默默地看着他。

高以诚明显变了，不再像以前那样没心没肺、乐观开朗，而是变得沉默寡言、心事重重，经常一个人躺在床上，望着天花板发呆，心里不知道在想什么。短短半个月，他瘦了一大圈，眼窝深陷，神情憔悴，显然一直被痛苦自责折磨着。

沈星乔见他这样，很是心疼，不由得想起那个始作俑者，越发不忿。

雅思培训班是全日制的，中午有两个小时休息。沈星乔都是随便找家快餐店解决午餐，吃得最多的还是附近的麦当劳，地方大，有冷气，可以写作业。当她看见排队点餐的纪又涵时，也许是他轻松自在丝毫未受影响的样子让人耿耿于怀，也许是怨愤不平还有好奇作祟，鬼使神差地，她把手里吃了一半的汉堡扔进垃圾桶，排在他后面。

很快，轮到他们。纪又涵先是问工作人员是不是可以送变形金刚公仔，然后才点了指定的活动套餐。赠送的变形金刚公仔做成小小的 Q 版，可以挂在钥匙扣上，做工精致，形象可爱。工作人员任由他选，强调一次只能送一个。他纠结半天，然后才选了一个，拿在手里细看，很是喜欢的样子。

沈星乔在隔壁餐台，要了些薯条、鸡翅和一大杯可乐。她故意把可乐盖子弄松，经过他身边时，装作重心不稳，脚下一崴，可乐倒出来，洒在纪又涵白色的 T 恤上。她面上吃惊，连连道歉：“对不起，对不起。”

纪又涵看着衣服上巴掌大仍在不断扩散的污渍，皱眉不语。

沈星乔把餐盘放在点餐台上，打开书包，拿餐巾纸时带出一本薄薄的练习册，也顾不得落在地上的练习册，抽出纸巾要给他擦拭。

纪又涵拦住她，接过纸自己擦。

沈星乔像做错事的孩子，垂头站着，小声解释：“我不是故意的，对不起。”

纪又涵不理，看了眼地上的英语练习册，都泡在可乐里了。

沈星乔忙捡起来，纸张渗透得很快，大半本书都弄脏了，脸上露出懊恼的表情。

穿着黏腻腻满是可乐味的衣服，纪又涵心情不怎么好，端着餐盘找了个座位坐下。

沈星乔见他从头到尾都没理她，想了想来到前台，指着变形金刚的公仔小声问：“我想买这个，可不可以？”

工作人员表示抱歉：“不好意思，这个只赠送，不卖的哦。你想要的话，可以买活动套餐，就能赠送。”

沈星乔没有离开，而是拿出手机，打开软件搜索起来，然后说：“这个变形金刚公仔一套八个是吗？网上卖四十块钱还包邮。”

工作人员尴尬地笑了笑。

沈星乔从钱包里抽出一张钱：“我出一百块，你卖给我好吗？我真的特别喜欢。”说着双手做祈求状，眼巴巴地看着对方。

工作人员看了看钱，为难道：“真的不行，我们有规定的，你可以网上买啊……”

“我现在就想要，帮帮忙好吗？”

旁边一个工作人员见状走过来，小声说：“我有一套，是我自己的，你要不要？”

沈星乔大喜，连连点头：“要，要，谢谢，谢谢！”

“你等会儿。”

那人把钱塞进自己口袋，回去拿了公仔给她。

沈星乔找到纪又涵：“刚才不好意思，把你衣服弄脏了，这个送你。”说着把一套变形金刚公仔放在他面前的桌子上。

纪又涵微表惊讶，看了她一眼，又看了看公仔，一套八个，一个不少。

沈星乔解释似的说：“我有好多。”说完不等他拒绝，转身就走。

纪又涵忙回头，见她很快转弯不见了。看着那些公仔，他耸了耸肩，塞进麦当劳的纸袋里。回家摆弄了一会儿那些公仔，他又仔细收进抽屉里，这才去洗澡。洗完澡开空调，发现遥控器坏了，大概是没电，只好又出来买电池。经过麦当劳时，透过落地窗，他看见洒了他一身可乐的女孩低着头，把浸湿的英语练习册拆了，一张一张铺在太阳底下晒，桌子凳子上铺满了，蔚为壮观。

纪又涵扫了眼手忙脚乱的女孩，迈步离开。

高以诚的死党小飞来家里看他，两人关着门躲进屋里，叽叽咕咕也不知在干什么。沈星乔上完课回来，小飞还没走，看来是要留下吃晚饭。

高以诚家在二十八楼，最高层，高舅妈在楼顶种了些菜，让沈星乔上楼摘辣椒。小飞自告奋勇帮忙。沈星乔端着菜盆，将红了的辣椒拧下来。小飞围着菜地转来转去，问：“这土哪儿来的？”

“买的啊。”

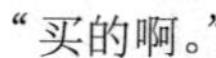

小飞感叹说：“我小时候跟着爷爷奶奶住在乡下，村里连条水泥路都没有，没想到现在连泥巴也能卖钱了。”

沈星乔拨了拨盆里的辣椒，突然问：“跟我哥打架那人，你知道吗？”

“知道啊，纪又涵，怎么了？”

“我就奇怪了，你们怎么能在游戏城堵到他，又不在一个学校。”

“这有什么，情场如战场，知己知彼，方能百战百胜。我们堵人前，自然把他查了个一清二楚，这小子是个游戏控，经常三五成群聚在一起打游戏。”

“哦？你们还查过他，都查到什么？”沈星乔装作感兴趣的样子问。

“我们查到的可多了。”小飞得意扬扬，“这小子家里很有钱，小学是在国外上的，初中三年，一年换一个学校，成绩不好，公立学校混不下去，高中只好上私立学校。初三的时候还在咱们学校上过呢，上了一个学期就走了。我有个朋友，是他同学，我们就是通过他知道这些的。”

沈星乔做出惊叹的样子：“厉害啊，你们还查到他什么？出生年月，家庭住址，联系方式？”

小飞嬉笑着，不说话。

沈星乔激他："查不到了吧？"

小飞"啧"了声："这有什么难的，只要借韩琳手机一用，姓纪的所有联系方式都有。"

沈星乔看看辣椒摘得差不多了，招呼他一起下去。

吃完饭，小飞走了，高以诚百无聊赖地躺在床上，手里拿着个老式游戏机在玩。沈星乔敲门："借你手机用下。"

他从床头拿起手机，问："干什么？"

"拍下照。"

沈星乔拿着手机回到房间，点开联系人，很快看见韩琳的名字，没有找到任何跟纪又涵三个字有关的号码。想了想，她点开高以诚的微博，关注分组里有一个特别关注，头像是韩琳的自拍照，点开页面，记下微博名。

高以诚在那里扯着嗓子叫："你拍完没？"

"马上好。"沈星乔用自己手机挡住脸，然后用高以诚手机拍了张自拍照，让他传给自己。高以诚说了句"女生就是麻烦"。

沈星乔翻着韩琳微博，5 月 8 日以后，韩琳就再没有更新过。韩琳关注了一百多个人，大部分都是加 V 的名人，除去这些，地址显示同在江城的有十九人，而带有男性符号的只有七人。其中一个头像是自拍照，另一个头像是情侣合照，还有一个名字叫熊某某同学，排除这三个，剩下的四个，沈星乔只能一个一个翻微博。一个微博里有跟父母的旅游照，不是；另外一个有条微博拍了张江城一中期中考试数学试卷，分数用手遮住，也不是。剩下两个人，微博大部分都是转发，偶尔发点原创还都不带图，带图的都是风景建筑静物之类，难以分辨。

沈星乔只好返回翻韩琳的微博，上千条微博不是转发就是自拍晒图，偶尔抱怨一下沉闷枯燥的学校生活。翻了好多页，她才发现韩琳发了一张美图过的男孩背影照，男孩站在马路边，正在招手打车，穿着运动外套牛仔裤，看起来像纪又涵。配文是一段歌词：像一阵细雨撒落我心底，那感觉如此神秘，我不禁抬起头看着你，而你并不露痕迹。

之后韩琳转过一个叫 HatKing 的人的两条微博，都是转发别人的。

这个叫 HatKing 的正是那剩下的两人中的一个，头像是机器猫，微博只有几十条，经常隔一两个月才发一条微博。

沈星乔悄悄关注了他。

晚上尽顾着倒腾微博，作业都没写完。第二天上课，沈星乔一大早就到了，趴在那里赶作业，买的早餐都来不及吃。坐在她前面的王应容回头，看了她一会儿。很快上课了，老师叫人起来回答问题，刚好叫到沈星乔。是一道挺简单的完形填空，只有五个空，可惜沈星乔没做完。她答了两个，正着急间，见前面的王应容竖起草稿纸，上面写了三个放大的单词。她赶紧照念，把老师糊弄过去。

课间休息，沈星乔边吃早餐边对王应容说：“刚才谢谢你啊。”

王应容笑了笑，把鼻梁上的眼镜往上推了推：“作业没做啊？”

沈星乔皱眉：“好难，好多单词不认识，后面的都看不懂。”

“雅思就是要多背单词，增加词汇量。”

“你好厉害啊，每次回答问题都对。”

从聊天中沈星乔得知他是二中的，跟她一样，高二升高三，这次期末考试考了 639 分。比人家少了一百多分，沈星乔大受打击，说：“你是奔着名校奖学金去的吧？”

中午下课，沈星乔问他去哪儿吃饭。他说他妈妈在后面的华庭小区租了房子，回家吃。沈星乔表示羡慕，和别的女同学吃牛肉面去了。

下午五点半放学，沈星乔长舒口气，又熬过了一天。

好好一个暑假，别人都在吃西瓜吹空调玩手机，只有她，被二十六个字母折磨得生不如死。

她六点半到家，吃完饭七点，歇会儿开始写作业，电子词典、百度、谷歌翻译，轮番手段齐上，总算在十一点前做完了。吃夜宵，洗漱，上床睡觉已经十二点了。早上六点起床，六点半出门，七点半到培训班，八点上课，日子过得比上学时还苦。

那天后，沈星乔在麦当劳再也没碰到过纪又涵。中午吃的又是汉堡，她吃完趴在桌子上小憩，随手刷着微博，发现 HatKing 更新微博了。发的是一张照片，手里拿着一大沓电影票，票上黑色字体写着“万达影院，七号厅，包场”，时间是 7 月 11 日 19：15，也就是明天晚上，配文是：谁要？

晚上吃饭时，沈星乔跟高舅妈说：“明天下课我跟同学去看电影，不回来吃饭。”

高舅妈说：“女孩子别玩到太晚，十点以前回来。”

沈星乔答应了。

临睡前，她从衣柜里找出一身衣服，白色棉麻七分袖衬衫配蓝色荷叶边过膝裙，她走到玄关处，对着穿衣镜照了照，这才脱下来，叠好放在椅子上，换上睡衣睡觉。

第二天下课后，她坐车去了万达影院，时间还早，买了个卷饼，在影院门口找了个座位等着。快七点的时候，一大群学生拥进来，叽叽喳喳的。有人兴奋地说："我还是第一次看电影看包场呢。"

有人问："可以入场了吗？"

孙蓬说："先等会儿，纪又涵还没来。"他掏出电话，"大家都等你呢，你不会还没出门吧……那我们先进去了，你快点。"

孙蓬掏出电影票，一人发一张："走吧。"

沈星乔坐在那里没动。

七点半的时候，纪又涵姗姗来迟。沈星乔站起来，走过去，迎面撞上纪又涵，抬眼看他，露出意外的神情："啊，是你。"

纪又涵看着熟悉的白衣蓝裙黑色双肩包，想起来了，是送他一套变形金刚公仔赔礼的麦当劳女孩，便点了点头。

沈星乔没话找话："你来看电影吗？"

纪又涵神情不冷不热："你要走？"

"本来要看《降魔记》的，临时没买到票，下一场看完时间太晚，只好回家。"沈星乔耸肩，做了个无奈的表情。

纪又涵没说话。

沈星乔只好冲他挥手："我先走了。"慢腾腾地走出好几步。

纪又涵果然在背后叫住她："哎！"

沈星乔立即回头。

纪又涵递给她一张电影票。

她接过来："包场？"露出好奇的神情，"谁包的？"

"别人送的。"纪又涵有点不耐烦，"已经开场了，你要看就赶快进去。"说着朝检票口走去。

沈星乔不远不近地跟在后面。

纪又涵一出现，立即有人站起来冲他挥手，大家纷纷跟他打招呼。他走过去，在中间最好的位置坐下。

七号厅是一个小厅，人不多，众人围坐在一起，不时小声说着话。沈星乔摸黑在倒数第二排找了个位置坐下，没人注意她。

电影已经放映了十分钟，沈星乔跟不上剧情，看得心不在焉。看到一半时，纪又涵从人群中站起来，出去了。沈星乔想了想，也跟了出去。见他往洗手间去，她在影厅门口等着。

纪又涵回来，见到她，挑了挑眉。

沈星乔说："我要回去了，谢谢你请我看电影。"

"不看完？"

沈星乔摇头："有事。"

纪又涵"嗯"了声，表示知道了，准备进去。

沈星乔忽然叫住他："能加一下微信吗？"

纪又涵转过来，打量她，嘴角微微扬起，露出一个似笑非笑的表情。

沈星乔垂眼，解释："我想谢谢你——"

嘿，解释就是掩饰！纪又涵挑了挑眉，无所谓地说："好啊。"

两人加了微信，沈星乔把书包肩带往上提了提，回头看他："再见。"

纪又涵头也不回地推门进去。

沈星乔出来，坐地铁倒公交车，到家刚好十点。她躺在床上翻看纪又涵的朋友圈，第一条和微博一样，电影票照片，连配文都一样，不过似乎留言很多，他回复了好几条。微信朋友圈比微博多了不少内容，有旅游照聚会照难吃的饭菜照等，很少有自拍。

沈星乔没有联系纪又涵，退出微信，睡觉。

早上又是兵荒马乱地赶作业，实在写不完，沈星乔捅了捅王应容："作业借看下。"

王应容看了看她的练习册，说她："你昨天干什么去了？怎么一道题都没做？"

沈星乔不语，可怜兮兮地看着他。

"要不这样，要是老师问你，我再像上回一样提示你，怎么样？时间还有呢，能做一点是一点。"

沈星乔只好埋头继续做题。

中午，她又到麦当劳写作业，下午要交一篇写作，题目是"未来世界"。她忍不住骂道，什么鬼题目，又不是写科幻小说，绞尽脑汁，当真是写得一个头两个大。

南方的夏天又湿又热，一出门就跟洗了个热水澡似的。闷热了好几天，这天终于下起了瓢泼大雨。大雨从天而降，砸在地上，跟弹珠一样溅出老远。正是下课时分，同学陆陆续续地走了，沈星乔没有急着回去，而是待在教室里背单词。她虽然带了伞，不过雨下得这么大，还是先等等。

狂风暴雨下了大半个小时依然没有停止的迹象。沈星乔等得无聊，拿出手机，点开朋友圈，一眼看到纪又涵发的照片——大雨哗哗而下，宽阔的街道上水汽蒸腾，空无一人。只有照片，没有文字，五分钟前刚发的。

沈星乔注意到照片上麦当劳醒目的标志，街道很熟悉，说明纪又涵正在麦当劳斜对面，被大雨困住了。她立即背起书包下楼，打开伞冒雨走到对面，在银行门口发现了避雨的纪又涵。他正拿着手机跟人聊天，微信提示音不停地响起。沈星乔走过去，拍了拍他。

纪又涵抬头，见到沈星乔，有些意外，收起了手机。

“你没带伞？”沈星乔问。

纪又涵看着她，戏谑地问：“怎么，你要借我吗？”

沈星乔神情一顿，好一会儿才说：“我可以去超市帮你买一把。”

纪又涵没说什么，露出一副无聊的样子。

沈星乔让他等着，返回雨幕中，往超市的方向走去。

“哎——”纪又涵跑过来，钻到她伞下，“一起去吧。”

纪又涵比沈星乔高近一个头，他主动拿过伞撑着，示意沈星乔往里站一点。两人挨在一起，身体接触，气息相闻，尴尬中又透着一股难以言喻的亲昵。过马路时，正好有一辆车疾驰而过，溅起一路水花，沈星乔侧身躲避，纪又涵上前一步，挡在她身前，冲她微微一笑。沈星乔怔住了，飞快地看了他一眼，很快又低下头，眼睛盯着路面，小心翼翼挑着路走，伞沿的水滴到肩膀上，洇湿一片，犹未察觉。

短短一段路，沈星乔却觉得格外漫长，终于到了超市，两人脚下都湿了。纪又涵买了伞，却没有走，而是和沈星乔聊起了天。

“你在这里上英语培训班？”他指了指远处那栋著名的教育培训大楼。

“嗯。”

“要出国？”

“成绩不好。”

“去哪里？”

“可能美国。”

“美国啊。”他似是有所感慨，看着大雨没说话。

沈星乔想起他小学是在美国上的，顿了顿说：“上回看电影还没谢你呢。”

“你要怎么谢我？”纪又涵把玩着未拆封的雨伞，以一种调侃的语气问她。

沈星乔抬头，两人目光在空中碰了一下。沈星乔直直地看着他，等着他继续往下说。

纪又涵忽然笑了：“你好像不怎么喜欢说话啊。”觉得她像只温柔腼腆的小鹿。

沈星乔垂头不语，看雨小了些，说："我请你吃饭吧，炸酱面，吃吗？"

纪又涵笑："你怎么知道我喜欢吃面？"

沈星乔故作惊讶："原来你也喜欢吃面。"

"南方很少有人喜欢吃炸酱面呢。"

炸酱面是过水面，配着独家肉酱，各种新鲜菜码，夏天吃再清爽不过。纪又涵说："我喜欢这家的酱，量多料足。"用生青椒蘸酱，吃得津津有味，完全是北方人的吃法。

沈星乔把黄瓜胡萝卜等配菜全吃了，面吃了一半再也塞不下，放下筷子。第一次吃，味道又咸又重，不怎么喜欢。

纪又涵抢先结了账，沈星乔只好把钱包放回去。

两人出来，雨基本停了，空中淅淅沥沥飘着几点雨丝。

"我回去了。"沈星乔撑开伞，往地铁口走去。

纪又涵还没到家就接到孙蓬的电话："我约了张遂那小子打游戏，你来不来？"

张遂跟纪又涵在游戏里一向是死对头，他立即问："在哪儿？"拿了钥匙打车前往。孙蓬、陈宜茗，还有那个外号叫胖子的男孩，几人正在吃饭。孙蓬招呼他坐，让服务员多拿一套餐具，纪又涵说不用，他吃过了。

孙蓬说："这么早就吃过了？跟谁吃的啊？"

纪又涵瞟了他一眼。

孙蓬识趣地不问了。

陈宜茗换到纪又涵身边坐下，说："你怎么不回我微信啊？你不是在银行躲雨吗，后来怎么回去的？"

"当然是走回去，还能飞啊。"纪又涵不耐烦。

"哎呀，你怎么这样，亏人家还担心你淋成落汤鸡。"陈宜茗嘟起嘴推他。

纪又涵一动不动，转头问孙蓬："张遂那边都有谁？"

孙蓬来劲了，把筷子一放："听说他们那边来了个厉害的高手，等下咱们都警醒着点儿，可别输给他们。"

三个男孩围在一起商量游戏战略，讨论得热火朝天。

陈宜茗听不懂，没好气地说："你们男生怎么这么爱玩游戏啊。"

孙蓬说："今天我们可能要通宵，你先回去吧。"

“不。”陈宜茗摇头，“我也去。”

“你去干什么？我们到时候可没空陪你。”

“我不要你们陪。”

“随你。”

几人到旁边网吧包了个大包间，打开电脑等着。张遂带人一来，双方立即开战。只见屏幕上子弹乱飞，尸横遍野，时不时有人大叫“堵住他，堵住他”“小心，后面有人”“闪开，闪开”，诸如此类的声音此起彼伏。

三人手忙脚乱，被对方打了个措手不及，气得骂个不停，全身心投入游戏里。

陈宜茗戴着耳机看了几集韩剧，揉了揉酸涩的眼睛，问他们饿不饿，出去买夜宵。

啤酒和烤串送来，闻到香味的男孩们示意对方休战，这才放下手里的鼠标，吃起东西来。

纪又涵查看双方战绩，眼睛仍盯着屏幕。陈宜茗趴在他椅子上，把一串烤肉递到他嘴边。他看了眼，拿在手里吃了。

孙蓬和胖子对视一眼，“哦哦哦”叫起来，大声起哄。

陈宜茗神情自若，一副无所谓的样子，根本不怕两人取笑。

吃完继续奋战，己方配合逐渐默契，眼看就要扳回局面，对方忽然说太晚了，不玩了。

孙蓬气得摔鼠标：“赢了就不玩，太不要脸了！”

纪又涵亦大觉扫兴，大骂张遂奸诈。

连胖子都说哪有这样的：“不是说好玩通宵的吗？我跟我妈说在同学家过夜。”

三人骂骂咧咧，无奈对方已经下线，再怎么骂都没用，只好也撤了。

走出网吧，已是凌晨三点。

盛夏街头，灯火通明，仍有不少人坐在外面，吹着电扇吃着夜宵，好不热闹。孙蓬和陈宜茗住同一个小区，一起回去，胖子则去纪又涵那里过夜。

第二天纪又涵睡到中午才醒，胖子已经走了。他打开冰箱，拿出矿泉水，一气喝了大半瓶，这才感觉舒服了点儿。找出外卖单，却什么都不想吃，懒懒地瘫在沙发上，随手捞起手机，点开朋友圈。有人发了一个视频，91 岁总统求职记，励志又有趣。头像是个外国小女孩，应该是电影里的人物，昵称很陌生，叫“小星乔”。他查了朋友添加记录，才想起来是谁。短短时间，遇见这么多次，还不知道她名字。

他给她发微信，问：“在吗？”

对方很快回复：“今天放假，在家。”

纪又涵截图她的微信号，发过去：“这是你电话？”

沈星乔看着手机，轻哼一声，发了自己的手机号，并附上姓名“沈星乔”。

纪又涵的电话跟着打过来：“在家做什么？”

“帮忙洗菜择菜，打下手。”

“你会做饭？”

“会一点。”

“下午出来玩？”

“不行，家里有事。”

纪又涵很少约女孩子，都是女孩子主动约他，难得约一次，竟然被拒绝了，心中颇为不快，声音冷下来：“什么事，这么忙！？”

“要去医院。”沈星乔顿了顿，轻声说，“亲戚摔断了腿。”

“哦。”纪又涵只能算了，挂了电话。

沈星乔嗤笑一声，把手机扔在床上，出去吃饭了。

为了锻炼口语，沈星乔和王应容还有另外两个培训班的同学组了个英语帮，下课后经常聚在一起，规定所有人必须用英语交谈，不准说中文。

高以诚知道后，笑他们学英语学疯了。

沈星乔看到纪又涵在朋友圈发的 Party（派对）聚会照，想起两人好几天没联系。她思忖半天，上完课没跟大家聚会，而是赶到花鸟虫鱼市场，买了一对鹦鹉鱼。

她打电话给纪又涵，第一遍没人接：“您拨打的电话暂时无人接听，请稍后再拨。”

纪又涵正在看球赛，看了眼来电显示，任由铃声响着，很快声音停了。过了会儿，又响起来，他皱了皱眉，按了电视暂停键，接起来。

“喂？”

“你吃饭了吗？”沈星乔问。

“又要请我吃饭？”纪又涵挑眉。

“不是，是谢谢你请我吃饭。”沈星乔也不绕圈子了，直接问，“你在哪儿？能来麦当劳这里一趟吗？”

“你等会儿。”

很快，纪又涵出现在麦当劳门口。

沈星乔问："你住附近？"

"嗯，旁边的华庭。"

沈星乔拿出一个灌满水的透明塑料袋放在桌上，里面有一黄一红两条鱼，尾部像薄纱一样在水里摆动。

纪又涵凑上去仔细看，说："这鱼还挺好看。"

"鹦鹉鱼，好看又好养，送给你。"

"送给我？"纪又涵有些意外。

"嗯，这是老板送的鱼食。我看你发过照片，一个大型鱼缸，里面有好多漂亮的热带鱼，家里应该也养鱼。"

那是他家老头子养的，不是他养的。纪又涵拎着塑料袋，感觉拎着一个大麻烦，但还是礼貌地说："谢谢，我会好好养的。"

沈星乔成功地把礼物送出去，背起书包："那我走了，回见。"

Chapter 02 处心积虑

纪又涵早上一醒来，便跑去客厅看鱼。

半人高方形鱼缸，里面假山耸立，水草丰茂，底部铺了一些五颜六色的石头，一红一黄两条鱼在里面优哉游哉地游来游去。为了这两条鱼，昨天他连夜跑去买鱼缸。

纪又涵抓起一把鱼食，想起卖鱼缸老板说的，鱼不知饥饱，一次不能喂食太多，容易撑死，又放回去一半。他兴味盎然地看着两条鱼争相抢食，心想怪不得那么多人喜欢养宠物，真好玩。

他还专门上网查了鹦鹉鱼养殖注意事项，养不死容易，要想养好就不容易了，每天按时喂食，三天换一次水，定时定量强光照射等等，琐碎又麻烦。不过这鱼真漂亮啊，红的像枫叶，黄的像柠檬，纪又涵越看越喜欢，忍不住拍起了照片。

中午休息，王应容问沈星乔：“培训班有个英语沙龙，晚上有活动，我想去看看，你去吗？”

她忙说：“去啊。”

又问了几个同学，大家说好一起去。

下午上课听见手机振动，沈星乔拿出来一看，是纪又涵发了段视频过来。她放回去，等到下课才点开看，是鹦鹉鱼的视频，它们在鱼缸里悠然自得地游着，鱼缸布置得很华丽。

她回了个点赞的图片，放下手机，收拾东西。

过了会儿，纪又涵打电话过来：“下课了？”

“嗯。”

“你想看看李雷和韩梅梅吗？”

“李雷？韩梅梅？”

“我给鱼起的名字。”纪又涵声音里带着一丝兴奋。

沈星乔笑：“你知道哪个是雄的，哪个是雌的吗？”

纪又涵表示不知道。

“红的是 boy，黄的是 girl 啦。”

纪又涵长“哦”一声，问：“你来吗？”

沈星乔露出一个微妙的表情，顿了顿说：“我和同学要去参加一个英语沙龙。”

“哦。”纪又涵大觉扫兴，按断通话键，把手机扔在沙发上，出门了。

晚上，孙蓬来纪又涵这儿看球。两人叫了一大堆外卖，边吃边聊，开电视等着。孙蓬指了指鱼缸，笑道：“昨天还特意打电话问我哪有鱼缸卖，谁送的吧？”

纪又涵笑笑不说话。

孙蓬追问个不停：“哪个女孩送的？谁谁谁？”

“说了你又不认识。”

“不认识也可以说嘛，哪个学校的？长得漂亮吗？”孙蓬好奇不已。

纪又涵想起沈星乔的样子，圆圆的眼睛，看人的时候犹如点水蜻蜓，飞快地一掠而过，身材纤瘦，单薄的肩膀上总是背着个大大的书包，长发规规矩矩地扎在脑后，说起话来轻声细语，看着就安静乖巧。

“长得好就是占便宜，什么都不用做就有女孩子主动示好。怎么就没有人也送我这么好看的鱼呢，我不要两条，一条就行。”孙蓬又羡慕又嫉妒。

“到底怎么认识的，我也好学学啊。”不像情史丰富的纪又涵，他还是纯情少年一个。

纪又涵只好说：“她在隔壁上英语班，碰见好几次。”

孙蓬唉声叹气：“原来是近水楼台先得月。她有没有同学，介绍一个给我呗。”

纪又涵斜眼看他，“啧”了声。

孙蓬不依不饶：“有没有照片？看看，看一眼又不会怎么样。”

纪又涵摇头。

“是不是特别漂亮？”

纪又涵不胜其烦，干脆不理他。

第二天中午下课，沈星乔给纪又涵发了条微信："李雷和韩梅梅还好吗？"

"还活着。"

语气不大好啊。

沈星乔想了想，又问："我可以去看看它们吗？"

"现在？"

"方便吗？"

"嗯。"

沈星乔忙下楼，到旁边超市买了点小鱼，结账时人有点多，排队等了会儿。

纪又涵顶着大太阳，在小区门口等着，迟迟不见她来，打电话问："你在哪儿，怎么还没到？"

"你在等我？我想吃了饭再过去——"

纪又涵气道："你现在就过来。"白让他等半天，自己还能饿着她？

沈星乔一路小跑到华庭小区门口，气喘吁吁的。

华庭小区是高档小区，管理严格。纪又涵刷卡带她进去，小区里植被茂盛，绿树成荫，比起街上的喧闹嘈杂，显得十分安静。纪又涵在3号楼停下，刷卡进楼道，电梯来了，他按下顶层的数字。

进门是一套复式房，客厅很大，足有上百平方米。阳台开放式，布置成榻榻米的样子，两边墙上嵌有置物架。大面积玻璃的使用，使得屋内光线充足，东边靠墙放了一架鱼缸。

沈星乔走近鱼缸观察，鱼儿动作慢悠悠的，不怎么怕人，看来新环境适应得不错。她从书包里拿出小鱼说："鹦鹉鱼是杂食鱼，除了鱼食，平时可以喂一点小鱼小虾之类的活食，长得快。不过鹦鹉鱼很贪吃，一定要注意量。"问纪又涵，"有盐吗？"

"怎么了？"

沈星乔晃了晃手里的小鱼："用盐水洗一下，消毒后再喂。"

"我看网上说要喂增色饲料，鱼的颜色才会好看。"

"可以喂一点，喂虾也能增色。"

纪又涵靠在墙上："你对养鱼还蛮懂嘛。"

"以前家里养过。"

两人投喂了几条小鱼，纪又涵问她想吃什么。

"随便。"

"随便是什么？"

沈星乔抬眼看他，无言以对。

纪又涵拿出一沓外卖单，问："中餐，西餐，日料？"

"中餐。"

"辣的不辣的？"

"不辣的。"

纪又涵点了三个菜："西湖醋鱼、排骨冬瓜汤、清炒豌豆苗，都吃吗？"

沈星乔点头。她连汉堡都能天天吃，还有什么好挑剔的。

很快外卖送来了。送外卖的小哥显然认识纪又涵，说："今天点这么多啊？"

"嗯。"纪又涵拿了钱给他。

菜做得不错，沈星乔把一盒米饭都吃了。

纪又涵突然说："比起面食，你好像更喜欢吃米饭啊。"

沈星乔差点噎住，忙说："今天吃得晚，饿了。"

纪又涵笑："够不够？我分你点儿？"

沈星乔忙摆手："不用，不用，我都吃撑了。"

吃完到沙发上坐着。沈星乔打开书包，发现有一股鱼腥味，忙把里面的东西全倒出来。

纪又涵拿了瓶香水过来："喷一点？"

香水都没拆封，应该是别人送的。

"香水味重，有花露水吗？"

"没有，有蚊香。"

纪又涵拿起她课本翻了翻，字迹清秀工整，问："英语沙龙好玩吗？"

沈星乔好一会儿才说："不好玩，就是交钱吃吃喝喝。"

"你每天怎么那么忙？"

沈星乔好半天才说："基础不好。"

纪又涵扔下课本："国外有什么好的。"过了会儿问她，"喝水吗？"

沈星乔摇头，站起来："我要走了，下午两点上课。"

"我送你下去。"

"不用，不用，我认识路，再说外面很热。"

纪又涵没有坚持。

沈星乔出来，沿着林荫道慢慢走着。有人从后面拍了下她，是王应容："你怎么在这儿？"

“有个朋友住这里。”

“几号楼?”

“3号。”

“我住2号, 就在对面。”王应容笑了笑。

出门, 左拐, 要进培训大楼时, 王应容让她等一下, 跑到旁边买了两杯冰镇西瓜汁, 递给她:“天气太热了。”

沈星乔接过来:“谢谢。”

“快进去吧。”

下午又是沉闷枯燥的写作课, 大家一个个都有些精神不济。好不容易挨到下课, 几个同学跟老师商量借教室里的多媒体设备放电影, 哀求一番, 还真借到钥匙了, 大家十分兴奋, 一群人商量着晚上怎么聚餐。沈星乔嫌嘈杂, 没参加, 回去了。

高以诚去医院复检, 拆了石膏, 终于不用一天到晚躺在床上, 可以拄着拐杖走几步。他比以前瘦了很多, 脸颊凹下去, 胡子拉碴的, 头发长长了也没剪, 一副颓废的模样。高考成绩下来了, 同学里成天有人摆酒请客, 朋友圈全是各种晒照片的, 连小飞都考上了本地一所二流大学, 高以诚说他是“祖坟上冒青烟”。高以诚嘴里虽然说着“有什么好得意的”, 心里到底还是有些失落。

饭后吃水果, 沈星乔拿了片哈密瓜送到他房间。高以诚咬了口:“还是应季的水果好吃, 夏天就该吃瓜。”

沈星乔在他房间里坐了会儿, 看着他的断腿说:“哥哥, 你到现在还不能走路, 有没有想过找回场子?”

高以诚脸色微变, 好半晌自嘲道:“找回场子有什么用, 韩琳又不会回来。”

沈星乔看着他。

他突然说:“我很后悔。我不后悔打架, 腿断了可以养好, 误了高考也没什么, 大不了明年重考就是。我后悔的是没想到事情会变成这样, 逼得韩琳不得不转学。还有, 她父母肯定因为这事狠狠责骂过她, 她心里一定很不好受。我害了自己就算了, 还害了别人, 我不该这么冲动。”

看着自责又内疚的高以诚, 沈星乔深受触动, 愤愤不平。为什么有的人这么痛苦自责, 有的人却可以那么若无其事?

生活就像蝴蝶效应, 你永远不知道一时冲动, 带来的会是什么。

沈星乔所在的英语帮组织了一次聚会。几人到附近的咖啡店，围绕一部颇有争议的现象级热门电影展开讨论。点餐时，大家喝的不是冰咖啡就是冰奶茶，只有沈星乔要了热的蜂蜜柠檬茶。

几人全程用英语磕磕绊绊表达着自己的观点，时不时还要借助翻译软件帮忙。沈星乔说得不多，不像另一个女孩子周文娜，对这部带来技术革命的电影推崇之至大加赞扬，她认为电影最重要的还是要讲好一个故事，技术只是辅助手段。

“No,no,no,I don't think so…”（不，我不这么认为。）周文娜摇头，叽里呱啦说了一堆，都没表达清楚意思，最后急了，蹦了句中文，“电影也一样，科学技术是第一生产力！”

众人哄堂大笑，说她犯规，要罚她请大家吃雪糕。

沈星乔也跟着笑了两声，突然捂着肚子，趴在桌子上。

其他人只当她笑得起不来，只有王应容多看了她一眼。

大家讨论了一个多小时，看天黑了便散了。

王应容追上沈星乔，问：“你脸色不好，身体不舒服？”

沈星乔没答，而是问：“你知道附近哪有药店吗？”

王应容指了方位：“有点远，买什么药？”

“没事。”

“我陪你去吧。”

沈星乔不好拒绝他的热心，忍着阵阵袭来的钝痛走到药店，问药店工作人员买了止痛药。出了药店，两人在路边找了张椅子坐下，沈星乔从书包里掏出水壶时，发现没水了。

王应容忙说：“你等会儿，我去买水。”回来时拎着个塑料袋，除了水，还有一盒痛经贴。

沈星乔拿着痛经贴，抬眼看他。

他有些尴尬，摸着鼻子说：“我姐，她说这个很管用，老吃药不好。”

“你有姐姐？”

“嗯，在外地上大学。”

沈星乔收起胶囊，到旁边吉野家借卫生间，贴上痛经贴，热气通过肚子源源不断传到四肢，身体立马舒服许多。

“好点了吗？”

“嗯，谢谢。”沈星乔不好意思地冲他一笑。

王应容见她展露笑颜，仿佛受到鼓励：“要不我送你回家吧？”

“不用，我已经没事了。”

“那我送你到地铁口。”王应容不容拒绝，一直看着她过了安检口才回去。

晚上沈星乔没吃饭，高舅妈给她熬了生姜红糖水，喝完她便上床睡觉了。迷迷糊糊间，听见微信提示音，纪又涵给她发了条信息。

“明天周日，可以出来吗？”

培训班学习任务很重，一周只有星期天才放一天假。

沈星乔想了想，拍了张照片发过去。

照片是一粒药丸和一杯水。纪又涵打电话过来：“生病了？”

“嗯。”

“严重吗？”

“吃点药就好。”

“怎么会生病？”

“大概是吹多了空调，吃多了冷饮。”

沈星乔声音软绵绵的，一副柔弱无力的样子，听得纪又涵心有些痒痒的：“真不巧，那你好好休息吧。”

沈星乔休息了一天，精神好了许多，肚子已经不痛了。

高舅妈说：“你平时中午在外面都吃什么？是不是经常吃凉的？”又说外面东西不干净，问她能不能带饭。

高以诚在旁边听见了，插嘴说：“天这么热，早馊啦，吃馊的还不如吃凉的呢。”

高舅妈瞪了他一眼：“你还有脸说，衣来伸手饭来张口不说，还成天挑三拣四，一天到晚就知道玩游戏，课本没见你翻过一下，再看看人家星乔，每天早出晚归，学习到半夜，羞不羞愧你？”

“她自愿的，我又不想出国读书。”

“看来我也要给你请个家教，不然玩得你心都野了。”

“我腿还断着呢。”

“你腿断，手又没断。”

高以诚唉声叹气：“还有没有人性啊，我走还不行吗！？”嘴里嘟囔着“唯女子与小人难养也”，拄着拐杖走了。

周一沈星乔上课时手机不停地振动。纪又涵给她发了好多张照片，一群年轻男女露天烧烤，有唱歌的，有跳舞的，还有烟花，真是会玩。沈星乔没理。

下课前又收到纪又涵的信息——

“昨天是我生日。”

沈星乔愣了下，等老师宣布下课后，拿出手机想说点什么，文字编辑了好几次都没成功，最后发了条语音：“生日快乐。”

“然后呢？”

沈星乔看着手机上的字发怔，这是要她补过生日吗？

很快，纪又涵打电话过来：“我还没吃饭。”

“你想吃什么？”

“你不是会做饭吗？”

沈星乔神情一顿：“现在？”

“你中午不是有两个小时吗，应该来得及吧。”

沈星乔答应了。

两人约在超市门口见面，一起去买菜。

纪又涵说：“随便吃点就行。”

沈星乔也没想着做满汉全席，提着菜到纪又涵的住处，厨房里干净无尘，一丝油烟都无，锅碗瓢盆油盐酱醋倒是齐全。

“以前有阿姨做饭，做了经常倒掉，后来就都在外面吃了。”

沈星乔洗菜切菜，纪又涵站在门口看着：“要帮忙吗？”

沈星乔见他无聊：“打两个蛋。”

“两个够吗？我喜欢吃鸡蛋。”

“那就三个。”

“四个可以吗？每次吃蛋炒饭，里面的鸡蛋只有一点点，都不够吃。”

沈星乔瞟了他一眼：“你的鸡蛋你说了算。”

纪又涵嘴角翘起：“那我打五个。”

沈星乔没好气地说：“你真是生动形象地展示了什么叫贪心不足。”

很快饭做好了，一盘可乐鸡翅，一盘西红柿炒鸡蛋，哦不，是鸡蛋炒西红柿。

沈星乔提起筷子要吃，纪又涵拦住她：“等一下。”他拿起手机对着西红柿炒鸡蛋各种角度拍照，拍完发朋友圈，大言不惭地说是自己做的。

沈星乔看到了，摇头失笑。

他振振有词：“我也有动手啊，打鸡蛋很累的。我们一起做的，简称

‘我做的’。”

沈星乔把碗筷推向他，示意他吃你的吧。

纪又涵心情很好的样子，还开了瓶红酒，问她要不要喝。

沈星乔白了他一眼：“我还要上课。”

纪又涵自顾自喝得高兴。

菜量不多，两个人全吃光了。沈星乔洗碗，纪又涵站在她后面，突然伸手，拿下她扎头发的发圈。满头黑发散下来，披在肩膀上，衬得五官仿佛都柔和了许多。沈星乔满手泡沫，回头躲他：“你干什么？”

“总是扎着头发，头皮不疼吗？”

沈星乔快速地把碗盘洗干净放进柜子里，擦了擦手：“还我。”

纪又涵把手举高。

沈星乔也不抢，瞟了他一眼，离开厨房。

“真无趣。”纪又涵跟在后面，把玩着发圈，就是不还她。

沈星乔喂了会儿鱼，背起书包要走，穿上鞋子，问他要发圈。

纪又涵倚着墙笑，故伎重施，举高右手。

沈星乔不想披头散发出门，出其不意地吊在他胳膊上，伸手去抢。纪又涵晃了下，发圈换到左手，得意扬扬地看着她。

“无聊！”沈星乔退开，瞪他，不想配合他玩你追我躲的游戏，开门走了。

纪又涵嘴角翘起，笑得一脸灿烂。

这天下课英语帮几人商量要不要聚会。王应容说他要去趟书店。周文娜说：“那算了，改天吧。”

大家散了，沈星乔正好有东西要买，说她也去。两人一起出来，正值三伏天，外面跟烤炉一样。沈星乔散着头发，没走两步，热得满头是汗，她摸了摸黏在脖子上的湿发，说：“太热了，我得先去买个发圈。”

天桥两侧一溜都是小摊小贩，有卖衣服鞋包的，还有卖手机配件贴膜的，甚至有看相算命的，拉客吆喝声此起彼伏，简直比菜市场还热闹。沈星乔蹲在一个卖首饰的摊子前，买了一包发圈，拿出一个，立即把头发扎起来，这才和王应容坐车去书店。

纪又涵中午喝了酒，醺醺然有点微醉，睡了一觉，醒来差不多五点。看见茶几上的发圈，他想起沈星乔要下课了，洗了把脸出门，到培训班楼下等她。

培训班楼下有个小卖部，纪又涵买了一瓶水，站在那儿喝。快要喝完时，旁边大楼玻璃门开了。沈星乔和一个戴眼镜的男孩走出来，两人说说笑笑的，很熟悉的样子。沈星乔用手当扇，时不时撩一下头发，那男孩一直帮她提着书包。

纪又涵想叫住她，不知怎么又停住了，远远地跟在后面。

沈星乔没像平时一样往地铁的方向走去，而是上了天桥，和那男孩到对面一起等公交车，明显不是回家。

纪又涵站在那里看着他们上了车，冷哼一声，把兜里一直揣着的发圈扔到垃圾桶里，回去了。

沈星乔和王应容到了书店，一进门就是音影专区，一个热门女歌手的新专辑摆成螺旋状，堆在正中间。沈星乔拿了一张，说："我喜欢她好久了，隔了四年才出新专辑，支持下。"

王应容则直奔二楼教辅区，拿了一本雅思考试真题集，有砖头厚。

沈星乔惊讶："你现在就做这个？"

"早点准备。"

"好厉害，你是不是要升班？"他们现在报的是基础班。

"没那么夸张，就是先做着试试手感。"

试试手感，沈星乔被他的说法打击到了："我学校发的暑假作业都没做完，你都已经开始做雅思真题集了。"她也很努力学习啊，为什么成绩就是不如人？

王应容笑笑，不说话。

沈星乔叹气："这次期末考试，我数学没及格。"

"考得难吗？"

"还好。我觉得我没有空间想象力，立体几何一塌糊涂，那些函数、数列、微积分什么的，根本搞不懂。"

"高中数学不要什么想象力，题型就那么几种，万变不离其宗。"

"唉，真是会的不难，难的不会。"

"慢慢来吧，还有一年呢，罗马不是一日建成的，分数不是一下提高的。"王应容安慰她。

"你想申请哪个大学？"

王应容停了下，还是告诉她："剑桥。"上学期他全国物理竞赛拿了一等奖，老师建议他申请剑桥试试。

"哇哦！"沈星乔上下打量着他，仿佛不认识似的，"以后我也能跟人炫耀‘我有一个朋友，他在剑桥，是个学霸’什么的。”

“那我也可以跟人说，我有一个朋友，她——”王应容转头看了她一眼，故意停下不说。

“她怎么样？”沈星乔满眼期待地问。

王应容失笑：“她在江城一中。”

沈星乔大失所望：“这有什么厉害的。”

王应容望着前面女孩的背影，暗暗补充了一句：“她的名字很好听。”

当天晚上，纪又涵打电话给孙蓬：“我们出去玩吧。”

孙蓬有些意外：“好端端的，怎么突然想出去玩？”

“天气太热了，弄得人心烦意乱。”

孙峰取笑说：“是你自己心乱吧！你想去哪儿？”

“想去有山有水的地方，凉快。”

“桂林山水甲天下，要不就去桂林吧。”

“好啊。”

“你打算什么时候去？”

“明天。”

孙蓬惊讶：“明天？这么急？你都安排好了？”

“出去玩而已，还要做什么准备。”

“那机票呢，总要提前买吧？”

“我现在就买。”

孙蓬心想有钱真任性，说走就走，也不知受了什么刺激。

第二天，纪又涵拿了几件衣服，背了个双肩包就出门了，跟孙蓬会合后，打车直奔机场。

上了飞机，前排坐着两个年轻女孩，其中一个转过头来，问他们：“你们是不是也去桂林玩？”

孙蓬说是，两人攀谈起来，得知两个女孩是同学，刚高考完，一起结伴旅行。

两个女孩一个叫小戴，一个叫安安。小戴身材微胖，长相普通，脾气随和好说话，安安就漂亮多了，鹅蛋脸，大眼睛，白皮肤，有些挑剔，一会儿说机舱味道难闻，一会儿说飞机餐难吃。小戴安慰说：“经济舱就这样，忍一忍，很快就到了。”

安安活泼多话，问纪又涵："到了桂林，你们准备去哪儿玩？"

纪又涵说随便。

孙蓬问："桂林哪儿好玩？"

安安说了几个地方，见两人一无所知的样子，说："你们没做旅游攻略吗？"

孙蓬看了眼纪又涵，摇头。

小戴便说："我们在网上查了好多资料，准备先去龙胜大寨看梯田，然后去阳朔，逛西街，游漓江，最后去看溶洞。"从包里拿出几张打印纸，有景点介绍、路线规划、住宿安排、哪里吃饭、怎么坐车，还考虑了下雨、生病等意外情况，准备周全。

孙蓬见状说："你们的旅游攻略能不能借我看看？"

小戴说有电子版，下飞机发给他们。

安安提议："我们可以一起玩啊，人多热闹，出了事也能有个照应。"

孙蓬看了眼纪又涵，见他没反对，点头说："好啊。"

四人临时组成旅伴，一路同行同玩，同吃同住。安安对纪又涵很有好感，时不时找机会跟他说话，又或是要他帮忙拿个东西拍下照什么的，表现得十分明显。孙蓬不由得打趣纪又涵艳福不浅，走到哪儿都有美女投怀送抱。纪又涵先是不以为意，见孙蓬开玩笑的次数多了，便不耐烦，没好气地说："我是来散心的，不是来艳遇的，你有完没完！"

孙蓬听他口气不好，知道自己有些过分了，察看了下他的脸色，有些明白过来："我说呢，怎么突然出来玩，原来是有原因的。谁，谁弄得你要出来散心？"

纪又涵瞪了孙蓬一眼，骂他："你能不能别那么无聊！"转身离开，懒得理他。

孙蓬心里隐隐有了一些猜测，没想到感情上一向手到擒来的纪又涵也有心烦意乱的时候。

在桂林玩了几天，小戴和安安还要去云南，问他们要不要一起去。安安期待地看着纪又涵，怂恿说："去吧去吧，反正是暑假，又不要上课。"

纪又涵拒绝了，说他们另有安排。

安安一脸失望，只好说："那以后多联系，等回了江城，大家一起吃饭。"

两人走后，孙蓬问他还有什么安排。

"没什么好玩的，我们回去吧。"旅游广告上说的什么亲近山水，放飞心灵，纪又涵通通没感受到，只觉得意兴阑珊。

两人订了第二天回江城的机票，碰上下雨飞机延误，折腾到深夜才到家。纪又涵又困又累，扔下行李，陷在沙发里一动不想动。原本只是歇一会儿，没想到睡了过去，一觉醒来早上十点，肚子饿得咕咕叫，等不及叫外卖，便拿啤酒就薯片，胡乱对付了一顿。手机提示有信息，陈宜茗昨晚发来的，一条接一条。

“你回来了？”

“出去玩也不叫我。”

“出来吃夜宵？”

纪又涵没理，点开微信，一个星期，沈星乔朋友圈只转发了一篇英文演讲。他走到鱼缸边，抓了把鱼食喂鱼，看着一红一黄两条鱼儿欢快地抢食，心情好了些，突然觉得这几天自己跟自己较劲真是莫名其妙，主动给沈星乔发了条微信。

“在做什么？”

等了一个小时才等到回复。

“写作业。”

纪又涵发了张照片给她。

“去桂林玩了？”

“你怎么一看就知道是哪儿？”纪又涵好奇，这样的山水照在他看来寻常得很。

“小学课本学过啊，桂林山水甲天下，里面插图一模一样。”

沈星乔发完才想起，他小学在国外上的。

“有没有二十块钱？翻到背面。”

纪又涵拿出二十块钱纸币对比，恍然大悟。

“不说不知道，没想到漓江这么有名。”

“好玩吗？”

“人山人海。”

沈星乔想象旅游景点人山人海摩肩接踵的样子，摇头失笑，扔下手机去洗澡。

第二天上课，纪又涵发了张照片过来。沈星乔点开一看，只见纪又涵站在竹筏上，迎风而立，侧对镜头，眼睛看着前方，身后是漓江著名的象鼻山，都可以用来当风景宣传画了。

沈星乔看着照片上的白衣少年，身材高挑，眉眼俊秀，宛如画中人，恍然明白为什么有那么多女孩子为他伤心哭泣了。

大概是怪她不回信息，纪又涵给她发了许多照片，有山水的、古镇的、梯田的，还有溶洞的，手机不停地在书包里振动。沈星乔恼了，回了句："我在考试。"

纪又涵总算消停了。

这次考试是摸底考，老师想测试大家学到什么程度。沈星乔考得一塌糊涂，作文都没写完，心情抑郁地走出来，炎炎烈日都晒不化她心中的懊恼，垂头丧气到小卖部，买了根雪糕，心不在焉地拆开包装纸，还没来得及吃，突然被人咬了一口。

纪又涵吃着雪糕，冲她一笑："考完了？"

出去玩了几天，纪又涵晒黑了一些，却丝毫不影响他的英俊帅气，反而增添了几分男子汉的味道。

沈星乔神情微妙地看着手里缺了一角的雪糕，吃也不是，不吃也不是。

纪又涵拿出手机，快速拍了张照，看着照片里的人嘴唇微张一脸蒙的表情，乐得哈哈大笑。

沈星乔气得狠狠瞪了他一眼："老板，再拿一根。"把手里的雪糕塞给他。

纪又涵不客气地接过来，吃得津津有味："一起吃饭？"

"嗯。"

沈星乔以为两人随便找个地方吃快餐就好，没想到他带她到附近吃日料。

位于中山路上的这家日料店，用餐环境安静又私密，大堂每一桌都用屏风单独隔开，另有包间。两人要了个靠窗隔间，坐在充满日式风味的榻榻米上，沈星乔微微有些不适，端端正正地坐好。纪又涵就随意多了，支起双腿，问她想吃什么。沈星乔要了份昆布汤，纪又涵则一口气点了许多。

用餐时，纪又涵注意到她吃了两个奶酪焗扇贝，刺身一口都没碰，招手叫来服务员，让他再上一份奶酪焗扇贝，又要了碗鲍鱼粥。

"你是不是不能吃生冷的啊？这些都是热的。"

沈星乔没想到他这么细心，小声谢过他。

纪又涵拿过一只酒杯，问她是否会喝酒。

沈星乔点头："清酒的话，能喝一点。"

纪又涵有些意外，挑眉："没想到乖乖女也会喝酒。"

沈星乔诧异："原来在你心中，我是乖乖女吗？"

纪又涵觉得她一脸认真的样子有些好笑："你不是吗？那你做过什么

叛逆的事？”

沈星乔怔怔地看着他，一时没说话。

纪又涵以为她被自己问住了，不以为意，笑道：“大概喝酒就是你做过的最叛逆的事了吧。”

吃完饭出来，两人往培训班的方向走，随口说着闲话。

“平时下了课，你都做什么？”

“写作业。”

纪又涵听得皱眉：“都不出来玩吗？”

沈星乔拧开饮料瓶，喝了口水，没有回答。

纪又涵又问她：“上午考试考得怎么样？”

“不好。”

“所以你才会心情不好？中午都没吃多少东西。”

沈星乔忍不住叹气，还有几个月就要考雅思，就她现在这英语成绩，想起就犯愁。

“不要老是闷在家学习，偶尔也要出来玩啊。”

沈星乔懒得理他。

纪又涵突然说：“你一定要去美国吗？”

沈星乔不明所以，好半晌说：“中介那边已经提交资料，在申请学校了。”

接下来两人没再说话。到了培训大楼下面，沈星乔没有进去，而是往地铁的方向走。纪又涵叫住她：“你去哪儿？”

“嗯？”沈星乔回头，“回家啊，上午考试，下午放假。”

纪又涵闻言眼睛一亮，拉住她就走：“我们去玩吧！”

沈星乔挣扎着说：“不行，我要回家——”

“难得放假，回什么家啊，你又不赶回去吃饭！”纪又涵见她露出迟疑的表情，继续怂恿她，“一天到晚死读书，别把脑子读坏了，会玩才会学习嘛，劳逸结合知不知道！”不顾她微弱的反对，他伸手拦下一辆出租车。

纪又涵带她去新建的游乐园，兴致勃勃地说：“听说里面有座鬼屋，有点意思。”

游乐园位于郊区，旁边有一片很大的湖，周围花草繁茂，绿树成荫。一进游乐园，走在浓密树荫下，吹着湖面送来的习习凉风，好像自带空调，温度舒适宜人。两人直奔鬼屋项目，工作日下午人不多，很快轮到他们。进门先上楼，拐角处一抬头，一具缠满绷带的女尸倒挂悬在空中，毫无准备的沈星乔吓得惊呼一声，连退两步。纪又涵笑她胆小：“假的啦，木头染上颜色而已。”

入目一间空房，灯光昏暗，墙上倒映着一个无头鬼影，随着人走动的声音慢慢移动，突然一只手伸出来，拦在中间。这次沈星乔有准备了，往边上一躲，推纪又涵上前。纪又涵笑骂她坏：“你良心呢！？”抓住那手晃了晃，那手又慢慢缩了回去。

转个弯，眼前是一道浮桥，周围布置成原始丛林，树上挂着一条水桶粗的蛇，尾巴垂在桥上，时不时动一下，看着甚是吓人。沈星乔明知道是假的，还是小声说：“你把它弄走。”

“弄走说不定会触动机关。”

沈星乔不管：“你把它弄走。”她从小到大最怕蛇了。

蛇是粘在树上的，纪又涵费了好些劲才把蛇尾挪到浮桥下面。

沈星乔扶着铁链，走得十分小心，突然尖叫一声，死命抱住栏杆，吓得几乎哭出来：“有人拽了我一下。”

纪又涵伸头往下看，只见一个头绑绷带满身鲜血的“尸体”正快步跑远，他扶她起来：“没事，是工作人员。”大概是见他们破坏道具，行为可恶，故意吓他们。

沈星乔总算见识到什么叫“人吓人，吓死人”，大口喘气，催着纪又涵快走。

纪又涵把手给她：“注意脚下。”

沈星乔犹豫了下，实在害怕，只好拉住他的手，一步步挪下了浮桥。

到了对岸，还没来得及松口气，纪又涵突然发出一声惊呼，睁大眼睛看着她后面。沈星乔吓得心脏都快从嘴里蹦出来：“怎么了？”

“你后面有东西。”

“什么东西？”沈星乔紧张不已，想要回头。

“别动！”纪又涵慢慢地靠近她。

沈星乔见他一脸郑重，屏住呼吸，一动不敢动。

纪又涵身体前倾，猛地伸出手，一把将她捞在怀里，原地转了个圈。

沈星乔重心不稳，扑倒在他身上，顿时蒙了，反应过来，忙不迭推开他，手忙脚乱地站好，回头去看，却什么都没有。

纪又涵一本正经地说：“刚才你后面有个什么东西，一晃一晃的，还会动呢，现在没有了。”说话的时候没绷住，脸上忍不住露出一丝笑意。

沈星乔这才知道他是故意的，耍她玩，气得瞪他：“离我远点，别动手动脚！”转身就往外走。

纪又涵见她真生气了，不敢再逗她。

出了鬼屋，纪又涵问她要不要坐过山车。

沈星乔不理他，闷不吭声往前走。

纪又涵追上去，偷眼看她，为刚才的事道歉：“对不起啊，我只是想跟你开个玩笑。”

“一点都不好笑，很吓人好不好？”

纪又涵见她终于肯说话，松了口气，指着远处说：“那我们去坐旋转木马吧，这个不吓人。”

玩旋转木马的大都是小朋友，沈星乔哪好意思真的跟小孩子挤作一堆，坐在一边喝水。两个熊孩子围着沈星乔跑来跑去打闹，不停绕圈，差点没把她绕晕。纪又涵走过来，抓住其中一个孩子，让他去别的地方玩。可能是声音大了点儿，吓得那孩子哇哇大哭起来，另外一个孩子见状也跟着哭了，口里喊着：“妈妈，妈妈！”

纪又涵蹲在地上，皱眉看着他们，一脸不耐烦：“哭什么哭，有妈妈很了不起吗！？”

孩子的妈妈跑过来，跟他们道歉：“对不起，孩子太调皮了。”把他们领走了。

纪又涵像是想起了什么，语气唏嘘：“小时候我一直想去游乐园。”

“你妈妈没带你去过吗？”

纪又涵没有回答，只是说：“这里太吵了，我们走吧。”

离开时，他回头看了一眼那些在父母陪伴下开心玩闹的小孩子，突然说：“有时候我宁愿自己不要出生。”

沈星乔若有所思地看着他，问为什么。

“这样大家就不会这么为难。”

漫长暑假，百无聊赖，精力充沛的少年少女总想要寻求新鲜刺激。

纪又涵无所事事，找孙蓬一起玩游戏，一向随叫随到的孙蓬竟然拒绝了，说他有事。

纪又涵懒洋洋地问：“你能有什么事啊？”

“今天晚上不行。”孙蓬原本不好意思说，见他不信，只好坦白，“有约会。”

孙蓬表妹过生日，请大家唱歌，孙蓬自然要捧场，拎着个大蛋糕去

KTV 找她。表妹是艺术生，朋友都是俊男美女，孙蓬一眼就看见了人群中的渺渺，一头黑亮的直发，圆圆的小脸，笑起来露出两颗小小的虎牙，大大方方地站在那里，拿着话筒唱歌："第一口蛋糕的滋味，第一件玩具带来的安慰，太阳上山太阳下山，冰激凌流泪……"她根本没有看屏幕，间奏的时候时不时和大家说话，明眸流转，顾盼生辉。

孙蓬一个晚上坐在那里，看着渺渺的一颦一笑、一举一动，觉得自己仿佛被催眠了。

在表妹的支着儿下，孙蓬对渺渺展开了追求，像所有少年追求心仪女孩那样，先是微信聊天，然后打电话，让表妹约她出来玩，送她回家，在她家楼下等她，约她逛街吃饭看电影，满心欢喜，自然而然忽略了朋友。

纪又涵鄙视孙蓬见色忘义，又有点嫉妒，想起沈星乔，从游乐园回来后，她就借口学习忙，不怎么理他，连微信都很少回，不知道是不是还在生气。

这天中午，沈星乔又在麦当劳做作业，看见纪又涵端着餐盘朝她走来，放下笔，问："你还没吃啊？"这会儿都快两点了。

纪又涵在她对面坐下，边吃边跟她说话："你是不是每天中午都在这里？"

"有时候也会回教室。"

纪又涵从裤子口袋拿出一张对折的演唱会门票，放在桌子上："给你。"说话的样子随随便便，好像一点都不在意似的。

沈星乔拿起来看了下，某个著名摇滚乐团来江城开演唱会，这周六晚上，内场票。她垂眼，过了好一会儿，脸上露出为难的神情，摇头说："太晚了，我住在舅舅家里，太晚回家不好。"

纪又涵看了她一眼，没什么表情地说："哦，那你送别人吧。"

沈星乔看着桌上的演唱会门票，又看了眼他，左右为难。

纪又涵见她不肯改变主意，轻哼一声，把吃剩的汉堡可乐扔进垃圾桶，动作有些粗鲁，发出很大的声音，然后头也不回地走了。

沈星乔回到教室，周文娜立即凑上来，神秘兮兮地问："刚才那人谁啊？"

"谁？"沈星乔装傻。

"哎呀，就在麦当劳，找你的那个，是不是你男朋友？我都看见了。"

沈星乔不作声。

其他女同学一听有八卦，顿时来劲了，都围过来，七嘴八舌地问长什么样。

周文娜说：“可帅了。”

“真的假的？”

周文娜信誓旦旦：“不帅我能一眼就记住？”

说得大家好奇不已，纷纷问沈星乔两人怎么认识的。

沈星乔无奈，只好说：“只是一个朋友。”

大家不信，起哄要她从实招来。

沈星乔几乎招架不住，只能无力地解释：“真的不是。”

这时，王应容走过来，说周文娜：“你怎么这么八卦啊？”

被他这么一打岔，周文娜有些讪讪的，大家一哄而散，纷纷回到座位。

沈星乔长舒口气。

王应容回头看了她一眼。

下午上课，沈星乔一直有些心不在焉，翻开课本，看着里面夹着的演唱会门票，下定决心，不管怎样，她得把票还回去。

下课后，沈星乔到华庭小区门口等着，有人刷卡进去，她忙跟在后面。门卫见她是学生，没有拦住多问。

如法炮制地进了3号楼，沈星乔出了电梯，站在纪又涵门前，犹豫了一下，举手敲门。没有人应。

她放下袋子，离开了。

纪又涵最近心情不太好，总感觉事事不顺心，天气又闷热，烦闷下每天都去游泳，一游就是半天。这天游泳完回家，正要开门，见门口放着一袋东西。麦当劳的打包袋，里面是一个汉堡，一份炸鸡腿，还有一包薯条，最下面放着一张演唱会门票。纪又涵拿起票，知道东西是沈星乔送来的，一时又气又笑，运动完正好肚子饿了，把东西都吃了。

纪又涵把票给了孙蓬，连着自己那张。孙蓬兴奋不已：“你居然有他们的票，啊，内场票！渺渺最喜欢他们了！”

纪又涵见孙蓬手舞足蹈的样子，嗤笑：“有异性没人性。”

孙蓬毫不理会他的调侃，在他肩膀上捶了一拳：“谢谢了。”激动过后反应过来，“你原本想和谁去？”

纪又涵没理他。

孙蓬试探地问：“隔壁上英语班的？”

纪又涵瞟了孙蓬一眼：“你怎么这么多话？”

看他那样，孙蓬就知道自己猜对了，啧啧感叹：“看起来很难搞啊。”

“她跟那些女孩子不一样。”

“怎么不一样？”

纪又涵没说话。也许是沈星乔忽冷忽热、若即若离的态度，跟以前他接触过的女孩子都不一样，引起了他的好奇心和征服欲。

得不到的永远在骚动，被偏爱的都有恃无恐。

天气热得人担心空气随时会燃烧起来，接连半个月都是高温警报。纪又涵最近常常去游泳，一游游一下午。这天回来，路过麦当劳，看见沈星乔和几个同学靠窗坐着，桌上摆着纸笔，像是在讨论什么。其中一个男孩，他上回见过，大脑袋，小眼睛，戴着无框眼镜，正转过来跟沈星乔说话，沈星乔连连点头。纪又涵瞟了眼他们，回家了。

平常晚饭他都是叫外卖解决，今天不知怎的，一直不觉得饿。等到天黑了，温度降下来些，他拿起钥匙出门，绕到麦当劳，发现沈星乔他们居然还在。桌上纸笔收了起来，两桌拼成一桌，上面摆满了各种吃的。

纪又涵径直推门进去，叫她名字：“沈星乔。”

沈星乔见纪又涵突然出现，看了眼大家，不知怎么神情有些慌乱，站起来，没话找话：“你也来吃饭？”

其他几人全都看着他们，尤其是周文娜，一会儿看看这个，一会儿看看那个，表现得十分明显。

沈星乔只好装作没看见。

“你怎么还没回家？”纪又涵口气有点冲，像是质问，又像是不满，和自己看演唱会不能太晚回家，和别人吃饭就无所顾忌。

“跟同学聚餐。”

“这么晚回家可以吗？”

沈星乔低垂着眼睛，小声解释：“等下就回去。天气太热，大家说晚点回家，才拖到现在。”

纪又涵“嗯”了声，没说什么，但也没走开。

两人一时没说话，过了会儿，沈星乔像是反应过来，忙说：“你跟我们一起坐吧。”说着去旁边搬了把椅子过来。

周文娜见自己夹在两人中间，连忙起身，换了个位置：“我坐这里。”

沈星乔只好在纪又涵旁边坐下。

纪又涵看了眼大家，问：“你们都要出国吗？打算去哪里？”

周文娜便介绍：“我想去加拿大，沈星乔去美国，杨毅申请了澳大利亚的学校，王应容就厉害了，英国，剑桥！”

纪又涵打量了眼对面的王应容，慢慢说：“哦，是吗？这么厉害。”

王应容察觉到他话里的嘲讽，看了他一眼。

纪又涵身体后倾，将手随意搭在沈星乔椅子背后，冲他挑衅似的一笑。

王应容微微皱眉，看了眼时间，站起来说：“吃得差不多了，咱们撤了吧。”

大家收拾东西。纪又涵拉住准备走的沈星乔，小声说：“我还没吃饭。”

“那你去吃啊。”

“一个人吃多无聊。”

沈星乔无语。

这时，王应容走过来，对沈星乔说：“时间有点晚，一起去地铁站吧。”

沈星乔知道他要送自己，忙说不用了。纪又涵闻言脸色一沉。

王应容便说：“我耳机坏了，正好要买新的。”地铁站附近常年有人摆摊售卖手机配件。

纪又涵哼道：“买个耳机跑那么远啊。”

王应容从容地说：“那边比较便宜。”

纪又涵气结，盯着他看了一眼，转头对沈星乔说：“好饿，我们去吃烧烤吧，吃完我送你回去。”

两人暗暗较劲，不约而同地看向沈星乔。

沈星乔又尴尬又头疼，一把扯住周文娜，说：“不用了，我跟周文娜一起走。”扔下两人，落荒而逃。

纪又涵和王应容彼此对视一眼，一言不发各自离开。

沈星乔到家，热得满身大汗。

高舅妈给她端了碗冰好的绿豆汤，说：“这天也太热了，外面就跟下火似的，一点风都没有，上午出去买菜，差点没中暑。”

高以诚在客厅看电视，嚷着也要喝。高舅妈没好气地说：“自己盛。”

高以诚腿好了许多，已经从拄双拐改为单拐了，指着自己的断腿说：“妈，我还是不是你儿子？”

“你要不是我儿子，我早把你扔大街上自生自灭去了。”

他只好自己动手，丰衣足食，单脚蹦到冰箱前，盛了一大碗绿豆汤，边喝边打游戏。

随着腿伤的恢复，高以诚的精神面貌也随之好转起来。沈星乔打量着渐渐走出阴影重新变得开朗的他，突然有些迷茫。支撑着她的愤怒、不平还有好奇随着时间的流逝正一点点淡去，猛然回头才惊觉，她到底在做什么？

这天课间休息，沈星乔接到培训班前台电话，说她有一个快递。她仔细查看，快递单上明明白白写着她的名字和电话，不是前台弄错了，只好疑惑地取走了。回到教室，他打开一看，目瞪口呆——满满一大箱头绳，各种颜色各种款式应有尽有，她就是用一百年都用不完。

周文娜见了惊呼：“我的天，你准备拿头绳当饭吃吗？”

沈星乔干笑一声。

有女同学凑过来看，问：“沈星乔，你要摆地摊卖头绳吗？”

沈星乔已经猜到是谁送的，看着眼前堆成山的头绳，忍不住犯起愁来。

中午下课，沈星乔见到等在培训班楼下的纪又涵，冷着脸把快递箱扔给他。

纪又涵接过纸箱，不明所以：“什么东西——哦，这个啊，你才收到？我要投诉商家发货慢。”

沈星乔没好气说：“投诉什么啊，退回去。”

“退回去干吗？你不喜欢啊？”

“你知道我同学说什么吗，大家以为我要摆摊卖头绳！”

纪又涵笑起来：“买的时候不知道这么多，留着慢慢用呗，一天一根，很快就用完了。”

“你——”沈星乔简直不知道说他什么好。

“好啦好啦，几根头绳而已，大不了送人就是。走吧，吃饭去。”

沈星乔摇头：“我不饿。”

“那也不能不吃啊，我们去吃炸酱面吧，你不是喜欢吃吗？”纪又涵拉着她就走。

沈星乔看着一脸高兴的纪又涵，阳光下笑得毫无防备，心虚得不敢直视，一时间心乱如麻，茫然不知所措。

她之所以接近他，不过是一时冲动、打抱不平，想要问个为什么，可是随着时间的流逝，伤痛慢慢愈合，答案似乎已经不重要了。

事情正在不知不觉中偏离预设的轨道，逐步失去控制。

Chapter 03 心乱如麻

暑假临近尾声，英语培训班组织了次夏令营，大家兴奋不已，总算解放了！

载着二十多个人的大巴车沿着盘山公路飞驰，忽左忽右，忽上忽下，一车的人跟着东倒西歪，嬉笑不停。本该中午就到，没想到路上堵车，排成一字长蛇的车流堵得前不见头后不见尾，只能一步一挪，一直拖到下午四点才到。原本准备爬山的众人哪还有游玩的兴致，回到酒店，收拾收拾各自歇息。

晚上可就热闹了！围着篝火唱歌跳舞玩游戏，各种惩罚戏耍捉弄人，花样百出，少年少女们尽情享受着属于他们的青春快乐。沈星乔和王应容被分到一组，先是背人游戏，背着沈星乔的王应容明显体力不支，被人甩开一大截，累得气喘吁吁；然后是绑脚游戏，两人左右脚绑在一起，比赛谁先到终点，王应容手忙脚乱，两次摔倒在地，狼狈不已。最后统计结果，两人毫无疑问最后一名。

沈星乔和王应容被罚去烧烤摊为大家烤串。

一向自信的王应容难得沮丧，道歉：“不好意思，都是我拖累了你。”

沈星乔笑笑：“没事儿，这里也很好啊。”

漆黑的夜里，天上繁星点点，挂着一轮弯弯的新月，在灯火的照耀下，远处群山隐隐约约闪现，虫鸣蛙叫声此起彼伏。不远处大家围在一起追打嬉笑，喧嚣热闹，两人仿佛被隔绝开来，安静得像是身处另一个世界。

沈星乔准备烤鸡翅，王应容接过来：“你去坐着吧，我来烤，小心火星溅到你身上。”不过脑子聪明却不代表动手能力好，王应容想表现自己，结果适得其反，烤了半天，不是没烤熟就是烤焦了。

沈星乔看得摇头，走过来帮忙，用钳子把烧红的木炭夹出来，说：“火太大了，还有涂上酱料后，别忘了多翻几次面。”

王应容看着她忙活，表情讪讪的，只好说起自己干的蠢事以博女孩一笑：“我第一次喝酒就是吃烤串的时候，一瓶啤酒没喝完就倒了。然后给我姐打电话，说‘姐，我跟你说个事’，然后开始背书，从唐诗一直背到宋词，别人打断我我还不高兴，让人别捣乱。我姐都快笑死了，现在还拿这事打趣我。”

沈星乔的关注点有些不同：“你跟你姐的关系很好啊。”

王应容说：“嗯，我姐比我大两岁，我们从小一起长大。你是独生子女吗？”

沈星乔摇头：“我有一个弟弟。”

“哦，也在江城一中吗？”

“他离上学还早着呢，他还不会走路。”

“这么小！那你们年纪差得有点大啊。”

沈星乔笑笑，不欲多说。等弟弟长大，她估计都老了，两人之间差着至少十道代沟。

两人东一句西一句闲聊着，说到这次刚结束的英语考试，沈星乔哀叹：“题目好难，我都没及格，太受打击了。你考多少？”

王应容说他考得也不好。

沈星乔一再追问多少。

他只好说：“81 分。”

“我问了好几个人，大家都没及格，你居然过 80 分了，啊啊啊，你肯定又是第一！”沈星乔羡慕嫉妒恨，“同样是人，一样的老师教出来的，你怎么就这么厉害！”

王应容总结自身经验，说：“其实学习也要讲究方法和技巧。”

“谁不知道学习要讲究方法啊，关键是什么方法！”

“实在做不到融会贯通，其实还可以背题型。”

“背题？”那么多的题，还不得背到猴年马月去啊。

王应容摇头：“不是背题，是背题型，常考的题型就那么几种，圈出来，每种题型背一道，怎么也能混个六七十分。”

沈星乔算了下，要是每科都有 70 分，都能上一本线了，忙问：“怎么背？”

王应容拿出手机，调出这几年高考数学题，总结分析比较，得出哪些题型是考试重点，哪些内容比较偏，一带而过即可。一番话说得沈星乔

“不明觉厉”、心服口服，一脸崇拜地看着他，这就是一个会走路的考试机器啊！

第二天去爬山，大家三三两两，结伴而行。沈星乔原本和几个女同学一起，不知怎么走散了，落到后面，身边跟着的只有王应容一人。两人又走了一段路，结果石板路没了，出现在眼前的是一条碎石土路，往前一直延伸到大山深处，路的两边杂草遍布，甚是荒凉。

沈星乔左右看看：“我们这是到哪儿了？”

王应容反应过来走错路了，指着右手边掩映在丛林深处的一条青石小径说：“那边有路，应该是出口。”

青石小径嵌在山坡上，甚是陡峭，两人走得气喘吁吁。那小径年深日久，边角上长满了青苔，又湿又滑，沈星乔小心翼翼，几乎手脚并用，这才爬了上来。眼看爬到顶端，她心下一松，抹了把汗站直身子，地上倒是没有青苔了，却没想湿润的黄泥不逊于青苔，脚下一滑，“砰”的一声摔倒在地，摔了个结结实实。

王应容忙赶上来，扶起她在旁边一块石头上坐下，问她有没有事。沈星乔痛得倒吸一口凉气，好半天说：“脚有点疼，一会儿可能就好了。”

“那先歇会儿。”

沈星乔揉揉脚腕，又舔舔嘴唇，只觉渴得厉害，问：“你有水吗？”

王应容翻开书包，找出一瓶空了的矿泉水瓶子。他指着前面一栋平房说：“这里好像有人住呢。”此处山坡，坡度陡峭，坡顶却甚是开阔，平房主人似乎不在家，门窗紧闭，墙上挂着空调外机，屋后用篱笆围着，种了不少瓜果蔬菜。

沈星乔又渴又累脚又痛，整个人恹恹的，没说话。

“都怪我，带错了路。”王应容很是内疚。

沈星乔笑了笑，示意没事，一副有气无力的样子。

王应容眼睛盯着平房那里，突然走过去，跳进篱笆里，在菜地里摸索了一阵，然后抱着两个甜瓜回来。

沈星乔有些紧张，看看平房的方向，生怕主人冲出来找他们算账，小声说：“你干什么！那是人家种的，说不定要卖钱的——”

王应容无所谓地说：“要是被抓，那就让人家骂一顿好了。”

沈星乔看着他，“扑哧”一声笑出来：“没想到你也会做贼，偷瓜贼！”

“哎，这不是没办法嘛，总不能让你渴着啊。”王应容找出纸巾，擦了擦递给她，“没有水，就这么吃吧。”

两人毫无形象地蹲在地上啃瓜。

沈星乔边吃边说："我还从没吃过这么好吃的甜瓜，特别甜，自己种的就是好吃。"

王应容便说："偷来的东西总是最好吃的。"

两人对视一眼，大笑。沈星乔的脚仿佛也不痛了。

吃完瓜，王应容背着沈星乔从山坡另一边离开。好在下山的路甚是平缓，王应容背一段，又扶着她走一段，一路有惊无险回到山下集合点。

第二天坐竹排游湖，甚有野趣。一路顺水而下，两岸连绵的青山倒映在清澈见底的湖水里，微风拂面，阳光明媚而不炽烈，天空湛蓝，万里无云，让人不由得心旷神怡，真是舟行碧波上，人在画中游。

此次夏令营，大家玩得十分开心，沈星乔中途虽然崴了脚，有些扫兴，却也是乘兴而来兴尽而返，大有不虚此行之感。

纪又涵翻着微信上沈星乔发的大量游山玩水的照片，有自拍也有合影，看得出心情很好。她转发了一条集体活动照，有一张照片大家似乎在玩游戏，她被一个男孩背着，落在最后。

纪又涵一眼就认出了那个满头大汗、狼狈不堪的男孩是谁，怎么看怎么不舒服，哼了一声："背个人都背不动，弱鸡！"

沈星乔在朋友圈刚发出到家的照片，纪又涵的电话就打了过来，不客气地说："一直说请我吃饭，什么时候请？"

沈星乔这才想起来，自己还真的没有请他吃过饭，每次都是他付钱，想了想说："开学好不好？"

"开学？"现在离开学还有一个星期呢，纪又涵反应过来，"你要去哪里？"

"我明天要回家。"沈星乔解释，"我是海城人，现在住舅舅家。"难得有一个星期的假，她自然要回家一趟。

纪又涵没有办法，只好说："那记得给我带好吃的。"

沈星乔犹豫了下，还是说"好"。

这一天，纪又涵游泳完回来，见楼下停着一辆黑车，驾驶座上坐着李助理，脸色一变，匆匆上楼。打开门，纪晓峰站在那里看鱼，见他回来了，说："什么时候养的鱼？养得不错。"

纪又涵有些奇怪："您来这儿干吗？"

"哟，我就不能来啊？"纪晓峰忙归忙，对这个小儿子还是很关心的。

“你坐吧，我给你拿瓶水。”

纪晓峰说：“成天在外面吃不好，要不还是把秦阿姨叫回来吧。”

“算了，我自己都不知道下顿回不回来吃，做了又倒掉，还是别让秦阿姨伤心了。”

纪晓峰在沙发上坐下，慢慢说：“这次顺路过来，是想问问你，马上就要高三了，你也不能总这样混着，想好以后怎么办没？”

还能怎么办，还不是继续读书，总不能现在就让他进公司。

“你还是不想去美国？”至于他不想去的原因，纪晓峰心里有几分明了，倒也没有逼迫。

纪又涵不说话。

“你自己的成绩自己知道，国内哪考得上什么好大学。”虽然出国也未必读得上什么名校，总比国内好些，再说国外私立学校也是结交人脉的好地方。

“你要实在不想去美国，那就去英国，或者别的国家，给个准话，一天到晚不知道闹的什么别扭。”做了决定，他也好提前找人，指望儿子自己考进去那是不可能的。

好半天，纪又涵说：“美国。”

纪晓峰很高兴他想通了：“美国的话就省事多了，环境熟悉，手续也简单。”问他鱼食在哪儿，喂了会儿鱼，这才走了。

纪又涵陷在沙发里，一动不动坐了好久。

就在纪又涵和父亲谈话的时候，沈星乔的妈妈推开了女儿的门：“星乔啊。”

沈星乔见妈妈一副有话说的样子，从床上坐起来。回家后，她便察觉到家里不对劲，昨天晚上还听见爸爸妈妈关着门吵架，应该是出了什么事。

“你爸爸生意上出了事，把留给你出国读书的钱拿出来应急了。”因为这件事，夫妻俩最近常常吵架。

“所以，现在不能出国了是吗？”沈星乔看似冷静，其实无异于晴天霹雳。她从进入江城一中那天起，就打定主意要出国，家里也同意了，专门存了一笔钱。这两年来，她无时无刻不在为出国读书做准备，努力学英语，关心留学资讯，认真选择适合自己的学校，结交和她一样想要留学的朋友。因为是自费，也不指望拿奖学金，除了英语，对于高中课程，她根本就没有下过苦功，现在告诉她，她要考国内大学，差点没崩溃。她数理化一塌糊涂，之所以选择理科，还不是因为学理容易申请学校。

沈妈妈只是来告诉她一声，并不是同她商量，安慰她说："不出国也没什么，咱们在国内上大学不也一样，是不是？"

那能一样吗？她整整一个暑假的英语培训班白上了吗？她每天苦行僧一样逼着自己做雅思题都白做了吗？

两年的期待瞬间落空，沈星乔想要发泄，想要咆哮，想要砸东西，可是她不能，只能轻轻"嗯"一声，表示自己知道了。

沈妈妈见她没什么反应，以为她对出国留学无所谓，顶多失望几天就好了，松了口气，还想说些什么，沈星乔提醒妈妈："弟弟在哭。"

"刚喂过奶，大概是尿了。"沈妈妈忙站起来，连门都忘了带上。

沈星乔有一个不到一岁的弟弟，小名叫天赐，可见父母对他出生的期待。

沈星乔的生活，可以分为两个阶段。在到江城读高中前，她是家里绝对的中心，父母所有时间都花在她身上，说是公主也不为过；到江城读高中后，母亲怀孕了，然后弟弟出生了，父母的精力绝大部分放在了弟弟身上，分给她的越来越少。她并没有不满，弟弟刚出生，还是个婴儿，自然需要父母精心照料，只是难免失落。

倒是舅舅家里，这两年朝夕相处，日久情深，越来越像一家人。沈星乔永远忘不了她生病那天，刚好小区维修线路，停电了，高以诚是怎样背着她大汗淋漓爬下二十八楼的。慢慢地，她有什么事都会对舅妈说，很少再打电话跟家里倾诉。

她明明没有做错什么，和父母之间却像多了一层无形的隔阂，关系渐渐变得疏远。

沈星乔失魂落魄，感觉在这个家里几乎无立足之地，只好逃避似的回了舅舅家。

高舅妈见到提前回来的沈星乔，打量着她，欲言又止，最后还是转开话题，说："你这书包肩带线开了，新学期新气象，换个新书包吧。"

"好。"这还是刚上高中的时候父母带她去商场买的，一转眼两年了，书包都背坏了。

"等下去商场，你自己挑个喜欢的。"

"你帮我买吧。"

"要什么颜色？"

"随便，什么都行。"

沈星乔懒洋洋的，一副对什么都提不起劲的样子，高舅妈很担心。沈星乔为了出国读书做了多少准备，高舅妈全看在眼里，现在突然说不去就不去，怎么会不失望难过？

高舅妈晚上偷偷跟丈夫说起这事，表示自己的担忧。

高舅舅说："星乔这孩子，是个心思重的。"

高舅妈说："我不信沈家一下就到这步田地，连女儿读书的钱都拿不出来，再不济，还有两套房子呢，随便卖一套，也够出国的钱了。"

高舅舅嗤笑："你还不知道沈国安，表面上看着人模人样，骨子里就是个老封建。有了儿子自然忘了女儿，房子、店铺这些不动产，那都是留给儿子的。"

高舅妈叹气："可怜了星乔。"

高舅舅叮嘱她："你平时多开导开导她，女孩子心思窄，别让她钻了牛角尖。"

高舅妈点头："这还用你说。"

开学那天，高舅舅开车送沈星乔和高以诚去学校。高舅舅扶着拄着拐杖的高以诚去教室，一路训斥，听得高以诚耳朵都起茧子了："爸，我自己能走，你先回去吧。"

高舅舅瞪了他一眼，冲一直跟在旁边的沈星乔招手，拿出个红包给她："新的学期，好好学习，天天向上。"

这是惯例了，每个学期开学前，舅舅都会给她一个红包，以示鼓励。

高以诚忙问："我的呢？"

"你一个复读的，还有脸要红包？"高舅舅在他后脑勺上重重拍了一下。

有认识高以诚的同学过来，搀扶着他进了教室。

沈星乔捏着红包，想到父母，心里五味杂陈，又是感动又是苦涩。

开学第一天，老师不会立即上课，发完书，多是说些回顾过去展望未来之类的话，对于即将到来的高考，各种动之以情晓之以理，仿佛大家不头悬梁锥刺股就对不起自己似的。听到"高考"这个词，沈星乔心里像梗着一根刺，下午课没上，直接跟班主任请假了。开学第一天，教务处各种忙乱，班主任知道她是要出国的，不大管她，都没问为什么请假，直接准了。

沈星乔背着书包一个人在马路上晃荡，苦闷又无聊。没有老师，没有作业，不用向谁报备行踪，整整一个下午的时间，完全属于她自己，想干什么就干什么，可是她什么都不想做。她挥霍着偷来的时间，满心惶然，像无头苍蝇一样，找不到出路。

手机突然“叮”一声，她点开微信，是纪又涵发来的，问她回来没。

她回复：“嗯。”

沈星乔这么快回他信息，纪又涵有点惊讶：“下课了？”

“在外面。”

纪又涵以为江城一中跟他们一样，领了书就放假，只上半天课。

“在哪儿？”

“逛街。”

“看起来很无聊的样子，要不要一起玩桌球？”

“好。”

纪又涵是真的惊讶了，他只是随便问问，没想到沈星乔居然答应了，立即把地址发给她，想想又不妥。

“你知道地方吗？要不我去接你？”

沈星乔发出“好”字后，很快拦了辆出租车。纪又涵还在担心她找不找得到地方的时候，沈星乔已经到了。

纪又涵出来迎她：“这么快？你就在附近？”

沈星乔点点头，没说话。

纪又涵把沈星乔介绍给自己朋友，很有几分郑重的意味：“这是孙蓬，这是他女朋友渺渺，这是胖子，这是姚曦。”

沈星乔对大家点头，硬是挤出一个微笑，自我介绍：“我是沈星乔。”

孙蓬冲纪又涵眨了下眼睛，问：“哪个桥？石桥的桥？”

“乔木的乔。”

“哦，小乔的乔，名字里有乔字的都是美女。”孙蓬笑嘻嘻示好。

沈星乔抬眼看他：“谢谢。”

渺渺作为里面唯一一个女生，过来跟沈星乔说话，得知她是江城一中的，不由得说：“哎呀，你是一中的，好厉害啊。”

沈星乔赶紧否认：“没有，没有，我在班里成绩都吊车尾。”

大家一听这话，以为沈星乔跟他们一样不爱学习，立即把她归为自己人，先前的拘谨也没了，抄起球杆，嚷嚷着谁先来。

纪又涵问沈星乔会吗，沈星乔摇头。纪又涵简单说了规则，又亲身示范，告诉她怎么才能把球打进洞里。

沈星乔想起电视上演的，从来没打过桌球的菜鸟，单凭几何运算，一杆清场，问他是不是真的。纪又涵嗤之以鼻：“照这样说，数学家都是台球高手了？那斯诺克选手还成天苦练什么，全去学数学不就行了。”

沈星乔趴在桌子上，想把一颗蓝色的球撞进洞里。纪又涵站在她后面瞄了瞄，握住她的手把球杆往外移了点儿。沈星乔发力的时候颤了下，球歪了，从旁边滚过去。纪又涵没有立即离开，两人就那么紧贴在一起，沈星乔几乎被他整个人包在怀里。

沈星乔察觉到男孩的逗弄，身体僵硬了一下，随即装作若无其事的样子横移一步，脱出他的包围圈，说自己先练习一下，让他去玩，别管她，拿过球杆，瞄准方位，自顾自玩起来。

纪又涵轻笑一声，见她似乎不好意思，适可而止，没有再做什么，和姚曦开了一局，说好输的请大家吃饭。

姚曦打了一杆，偏了，说：“听说你生日要大办？请我们不请？”

孙蓬捅了下纪又涵：“你们家好像挺看重这个，在凯悦办是吗？不过十八岁生日也算是个大日子。”

纪又涵不作声，闷头打球。

沈星乔远远看了他一眼。

很快，纪又涵输了，把位置让给孙蓬，走到沈星乔身边。

沈星乔问他：“你一年过多少个生日？”

他理直气壮说：“上回过的是阴历生日。”

沈星乔看着他：“你到底哪天生日？”

“9 月 18 号。”

沈星乔轻笑一声：“差两个月的阴历生日？”

纪又涵自知理亏，摸了摸鼻子。

沈星乔没有纠缠此事，说：“等下我不跟你们一起吃饭了，我要回家。”

又玩了会儿，沈星乔看看时间差不多，提出要走，纪又涵送她去公交车站坐车。车子迟迟不来，纪又涵忽然说：“什么时候再出来？”开学了，不像在培训班的时候，每天都能碰见，他还真有些不习惯。

沈星乔此时完全是一种无所谓的态度，连课都不想去上，只要有人陪她打发沉重难熬的时间就行，很干脆地说：“周末我请你吃饭吧。”

沈星乔每天按时上课下课，跟个木头人一样坐在座位上，上课就看小说，既不复习功课也不做作业，要交作业了，就借同学的抄一抄，敷衍了事。老师都知道她是要出国的，对她睁一只眼闭一只眼，好在刚开学，作业不多，考试更是没有，还不至于引起注意。

周末，沈星乔请纪又涵吃泰国菜，酸酸辣辣的冬阴功汤很是开胃。吃完看电影，完完全全是在约会了。随便选的一部电影，全是大牌明星，却不知道要表达什么，从头到尾莫名其妙，看得人尴尬症都犯了。沈星乔强忍离场的欲望，只好吃爆米花解闷。

纪又涵听着耳边细细碎碎的咀嚼声，转过头来，指了指她的嘴角。

沈星乔摸了摸，什么都没有。

本来就什么都没有。纪又涵凑过来，两人头离得很近。沈星乔见他想亲自己，神情僵住，往后躲了躲。

纪又涵停在那里，既没有离开也没有进一步侵犯，声音低沉仿佛就在耳边，调戏般问："第一次？"

沈星乔瞟了他一眼："你一定不是第一次。"

纪又涵脸色变了变，重又坐回去。

沈星乔若无其事，继续吃爆米花看电影。她觉得自己心如古井，这样暧昧旖旎的场景都激不起半点波澜。

回到舅舅家，高以诚居然在写作业，餐桌上摊满了各种参考书。沈星乔拿起一本《高三数学发散新思维》，全是各种疑难解答，突然问："你有韩琳的消息吗？"

高以诚抬头，提到韩琳，情绪已经不像以前波动那样大了，淡淡地说："她去二中了，听说住老师家，都不出校门。"

"那很好啊。"

一切好像都没发生过。当初经历的那些愤怒、痛苦、自责，经过时间的分解发酵，有的消散在空中，有的埋藏在心底。大家如常生活着，有些人已经走远，有些人还在身边。

连沈星乔都觉得恍惚，暑假发生的那些事，遥远得就像一个梦，一到开学，梦就醒了。

高以诚因为腿脚不便，中午暂时在学校吃，沈星乔便每天给他打饭，送去他教室。这天中午，刚吃完饭回来，有同学叫住她："沈星乔，外面有人找。"

沈星乔走出教室，看见陈宜茗和一个不认识的女孩站在外面走廊上，气势汹汹的，一副要找人算账的模样。

麻烦上门，沈星乔头疼不已，领着她们到楼道，问："你找我什么事？"

"你知道我是谁？"

沈星乔颔首。

“知道就好。”陈宜茗做出凶巴巴的样子，“我警告你，离纪又涵远点。”

沈星乔打量着她，又看了看她身后那个女孩红着脸一副难为情的样子，不以为意，慢悠悠说：“你来找我就算了，为什么还要带朋友来？壮胆吗？人家好像不乐意呢！”

陈宜茗神情一怔，不由得回头看了眼朋友，继续鼓足勇气说：“我警告你——”

沈星乔打断她：“好了，我收到你的警告了，你可以回去了。”

“你——”一向伶牙俐齿的陈宜茗被她堵得说不出话来，顿时恼羞成怒，气急败坏地说，“你别得意，你这样的我见多了，纪又涵不过同你玩玩罢了。上学期就有个你们学校的，整天死皮赖脸缠着他，现在早不知道哪儿去了，识相的，就离他远点，不然我要你好看！”

看似张牙舞爪，实则色厉内荏，沈星乔对她的威胁半点不放在心上，反而饶有趣味地说：“如果我不呢，你打算怎么要我好看？”

对方态度实在过分，似乎一点没把自己放在眼里，陈宜茗怒火上涌，忍不住要给她好看。那个一直作壁上观的女孩赶紧拉住她，小声提醒：“这是人家的地盘。”打了人她们还想脱身？这姓沈的一看就不是个省油的灯。

陈宜茗气得恶狠狠地瞪沈星乔。

沈星乔仿佛没看见：“你喜欢纪又涵就去找他啊，找我做什么？”

“我爱找谁找谁，你管得着吗？”陈宜茗强词夺理。

沈星乔无语：“你能不能好好说话？”

半晌，陈宜茗闷声说：“我找过他，他躲着我。”

沈星乔只觉无奈：“所以呢，你就来找我麻烦？是不是我看着比较好欺负？”

陈宜茗一开始的嚣张气焰不知不觉减弱，小声说：“我没想找你麻烦，我只是、我只是不甘心！我这么喜欢他，他为什么对我视而不见？你到底有什么好？个子没我高，身材没我好，长得也不怎么样，我哪点不如你了？”越说越觉得委屈。

真是个傻姑娘。沈星乔暗叹：“纪又涵有什么好的，你就这么喜欢他？”

“他哪里都好，从头发丝到脚后跟，没有一处不好，只要看着他，哪怕什么都不说什么都不做，我都愿意！”

沈星乔原本还有些鄙夷，听了这些话，不作声了。

这就是“遇见你我变得很低很低，低到尘埃里，但是心里是欢喜的，在那里开出一朵花来”？

陈宜茗反应过来自己竟然对着情敌示弱，深觉丢脸，大声说：“我喜欢他怎么了？喜欢人又不犯法。你不也一样，有本事，你别喜欢他啊！”

“好啊。”沈星乔一副无所谓的样子，噎得陈宜茗不知道说什么好。

“你找我没用，你应该去找纪又涵，跟他开诚布公地谈一谈。如果他明确表示不喜欢你，那你，还是算了。”沈星乔并不讨厌她，好心给出建议。

没想到陈宜茗怒了：“你们一个个让我算了，我告诉你们，我偏不！”

陈宜茗气冲冲而来，又气冲冲走了。出了江城一中，一直在旁边为她掠阵的小周说：“这个沈星乔，给人感觉怪怪的。”

“有什么奇怪的，小人得志。”陈宜茗气哄哄的。

“你不觉得她态度很奇怪吗？她跟以前那个韩琳太不一样了，你让她别喜欢纪又涵，她一口就答应了，好像对纪又涵一点都不紧张。”

陈宜茗慢慢也察觉出不对劲来，对比自己的狂热，沈星乔实在太冷漠了，若是有人要自己别喜欢纪又涵，她非得上去扇那人两个耳光不可，你算哪根葱，管我喜欢谁。

小周得出结论：“她肯定没那么喜欢纪又涵，不然不会是这种无所谓的态度。”

陈宜茗矢口否认：“怎么可能！”

小周不以为然：“怎么不可能，纪又涵又不是人民币，你当人人都要喜欢他啊？”

“可是大家都说他喜欢沈星乔。”说到这个，陈宜茗忍不住神情黯然。

是啊，关键不在沈星乔，而是纪又涵喜欢的是谁。

女孩子的直觉总是敏锐又精准。

陈宜茗一时气糊涂了，过后细细思量沈星乔说的话，以及说话时的表情动作，越想越心惊，得出一个结论：沈星乔大概真的没那么喜欢纪又涵，至少没自己这么喜欢。她仿佛抓到沈星乔的把柄，迫不及待地要告诉心上人，希望能借此留住男孩的心。

纪又涵的十八岁生日 Party 办得很盛大。纪晓峰也有借此拉拢关系联络感情的意思，包下了凯悦整整一层，不少来宾都是江城有头有脸的人物。纪又涵请了英威国际班上所有同学，另外还有玩得好的孙蓬、胖子、姚曦等人。他曾问过沈星乔要不要来，沈星乔自然是拒绝了，他也没强求。

宴会从中午开始，一直到晚上才结束。纪又涵跟在纪晓峰身边，直至送走最后一个客人，差点没累趴下。纪晓峰让他回家住，他最后还是回了华庭。

王应容下午放学经过3号楼时，发现一个女孩抱着书包坐在台阶上，似乎在等人。饭后散步，她还在，头埋在胳膊里，一副等得无聊的样子。十点半下楼买夜宵，她竟然还没走，一直拿着手机在玩。他不时回头，心里难免有些好奇，猜测着各种原因，正要走远时，见那女孩突然站起来，一脸欣喜地跑下台阶。

王应容转头，看见纪又涵的身影出现在不远处，心里有所明悟，摇了摇头，快步离开。

纪又涵见到陈宜茗，微不可察地皱了皱眉："你怎么在这儿？"

"等你啊。"

"等我做什么？"

陈宜茗从书包里拿出一个包装精美的礼物盒："生日快乐。"

纪又涵看着礼物，好一会儿才接过来："谢谢。"

两人边说话边往前走，纪又涵刷卡开楼道门："时间不早了，你先回去吧。"

陈宜茗拉住门，动作灵巧地从他胳膊下钻进去，抱怨说："我等了你好久。"

纪又涵无奈，只能任由她跟着自己上楼。

王应容见两人进去，嘲笑自己差点就多管闲事了，转身走了。

陈宜茗一进屋，立即看见墙边放着的鱼缸，跑过去："哎呀，这鱼好漂亮，什么时候养的？上回来的时候还没有呢。"

纪又涵给她拿了一瓶水，她说不要，把手伸进鱼缸，想摸摸鱼。

"不要碰。"

陈宜茗讪讪地把手缩回来。

"找我有什么事吗？"语气客气疏离，有赶人的意思。

陈宜茗故意装听不懂，大剌剌地说："没什么事啊，今天你生日，我来看看你。"

纪又涵想扶额："真没什么事？没事我要休息了。"

陈宜茗有些手足无措地站在那里，看着坐在沙发上的纪又涵，好半天鼓起勇气，说："沈星乔根本就不喜欢你，你别被她迷惑了——"

纪又涵皱眉："你胡说八道什么？"

"我没有骗你，我去找过她，她一点都不在乎你，她还说让我好好跟你谈一谈……"

纪又涵惊得站起来："什么，你去找过她？"

陈宜茗被他吓得退后一步。

纪又涵怒道："你疯了，你找她做什么！？"

看着他对沈星乔紧张在意的样子，陈宜茗仿佛被刺了一下，也跟着大声起来："我怎么疯了？我只不过想看看她长什么样儿。我哪里不好，你为什么就不喜欢我？"

纪又涵冷冷地看着她："你很好，只不过我不喜欢。"

窗户纸一旦捅破，事情便无法回头。

"你是不是喜欢沈星乔？"

"是。"

终于说出来了，饶是陈宜茗早有心理准备，还是大受打击，眼泪情不自禁地滚下来："你就后悔去吧。"随后哭着跑走了。

陈宜茗的话让纪又涵头疼不已，在屋子里走了两圈，拿出手机给沈星乔打电话。

接通，沈星乔第一句话就是："生日快乐。"

听到她的声音，纪又涵终于下定决心："我有话要跟你说。"

沈星乔等着。

"我想见你。"

"现在？"

"我可以去找你。"

"到底什么事？"

"刚才陈宜茗来找我，说是你出的主意。"纪又涵怀疑她是故意的，唯恐天下不乱。

呵，找她算账来了，沈星乔可不怕："好啊。"

她拿了钥匙准备出门，高舅妈问她这么晚去哪儿。

"下去买点吃的。"

"冰箱里有红枣银耳汤，我去热一下？"

沈星乔不说话，还是往门口走，站在玄关换鞋。

高以诚扶着门框，从里面探出头来："你是不是去吃烧烤？我要吃羊肉串。"

高舅妈瞪他："你的腿还没好，羊肉是发物，不能吃。"

高以诚要忌口，这个不能吃那个不能吃，戒腥戒辣，少油少盐，嘴里都快失去味觉："那烤茄子总行吧？"

“烧烤少吃。”

“那给我带碗皮蛋瘦肉粥！”高以诚咬牙切齿。

沈星乔打包了份皮蛋瘦肉粥，在小区门口等着。很快，纪又涵就来了，手上拎着个塑料袋。小区里有一处假山喷泉，假山上有一座八角凉亭，环境清幽，适合谈话，沈星乔领着他到那里坐下。

快十一点了，夜深人静，一轮圆月挂在头顶，风动影摇，周围虫鸣蛙叫声此起彼伏。纪又涵从塑料袋里拿出一块蛋糕递给她，笑说：“过生日嘛，好歹意思下。”

寿星最大，沈星乔切了一块，象征性吃了，说：“陈宜茗找你，然后呢？”

“能有什么然后。”纪又涵明显不想谈这个，拿起蛋糕咬了一口，含含糊糊地问，“你今天做了什么？”

沈星乔满心都是陈宜茗，随口敷衍：“没做什么，和平常一样，上课发呆，下课睡觉。”见他不说话，不知在想什么，顺口问，“你呢，生日过得怎么样？”

“不怎么样。”虽然宾客如云，可是跟他没什么关系，都是冲着他父亲来的。

“不怎么样？”沈星乔惊讶。她可是看到孙蓬发的照片了，场面极其盛大，司仪是本市电视台有名的美女主持人。

“听说请了朱玮，她真人怎么样？”沈星乔翻看着朋友圈的照片，好奇地问。

“干瘦干瘦的。”

“要上镜嘛。”

沈星乔手指一张张滑过孙蓬晒的诸多照片，最后停在一张全家福上。纪晓峰夫妻站在中间，左边是纪又涵，右边是一个二十多岁的年轻男人，穿着休闲西装，双手插兜，目光锐利地看着镜头，一副年轻有为精明强干的样子。

纪又涵也看到这张照片了，眼神冷冷的。

“这个是你哥哥吗？跟你长得不像呢。”

纪又涵抿了抿嘴，没说话。

沈星乔盯着照片一直看，又说：“你妈妈看起来好年轻啊！”

纪又涵看着她，突然说：“她不是我妈。”

“嗯？”

“我是私生子。”

沈星乔吃惊不已，睁大眼睛看他。

纪又涵垂着眼，脸上没什么表情。

“那你妈她现在——”沈星乔艰难开口，没想到他会跟自己说这个，着实吓了一跳。

“正如你想的那样，我妈是情妇，非婚生下我，为了别的男人又抛弃了我。”

信息量有点大，沈星乔觉得自己脑子都不够用了。

纪又涵来见她的目的并不是想跟她说这些，可是不知道为什么，不知不觉就将心里最难堪的秘密说了出来。

沈星乔想到自己，父母忽视，前途暗淡，有些感同身受，叹息地说：“这不是你的错，不要因此而责怪自己。”

纪又涵忽然就被安慰了。是啊，除了父亲，纪家上上下下全都轻视他排斥他，可是，这样不光彩的出身，又不是他能选择的。他微微点头，不欲多说自己的身世：“其实我来，是想为陈宜茗的事跟你道歉。”

在他说了那些让人震惊的话后，陈宜茗的事已经微不足道，沈星乔耸耸肩：“没什么，她人挺好的，没什么坏心眼，就是脾气有点冲。”

纪又涵深吸口气，看着她慢慢地说：“陈宜茗来找我，问我喜不喜欢你，你想知道答案吗？”

其实根本不用答案。

沈星乔的脸“唰”地白了，男孩突如其来的表白让她手足无措，甚至有些惊慌。

凉亭里光线昏暗，纪又涵看不清她脸上的表情，心里却满含期待，等待着她的回答。

沈星乔看着对方明亮真诚的眼神，心虚瞬间冒出了头，只觉一阵眩晕。

两人都没说话。周围万籁无声，唯有夜风轻柔地从脸上拂过。

沈星乔呼吸艰难，不知该如何应对，幸好手机铃声救了她，是高舅妈。

“怎么还没回来？”

“我在楼下，马上回去。”

沈星乔看了纪又涵一眼，逃离般冲出了凉亭。

纪又涵喊住她，递过打包袋：“你落下东西了。”

沈星乔胡乱地接在手里，不敢看他，低着头匆匆地逃离。

纪又涵却以为她是害羞了，看着她离去的背影转个弯消失不见，微微一笑。

回到家，高以诚等得望眼欲穿，没好气地说：“你吃个夜宵吃到美国去了啊，一去不回。”

沈星乔把粥放在他书桌上。

高以诚打开盖子吃了口：“粥都凉了，你到底去哪儿了？”他怀疑地看着她，“你不会是出去见人了吧？”

沈星乔神情一顿，转身就走。高以诚“嘁”了声，自以为是过来人：“有什么好隐瞒的，我又不会去告状。”

沈星乔回到房间，看着桌上堆满了的各种英语类书籍，忽然动作起来，找到一个纸箱，把那些书统统收进去，扔到床底下。

第二天数学老师有事，改为随堂测验。沈星乔看着题目，完全不知所云，索性趴在那里睡了一觉，交了白卷。

下午英语老师提问，沈星乔没做作业，一题都答不上来。沈星乔一向很得英语老师欢心，如今这样，英语老师很失望，当堂点名批评她：“沈星乔，这些天你怎么了，心不在焉，懒懒散散，作业都不完成！你不能因为要出国就不好好学习，难道你也要跟那些没出息的人一样，出国就是为了混个文凭？你这样不用心，对得起你父母，对得起你自己吗……”老师当着所有同学的面，足足批评了她五分钟之久。

沈星乔又是羞愧又是难过，没有人知道她不能出国了。那时候她真的以为自己完了，出不了国，也考不上国内好的大学，前途尽毁。

这一天过得糟糕透了。数学老师把她叫出去，问她为什么交白卷。沈星乔低着头不说话。数学老师是男的，态度还算缓和，不轻不重地说了她几句，就让她回去了。

沈星乔挨到放学，一个人在教室里坐了很久，接到纪又涵的电话：“你出来下。”

纪又涵在校门口等她。她无知无觉地走过去，什么话都没说，什么话都没问，管他呢，她只是需要人陪。

好几天没联系，每次看到一红一黄两条鱼，纪又涵都会想起她，这天终于决定来学校找她。

纪又涵打量她：“怎么了？脸色好像不太好。”

沈星乔平静地说：“我交白卷，被骂了。”

纪又涵有点惊讶。通过一个暑假的了解，沈星乔上课从不迟到早退，每天按时完成作业，是个彻头彻尾的好学生，竟然也会干这样的事。

"交了就交了，没什么大不了的，我们找个地方坐吧。"

沈星乔带纪又涵去附近吃东西，给高以诚发了个短信，说让他自己先回去，别等她。

高以诚收到信息，干脆到篮球场看大家打球。他已经能弃拐行走，就是走路还有点一瘸一拐，不能用力。

一个同学提着从外面买的一大袋饮料过来，递了瓶水给他，八卦地说："高以诚，你妹妹在跟人约会。"沈星乔从开学以来，每天中午给高以诚送饭，他同学都认识她了。

高以诚笑他："胡说什么，男女同学说句话就是约会啊？我有言在先啊，少打我妹妹主意。"

那同学顿时恼羞成怒："我哪有胡说，不信你自己去看，那人一看就不是什么好东西！两人放学后一起吃甜品，说说笑笑的，这还不是约会？"

高以诚想起前几天沈星乔大半夜出去的事，决定还是去看看。他做贼似的溜进甜品店，楼下找了一圈，没见到人，只好硬着头皮往上走。快到二楼时，他趴着栏杆伸出头去看，不看不要紧，一看肺都气炸了。

坐在沈星乔对面的不是死对头纪又涵又是谁？这小子祸害了韩琳不够，竟然还敢来祸害他妹妹！他一瘸一拐气冲冲地走过去，伸手就想给对方一拳。

人还没近身，纪又涵就发现了他，及时躲了过去。

沈星乔从看到高以诚出现的那一刻起，就知道糟了，她慌乱地站起来，拦住他："你干吗？有话好好说！"

"又是你！"纪又涵看着高以诚，简直莫名其妙，随即眼睛在他和沈星乔之间转来转去，一时弄不清两人之间的关系。

高以诚盯着沈星乔，情绪十分激动，大声质问："沈星乔，你怎么跟他在一起！？"

沈星乔拖着高以诚往外走："回家跟你解释。"

高以诚推开她，怒道："你要是不说清楚，今天谁都别想走！"

周围的人听到动静，全都看着他们，一副看好戏的样子。沈星乔窘迫不已，哀求地看着他："哥哥，我们回家再说好不好？"

高以诚不肯，狠狠地瞪着纪又涵。

沈星乔指着周围的人，气道："你想让大家看笑话是不是！？"

高以诚脑子瞬间清醒，想到这是大庭广众之下，又是学校附近，只好悻悻下楼了。

沈星乔赶紧跟上去，临走前对纪又涵干巴巴地抱歉一笑。

纪又涵听着他们的对话，已经猜到两人之间的关系，看着两人一前一后离开，一种不好的感觉油然而生——沈星乔肯定知道自己和高以诚之间的恩怨，当初三番五次地偶遇，真的只是偶然吗？心里无数念头纷至沓来，惊疑不定。

心事重重地回到家，纪又涵看见鱼缸里的鱼，莫名一惊，不由得想起和沈星乔第一次见面时的情景，她泼了他一身可乐，到底是有意还是无意？继而又回忆起两人相处时的点点滴滴，一时间想得头都疼了。

纪又涵想往好的方面想，两人真的只是偶遇，大家都在隔壁，遇见不很正常吗？她总不能为了自己专门报了个英语培训班吧？可是如果她知道自己住哪儿呢？顺手报了隔壁的培训班呢？他家地址又不是什么秘密，韩琳就知道。纪又涵脸色发白，无论怎么解释他都不能说服自己，越想越是疑点重重，就连送他的鱼，都显得心机满满。

忽然，纪又涵想起陈宜茗说的话——

“她根本就不喜欢你，你别被她迷惑了。

“我没有骗你，我去找过她，她一点都不在乎你，她还说让我好好跟你谈一谈……”

纪又涵脸色惨白，不敢相信竟然有人这样费尽心机对付自己。

就在三天前，他十八岁生日，还对她表白了，将最难以启齿的身世告诉她，怎么可能从一开始就是个骗局呢？

纪又涵又惊又怒，头痛欲裂，简直快要爆炸。

Chapter 04 因爱生恨

沈星乔和高以诚打车回家，路上两人一直没说话。到家高舅妈饭已经做好了，招呼他们吃饭。两人没有表现出什么异样。沈星乔坐在餐桌上，高以诚抱着碗去客厅，边看电视边吃。高以诚先吃完，跟高舅妈说了声："屋里有点闷，我去楼顶透下气。"出去的时候特意看了眼沈星乔。

沈星乔心里一紧，不紧不慢地吃完饭，顺手拿了两片西瓜，往门口走去。

为了乘凉，高舅舅特意在楼顶搭了个凉棚。高以诚躺在摇椅上，接过沈星乔递来的西瓜，不过没吃，而是放在一边："你跟姓纪的怎么认识的？"声音犹带怒气。

"暑假我上英语培训班，他就住附近。"

"你跟他怎么回事？他什么人你不知道吗？拈花惹草、喜新厌旧，韩琳的事就是前车之鉴，你怎么跟他混在一起？"高以诚越说越气，"你们女生怎么都没有脑子？只要长得好、嘴巴甜，就不管不顾死心塌地扑上去，也不管他是不是人渣！"

沈星乔气得反问："我在你眼里就是这样的人？"

高以诚见她脸色不对，迟疑了一下："那你们，怎么回事？"

沈星乔好半天才说："我只是觉得不甘心。"

高以诚脸色慢慢变了，反应过来，惊得站起来："你是为了替我出头？"

"一开始我的确是咽不下这口气，你腿断了，高考也误了，韩琳受尽指责，被逼转学，可是他什么事都没有，照样跟女孩子厮混。我很想知道，他到底是什么样的人，怎么做到这样若无其事？"

高以诚震惊地看着她，没想到她竟然为了他做出这样的事来，又是感动又是责备："我要你替我出什么头！？你这是在玩火自焚！你根本就不明白他有多危险，有多少女孩子为他要死要活！一个韩琳已经够了，我不想再看到自己的妹妹也重蹈覆辙！"

"我绝不会重蹈韩琳的覆辙！"沈星乔斩钉截铁地否认，像是在提醒自己。

高以诚显然不信："说得轻巧！我不问你们怎么认识的，中间又有什么样的来往，我只问你一句话，你对他什么感觉？"

沈星乔一时不知该怎么回答。

高以诚逼近她，看着她的眼睛，冷声问："你喜欢他吗?

沈星乔在他的逼视下几乎无所遁形，张了张嘴，却发不出声音。自从纪又涵对她表露情意后，她也不知道自己对他是一种什么样的感情，与其说是喜欢或不喜欢这种，不如说是心虚内疚来得更多一些。

高以诚又气又怒，这正是他所担心的："你一个女孩子，招惹他这种人干吗！？无论结果怎样，吃亏的都是你！"

沈星乔想起了纪又涵，其实真正接触后才发现，他跟自己想象的不一样，并没有什么斑斑劣迹，然而事情还是走到了现在这一步。

"我跟他没有什么。"沈星乔无力地辩解。

"你还想跟他有什么？"高以诚勃然大怒，恨铁不成钢地看着她，"你若是不想我多嘴告状，那就答应我一个条件。"

"什么条件？"

"以后不许再见他！"

"好。"沈星乔答应得很干脆，可是声音听起来却轻飘飘的，有气无力。

夜深人静，纪又涵却根本睡不着。他躺在床上，和沈星乔有关的事情像放电影一样，一幕一幕地从脑海里闪过，无论怎么都停不下来。心里面似乎有一块千斤重石，压得他辗转反侧、难以呼吸。

他受不了，"砰"的一声从床上坐起来，拿了钱包钥匙出门。他一个人在这里猜疑愤怒有什么用，完全是自我折磨，他要找沈星乔当面问个清楚，一刻也等不及。

沈星乔也没睡，呆呆地坐在书桌前，看着夜色沉沉的窗外。手机响起，看到上面的名字，她手一颤，心跳仿佛都停了下。她想逃避，想直接按断，可是逃得了初一逃不了十五，终究是要面对的："喂？"

纪又涵声音冷冷的："我在你家楼下。"

沈星乔轻手轻脚地出来，蹲在门口换鞋。高以诚的房门开了，站在那里看着她。

沈星乔站起来，晃了晃手里的手机，小声说：“纪又涵在下面，我去跟他把话说清楚。”

“要不要我陪你一起去？”

沈星乔摇头：“不用。”

她轻轻推开门，又轻轻把门带上。

高以诚没回房，也没开灯，在客厅沙发上坐着。

还是上次的八角凉亭，一样的夜深人静，一样的两个人，可是心情截然不同。纪又涵真是觉得讽刺：“高以诚是你表哥？”

“嗯。”

“你故意接近我？”

“是……”

怀疑就这么轻飘飘地证实了，纪又涵从没觉得这么荒谬过：“为什么？因为我弄断了你哥哥的腿？那你打我一顿好了，这么处心积虑接近我做什么？”

沈星乔突然问：“还有韩琳呢？你不记得她了吗？”

纪又涵震惊，半晌问：“你跟韩琳什么关系？”

“没什么关系，我们只是同学。”

“原来你跟韩琳认识！所以，你是因为他们，想要报复我吗？”

沈星乔不说话。纪又涵怒不可遏：“你处心积虑地认识我，送我鱼，为我下厨，一起吃饭，看电影，闯鬼屋，打台球，所有这些，都只是为了报复我？”

沈星乔木然地看着他，无言以对。

纪又涵觉得她突然变得十分陌生，陌生得就像变了个人，完全不是自己认识的那个聪明安静、善解人意的女孩。他咬牙切齿地说：“你怎么这么可怕，一步一步，居心叵测！难道这一切都是假的吗？我是瞎了眼，才会被你玩弄于股掌之间！”

沈星乔低着头，小声解释：“无论你相不相信，当初在麦当劳遇到你，真的只是意外，一切都太巧了。再说，我也没有对你做什么。”连她自己也说不清当时是以一种怎样微妙的心情接近他，稀里糊涂地顺势而为，本以为随时可以停止，没想到走到今天这步。

“你还没对我做什么？”纪又涵愤怒之余，更多的是伤心，没有一点预兆，就这样被喜欢的女孩捅了一刀，痛得他仿佛连知觉都没有了。一向被女孩宠坏了的他哪受得了这样的打击，高声叫道，“你还没对我做什么？你接近我，勾引我，玩弄我，看我像个傻子一样被你要得团团转，你很得意是不是？”

沈星乔看着神情激动眼睛都红了的他，淡淡地说：“我一点都不得意。”她甚至早就后悔了。

纪又涵怔了下，沉默了，好半天没说话。

“我接近你，但是没有勾引你，没有玩弄你，也没有像看个傻子一样把你要得团团转。我承认自己不怀好意，但是没你说的那么恶毒。”

纪又涵再开口，声音平静了许多：“你处心积虑接近我就算了，我只想知道，你有没有喜欢过我？”

沈星乔已经被逼问过一遍了，这次回答得很干脆：“没有。”

“一点都没有？那你送我鱼还为我做饭，都是什么？你还敢说你没勾引我，难道这不是勾引？”

沈星乔答不出来。

“先勾引我，然后再甩了我？”

沈星乔艰难地咽了咽口水，她未必没有这样想过，只是没有付诸行动。

“我真是又傻又蠢！”纪又涵自嘲，眼中闪过伤痛，“连陈宜茗都发现了你不对劲，我还傻乎乎地跟你表白，我简直就是天字第一号大傻瓜！”

沈星乔见他这样，嘴唇微张想说什么，又闭上了，此刻说什么都是徒劳。

纪又涵垮着肩膀，仿佛全身力气都被抽干了，颓然地说：“我对韩琳、陈宜茗她们或许有做得不对的地方，可是你，你对我比我对她们更过分。我对她们至少态度真实，可你呢？你对我，从头到尾都是虚情假意！你凭什么报复我，你有什么资格报复我？”

沈星乔被他说得脸色惨白，神情复杂地看着他，轻声说：“我以为你对我，跟对她们差不多。”

这才是最让他难堪的地方，一颗真心捧上去却被人如此践踏，这个没心没肺铁石心肠的女人！纪又涵隐忍着怒气，看她的眼神阴沉沉的：“你给我滚，最好祈祷以后永远不要碰到我，不然，我要你知道什么是一报还一报！”

沈星乔看着他，一言不发地转身走了。

沈星乔开门进屋，灯“啪”的一声亮了。

高以诚站在她对面，打量了她一眼：“都说清楚了？”

沈星乔木着脸，点点头。

高以诚担心地看着她，欲言又止。

沈星乔轻声说："放心，从今以后，他再也不想看到我。"

高以诚走过来摸了摸她的头，安慰她："没事的，过段时间就好了。"

过了会儿，他像是自言自语般，又说："相信我，再难过都会过去的，经验之谈。"

沈星乔红着眼睛看他，不说话。

高以诚还想说些什么，这时高舅妈听到动静从卧室出来，说："大半夜的，你们俩不睡觉，站在门口干吗呢？"

高以诚顶嘴："还不许人失眠啊？"

"你明天不要上学了？"

"睡不着有什么办法？"

高舅妈没好气说："那你就站那儿当门神吧，站一晚上我就服你。"

高以诚哼哼着没话了。

沈星乔默默回了房间。

第一个发现不对劲的竟然是渺渺。下午放学，她跟孙蓬见面，说起一件事："上午我有事想问沈星乔，给她发微信，她竟然把我删除好友了。"

"是不是误删啊？"

"不能吧？"

"你等会儿。"孙蓬拿出手机给沈星乔发微信，弹出一个对话框，提示他们还不是好友，请先通过好友验证。

渺渺说："她跟纪又涵分手了？"不然不会做出连他们也删除的事来。

孙蓬神情凝重地给纪又涵打电话，纪又涵手机关机了。他让渺渺先回去，直奔纪又涵家。

他敲了好半天门才有人应。纪又涵半睁着眼好像刚从床上爬起来，醉醺醺的，见是孙蓬，放他进来。孙蓬见纪又涵这样，确定两人出了问题，说："你这是干什么，借酒浇愁啊？"

纪又涵不理，摇摇晃晃地摸到沙发边，坐下。

孙蓬从冰箱给他拿了一瓶水，他拧开盖子，一口气全喝完了。

孙蓬闻着他身上散发的酒味，皱眉："你这是喝了多少酒啊？到底出什么事了？"心想就算分手，你也不是第一次，不至于吧？

纪又涵揉了揉太阳穴，声音沙哑地说："你还记得高以诚吗？"

孙蓬想了会儿：“为韩琳跟你打架，断了腿的那个？”

“他是沈星乔的表哥，沈星乔就住他家。”

孙蓬还没明白过来，疑惑地看着他。

“为了给她哥出气，她故意接近我，报复我。”

孙蓬惊得睁大眼睛，好半天才说：“她心机这么重？看不出来啊！”连连摇头，“真是知人知面不知心。”

纪又涵气得用力捶了下茶几：“这两兄妹，一个为了女人跟我打架，一个为了哥哥报复我，都是神经病！”

孙蓬安抚说：“好在知道了她真面目，没有继续被蒙在鼓里。唉，谁能想到会碰上这种事，以后离她远些就是，大不了认栽。”

“凭什么我要认栽？我纪又涵从生下来还没被人这么耍过！君子报仇，十年不晚，以后日子还长着呢，大家走着瞧！”

孙蓬劝道：“你这又是何必呢？碰上这种心机深沉的，最好的办法就是敬而远之。再说她也没拿你怎么样，这不是阴谋暴露，没有得逞吗？”

“谁说没有得逞？”

孙蓬吃惊地看着他。

纪又涵回过神来，解释似的说了一句：“没有得逞，也不能就这么算了！”

孙蓬见他这样也不是办法，拉他起来，说：“你也别一个人闷在家里买醉了，洗个澡，出去走一走。”

纪又涵没动，眼睛忽然扫到墙角的鱼缸，心中蓦地一痛。

孙蓬也看到了，想到他平日是如何精心照顾这两条鱼的，每天喂食不说，还要换水，定时定量灯光照射，为了这个，经常出门了还要专门跑回来一趟，不由得有些唏嘘。

纪又涵突然站起来，走到鱼缸边，拔下插头。

“你干什么？”

“扔掉。”纪又涵拿了个桶出来，把里面水抽掉。

水位越来越低，两条鱼察觉到危险，在鱼缸里奋力挣扎撞击。

孙蓬有点看不过去：“鱼离了水，不就死了吗？”何况还是这么娇贵的热带鱼。

“死了就死了。”纪又涵面无表情。

孙蓬没想到他反应这么激烈，想了想说：“这样吧，你扔掉不如给我，我带回去养。”救人一命胜造七级浮屠，救了两条鱼呢？好歹也算功德一件吧。他把水又倒回鱼缸里，“也别费事了，等会儿我叫胖子来，弄个车连鱼缸抬回去。”

“那你现在就把它们弄走。”纪又涵只想眼不见为净，扔下他上楼了。

纪又涵颓废了几天，又呼朋唤友到处吃喝玩乐，一副什么事都没发生的样子。去他的沈星乔，他根本就不在乎，一点都不在乎！

只是某一次聚会，陈宜茗发现纪又涵开始抽烟了，大口大口地吞咽着，抽得很凶。纪又涵对她还是不冷不热，她却是摩拳擦掌，认为属于自己的机会终于来了。

沈星乔遭受打击，最近一段时间经常睡不好，精神恹恹的，几次上课睡觉被抓，被班主任叫出去谈话。大意还是那些，说她最近状态不对，好几个老师跟他反应说她上课开小差，作业不完成，考试一塌糊涂。

沈星乔也知道自己不能再这样下去，可是那股泄了的精气神儿怎么都提不起来。人一旦失去目标，其心崩塌起来便如同江河日下，不可挽回。有时候她会自暴自弃地想，不上学也没什么，谁也没规定人必须上大学。三百六十行，照样行行出状元。

直到有一天中介打电话来要她交材料。她暑假前就跟本市最大一家出国留学中介签了合同，因为时间充裕，中介老师直到现在才联系她。她把合同找出来，发现如果出国不成，会返回 80% 的费用。

周末，她带着合同去了中介那里，准备拿回这笔钱。她跟中介老师说自己不出国了。老师先是一愣，随后问她为什么。她说家里出了事，自己申请的又是私立学校，经济上负担不起。中介老师经验丰富，碰到这样的事也不是一回两回了，还指望着她刷业绩呢，极力怂恿她说：“那你可以申请公立学校啊，再不济，还可以去别的国家，像法国，就不要学费，还有住宿补贴，好多人都申请去法国留学。”老师喊来一个负责法语区域留学事宜的小姑娘，让对方给沈星乔介绍留法情况。

小姑娘刚从法国回来没两年，着重跟她介绍留学费用问题：“我去法国，只花了家里十万块。”

“才十万？”十万对沈星乔来说不过是妈妈脖子上戴的一条钻石项链。

小姑娘掰着手指头跟她算：“前一两年花的家里的，后来都是自己打工赚的。法国公立大学是免学费的，每年只要交几百欧买书的钱，住宿有房屋补贴，二十六岁以下学生交通费只要一半，学校餐厅也不贵，自己再打点工，法国是允许留学生打工的，完全够了。”

沈星乔头脑还算清醒：“可是我不会法语啊！”

小姑娘说："大家都是去法国后再上一年语言学校，国内只要上完五百学时法语课就成。不还有一年嘛，你完全来得及啊。"

就这样，沈星乔被忽悠得稀里糊涂就把美国留学合同改成了法国留学合同。

出了中介机构，沈星乔到法语培训机构咨询，五百学时课程学费要一万多点，课程有各种选择，有白天的，也有晚上的，还有周末的。

沈星乔回去后，也没跟家里说，拿出自己从小到大攒的压岁钱，把学费交了，选了六点到九点的晚班课。

沈星乔上了一次法语课，才知道法国签证特别难拿，旅游都能拒签。她感觉自己上了贼船，打电话给姓梁的小姑娘："梁老师，我这样的情况，能拿到签证吗？"

梁老师跟她实话实说："你是高考生，法国不同别的国家，是很认我们高考成绩的。只要你成绩上了一本线，哪怕法语差点，签证官都能给你签证，语言嘛，都是要出去读的。"

说来说去，还是要成绩说话，她要成绩好，还出什么国啊！

沈星乔被逼得走投无路，只能重拾课本，开始白天去学校、晚上学法语地狱般的日子。可是她基础不好，尤其这一个月来，完全没上课，老师讲什么都听不懂，自己翻课本自学又学得似是而非糊里糊涂的，最后只能打电话跟王应容求救，问他能不能帮自己补习功课。

周六一大早，沈星乔就去华庭小区找王应容，坐在熟悉的麦当劳餐厅里，她有些杯弓蛇影，生怕纪又涵突然出现。好在王应容很快来了，问她想补习哪门。她把数理化课本全拿了出来，一脸羞惭地说："我这一个月都没怎么上课。"

王应容原本以为只是教她做几道题，没想到任务这么艰巨，翻了翻她课本，雪白一片，课后练习题没有一题做过。

沈星乔放低姿态，可怜兮兮地说："拜托，我实在没办法，只有你能救我。你能不能帮我先把重点圈出来？"

王应容打开数学书，给她画了十来道重点例题，让她一定要弄懂吃透："这些考试很容易考。"物理就不一样了，圈的是课后练习题，说她要是能做这些题，基本上就把书上内容掌握了。至于化学，他拿出自己的笔记本，"化学课本讲的浅，这里面有些例题，都是考试摘出来的，解题步骤很详细，你先拿去看看。"

沈星乔双眼放光地看着他："你还有没有其他科目的笔记本？能不能

都借我复印一下？”

王应容有点无语，还是说：“除了语文物理，其他的都有。”语文没什么需要做笔记的，至于物理，他都全国物理竞赛一等奖了，高中物理那点课程自然不放在眼里。

麦当劳里有点吵，不是学习的地方，王应容带沈星乔去市图书馆，那里有自习室。他被沈星乔压榨着上午补习数学，下午物理，晚上化学，一天把一个月的功课匆匆过了一遍，直到晚上十点多才回家。

沈星乔觉得他讲得比老师讲得明白易懂，有些缠绕一团的问题被他简单一说很快就理清了。他也很会抓重点，有些题直接跳过，让她别看：“你目前的任务是跟上进度，抓住主要矛盾，放过次要矛盾。”

沈星乔连连点头，佩服不已，戏称他“王老师”。

此后沈星乔平时上课，晚上学法语，周末去找王应容补习，日子过得比陀螺还忙。

人一旦忙起来，时间便过得飞快，不知不觉夏天远去，冬天来了。

学校五点半放学，老师偶尔拖堂，加上下班高峰，经常堵车，六点的法语课沈星乔总是迟到。好在老师知道她放学晚，不怎么追究，一些重要内容还会等她来再讲。上完一节课，她赶紧去外面随便买点什么吃，有时候是卷饼，有时候是肉夹馍，有时候干脆两个包子打发过去。上了一天学，再上两大节法语课，人都快累趴下。

法语培训班到舅舅家有公交车直达，九点下课，唯一的好处就是时间晚了坐车的人不多，每次都有座位。沈星乔在车上抽空背法语单词：香水是阳性，汽车是阴性，玻璃杯是阳性，杂志又是阴性……一个个毫无道理可言，只能死记硬背。

到家高舅妈早就留好饭菜，沈星乔每次都饿得狼吞虎咽，看得高舅妈十分心疼：“这么一天到晚地学习，身体哪吃得消啊，明天我找人买只乡下土鸡给你炖汤喝。”

高以诚见她吃得香，通常也会跟着蹭几筷子，问她法语难不难。

沈星乔大吐苦水：“学了法语才知道，学英语好幸福。名词分阴性阳性，形容词也跟着分阴阳，这也就罢了，每个动词居然有八种时态变位。打电话也变态，两位两位数字报，你知道他们怎么说八十吗？四个二十，quatre-vingts，真不知道法国人造词的时候在想什么。”

高以诚哈哈大笑：“可能是他们数学差，超过双手双脚就不会数了。”

沈星乔鼓着腮帮子用力点头：“说不定真是这个原因。”过了会儿又说，

“不过法语不算最恐怖的，我们班有学过德语的，说德语比法语还难，名词除了阴阳，还有中性，幸亏当初中介没有忽悠我去德国。”

高以诚颇为幸灾乐祸：“自己选的路，跪着也要走完。”

高舅妈知道沈星乔每周末找王应容补课，说她太麻烦人家，让她请王应容来家里吃饭，以示感谢。

王应容答应周六给沈星乔补完课一起来。他以为只是随便吃顿饭，没想到这么正式。高舅舅不但亲自出门迎他，还陪他说了好一会儿话，完全拿他当大人一样对待。饭菜规格也很高，有海参有鲍鱼还有竹荪汤，都是过年招待客人才会做的大菜。

王应容去高以诚房间玩，随口说了句：“你家真暖和，外套都穿不住。”

沈星乔问：“你家很冷吗？”

王应容说：“才十二月份，还不至于冷。不过我家房子是租的，为了我学英语方便，空调坏了，打了几次电话，房东也不管。”王应容是打算到了英国直接入读，不准备再上语言学校，所以一直在上英语课。

第二天是周日，王应容正在家做模拟试卷，接到一个电话，问他家在几楼，说是装空调的。王应容出来问他妈，是不是房东答应换新空调了。王妈妈嗤笑说他想得美：“肯定是弄错了。”

装空调的工作人员上门，要王应容签字。王应容说他们没买空调，工作人员拿出对货单，问：“你是不是王应容？”

王应容点头。工作人员说：“那没错，下单的是一个叫高柏云的，留言说是谢谢你对沈星乔的帮助。”又问王妈妈空调装哪里。

王应容明白了，是沈星乔舅舅送的，钱都付了，也不好再退回去。

王妈妈本来对儿子每周浪费时间给人补习功课颇有微词，生怕影响他学习，如今拿人手短，倒是不好意思起来。

从此高以诚也加入了两人的周末补习。十二月月考成绩出来，不但沈星乔总分终于突破了五百分，连高以诚成绩也有所提高，他对王应容一脸崇拜地说：“多考的二十分，就是你考前抓的两道题，一道数学，一道物理。”

王应容只是笑笑不语。

当寒流再次袭来时，圣诞节到了，刚好是周末，有广告商为了宣传活动，一早就放出平安夜那天要在中心广场大放烟花的消息。

中国人虽然不过圣诞节，可是法语培训班的外教要过啊，沈星乔因此得了三天假，总算不用大晚上还去上法语课了，她简直比坐牢的人放风还激动，豪气地说请大家吃饭。小飞一从学校回来就来找高以诚，提议去中心广场玩："晚上可以看烟花。"

高以诚打了他一拳："你是想去那儿的电玩城吧？"中心广场顶楼有本市最大的电玩城，是少年们的天堂。

小飞笑问沈星乔请不请客。

沈星乔笑眯眯地看着高以诚："哥哥，你放在抽屉里的高中毕业证，里面是不是夹了东西？红色的？"

高以诚瞪她，伸手："你翻我东西？钱呢？"

沈星乔"啧"了声："舅妈翻出来的，又给你放回去了。你这么会藏钱，还问我要钱玩游戏，你要不要脸啊？"

小飞"哎哟哟"叫起来："高以诚，你还会藏私房钱！"

沈星乔给王应容打电话，问他晚上去中心广场玩不，她请吃饭。王应容想想难得圣诞节，他也很少出来玩，就当放松一下，答应了。

沈星乔原本想请大家吃西餐应景，少年们尤其是高以诚坚持要吃火锅。

吃得一身火锅味出来，高以诚擦着汗说："冬天就是要大口吃肉，大口喝汤，那才叫痛快！"出了餐厅，几人直奔电玩城。高以诚和小飞换了一大把游戏币，站到游戏机前就对战起来。沈星乔玩了几回保龄球游戏，觉得索然无味，对站在一边发呆的王应容说："咱们下去逛逛吧。"

两人从出口出去，入口却来了乌泱泱一大群人，孙蓬打头，渺渺挽着他胳膊，身后是胖子、姚曦，还有两名手挽着手走在一起的少女，纪又涵落在最后，陈宜茗亦步亦趋地跟着他，一行人成双成对的，看起来像在联谊。

大家换了游戏币，各自玩起来，胖子、姚曦陪着两个少女玩抓娃娃，有人抓到一个，兴高采烈地欢呼。孙蓬眼睛尖，老远看见高以诚和小飞，嘀咕了句冤家路窄。纪又涵也看到了，没有上前找麻烦的意思，只是说："换个区域玩吧。"

几人换到隔壁，孙蓬教渺渺玩游戏那是情趣，纪又涵可不会教陈宜茗。陈宜茗是个游戏白痴，玩两圈输了一把游戏币后就没意思了，缠着纪又涵出去："里面人又多又热，气都透不过来。"又说要喝现榨果汁。

纪又涵最近总是懒洋洋的，做什么都提不起兴致，也不是很想玩游戏，随她走了。

乘扶梯下楼，各大品牌正趁圣诞疯狂促销，商场里人头攒动，陈宜茗忍不住挤上前查看。纪又涵等得不耐烦，转身出来。对面是一溜男装品牌，相对安静许多，纪又涵抬眼一看，不由得怔住了。

沈星乔见舅舅常穿的一款男装促销，羊毛围巾打折，她拿了同一款不同颜色三条围巾，依次在王应容身上比画，问他哪条好看。王应容以为她给高舅舅买，很认真地比较后，给出意见说格子的。她让他围在脖子上试下，然后问店员要剪刀把吊牌剪了。

王应容呆呆地看着她。

沈星乔微笑："Merry Christmas!"（圣诞快乐）

王应容欲拿下来，沈星乔忙按住他，说："一直没见过你围围巾，不冷吗？就当圣诞礼物，我是真心想谢谢你，这几个月对着我这颗榆木脑袋，真是辛苦你了！以后还要继续麻烦你，你可千万不要推辞啊。"

王应容的手慢慢拿下来，脸微微红了，围着围巾，浑身上下有种兴奋的不适感。

纪又涵在对面透过落地玻璃看着他们拿着围巾喁喁细语，举止亲昵，眼睛仿佛被刺痛了。心底好不容易压下去的疼痛又涌上来，更多的还有嫉恨，凭什么，凭什么我因为你这么痛苦，你却和别人卿卿我我旁若无人？

午夜钟声响起，大家全挤到广场上，漫天烟火在空中炸开，像盛开的繁花，又如坠落的星辰，纷纷飘落。

"真美啊！"沈星乔仰起头，情不自禁地感叹。

王应容对"东风夜放花千树，更吹落，星如雨"终于有了身临其境的感受。

也有大煞风景的，如高以诚和阿飞，计算着这场烟火盛会花了多少钱，明天空气 $PM_{2.5}$ 又要增加多少数值。

长达数十分钟的烟花放完，众人纷纷离去。沈星乔被人群推着挤着偏离了路线，准备到公交车站那儿等大家。

出了广场范围，人终于少了。沈星乔正要右拐，一抬头，纪又涵站在那里冷冷地看着她，像是凭空出现，又像是一个幻觉，做梦一般，她顿时愣在当场。

纪又涵穿了件灰色牛角扣大衣，扣子没扣，就那么敞开着，双手插在口袋里。也许是黑夜的缘故，也许是刚才的烟火作祟，沈星乔总觉得他看自己的眼神复杂难明，似是指责又似嘲讽。

两人隔着两三步的距离，默默看着对方，谁都没有说话。

终于，还是内疚占了上风，沈星乔动了动，张嘴欲说什么。纪又涵却一个转身，头也不回地离开。

绚烂过后，留下的是一地冷寂，犹如他此刻的心。

沈星乔看着周围，空空如也，一个人影都没有，有种庄周梦蝶的恍惚，不知道自己到底是梦还是醒。刚才那一幕，是真实发生的吗？还是只是自己的臆想？

她闷闷回到家，对这段记忆始终保持一种梦幻般的疑惑。

新年过后，紧接着期末考试来了，虽然数学最后一道大题还是不会做，但沈星乔对一些题目已经很有把握。成绩下来，破天荒地，她数学居然及格了，总分也固定在五百分以上，全班排名十七名。能在高强度的法语学习之余成绩还能有此提高，沈星乔觉得很满意。

一切都在往好的方向发展。

寒假沈星乔报了个法语提高班，主攻口语，老师全是外教。

沈妈妈得知她过年不回去，在电话里说："不回来也好，家里最近乱成一团，天天有人上门，省得影响你学习。我都准备带你弟弟去外婆家住几天。"

沈星乔沉默："爸爸……他生意到底怎么了？"

"还不是跟合伙人闹掰了，为钱的事天天吵。这些事你别管，好好学习就成，听舅舅、舅妈的话。天赐会叫人了，来，叫姐姐，姐姐——"

沈星乔揉着额头挂了电话，糟心。

就在沈星乔跟外教成天用法语磕磕绊绊练习对话时，王应容收到了剑桥大学物理专业的预录取通知书。只要接下来他高考正常发挥，雅思成绩考过七分，正式录取基本上就是板上钉钉了。

时间进入四月份，沈星乔停了法语课，全力冲击高考，平均每两天要做一套试卷。王应容检查她做的各种模拟题，抽出两张数学试卷说："这两张题型类似，只做一张就够了，别浪费时间。"

沈星乔为难地说："可是老师说了都要做。"

王应容说："到了现在，题海战术已经来不及了，只能有选择地做题，多接触各种题型，每一种题型争取理解吃透，高考才会更有把握。"

王应容给沈星乔指出了方向，她就真的只做了一张试卷，多的时间做物理去了。课上讲解的时候，数学老师见她一张试卷写满了，另一张空白，果然没有说什么。

沈星乔对王应容更佩服了，有了这个经历，对于重复做过的题，她就再也不做了，留出时间做其他的。

高考前，沈星乔、王应容、高以诚三人小组聚了次会，高以诚一定要王应容猜题。王应容被逼无奈，说：“猜题肯定猜不到，不过我知道有些重点肯定是要考的。”他拿出课本，没有像老师一样全本画重点，而是选择性画了十几道例题，“据我的考试经验，肯定要在里面选一些类似题型考。”又说，“数理化还可以蒙一蒙，至于语文、英语我就没办法了，全是平时积累。”

不同于王应容的轻装上阵，沈星乔紧张得不行，考前一晚上几乎没合眼。早上起来，高以诚也没好到哪里去，眼下发青，神经高度紧绷，他真的不想再读一次“高五”。

全家集体出动，高舅舅、高舅妈一起送他们去考场。

第一场是语文。语文嘛，向来就那样，好也好不到哪里去，差也差不到哪里去。到下午考数学的时候，沈星乔一眼看见熟悉的一道大题，立马来了精神，埋头做起来，不到五分钟就做完了。有了信心后，她从头开始做起，偶尔有一两道不会的，也没影响心情。

第二天的理综也没什么大问题，做得还算顺手。岔子居然出在沈星乔最引以为傲的英语上。法语发音和英语发音完全不一样，一样是“table”（桌子），一个发音是“忒薄儿”，一个发音“大波了”，意思也不尽相同。沈星乔天天苦背法语单词，很难不受影响，一开始听力就没跟上，写作的时候有好几个单词只会法语，想不起英语拼写，急得出了一头的汗。

因此她认为自己考得不咋样，一考完也不管了，跑去上法语考前强化班，为七月份即将到来的 TEF 考试做准备。

六月底的时候高考成绩出来了，沈星乔居然考了 553 分，她从没有考过这么高的分，平时连 530 分都没考过，反应过来问一本线多少。高舅舅兴奋地说：“538 分，高以诚居然考了 539 分，也不知是走了哪里的狗屎运！”

高以诚得意得不行，说自己是凭实力考的，可不是瞎蒙。

高舅舅也没想到儿子居然真的考上一本线了，去年放的狠话不过是说说而已：“你要谢谢人家王应容啊，一年成绩提高 100 分。”

这倒是真的。高以诚还在感叹：“王应容真的是考神，好会猜题，数学两道，物理一道，化学一道，题型几乎一模一样，画出来的重点很多都考到了。”

兄妹俩都是沾了王应容的光，王应容对付考试很有一套，而且有不少“歪门邪道”，全是日积月累的独门心得。沈星乔只恨自己怎么没有早点认识他，打电话问他考了多少，得知671分时惊呆了："是全市高考状元吗？"

王应容还是一副镇定自若的表情，推了推眼镜："应该不是。"他物理和数学都考了满分，语文和英语差了点儿。

"那一定是你们学校状元吧？"

"说不好，成绩还没下来，去年我们学校有人考了683分。"

沈星乔羡慕地说："你就准备收拾收拾行李去剑桥吧。"而她，苦日子才刚开始。

高考把沈星乔的好运都用完了，她TEF考试只考了330分，连从头到尾瞎蒙的同学都考了361分，还没高兴几天，那种吊在半空忐忑不安的感觉又来了。

无论考成怎样，沈星乔还是要开始做面签准备，每两天去一趟中介，由负责她的梁老师给她做面签培训。

高考过后，全城的考生都解放了，到处可以看见他们嬉笑玩乐的身影。纪又涵上的是国际学校，不用参加高考，反正到了九月份开学，他直接打包行李去纽约就行。

这天他叫了一群人去酒吧玩，酒水无限量供应，抓着人又是划拳又是拼酒，颇有几分放浪形骸的样子。孙蓬让纪又涵少喝点，纪又涵说："过几天我就要走了，从此各奔东西，今晚不但我要喝个尽兴，大家也要不醉不归！"拿起酒瓶就往孙蓬手里塞，孙蓬不好再劝。

姚曦把孙蓬拉到一边，眼睛看着纪又涵，说："他今天怎么了，逮着人就灌酒。"

孙蓬耸肩，没好气地说："为情所伤，借酒浇愁呗。"

姚曦诧异："还没忘了那个沈星乔啊？"

"你被女人这么狠狠摆了一道，你忘得了啊？"

"不说别的，单说手段，沈星乔是这个！"姚曦竖起大拇指感叹。

孙蓬瞪他，"啧"了声。

胖子听到他们议论沈星乔，挤过来说："前几天我在地铁上碰到沈星乔了，面对面的，可尴尬了。"

姚曦忙问怎么碰到的。

"地铁门一开，我就跑进去抢座，刚好沈星乔就坐旁边。她没装不认得我，对我点了点头，手里拿着一沓资料，很紧张的样子，一路都在默念背诵。我看了眼是法语，好奇地问她背这个做什么。她说她要去法国大使馆面签，是在使馆区那站下的车。"

孙蓬说："她不去是美国吗？去法国大使馆面签个鬼啊！"

一个在江城一中上学的朋友知道情况，说："沈星乔这事还挺有名的，本来她要去美国，后来不知怎么改去法国了，每天晚上上法语课，学校组织的晚自习从来没上过，不过听说她高考考得挺好的。"

一群人扎推八卦沈星乔，纪又涵想不听见都不行，出来到走廊上抽烟。刚才听到沈星乔的消息时，他真是五味杂陈，千般滋味齐齐涌上心头，又想听又怨恨。他隐在昏暗的角落，手上烟头半明半暗，看着空中发呆，不知在想什么。过了会儿，他狠狠吸了口烟，然后扔在地上，一脚踩灭。

真是逃得远啊，等着瞧吧。

沈星乔八月初面签的，到了月底，高以诚都准备去外地上大学了，她签证还没返回。昨天王应容已经出发去英国了，现在应该都到剑桥了。

又过了几天，等到 9 月 2 号，沈星乔实在等不及，给中介梁老师打电话："法国那边的学校 9 号开学，签证现在还没下来。"

梁老师也没办法，说："法国人办事就是效率低，磨磨叽叽的，还成天罢工。"

沈星乔没把心里的担忧说出来，就是拒签，也早点让她知道啊！她还来得及去本市一所 211 重点大学报到，别弄得她到时候没书读。

9 月 4 号，总算拿到护照，一个方形的小小印章，代表着她签证过了。沈星乔来不及感慨激动，赶紧去订机票。

接下来是兵荒马乱收拾行李，沈星乔都没时间回家一趟。

还有一个很重要的问题，钱。沈家今时不同往日，一年了，沈爸爸的生意不但没恢复过来，还和合伙人彻底闹掰。沈妈妈拿出十万块私房钱，又卖了两根金条，凑了二十万给她。因为要带儿子，时间又赶，沈妈妈也没去江城给她送行，只是叮嘱一番，让她在国外一个人好好照顾自己。

9 月 7 号，在高舅舅高舅妈的目送下，沈星乔一个人拖着硕大的行李箱进了检票口，坐上了飞往巴黎的飞机。

Chapter 05 留学不易

江城的夏天一如既往地潮湿闷热。纪又涵还有三天就要去美国了，纪晓峰派车接他回纪家大宅住。

纪家位于江城郊区，附近一带全是别墅，花草繁茂，占地广阔。纪家是一栋白色欧式三层楼别墅，前面有一个大得可以踢足球的草坪，一眼望去绿草如茵，屋后是游泳池，周围藤蔓遍布，绿意盎然，东北角上还种了一片香樟树。

纪又涵的房间在二楼西边，绕开了主卧室，静悄悄的，平时除了阿姨打扫，没什么人会来。每次回纪家，他都是一个人待在房里，不怎么出去。

纪夫人关幕青吩咐厨房阿姨，说纪东涵晚上回来吃饭，让她现做一道蟹黄豆腐羹，临开饭又急急忙忙让人榨奇异果芦荟汁，说夏天喝这个正合适，一时间弄得家里人仰马翻。纪又涵不以为意地撇了下嘴，不知道的还以为有什么贵客大驾光临呢。

关幕青对纪又涵这个私生子秉持着眼不见为净的方针，见到他顶多点头示意，一向不闻不问，权当家里来了客人，还是不受欢迎的那种。

纪又涵对这个所谓的“家”没有任何依恋，他的存在本身就是一种尴尬。

纪晓峰和纪东涵一起回来的，两人一边走一边在说公事。纪又涵见到他们，站了起来。纪晓峰说：“东涵啊，你也有好几个月没见又涵了吧。”

纪东涵笑笑不说话。纪晓峰又对纪又涵说：“怎么不叫人？”一心想让兄弟俩和睦相处，以后也好相互扶持。

纪又涵顿了顿，叫了声“哥哥”。

纪东涵淡淡应了。

关幕青走过来，拉着纪东涵嘘寒问暖，埋怨他一天到晚不知道在忙什么，成天不见人影。

饭桌上，纪晓峰和纪东涵还在继续进门时的话题，似乎在争论该不该加大资金扩大生产。纪晓峰持保守意见，最后一锤定音："先保持目前规模，等效益出来再说。"

纪东涵只好同意了。

事情告一段落，纪晓峰看了眼纪又涵，说："又涵也成年了，马上要去美国读书，我想把华庭和纽约的房子过到他名下。"

纪东涵倒是没说话，关幕青却有些不满，华庭和纽约的房子都是纪又涵在住，过到他名下这也没什么，她担心的是纪晓峰对纪又涵的偏爱，早早就为他做好打算。

纪晓峰问纪又涵行李准备得怎么样。纪又涵无所谓地说："有什么好准备的，无非是几件衣服。"

纪晓峰责备他对事情不上心，教训他说："至少药要多带一些，万一要是磕着碰着又或是有个头疼脑热什么的，好歹能应个急。你以为有钱就万事大吉了？上回是谁在国外，感冒发烧而已，治来治去差点快把命给治没了，最后还是专机运回国内治好的。"

纪又涵一副左耳进右耳出的模样。

纪晓峰见他这样，无奈叹气，看向纪东涵说："欧达的合同你替我去签吧，到时候跟他们傅总道个歉，就说我临时有事。"

纪东涵见状说："不是早就安排好了吗，突然有什么事啊？"

纪晓峰气道："你看他那吊儿郎当的样子，像是能让人放心的吗？我还是亲自走一趟吧，把他入学的事情安排好再回来。"说起来家长送孩子上学，也是应该的。

纪东涵脸色微变，似笑非笑地说："我出国读书的时候，您怎么没送过我啊？"

纪晓峰瞪了他一眼："你也跟他一样不靠谱？"

纪东涵轻哼一声，小声嘀咕了一句"偏心"。

纪晓峰让李助理准备行李，药品、吃食带了不少，亲自送纪又涵去美国。

领他到学校报到完，又带他到车行，让他自己选，纪晓峰说："你也该有辆车了。"

纪又涵选了辆价格适中的大众款。

纪晓峰停留了两天，为他处理好一应杂务事宜，这才回国。

不同于纪又涵有父亲鞍前马后劳心劳力，沈星乔下了飞机，站在戴高乐机场，看着肤色各异的人群，听着似懂非懂的语言，有种不知何去何从的胆怯心慌。

幸好在飞机上认识了一个同样在巴黎留学的朋友，她带沈星乔去坐车，告诉沈星乔从机场到市区有三种选择，一种是城铁，一种是巴士，还有一种就是公交车，出租车对于她们这些学生来说，基本不作考虑。

公交车最便宜，但最慢，专线巴士最贵，两人选择坐城铁。

沈星乔出国前特意换了许多硬币，8.5 欧换来一张城铁票，她在心里换算成人民币，不由得为巴黎高昂的交通费咂舌。

两人目的地不同，朋友告诉她在哪里下车后，先走一步。沈星乔还听不懂报站名，眼睛眨也不眨盯着地铁线路图，心里默算过了几站，总算没下错站。她背着书包拖着箱子拿着地图，在街上转悠半天才找到中介联系的住宿的地方。破破烂烂一个单间，七八平方米的样子，里面除了床、桌子、一个布衣柜，连把椅子都没有，卫生间浴室是公用的，脏兮兮的，却要五百欧一个月。沈星乔的心都凉了，可是初来乍到没有办法，只能咬牙住下来。

第二天，她去语言学校报到，交了五千欧的学费，办了手机卡，算是在巴黎安顿下来。

初到巴黎，沈星乔以为自己梦想成真一定很兴奋，事实上经过凯旋门时，她没什么大的感觉，远不如想象中那么震撼。电影电视的传播，使得很多地方尽情展现它们的美丽，照片视频都是精心加工修饰过的，真正到了实地，很少有不产生心理落差的。

沈星乔必须在一年内法语达到 C1 水平，明年才能申请到巴黎的大学，学习任务非常重，她第一年根本没考虑过打工的事。

在语言学校上了一段时间的课，认识了几个中国留学生，沈星乔才觉得日子没那么度日如年了，好歹能开口说话。

法国和中国一样被称为美食之国，可是沈星乔在食堂吃的套餐，没有任何美味之处，顿顿面包蔬菜，倒上各种果酱沙拉酱，每天倒换着来。吃了一个星期，她都快吃吐了，做梦都想吃米饭炒菜，最后和一个女同学大老远跑去中国超市，一人买了一个电锅，一箱方便面。

沈星乔听人说了一个有关食物的笑话，他住的地方旁边有一丛竹子，春天的时候终于长竹笋了，几个中国同学兴匆匆跑去挖，结果邻居老太太报警，说中国留学生行为反常，集体吃草。这个笑话笑的是法国人没吃过竹笋，沈星乔听了却有些心酸，这得是多缺吃的，一年前就惦记上还没长出来的竹笋。

“后来我们用挖来的竹笋烧肉，烧了好大一盆，一人吃了一碗，从没吃过这么好吃的竹笋烧肉，那个香啊！”

沈星乔听得有些嘴馋，这会儿要是有一碗竹笋烧肉，倒在热腾腾的米饭上，想起来就美滋滋。

巴黎治安出了名的差，晚上七点以后，沈星乔从来不在街上晃荡。就算她这样小心，两个月后还是遭遇了一次抢劫。

那天，她背着书包从便利店出来，走到一条岔路口时，左手边冲出一个年轻男人，二十几岁的样子，看着也不强壮，跑过来就抢她书包。她蒙了会儿才反应过来是抢劫，拽着书包不放，心里还在想这人得多缺心眼，她一看就是穷留学生，书包里除了书什么都没有啊！那人一时没抢到，踢了沈星乔一脚。沈星乔痛得脑子清醒了，从口袋里摸出便利店找的零钱，大概三十几欧，扔得远远的，说：“全部给你。”

那人立即不要书包了，蹲下来捡钱。

沈星乔爬起来，飞快跑走了。她惊魂不定回到住处，也没个可以倾诉的人，喝了杯热可可压惊，就这么洗洗睡了，居然睡得还挺好。

第二天起来，她才发现肚子上青了一块，疼得有些厉害。昨天只顾着后怕，还以为没事，她翻开从国内带来的医药包，找出一瓶红花油，揉了半天才去上课。

大家听了她的遭遇，安慰她说：“没被抢过都不好意思说你到过巴黎。”

有人说：“你这还算好的，损失不大，我上回包被抢了不说，追上去的时候还差点被车撞，摔了一跤，膝盖上到现在还有条疤，包里可是我新买的电脑啊！”

“室外抢劫还好，都是图钱一般不害命，我有朋友，遭遇了入室抢劫，明晃晃的刀子对着你啊，都快吓死了。”

也有人说：“你住的地方有点偏，到巴黎这么久才被抢，已经算运气好的了。”

沈星乔闷闷地说：“我也想搬家，可是不知道搬到哪里去。”中介网站什么的很容易被骗，再说她也没有担保人。

一个人给她出主意：“你问问有没有人合租呗。”

沈星乔打听了几天，一个男同学要合租。她去看了房子，比现在住的条件好点，离学校又近，可是不跟房东签约，她算是借住的，因此没有房补，不过想想一个月才四百欧，她也就不在意了。

沈星乔以为自己就这么安顿下来，哪知道这个男同学三天两头带朋友过来玩，又是看球又是喝酒，吵吵嚷嚷的，总是闹到凌晨两三点，这也就算了，居然还带女孩子回来过夜。

沈星乔忍了一个月再也忍不下去，开始着手找房子。

法国当地人在巴黎都不好租房子，更别说她这个穷留学生了，连个担保人都没有。她也不看租房网站，成天在战法上刷帖子，刷了一个月，终于等到有人出租房子的消息。

这个租房帖列了许多条件：女生，单身，不带朋友回来过夜，女性朋友也不行，朋友来玩，不准超过三个小时，要求性情随和好相处，这也就罢了，居然还要努力上进不乱来。除此之外，去掉房补房租都要八百欧，房子照片却一张都没有上传。

单是这个价格，便吓退了大部分留学生。

这个比高中教导主任还严苛的租房帖楼主被大家鉴定为性情古怪不好相处，这种人还是远离为妙，房子再好，住的人奇葩更糟心啊。

沈星乔尝试着联系了楼主，约好周末看房。

房子虽然在 13 区，可是靠近 5 区，出门就有地铁，地理位置很不错。当沈星乔看到房子时，一眼就喜欢上了，房间十八平方米，家具什么都有，甚至有一张梳妆台，自带卫生间浴室。还有一个正儿八经的客厅，有沙发，有餐桌，有电视，厨房虽然不大，可是干干净净，里面厨具一应俱全，客厅厨房是公用的。

合租的女孩完全不是大家想象中的怪人，戴着眼镜，安安静静的，长得很清秀，叫魏茵，在巴黎九大读经济，来法国已经两年了。后来沈星乔才知道，她之所以列了那么多不近情理的条件，完全是被上一个房客坑惨了，其实人很温柔很好相处。

沈星乔表示她想租这个房子，可是没有担保人。

魏茵听说了她的遭遇，想到自己初来巴黎时的窘况，很同情她，说：“这几天也有人来看过房子，都挺中意的，我还没跟房东说。没有担保人确实是个大问题，房东是个很严肃的法国老头，一切都按程序走。”

沈星乔十分沮丧。

魏茵给她出主意：“其实要找担保人也不难，就是花点钱。”

最后，沈星乔花了三百欧找了个担保人，顺利把房子租下来。加上水电煤网这些，一个月九百多欧的支出，着实是一笔不菲的费用。

饶是沈星乔一心扑在学习上，也不得不考虑打工的事了。

复活节的时候沈星乔经过培训，开始在麦当劳打工，每天工作四个小时，时薪八欧。一开始她在后厨工作，后来调到前面收银，手脚一刻不得停歇，腿都站肿了，嗓子也哑了。加上高强度的法语学习，一个星期后，沈星乔累病了，赚的钱都不够她看病的。唯一的好处就是，短短一个星期，法语口语突飞猛进。

有了这样的前车之鉴，加上要准备 DALF 考试，沈星乔干脆不打工了，专心投入学习。法语 C1 属于熟练运用语言的水平，有不少人读了两三年语言都考不过，沈星乔要想一年考上，难度确实不小。魏茵在这方面给了她很大帮助，拿出当年自己考 DALF 的笔记，告诉她考试注重哪些方面，该做什么样的题，哪个考点老师比较好等等，她可谓事半功倍。

C1 文凭拿到后，沈星乔整个人都放松了，开始申请大学。首选是魏茵所在的巴黎九大，不过对比了其他人的申请资料，高考分数动辄六百以上，她觉得结果有点悬，最后果然被拒了，倒是收到了十二大国际贸易专业的录取通知书。魏茵安慰她说："有些人来巴黎好几年语言都过不了关，你一年就拿到十二大的录取通知书，已经很厉害了。"

沈星乔虽然有点遗憾，不过对这个结果还是满意的，至少她成功进入大学学习。

沈星乔是怎么走上代购这条不归路的呢？起因是邻居家一个姓林的姐姐，知道她在法国，问沈妈妈要了她微信，联系她让她帮忙买一个 CHANEL 的包包。沈星乔在官网查了价格，换算成人民币告诉林姐姐，林姐姐一听，说："果然比国内专柜便宜多了！"

第二天沈星乔去附近的百货商场，她来法国快一年了，还是第一次进奢侈品专柜，确定林姐姐要买，二话不说刷卡帮对方买下来，找了家转运公司寄回国内。

一个星期，林姐姐就收到了，满意得不行，转钱的时候多给了两千，说是给她的跑腿费。沈星乔忙说不行不行，不能要。林姐姐说："你出门总要坐车吧，总要喝个饮料吃点东西什么的吧，这些钱不能让你出啊，你还是学生呢，姐姐不能让你白跑一趟。"

沈星乔说："那也太多啦，哪要得了两千块。"

"实话跟你说吧，我要是找人代购，绝对不止这个数，代购费一般都是 10%，算下来差不多要三千块，我还占便宜了呢。姐姐给你的，你就拿着吧。”

话都说到这个份上了，沈星乔也不好再推辞。

没过几天，林姐姐又介绍了个朋友，也是托她买包的，人很大方，二话不说给了 10% 的代购费，说：“别的代购也不知道是真是假，熟人就放心了。”

沈星乔得了这么两笔意外之财，都够她一个月生活费的了，开始考虑做代购这一行。她受沈爸爸成天嚷嚷“产品定位”的影响，一开始就瞄准高端奢侈品市场，只代购 CHANEL、LV、HERMES、DIOR 这些一线大牌，并且只代购包包。每天在朋友圈发一款包包，图片大都是官网截图，文字随便复制拼凑一段。

林姐姐很支持她，说是互惠互利的事情，介绍了不少朋友给她。第一笔生意很顺利，第二笔就出问题了。对方想买一个 LV 的包，沟通了两天终于确定款式，还是要了不到一万块的经典款。因为是林姐姐介绍的，三人还在群里说过话，沈星乔没想那么多，买下来直接寄给对方。过了十来天，查单子发现已经收货，发微信问对方东西怎么样，满不满意，意思是东西收到了，也该给钱了吧。没想到微信迟迟没有回复，打电话一开始没人接，再打就关机了。沈星乔开始觉得不妙，又等了一天，还是联系不到人，她把这事跟林姐姐说了。

林姐姐说她傻，怎么不给钱就先寄东西。沈星乔说有些人不放心先给钱，再说大家都是朋友，没想到会发生这样的事。

林姐姐为人仗义，在朋友圈打听到对方家住址，上门去堵人。对方竟然一脸无辜地说：“怎么，我没给钱吗？我还以为给了。你也知道我成天最爱买包包衣服这些东西，收到的包裹一多，难免记性不好，回头我就把钱给她。”

林姐姐也不好说什么，寒暄几句就走了。

饶是这样，对方还左拖右拖，一会儿说和微信关联的银行卡钱不够，一会儿又说工作忙没来得及去银行取钱，拖了一个星期才给，最后还把几百块零头抹去了。沈星乔基本上算是白忙一场，还欠了林姐姐好大一个人情。

受此教训，沈星乔在淘宝上申请了一个店铺，所有交易全部通过支付宝进行，双方都有保障。除了林姐姐介绍的几个闺蜜，沈星乔很长一段时间没有生意，只能在店铺上下功夫。首先她不能再用官网图，千篇一律的官网图和自己拍的，大家一眼就看出区别，她得自己拍照上传，才有信服力。

可是奢侈品专柜是不让随便拍照的，沈星乔也没有这个财力把包包买回来对着各个角度想怎么拍就怎么拍。她只能想尽办法，有时候是偷拍，有时候是跟售货员套近乎，有时候找各种借口，装作跟朋友打电话拍几张照片发给她看啦，或者说国内朋友想买发个视频过去之类，后来跟售货员认识了，送了她一些国内带来的小礼物，拍照才顺利多了。

第一年沈星乔为了省机票钱没有回国，暑假除了做时有时无的代购，还在麦当劳打了一个多月的工。开学前，沈妈妈曾打电话来问她钱够不够，她说暂时还有，没要家里的。

高舅妈知道后，心里直骂她傻，教导她说："你是学生，学习为重，家里给你钱你就拿着，你打工的钱那是你自己的，存着以后应急。"沈家再怎么今非昔比，那么多年积攒的底子还在呢，住的也是独门独院的别墅，随便卖根金条就够她一年的生活费了。

高舅妈的想法是看沈国安这样，沈家将来都是儿子的，不得不多个心眼。不过这些话她没跟沈星乔说，只是让沈星乔自己攒钱，给沈星乔画了个大饼，说："你要是攒到五十万，舅妈就给你在江城挑个小两居，把首付付了。"

沈星乔有了攒钱买房的目标，赚钱就更有动力了，将自己打工的钱全部存起来，拿给高舅妈做一些稳妥的理财投资。

第二年暑假沈星乔回国，在家住了不到一个星期，就跑回江城舅舅家住着。在国内待了一个来月，见了些朋友，去云南玩了趟，就回法国了。高舅妈知道她做代购，经常要跟人打交道，除了一大堆吃食，还特意准备了些茶叶、丝绸等礼物让她留着送人。

穷留学生沈星乔两年回国一次，纪又涵则是想什么时候回国就什么时候回国。有次学校放三天假，他带一个美国朋友万里迢迢飞到北京，跑去长城玩了一天，然后又坐十多个小时的飞机飞回美国。

圣诞回国，他照例召集了一群朋友出来吃饭玩耍。孙蓬独自来了，他觉得奇怪，问渺渺呢，陈宜茗小声说："分了。"

自从纪又涵出国后，联系渐少，陈宜茗慢慢意识到两人之间不可能，加上上了大学，自然有许多新朋友围绕在她身边，时间一长，对纪又涵的心思也就慢慢淡了，如今当作朋友相处，反倒比以前更自在。

纪又涵惊讶，两人感情不是很好嘛，怎么就分了。

“离得远呗。”陈宜茗见怪不怪。

孙蓬躲在一边一个人喝闷酒，想起他跟渺渺在一起的那些过往：第一年是那么浓情蜜意妙不可言；第二年上大学天各一方，每天都要打一通电话，一有空就去看对方；第三年电话少了，但还是隔几天就打；到了今年，每次打电话渺渺不是说有事不方便就是匆匆说几句就挂断。他慢慢意识到什么了，两人感情好像进入了倦怠期，再没有以前那种热情激动心跳加速的感觉。

当前几天渺渺提出分手时，他同意了。

大家安慰他：“时间长了，感情自然就淡了，不是谁的错，顺其自然就好。”

时间长了，感情自然就淡了，真的吗？纪又涵忍不住问自己。那为什么每次想到那个捅了他一刀的女人，心还是会痛呢？

也许是恨比爱更有生命力。

姚曦带了女朋友来，是个有些胖的圆脸姑娘，笑眯眯的，称赞陈宜茗的包好看。陈宜茗很得意，说是托朋友从法国买的，把沈星乔的代购店介绍给对方。暑假的时候，陈宜茗意外碰到沈星乔，两人维持风度聊了几句。陈宜茗对当年上门找她一事隐晦地道歉，沈星乔忙表示不介意，说自己一直很欣赏她直来直往的性格。两人前嫌尽释，陈宜茗还请沈星乔吃了顿饭，知道她在代购包包，很感兴趣，留了她联系方式。

众人以为事情过去两三年，纪又涵应该不在意了，提到沈星乔也没有刻意避开他。

纪又涵也没表现出什么异样，吃完饭大家还去唱歌，一直玩到天快亮才散。

沈星乔在客厅拍照。玻璃茶几上放着一个 CHANEL 的包包，她一手举着台灯打光，一手拿着手机从不同角度拍照，还用一本杂志对比大小拍了一段视频，完了拿出购物小票，拍了张清晰的照片。这才开电脑，把照片上传到淘宝，做了个链接，放在店铺首页做宣传。买家已经付款，宝贝标题写的是“已出欣赏”，以此吸引更多顾客。

经过近两年的努力，沈星乔的代购店慢慢有了信誉，老客户介绍新客户，生意渐渐好转，如今她已经不用再打工，完全可以凭代购养活自己。

魏茵见她小心翼翼地把包放回包装袋里，知道她已经忙完，问她借身份证用下，帮忙买个东西。

沈星乔找出专门装证件的袋子，里面一堆乱七八糟各种文件，一股脑儿全部倒在沙发上。魏茵翻着袋子说：“这都什么啊，怎么还有一包头绳？这么多，头绳你都从国内带啊！”

沈星乔见到那包头绳，顿时想起了纪又涵，脸色微变，好一会儿说：“这不是想省钱嘛。”

魏茵摇摇头，拿着她的身份证走了。

沈星乔看着那包头绳发呆，本以为忘却的往事重新涌上心头。

当时年纪还小，任性冲动，打抱不平，并不觉得有什么不对的。可是随着年龄的增长、阅历的加深，沈星乔慢慢认识到自己对纪又涵做了多么过分的事。

纪又涵喜欢她这件事，她是在后来才逐渐意识到的。

那时候因为信念崩塌，境遇不顺，她不但对纪又涵的感情无动于衷，对自己也一样冷漠麻木。如愿出国，又顺利进入大学学习，她的心境已经发生了很大改变。这种柔软的改变，使得她每当想起纪又涵，又是自责又是愧疚。午夜梦回时她曾经想过，如果有一天，她碰到他，她希望能将心里的歉意告诉他，而不是被这种内疚折磨，每想起一次就痛恨一次自己。

这天下课，一个法国同学突然拦住她：“嗨，星乔。”

比起其他法国同学，他念“星乔”两个字发音准确多了。沈星乔认识他，知道他叫 Léo（里奥），对中国人很友好，问他什么事。

Léo 长得高挑俊美，一头棕色卷发垂到肩膀，衣着打扮充满法式的优雅时尚。Léo 说：“我在课余时间兼职模特，前两天有个时尚活动，工作完后一些做展品的包包鞋子内部处理，价钱很好。我听说你给在中国的朋友做代购，是不是？”

沈星乔点头，很感兴趣地问：“价钱有多好？”

Léo 也不瞒她，说：“我抢了两个包，今年刚上市的新款，几乎全新，价格只要一两折。”虽然不是一线大牌，但也是大家都知道的牌子。

沈星乔一听还有这种渠道，想跟他长久合作，忙说：“我帮你卖，除去成本，卖的钱我们俩平分，怎么样？”

Léo 同意了。沈星乔随他去住处把包拿回来，拍照上传，又去专柜，送了认识的售货员一条丝绸丝巾，换来两个包装袋。

她在朋友圈淘宝群广发消息，说是新款现货，特价九折，果然大家很感兴趣。不到一个星期，两个包都卖出去了。

沈星乔给 Léo 钱时，Léo 吓一跳："这么多？"他以为沈星乔加点钱就卖，没想到几乎全价卖出去的。

以后有了这样的事，也不用沈星乔提醒，Léo 自然是能抢多少就多少。两人合作得非常愉快，不过这样的机会不多，一年也就两三次。沈星乔还是要每天苦哈哈地在各大打折商场之间来回奔走，鞋底都快磨穿了。

不知不觉又是一年夏天，沈星乔也没回国，一心发展代购生意。

身在美国的纪又涵同样迎来了暑假。这天他在学校餐厅吃饭，何知行端着饭菜过来，拍了下他肩膀："我和几个朋友暑假准备环游欧洲，你去不去？"

纪又涵一副无所谓的样子："都去哪儿？"

"先去巴黎，我朋友，就晏格非，上回来美国找我那个，他家在巴黎有房子，投奔他去。然后去意大利、西班牙、维也纳，反正就这些地方。"

纪又涵闻言神情一顿，好一会儿说："我想想，回头给你答复。"

"你快点啊，过两天我们就准备出发。"

纪又涵回到住处，打开电脑，找到沈星乔的代购店，看着上面的商品展示发呆。店铺首页设计得简洁温馨，照片虽然不是专业摄影师拍摄的，但看得出很用心，光线柔和，色彩鲜明。背景音乐轻柔舒缓，听着十分耳熟，忽然想起来，沈星乔曾经用这首歌设置过手机铃声。

他打开一个链接，最下面一张照片是购物小票，以增加代购的可信度，返回标题，才发现是"已出欣赏"。他把购物小票照片放到最大，发现了一家百货商场的名字，想了想，截图到手机里。

第二天，他答应了何知行。

一行有四个人，都是男同学，上午从肯尼迪机场出发，下午就到了。

晏格非来接机，将一群大老爷们带回自己住处，说："房间就这么多，你们自己看着安排，想住多久就住多久。不过丑话说在前头，我可不当地陪。"他真是烦死了一有亲戚来就得陪游巴黎这种事。

何知行笑："你以为你是美女啊，想地陪我还不愿意呢。"

"你一句法语不会，就是有美女，你也勾搭不上啊。"

"说得你法语多好似的，读了两年语言都没过，马上要读第三年了。"

晏格非斜眼看他："打人不打脸，骂人不揭短，你要当着大家的面互撕是不是？"

何知行嘻嘻一笑："晚上去哪儿给我们接风洗尘哪？"

“你就饿着吧。”

话虽如此，晚上晏格非还是开车带他们去了当地一家颇有名气的法餐厅。吃完，大家七嘴八舌地说：“半小时上一道菜，没吃饱又饿了，还不如吃中餐呢。我们一群大男人，也不要什么情调，能吃饱就行。”

何知行说：“那个吹萨克斯的站在我后面，吹得我鸡皮疙瘩都起来了，现在还没消。”

纪又涵问：“你家有没有泡面？”

晏格非气急，说：“你们这些人，有的吃还挑三拣四，以后吃饭自己解决。”大街上到处是面包店，反正饿不死。

第二天大家商量去哪儿玩，有的说去塞纳河游船，有的说去凡尔赛宫，有的说去市中心。

纪又涵说他不去：“我要先去买衣服，不然没得换。”

何知行说：“你出门旅行，就只带一身换洗衣服啊？”

纪又涵不说话。何知行摇头表示服气。

晏格非问：“你知道上哪儿买吗？要不要我送你去？”

纪又涵说不用，出来打车，拿出手机，让司机送他到上面显示的地方。

纪又涵看着眼前这个百货商场，一楼全是奢侈品专柜。他特意在箱包区绕了一圈，自然什么都没发生。他暗笑自己傻，到三楼男装区挑了一身衣服，要出商场时，终究有些不甘心，到 CHANEL 专柜，买了个男士钱包，用英语向售货员打听：“是不是有个中国女孩，做代购的，经常来你这里买包？大概这么高——”他用手比画，忽然想起什么，拿出手机，给对方看沈星乔的照片。照片里沈星乔手里拿着根雪糕，一脸蒙地看着镜头，表情非常形象生动。

那售货员立即认出来了，说：“你说沈啊，她刚才还在，上楼了。”

纪又涵神情一震，谢过她，冲扶手电梯跑去。

好像是一场梦境，命中注定。

沈星乔和一个女孩出现在下行电梯上。沈星乔隔着两个台阶俯身跟女孩说话，声音有点大：“明天你还要带团吗？”用的是中文。魏茵在旅行社兼职当导游。

魏茵点头：“明天去卢浮宫，总算可以不用在外面跑了，我都晒黑了一圈。”

纪又涵眼睛一直看着前面。当两人交叉而过的时候，沈星乔往他这边扫了一眼。他没有转头，就那么直视前方，好像陌生人一样。

两人的距离一点点拉大，终于纪又涵到了。他转过身，远远看着沈星乔的背影，眼神复杂难明。他好像处于梦中，迷迷糊糊的，外界一切存在都在刹那失去感知。

沈星乔下了电梯，往前走了几步，突然回头。猝不及防间，两人视线就这么对上了。沈星乔脸色微变，跑上电梯，等她站好再抬头时，纪又涵已经不见了。她冲到二楼像无头苍蝇一样一通寻找，可是纪又涵消失得无影无踪，刚才那一幕仿佛是幻觉，是梦境，是自己的臆想。

魏茵追上来，一脸诧异地问她怎么了。

沈星乔垂着眼睛说："好像看到个熟人。"

魏茵四处张望："人呢？"

"没找到，大概看错了吧。"

魏茵不以为意，说："世界这么大，哪有那么容易碰到熟人。"

沈星乔露出一个苦涩的笑容，世界这么大，隔着小半个地球，于千万人中还能遇见，究竟是她眼花了还是冥冥中早有注定？

纪又涵回到晏格非的住处，对他说："我拿新钱包换你旧钱包用一下，行不行？"

晏格非莫名其妙，问他要做什么。

纪又涵没说，只问晏格非帮不帮忙。晏格非只得掏出钱包，随他折腾。

第二天八点左右，魏茵照例去酒店接人，这回客人是一群退了休的中国老头老太太，没事出来玩，也不赶时间，每天慢悠悠游逛，倒也轻松，就是事儿多，一会儿要喝水一会儿要上厕所一会儿又要休息。

魏茵挥舞着旗帜让大家在卢浮宫玻璃金字塔门口集合，突然有人轻轻拍了下她，手里拿着个男士钱包，问是不是他们丢的，用的是中文。

魏茵赶紧把人集中起来，一个一个询问，大家都说不是。确定不是他们丢的，那人有些为难，说："那怎么办啊，我也是出来玩的，一句法语都不会。"

魏茵见对方是中国人，本来就心生亲近，加上对方长得好，又拾金不昧，哪还有什么戒心，建议说："打开看看，能不能联系到失主。"

纪又涵当众打开，钱包里厚厚一沓欧元现金，夹层里有几张银行卡，另外有一张居民身份证。魏茵拿过一看，说："是中国人啊，名字叫晏格非，怎么带这么多现金在身上！"

旁边有老太太说："有四五千欧吧，丢了还不知道急成什么样呢！"

大家七嘴八舌出主意："看看有没有电话什么的，赶紧联系失主。"

钱包里有一些购物小票收据之类，都印着法语。魏茵一张一张看过，没有找到联系方式，说："这人应该也是中国留学生，不知出了什么事，取这么多现金在身上。"

纪又涵说："现在怎么办？报警？我不会法语，没法沟通啊。"

魏茵对法国警察办事效率不敢苟同，想了想说："巴黎就这么大，都是中国留学生，找人也不难。我在战法上发个帖，让大家帮忙找一下这个叫晏格非的人。"

两人留了联系方式，又加了微信。魏茵说："一有消息我就通知你。"

纪又涵谢过她，准备走。

魏茵提醒他："你要小心，巴黎很乱的。"可别刚捡了钱又被别人抢走，失主找上门来说都说不清。

纪又涵忙表示自己会小心的，开着晏格非的车走了。回去后，他把钱和卡拿出来，钱包还给晏格非，问晏格非哪里可以租车。

晏格非一头雾水："你拿我钱包干什么去了？还非要我身份证和这些发票。"

纪又涵不肯说，只告诉他："如果有人打电话问你有没有丢钱包，你就说丢了，我捡到给你送回来的。"

晏格非一脸疑惑地看着他："你到底搞什么鬼？什么丢钱包捡钱包，弄得弯弯绕绕的，你在追妹子啊？"

还真是一语中的。纪又涵快速地瞄了他一眼。

晏格非惊叹："你才来巴黎一天就追上妹子了？这速度，啧啧啧！"

纪又涵不语，只是说："若是有人问你丢钱包的事，你——"

"行了行了，我不会坏你好事的。"晏格非不耐烦地打断他，"你要租车赶快去，法国人下班早，一天工作不了几个小时。"

下午纪又涵开着租好的车回来，晏格非说："看你这样，车都租好了，是打算在巴黎待着不走了？"

纪又涵把买的比萨扔给他，堵住他的嘴。

魏茵中午抽空在战法上发了个帖子，下午就收到一溜回复。不少人说知道晏格非这个人，不过没联系方式，看来晏格非在巴黎留学圈挺有名的。

有认识晏格非的看到帖子，给他打电话说了这事。晏格非表示自己会联系这个楼主的。他上战法找到帖子，看头像果然是个妹子，联系魏茵后，魏茵把纪又涵的电话告诉他。

晏格非摸着下巴琢磨，纪又涵这招，简直是追妹子利器啊，他要学起来才是!

纪又涵翻看魏茵的微信,自拍照看都不看统统略过。有条微信发了张烤箱的照片,配文是到底要不要买呢,一个星期前发的。翻到后面,有庆祝过春节的,配文说和室友一起包饺子贴春联,有一张照片是和沈星乔的合影,桌子上摆满了包好的饺子。

他盯着那张照片看了许久,沈星乔还是那样,垂着眼睛没看镜头,脸上表情淡淡的,过年也没让她高兴一点。

晚上从塞纳河游船回来的何知行几人得知纪又涵明天又不跟他们一起行动,怪叫:"我看我们三个也单独行动算了,不然哪里有机会搭讪美女!你看纪又涵,一天啊,来巴黎才一天就有艳遇,车子都租好了。"问纪又涵,"你不跟我们一起去意大利了吧?"

纪又涵看着他,没说话,算是默认。

何知行说:"你有车了,明天当我们一天司机呗,巴黎打车老贵了。"

纪又涵慢慢说:"明天我有事。"

"重色轻友!"何知行骂道,过了会儿又问,"漂亮不?中国人还是法国人啊?"

纪又涵懒得理他。

晏格非插嘴说:"中国的,看起来文文静静的,像个好学生。"

何知行还在羡慕嫉妒恨,哀叹自己怎么就没有这样的好运。

纪又涵任由大家取笑,没有解释。

第二天下午,纪又涵打电话给魏茵:"你在哪儿?我跟晏格非有事找你。"

魏茵说她在工作:"五点送旅行团回酒店,才能下班。"

"那我们在酒店门口等你吧。"

一直等到快六点,魏茵才到,连声道歉:"对不起,出了点事,回来晚了,你们等很久了吧?"

纪又涵忙说:"我反正闲着也是闲着,不过晏格非有事先走了,他让我把这个东西送你,算是谢礼。"打开车子后备厢,里面放着一台全新的烤箱。

魏茵忙摆手:"不行不行,他谢你是应该的,我什么都没做,他太客气啦。"

纪又涵说:"你就拿着吧,买也买了,不用跟他客气。你不知道多巧,我们聊起来才知道,原来我们有共同认识的朋友,好多事大家都知道,我已经住到他家去了。"算是提前把话圆过来。

男孩子的友谊就是这么爽快，魏茵不以为意：“真的吗？世界好小！”

纪又涵问她住哪里：“我送你回去吧。”

魏茵说不用：“坐地铁很方便。”

纪又涵指着烤箱：“你提着这个挤地铁？”

哎呀，都忘了这个。魏茵一脸为难地说：“我不能收。”

纪又涵说：“你不要有心理压力，这点钱还不够晏格非吃顿饭的。再说，你不收，我也很为难啊。”

魏茵在战法的帖子里也听说了晏格非家里为了他特意在巴黎买房子的事，再推来让去倒显得自己太过了，在纪又涵的一再催促下，只好上了车。

到了楼下，纪又涵帮忙把烤箱搬上四楼。

魏茵请他随便坐，去厨房泡茶。

纪又涵打量着房子，看着东边关着门的那个房间：“你一个人住？”

“和室友合租的。”

“那……她人呢？还没回来？”

魏茵看了眼时间：“快回来了吧。”开冰箱看了看还有菜，“要不你晚饭就在这里吃吧，都七点了，我随便做点。”

纪又涵没推辞：“是中餐吗？”

“对啊，炒两个菜。”

“那我就却之不恭了，我已经好多天没吃过米饭了。”

魏茵笑笑，常年在国外的人，对这种想念中餐的感觉深有体会。

纪又涵凑到冰箱前，问做什么菜。

魏茵拿了三个土豆、一块羊肉、两个西红柿和几个鸡蛋，笑说都是家常菜。

正说话间，门开了，沈星乔从外面进来，手里提着两个购物袋，看见站在那里的纪又涵，难以置信，脸色“唰”地白了，摇摇欲坠，差点摔倒，回过神后，赶紧背过身去装作换鞋。等她换好鞋，脸色虽然还是不好，但是神情已经镇定许多，没有看纪又涵，而是看着从厨房走出来的魏茵，若无其事地问：“你朋友？”

“嗯，留下来吃饭，我做饭去了。”

“好，我收拾下就去帮忙。”沈星乔声音轻飘飘的。

沈星乔低着头往房间走。

纪又涵侧身，故意挡住她的路。她往边上移了移，纪又涵冷哼一声，两人擦肩而过。沈星乔闻到他身上散发的似曾相识的气息，忽然难以抑制，颤抖起来，情不自禁抬头望去。纪又涵似笑非笑地看着她，似乎在嘲笑她的自欺欺人、装模作样。她不敢再看他，赶紧推开门冲进房里。

一进门，沈星乔无力地坐在地上。她双手捂住脸，好一会儿才站起来，压下心中所有翻涌的情绪，打开门出去，对坐在沙发上玩手机的纪又涵视而不见，径直去了厨房，问魏茵有什么要帮忙的。

魏茵边让她把土豆削皮切块，边动作利落地翻炒羊肉。

沈星乔蹲在垃圾桶边削土豆，小声说："他就是昨天捡到钱包的那个人？"

魏茵说是："叫纪又涵，江城人，在美国留学，暑假来法国玩。"

沈星乔只觉得一阵眩晕袭来，忙闭了闭眼睛。

魏茵见她许久没动作，有点奇怪："还没削好？"

沈星乔加快动作，把削了皮的土豆放在砧板上，说："淘宝好像有人找我。"

魏茵一个人也忙得过来："那你去忙吧，吃饭叫你。"

沈星乔出来，顺手把厨房门带上，远远看着纪又涵，神情复杂。

纪又涵察觉到了她的目光，挑衅般地挑了挑眉。

两人对视着，中间似有波涛汹涌，暗藏凶险。

沈星乔苦涩地笑了下，不知道该怎么面对，此刻只想逃离这个地方，"砰"的一声出门了。

纪又涵微微皱眉，好一会儿站起来，慢慢走到门口，拧开门，看着空荡荡的走廊，眉头皱起。

Chapter 06 弄巧成拙

沈星乔没有走远，她坐在楼道的台阶上发呆。楼道灯光阴暗惨淡，周遭安静得有些阴森。这是报复，这是对她的报复！沈星乔心慌意乱，满心凄然，那年暑假发生的事情一一在脑海里闪过，这就是她做错事的代价吗？不是不报，时候未到。

正在她陷入往事自责后悔时，电话响了，是魏茵："你怎么出去了？要吃饭了。"

她用力压下声音里的异样情绪："我去买点东西。"

"买什么？"

她顿了顿："喝的。"

"家里有红酒啊。"

沈星乔沉默，半晌说："我很快回来。"

她跑到附近便利店，买了一大瓶果汁，这才乘电梯上楼。

饭菜已经摆在桌上，纪又涵坐在那里，在开红酒。

餐桌不大，只有四个座，魏茵在他对面坐下，沈星乔挨着魏茵坐。纪又涵伸手，第一个给沈星乔倒酒。沈星乔用手挡住杯口，眼睛看着桌面："你自己喝吧。"

纪又涵看着她，眉毛微挑："这么不给面子啊？"

沈星乔拿过果汁："我喝这个就好。"

纪又涵眼神冷冷的："你该不会跟我说，你不会喝酒吧？"

沈星乔手没有挪开，淡淡地说："那倒没有，只是今天不能喝。"

纪又涵眼中怒气闪现，讽刺地说："我就这么不招人待见啊？连杯酒都不肯喝？"

魏茵想起沈星乔正在生理期，忙打圆场："沈星乔身体不舒服，还是让她喝果汁吧。”

纪又涵拿着酒瓶的手顿时僵住了，没再勉强，先给魏茵倒了一杯，又给自己倒了一杯。

魏茵拿起筷子：“吃饭吧，希望你吃得惯。”

纪又涵食不知味，仍礼貌地称赞：“家里的味道，好久没吃过了。”

魏茵嫣然一笑，指着一盘炒牛肉说：“这牛肉是沈星乔舅妈从国内寄过来的，晒得特别干，能放好久，吃的时候用辣椒炒一炒，盐都不用加，又好吃又下饭。”

“哦，是吗？那我尝尝。”纪又涵夹了片牛肉，慢慢咀嚼，“果然好吃，又香又有嚼劲。”眼睛看着沈星乔，突然问，“你哪里人？”

沈星乔惊得呛住了，连声咳嗽。

魏茵拿过饮料递给她：“没事吧？”

沈星乔摇头，咳得眼睛有点红，喝了一大口果汁压惊。

魏茵见她没事，代她说：“沈星乔是海城人。”顿了顿又说，“我是津城人。”

纪又涵故意说：“我好像在哪里见过你，总觉得你面熟。”

魏茵想起一事，笑道：“沈星乔，我记得你是江城一中毕业的吧？纪又涵也是江城人呢。你们俩以前说不定见过，只是自己不知道。”

纪又涵跟魏茵说着话，眼睛却看着沈星乔：“有可能哦，毕竟世界这么小。”

沈星乔趁魏茵不注意，狠狠瞪了他一眼。

纪又涵嘴角微微上扬，心情莫名变好。

此后沈星乔再也没说话，闷头扒饭，吃完把筷子一扔，坐到沙发上去了。

纪又涵吃了一碗就不吃了。魏茵问他要不要再添点儿，他说饱了。

魏茵去端饭后水果。纪又涵犹豫了下，还是往沙发走去。沈星乔瞟了他一眼，站起来，走到餐桌旁收拾碗筷去了。

沈星乔刚才坐的位置弹力还没完全恢复，尚留有清晰的痕迹。纪又涵看着那个凹痕，特意往旁边移了移，仿佛那里还有人似的，摸了摸鼻子，不知为何有点尴尬。

沈星乔进厨房洗碗，半天没出来。

纪又涵在外面坐了半个小时，一直没等到沈星乔，看了看时间不好再留下去，站起来说要走。

魏茵说：“那我送你下去吧。”走到厨房，推开门，“纪又涵要走了。”

沈星乔把该洗的碗全洗了，该拖的地也拖了，正在那里用抹布一块一块擦瓷砖，见魏茵特意通知自己，只得出来，站在那里，冲纪又涵点头。

魏茵先开门出去了，说：“我去等电梯。”

纪又涵故意从她身边擦过去，冲她不怀好意一笑。

沈星乔受刺激般，心里一痛，轻声说：“你想做什么？”

纪又涵发出一声冷笑：“你说呢？”扬长而去。

沈星乔脸色一白，看着房门在自己面前慢慢合上。

魏茵很快回来，哼着小调心情很好的样子。她忙着拆烤箱包装，又让沈星乔搭把手，一起抬到厨房去，十分高兴地说：“以后我们就能自己做糕点饼干了，太好了。”

沈星乔一脸纠结地看着魏茵，想告诉魏茵她跟纪又涵早就认识——只是他俩刚才颇有默契地彼此装作不认识，现在又这么说，岂不是让人莫名其妙吗？再说她并不愿意将两人隐秘难堪的过往袒露人前，毕竟这不是什么值得称道的事，思来想去，只好作罢。

自从纪又涵又出现，沈星乔的心便一直提着。几天过去，也不见纪又涵有什么动作，她自欺欺人地想，也许他真的只是来巴黎玩，并没有想做什么。

这天上午，纪又涵在微信上看到魏茵发的做芝士蛋糕的照片，知道她不上班，给她发消息，问她在吗，说有事找她。魏茵回复她在家。

“我去找你。”

纪又涵发出这句话，拿了东西，直接开车到她家楼下。

魏茵有点莫名，又有点雀跃，准备好茶水糕点招待他。

东边房间的门又是关着的。魏茵说：“沈星乔她有事，不在。”

纪又涵拿出两张邀请帖放在茶几上，说：“上次蹭你们两个小姑娘的饭，挺不好意思的。”

魏茵忙说：“这有什么不好意思的，我们自己也要吃啊，添双筷子的事。”打开邀请帖，法文写的，请她们这周五晚上七点在 L'AMBROISIE 餐厅吃饭。

魏茵见他这么正式地下帖子邀请，还特地送来，估计 L'AMBROISIE 餐厅大有来头，只好说：“你也太客气啦。”

纪又涵这回比上回自在多了，在客厅随处走动，还到厨房看了看。茶几中间那层放着几张物流单子，其中有一张填写好了双方地址，寄件人正是沈星乔。他看着上面的电话号码，趁魏茵去洗水果的时候，偷偷输进手机保存。

魏茵端着水果盘回来，纪又涵却说他该走了："周五那天我来接你们，希望两位女士到时赏光。"

等他一走，魏茵赶紧上网查 L'AMBROISIE 餐厅，才知道是米其林三星餐厅，不但要提前预订，若是预订了座位又没去的话，每个人要扣除数百欧的费用。

魏茵还是头一回去这么高级的餐厅，又是被男生邀请，很有几分紧张。沈星乔一回来，魏茵就跟她把这事说了，嚷嚷着要去买衣服。

沈星乔看着那张法文写的邀请帖，头疼不已，表示周五晚上她有事，恐怕去不了。

魏茵不满说："你有什么事啊？晚上你一般不都在家吗？"

沈星乔一时语塞，只好说："他请的是你，我去凑什么热闹？"

魏茵晃着手里的请帖："他请的是我们两个，看见没，帖子是两张！"

"反正我不去。"沈星乔索性不找理由了。

魏茵说："L'AMBROISIE 是米其林三星餐厅，你不去，要扣钱的，好几百欧啊。"

沈星乔不说话，心想反正有人愿意做冤大头，心疼什么！

魏茵可不管沈星乔闹不闹别扭，拉着沈星乔陪她去买衣服，买了裙子又要配鞋子，结果花了近一个月的生活费。

到了周五这天，魏茵吃过午饭就开始收拾自己，洗澡，吹头发，化妆，还换了隐形眼镜戴上。魏茵打理得差不多，来敲沈星乔的门，见对方还躺在床上玩手机，拉她起来："你还真打算不去啊？"

沈星乔闷声说："我真的不想去，怪尴尬的。"

"我一个人去，那才叫尴尬。快点，快点，时间来不及了！"魏茵一把抢过她手机，推着她进了浴室，"虽然不用穿礼服，好歹打扮一下，化个淡妆，再吹下头发。既然要去，那就高高兴兴去，可不能丢人现眼。咱们出门在外，代表的不仅是自己的脸面，还有中国人的脸面。"

都上升到这个思想高度了，看来是躲不过去了。沈星乔深吸口气，既然如此，她就去看看，纪又涵这样大费周章，葫芦里到底卖的什么药。

晚上六点半有人敲门，纪又涵站在外面，穿着燕尾服，戴着领结，头发往上梳，露出光洁饱满的额头，越发显得剑眉星目、风度翩翩。

魏茵拿着包先出来。她一看就是精心打扮过的，一头卷发披散在肩膀两侧，穿了件白色半袖蕾丝刺绣过膝裙，配的是黑色尖头高跟鞋，简单又不失优雅。

相比魏茵，沈星乔就随意多了，一袭无袖墨绿长裙，腰上扎了根宽腰带，丸子头高高扎起，额前散落的几缕碎发，显得利落又俏皮。她代购一线大牌包包，自己却背了个中国风水墨印花帆布包，充满异域东方风情。

沈星乔抬头看见纪又涵，被他从未见过的正式打扮晃了眼，呆怔了一下，反应过来，忙慌乱地转过头去，脸上神情竟然有些羞赧。

而纪又涵见到如此打扮不同于平日的她，亦是眼前一亮，微微咳嗽一声，绅士地请两位女士先行。

虽然是盛夏，不过巴黎夏天并不炎热，在屋里不觉得，出来甚至有几分凉意。沈星乔吹着夜风，微不可见地搓了手臂，用包挡住光溜溜的胳膊。纪又涵转头看了她一眼。上车时，他站在车边，拉开车门，一手背在身后，一手挡在车顶。魏茵小声说谢谢，坐进车里。沈星乔弯腰进去时，纪又涵搭在车顶的手忽然缩回来，手指从沈星乔光裸滑腻的手臂擦过去，一触即离，只觉如丝如缎，一片冰凉。

沈星乔一个激灵，默不作声地把胳膊往里挪了下，端端正正地坐好。

纪又涵快速瞄了她一眼，脸上没什么表情，看不出有任何情绪波动，伸手把车门关上，启动车子的时候，关上了车窗，将微带凉意的晚风关在外面。

车子停在孚日广场，一间外表看起来毫不起眼的餐厅，正是巴黎十大餐厅之一的L'AMBROISIE，装修复古而奢华，大量壁毯、水晶灯、烛台的使用，使得整座餐厅充满了纯正的法国风范，有一种旧式的贵气。侍应生将女士的包包存好，要拿纪又涵搭在手臂上的外套时，纪又涵摆了摆手，侍应生很机灵地退下去了。

餐厅不大，三人在预订的座位坐下，沈星乔和魏茵用法语熟练地问侍应生有什么推荐。纪又涵拿着菜单翻了翻，问有没有英文菜单。侍应生笑说他们只有葡萄牙语菜单，纪又涵愣了下，才知道是在开玩笑。他看着对面时不时搓一下胳膊的沈星乔，极力忍住把外套披在她身上的冲动。魏茵注意到了，问她是不是冷，把自己的披肩拿下来递给她。沈星乔没拒绝，围得严严实实。

纪又涵若有所失，只得把外套重新搭在椅子背上。

因为要开车，纪又涵不能喝酒，餐前酒点了苏打水，佐餐酒给女士们点了香槟。头盘是鹅肝，汤是草莓甜汤，主菜是白松露小牛肉配盐烤芹菜根，甜品是舒芙蕾，一顿饭吃下来前后两个多小时。其间多是魏茵和纪又涵在聊天，沈星乔偶尔支应一声。魏茵提到电子支付的便利，感慨："圣诞的时候我回国，发现大家都在用手机付款，感觉自己都落后了，去哪儿只要带着手机就行，连楼下早点摊都能微信支付，真是太方便了。不像法国，还在刷信用卡用现金，每次去超市找一堆的零钱。"

纪又涵便说："美国也一样，在移动支付这一块，国外真的是落后国内一大截。现在国内经济正在上升期，很适合年轻人奋斗创业，你将来会回国吗？"

魏茵说："应该会吧。"又转过头问沈星乔，"你呢，打算回国吗？"

沈星乔摇头："不知道。"

纪又涵闻言又惊又怒："不知道？难道你还想留在法国？"

魏茵笑道："虽然法国是非移民国家，不过想留下来也很简单，找个法国男朋友就行了。"顿了顿又打趣，"Léo 就不错嘛。"

纪又涵蹙眉，盯着沈星乔不语。

魏茵笑着解释："Léo 是沈星乔同学，法国人，平时兼职做模特。"

纪又涵微不可闻地冷哼一声。

咖啡上来，这顿漫长难熬的晚餐总算结束了。沈星乔去上洗手间，看着镜中盛装打扮的自己，感觉是如此陌生，疏忽经年，人事皆非，又想起年少时和纪又涵的那些往事，唏嘘感慨悔恨忧虑万般滋味齐齐涌上心头，一时间柔肠百结，郁郁寡欢。

从洗手间出来，不料迎面撞上纪又涵。他正站在那里抽烟，见到她，一副视而不见的样子。沈星乔目不斜视从他身旁经过，眼看着已经走过去了，纪又涵忽然又不忿起来，狠狠将烟熄灭，一把拽住她。

沈星乔挣扎："你干什么？"

纪又涵凑近她，恶狠狠地说："大概你在国外过得乐不思蜀，早就把你对我做过什么忘得一干二净了！"

沈星乔怔怔地看着他，半晌说："原来你还在恨我！"

纪又涵讽刺："难道我还要感谢你吗？"

自责悔恨漫过心头，将沈星乔一点一点淹没，她唯有喃喃道歉："对不起，以前都是我太不懂事——"

"对不起有用的话，还要警察干什么？你把我耍得团团转，玩弄我于股掌之间，一句轻飘飘的不懂事就想带过？"

沈星乔木然地看着他："那你想怎样？"

纪又涵恶狠狠地说："我说过，以后别让我碰到你，不然迟早要让你知道什么是一报还一报。"

沈星乔浑身一震："你故意接近魏茵？"

纪又涵冷哼不语。

沈星乔痛苦地闭上眼睛："你要报复冲着我来好了，为什么要把魏茵牵扯进来？她是无辜的，她什么都不知道！"

"你以为你是谁，凭什么我要听你的？"

沈星乔脸色一白，只觉心如刀割般又悔又痛，那种如影随形、无处不在的内疚又在啃噬着她，眼泪无声无息滑落，喃喃自语："你会后悔的，你一定会后悔的。"就跟她一样。

"那就让我后悔吧！"纪又涵一边撂狠话，一边看着她蒙眬泪眼，心中忽然烦躁不已，最后还是恨恨地放开了她。

沈星乔踉跄着离开。

三人出来，朝停车场走去。车上魏茵挽着她的手，兴奋地评论着晚上的这顿饭，哪道菜好吃，哪道菜差强人意，哪道菜金玉其外徒有其表。沈星乔随口敷衍，一路心事重重。

纪又涵送她们到楼下，掉头就走。

回去后，晏格非问他晚餐怎么样："费了我好大劲儿才订到的位置，看起来怎么一副无精打采的样子。"何知行和另外两个同学已经出发去意大利了，少了他们的闹腾，屋子里显得分外安静。

纪又涵陷在沙发里一动不动，没说话。

"追妹子就跟学语言一样，得下功夫，心急吃不了热豆腐，兄弟只能帮你到这里，接下来就看你自己的了。"晏格非以为他出师不利，拍了拍他的肩膀，安慰道。

明明一想起沈星乔这个女人就恨得牙根痒痒，为什么等到真的见到她，看到她默默哭泣的样子，竟然一点都不觉得解恨呢？纪又涵不明白自己这是怎么了。

对于魏茵来说，那天的晚餐如同一场美梦，回到家还像是走在云端里，飘飘然不可自拔。可是接下来几天纪又涵都没有联系她，又让她患得患失。沈星乔见她时常提到纪又涵，时不时琢磨他的兴趣爱好，无力阻止的感觉像海浪一样汹涌奔腾。

这天两人正在吃饭，魏茵听见手机响，看了一眼，手忙脚乱地点开来，看罢一脸失望，放下筷子，饭也不吃了。

沈星乔问："怎么了？"

魏茵如同霜打茄子般蔫了，不说话。

沈星乔沉默了会儿，忽然说："纪又涵，是不是？"

魏茵见她猜到了，索性解释："那天他那么破费请我们吃饭，我就想着回请，来而不往非礼也嘛——他拒绝了。"

魏茵甚是烦恼，忍不住问沈星乔："你说他什么意思？"不等她回答，又问，"你觉得纪又涵怎么样？"

沈星乔斟酌着用词说："他相貌堂堂，出手阔绰，看起来家世不错，刨去这些，其实你根本不知道他是什么样的人，一点也不了解他的过往。巴黎是时尚之都，也是浪漫之城，很多人都梦想在巴黎能有一段浪漫的邂逅，他只是游客，很快就会回去。"希望能借此打消魏茵的念头。

魏茵明白她的意思，不以为然地说："虽然不清楚他为人怎么样，至少拾金不昧、品行端正。至于他游客的身份，大家都是中国人，现在通讯又这么发达，距离完全不是问题嘛。"

沈星乔唯有苦笑。

纪又涵的出现，给魏茵平淡乏味的生活带来莫大惊喜，这种期待忐忑的心情是她以前从没有经历过的。

魏茵决定主动出击，给纪又涵发了条微信，问他在哪儿。

纪又涵好半天才回，说他和晏格非还有几个朋友到乡下钓鱼去了，又问她在做什么。

"你一个人在家？"

"是啊。"

"你室友呢？"

"她约会去了。"

纪又涵看着手机，眉头微蹙，电话打过去："你一个人在家，中午吃的什么？"

"随便做点什么吃呗。"

"你室友约会，你怎么没一起去？男朋友吗？"

魏茵笑："是一个法国同学啦，对她很有好感，我怎么好意思一起去。"

"法国人？看不出你室友……口味这么重啊！"

"很帅的，是个模特，人也很好，对中国人没有偏见。"

纪又涵拿开手机，重重哼了一声。

魏茵问："钓鱼好玩吗？"

“打发时间呗，乡下风景不错。”

“你们吃饭怎么办？”

“自己带了，来了乡下，当然要野餐啊。”

晏格非在那边叫他：“纪又涵，不要追妹子了，你鱼上钩了！”

魏茵听见了，笑而不语。

纪又涵瞪晏格非，说他有事要忙，挂了电话。

半下午，时间还早，纪又涵突然说要回去。

晏格非说：“你急什么啊，妹子在那儿，又不会跑掉。”

纪又涵指着几个把鱼竿一扔凑在一起打牌的人说：“那跟你们这样钓鱼，就有意思了？”

“漫长暑假，炎炎夏日，总要找点事儿做吧。”

“你回不回去？不回我先走了。”

晏格非说：“钓鱼的活动是我发起的，我走不开，你要走就走，别给我煽动其他人。你走了，等会儿我们就去酒吧，你可别后悔。”

纪又涵“嘁”了一声，把东西收好，钓上来的鱼装在网袋里，扔在后备厢，扬长而去。

纪又涵快到时给魏茵电话：“你在家吧？”

“在啊。”

“我送点东西过去。”

不一会儿，纪又涵提着两条鱼上门，说：“我钓的，没人会做，送给你们添个菜。”

魏茵忙接了盆水，把鱼放进去，鱼还是活的，在盆里扑腾跳跃。她说：“这鱼好新鲜啊，清蒸一下就很好吃。不过我不会杀鱼，你会吗？”

纪又涵不语。他唯一干过的厨房里的活儿就是烧水，完全没想到鱼在烧好端上桌之前是要先杀死的。

魏茵觉得自己的问题有点蠢，纪又涵这种公子哥儿一看就是十指不沾阳春水的，忙补救说：“沈星乔是南方人，很会烧鱼，应该会杀。”

“她到底会不会？”

“嗯？”魏茵不解。

“你打电话问问她，确认她会不会。”纪又涵怕自己显得太急切，清了清嗓子说，“她要不会，我再想办法。”

魏茵心想有必要这么急吗，等她回来自然就知道了，见他盯着自己，只好拿出手机，问沈星乔在哪儿。

“哦，你在附近咖啡馆啊。对了，我问你，你会不会杀鱼？”

沈星乔不知在那边说了什么。

“哦哦，那好，你早点回来啊。”魏茵挂了电话，“她说她没杀过鱼，不过她舅妈教过她怎么杀鱼，主要就是不要弄破鱼胆，应该不难。”

纪又涵装作不经意的样子说：“她在附近咖啡馆跟人约会？不是中午就在外面吃的吗？现在都快五点了，还不回来啊？”

“可能吃了晚饭回来吧。”

纪又涵只觉得心头莫名一股火起，说他走了。

魏茵留他：“你都带了菜来，不吃了饭再走啊？”

“下回吧，还有事。”

魏茵有些失望地看着他离去的背影，无力地倒在沙发上。

纪又涵拿出手机搜索附近的咖啡馆，有三间，先到离得近的那家，里里外外找了一圈，没有；第二间很小，一眼就看到头，也不是；再到最后一家，老远就见沈星乔和一个男人坐在路边，两人聊得很投机的样子。

上午 Léo 给沈星乔打电话，说他回巴黎了，给她带了礼物。沈星乔兴冲冲来见他，问是什么。他拿出一袋饼干，说：“我妈妈做的。”

沈星乔立即尝了一块，外表看着不怎么样，味道很浓郁，比魏茵做的强多了。她竖起拇指称赞：“好吃！”

Léo 笑，露出一排洁白整齐的牙齿：“你送我的牛肉干也很好吃。”

沈星乔要了冰咖啡，就着饼干，吃得津津有味。

Léo 突然说：“你知道吗？我有四分之一的中国血统。”

沈星乔很惊讶：“真的吗？看不出来。”

“我外公是中国人。你知道湖南，永州吗？”“湖南”“永州”两个词，Léo 发音有些用力，怪腔怪调的，不过还是听得懂。

“知道啊。”虽然关于永州，她的印象只停留在中学课本“永州之野产异蛇也，黑质而白章”那句话上。

“我外公就是永州人，他以前经常跟我讲他小时候在中国的事。说永州有很多山，山上有很多好吃的，人们出山要准备好几天的干粮，没有交通工具，全靠两条腿走，偶尔坐一次驴车，回去可以跟小朋友炫耀好久。”

听起来像古代发生的事，沈星乔完全不能想象，可还是觉得很新奇：“那你外公是怎么来到法国的呢？”

“他说跟神仙一样飞过来的。”

那个年代，还能有什么温馨的故事不成，大概不是战乱就是逃难，夹杂着生离死别，正因为不是什么美好的回忆，才会这么避重就轻。沈星乔轻叹一声。

“我很小的时候外公就去世了，他一直很想念中国。”

“中国现在变化很大。”

“是啊，大家都知道中国发展得快，有机会真想去看看。”

“这也不是什么难事，等我回国，你同我一起去好啦。”

“好啊。”

两人边吃边聊，时间过得很快。其间沈星乔接到魏茵打来的电话，听到纪又涵送了她们两条活鱼时，她神情变得有些忧郁，心事重重的。

“星乔。”Léo 叫她。

“嗯？”沈星乔回过神来，看他。

“你为什么总是不开心呢？”

“我有吗？”沈星乔很惊讶他会这么说自己。

“当然。”Léo 指了指她眼睛，“你的不开心全在眼睛里。”

沈星乔低着头，过了好一会儿说：“可能是因为我曾经做错了事。”

“你不能因为过去的错误一直惩罚自己。你抬头看看，天空这么美，风这么轻柔，食物这么好吃，你不是活在过去，你活在现在啊！”

不知为何，沈星乔眼泪突然流了下来：“可是我走不出来。”尤其是魏茵的事，她没法原谅自己。

“其实不难的，事情终会过去，没什么大不了的，你要勇敢一点，对自己好一点。”Léo 的安慰并没有如何特别，可是沈星乔就是很感动。

这是一场很轻松、很舒服的谈话，整个大脑都放空了，什么都不用想，什么都不必做，沈星乔进入一种很玄妙的境界，身体里仿佛有什么东西离体而去，让人浑身一轻，那种感觉美妙又愉悦。

Léo 想必也有这种感觉，因此两人一直聊到天都黑了，也没有人提出离去。

纪又涵一开始在车里等着，远远看着他们谈笑风生，越看越碍眼，心里各种不舒服。很快有人过来，提醒他这里不能停车。他把车子停到附近购物中心地下停车场，沿着人行道慢慢溜达。天一点点黑下来，他形单影只走在异国他乡的街道上，突然觉得自己很可悲。明明恶人是她，为什么痛苦的反而是自己？

纪又涵掉头回到刚才那间咖啡馆。沈星乔和 Léo 正在吃晚餐，一个黄油面包、一份蔬菜沙拉、一杯咖啡，简单至极，可是沈星乔吃得很享受，蔬菜沙拉剩最后一粒玉米都用叉子叉起来吃掉了。对比她在 L`AMBROISIE 意兴阑珊的样子，纪又涵莫名觉得有些委屈。那是他头一次这么郑重又精心地安排晚餐啊！

纪又涵不管了，走到两人面前，直接叫她名字："沈星乔！"

沈星乔见到他，有些无奈，冲他点了点头，没说话。

纪又涵看都没看 Léo 一眼，用英文说："你怎么没回家，这么晚还在外面，听说巴黎乱得很。"

沈星乔翻了个白眼，嫌他管得宽。

Léo 这才发现时间竟然这么晚了，在巴黎，晚上八点以后基本没有单身女孩子会在街上游荡，他站起来对沈星乔说："我送你回去吧。"

"不用了。"纪又涵拿过沈星乔放在椅子上的包，"我送她回去。"

Léo 弄不清对方和沈星乔的关系，不过他向来搞不懂中国人那套，没有坚持，和沈星乔行了贴面礼，就走了。

纪又涵见状，脸色有些不好看，抽了两张餐巾纸递给她。

沈星乔莫名其妙。

"你脸上有东西。"

沈星乔拿出手机当镜子照。

纪又涵忙指了指她左脸颊："这里，有脏东西。"

沈星乔胡乱擦了下。

"右边也有。"

沈星乔明白过来了，扔掉纸巾，瞪他："无聊！"拽回自己的包，抬脚就走。

纪又涵忙跟上去。

两人走了大半路都没说话，直到看到一个亚裔中年女人坐在地上抹眼泪，沈星乔向旁边的人打听，才知道是被抢了包。沈星乔感同身受，忙把她扶起来，得知是中国人，给了她二十欧，让她打个车回家。那人忙对她说谢谢，用中文控诉："还是个孩子啊，才十几岁，就干这种偷抢拐骗的勾当！"

沈星乔把对方送上出租车，气愤地说："这些人，就知道抢中国人，有本事抢俄罗斯人试试！"她突然掉转枪头对着纪又涵，"还有你啊，就是有你这种人，随身带着四五千现金，他们才喜欢抢中国人！"

纪又涵知道钱包的事被她看穿，不自在地摸了摸鼻子。

沈星乔发了一通火，突然说："你到底想怎样？"

纪又涵走在她身边，不说话。

沈星乔停下，看着他说：“你不是口口声声说要我好看吗，那就冲着我来啊，关魏茵什么事？”

纪又涵赌气般说：“你又不是我什么人，要你管！”

沈星乔无语，过了会儿问：“你喜欢她吗？”

“谁？”纪又涵一时没反应过来。

沈星乔一脸认真地看着他：“你喜欢魏茵吗？”

纪又涵顿时如奓了毛的猫：“关你什么事！”

“既然不喜欢，那你招惹她干吗？”

纪又涵辩解：“我哪有招惹！”

“她是我最好的朋友，我们一起住了三年，彼此依靠，互相帮助——你如果不喜欢她，那就离她远点，好吗？”

“我又没对她做什么。”

“从韩琳到陈宜茗还有魏茵，你是不是都觉得，没对她们做什么？”

“她们喜欢我，我有什么办法？”

沈星乔很生气：“那你就不要随便做一些让别人产生误会的事！”

“你这是欲加之罪，何患无辞！我根本什么都没做！”

沈星乔一脸嘲讽地说：“是，你根本什么都不用做，只要仗着别人喜欢你，为所欲为就是了！”

纪又涵满心委屈，脱口而出：“你竟然好意思说我？仗着别人喜欢你的那个人，难道不是你吗！”

沈星乔顿时无言以对，掉头就走。

纪又涵冷哼一声，这个没心没肺的女人！

两人沿着街道默默行走，一路无话。到了楼下，沈星乔要进去时，突然回头，问：“你什么时候回美国？”

纪又涵没好气说：“你管我什么时候回去，巴黎又不是你家的。”他还就待着不走了！陪她轧了一晚上的马路，一句好话没有，竟然一开口就赶他走！想到还得绕一大圈去取车，心情越发不好了。

沈星乔头疼，不知道拿他怎么办。

巴黎地铁又开始罢工，起因是一名列车司机遭到乘客攻击，一开始只是A线暂停，后来事态发酵，发展到90%的司机参与了此次罢工，最后连巴士也罢工了。除了仅有的几条线路，整个巴黎公共交通都瘫痪了。

沈星乔面无人色地瘫在沙发上，头发湿嗒嗒黏在脸上，有气无力地说："我走回来的，从转运公司一路走回来的。"去的时候还挤上了巴士，回来巴士就停了。

魏茵难以置信："天啊，地铁都十来站！"赶紧给她倒了杯水。

沈星乔咕噜咕噜把水全喝了，这才有力气坐起来，脱下袜子的时候连声吸气，后脚跟那里皮全蹭破了，看上去血肉模糊的。

魏茵找了碘酒棉签出来，说："法国就是这点可恶，动不动就罢工。依我说，罢工就能解决问题吗，有什么要求坐下来好好谈不行吗？"

沈星乔一边消毒，一边贴创可贴，说："这叫下马威，招式老套，管用就行。"站起来走了两步，皱眉，"嘶——怎么比刚才还疼？这可怎么办，我明天还要去郊区的打折商场呢。"

魏茵劝她："这几天还出什么门，待家里吧。"

"不行，人家等着要呢。"

"怎么去那么远啊，那边鞋包也打折？"

"不是包，是衣服，答应了一个老客户，给她找一件 BURBERRY 的风衣。"

魏茵叹气："赚点钱不容易啊。"

"纯粹是义务帮忙，根本就不赚钱。"

"那你怎么去啊？地铁停了吧？"

走着去是不可能的。

"我问 Léo 借自行车用一下。"

"你骑自行车去？"魏茵睁大眼睛。

"不然有什么办法。"沈星乔踮着脚回房。

魏茵在后面叫她："你饭不吃啦？"

"累过头了，吃不下，你收了吧。"

"不吃饭哪行，要不给你蒸个鸡蛋羹？"

沈星乔摆手，一头倒在床上。

魏茵从冰箱里拿了两个鸡蛋出来，推她房门："蛋羹里放点虾仁？"

里面一点声音都没有。

魏茵探头去看，只见沈星乔已经躺在床上睡着了。她摇了摇头，看来真是累坏了。

时间还早，魏茵睡不着，又无事可干，她拿起手机，犹豫半天，还是拨了电话："巴黎大罢工，你们没受什么影响吧？"她找了个合理的借口。上次发微信，没发两条纪又涵电话就打过来了，她以为纪又涵不耐烦打字，因此这次直接打电话。

纪又涵说："我们还好，自己有车，不过好多店铺因此关门了，买东西有些不方便。"又问，"你们呢，出行怎么办？"

"我还好，这几天休息，我室友就惨了。"

"她怎么了？"

"她今天出去，走路回来的，脚都磨破了，明天还要出门。"

纪又涵静静听着："她明天去哪儿？"

"她要去打折商场帮一个客户找东西，好远的，都快到郊区了。"

"那她怎么去？打车？"

"打车太贵啦，赚的那点钱都不够车费，她说骑自行车去。"

"你们有自行车？"

"借啦，问一个法国同学借。"

纪又涵想到 Léo，眉头一皱："明天我送她去吧，反正我整天闲着没事。"

魏茵给他打电话完全不是这个意思，闻言脸上表情有些僵硬，好一会儿说："好啊，那就谢谢你了，等会儿我跟她说。"

"嗯，明天我去找你们。"

沈星乔晚上没吃饭，第二天一大早就饿醒了，爬起来找东西吃。魏茵跟她说了纪又涵会来的事。

沈星乔不知道说什么好，好半天说："不用麻烦他了，我已经跟 Léo 说了。天气不冷不热，骑自行车挺舒服的，就当锻炼身体。"顿了顿，又说，"你给他发个短信，让他别来了，我这就走了。"

魏茵正到处找手机，这时门铃响了。沈星乔没想到他来得这么早，轻轻叹了口气。

纪又涵站在外面，魏茵让他进来，他说不用，晃了晃手里的车钥匙，见沈星乔已经换好衣服，眉毛一挑："我没来晚吧？"

魏茵问他吃过早餐没，他胡乱点了点头，眼睛一直盯着一动不动的沈星乔。

魏茵还在说："真是太麻烦你了，一大早的——"

纪又涵打断她："不麻烦，我先下去等。"瞥了眼旁边的沈星乔，这才走了。

沈星乔磨磨蹭蹭地收拾东西，魏茵时不时地看她一眼，似乎在催促她别让人等太久。

沈星乔只能硬着头皮出门。一出电梯，纪又涵就在门口等着，沈星乔目不斜视，从他身旁绕过去。

纪又涵拽住她胳膊：“你去哪儿？”

沈星乔哼道：“我觉得骑自行车是一项很好的运动，健康又环保，我劝你以后也少开车多走路，减少二氧化碳的排放，绿色出行。”

纪又涵嘲笑说：“借别人的自行车，还真的是又健康又环保呢。”

沈星乔白了他一眼。

纪又涵打开副驾驶座车门，示意她上车。

沈星乔自顾自地往前走。

纪又涵深吸口气，突然横抱起她，一把塞进副驾驶座，然后关上车门，动作干脆利落，自己则从另一边上车。

沈星乔坐在那里，气得尖叫一声，扑过去又捶又打。

纪又涵忽然攥住她的双手，身体一点一点靠近她。

“你、你想干什么？”密闭的空间让沈星乔浑身不自在，不由得往后躲了躲。

纪又涵似笑非笑地看了她一眼，伸手扯过安全带，替她系好。

沈星乔偷偷地松了口气。

纪又涵问她吃早饭没。

沈星乔没理他，给 Léo 打电话，说她今天有事，先不去拿自行车了。

Léo 说知道了：“Bonne journée.”（度过美好的一天）挂了电话。

两人一直用法语交谈，纪又涵听得皱眉，不满地问：“你们叽里呱啦说什么呢？”

沈星乔哼道：“开你的车吧，废话真多。”转头看着窗外。

一路直奔郊区打折商场，本以为拿件衣服很快就好，没想到又是排队又是机器故障，折腾了好半天。

纪又涵看着空荡荡的街道，问：“附近有没有吃饭的地方啊？我早上都没吃。”

沈星乔便说：“这里东西又贵又不好吃，还是回去吃吧。”

两人打道回府。

路过一家加油站时，纪又涵见车子没油，停了下来。加油站一个工作人员都没有，空荡荡的。纪又涵抱怨说：“加油站也罢工了吗？”只得下车，研究好半天才拿出信用卡插进卡槽里。

沈星乔有些渴，找了一圈，连个自动售货机都没有。

纪又涵注意到她嘴唇发干，加完油，打开后备厢，钻进去拿了一瓶水出来，顺手把后备厢关上。他把水递给沈星乔时，突然神情一变，动作僵住了。

沈星乔问他怎么了。

他呆呆地说："车钥匙落在后备厢里。"

沈星乔无语地看着他。

纪又涵讷讷地说："现在怎么办？"

沈星乔试着去拉车门，哪里拉得动。

"要不，把车窗砸了？"

"那也得有工具啊，用手砸吗？"

纪又涵手里只有一张信用卡，钱包和手机都扔在车上。沈星乔也没好到哪里去，包在车里，好在手机一直在手里拿着，说："那打电话叫拖车公司？"

纪又涵想了想说："就法国人这办事效率，还不知道要等到什么时候，还不如给晏格非打电话。"

"我没他电话号码。"

纪又涵想了想说："魏茵有，你问她。"

沈星乔只得把情况跟魏茵解释了一下，魏茵说要上战法翻帖子，好半天才把晏格非电话发给她。

晏格非接到纪又涵求救电话时，表示自己现在在外面办事，可能要晚些才会到。

沈星乔松了口气，会来就好，等着就是，不然这荒郊野外，怎么回去啊！

等了一个多小时，沈星乔饿得肚子咕咕叫。

纪又涵见她有气无力的样子，望着不远处一栋民宅，说："你在这儿等着，我去那边看看，能不能问人家要点吃的。"

纪又涵走后没多久，有车子停下加油，是个人高马大的年轻男人，见到独自一人的沈星乔，走过来同她搭讪。沈星乔没理，那人靠近她，用英文说："嘿，美女，你车子怎么了？要不要我帮你看看——"

沈星乔皱眉，走开。

那人伸手去抓她。

沈星乔躲开，忍不住骂了句脏话，让他滚。

那人不以为意，开始动手动脚。

沈星乔大叫一声，朝纪又涵的方向跑。

那人愣了一下，追了上去。

纪又涵远远看见动静，捡了根木棍跑过来，对着人当头就是一棍，却打偏了。那人顿时怒了，照着纪又涵脸上一拳挥过去。纪又涵被打个正着，脚下一个踉跄，摔倒在地。

沈星乔见状，瞅准时机，一脚踹向那人下体，直把那人踹得杀猪般惨叫，捂着裆部倒在地上起不来。这还没完，沈星乔捡起木棍往那人身上一顿狠揍，揍得他连声求饶，灰头土脸地走了。

Chapter 07 旧情复燃

纪又涵看着手里仍拿着木棍的沈星乔笑：“你挺厉害嘛。”

沈星乔把木棍一扔，白了他一眼，没好气说：“不会打架就别逞英雄。”巴黎治安不好，她平时没事的时候上过一些防身课。

纪又涵把她拽向自己，笑骂：“真没良心，为了你，我都受伤了。”

沈星乔一个没站稳，倒在他身上，气得捶了他一下，骂道：“活该！”嘴里虽然这么说，见到他脸上的伤口，一片青紫，还流血了，甚是心疼，一脸担忧，“破皮了，不知道会不会留疤。”

纪又涵笑嘻嘻地看着她，说：“万一破相的话，你可要负责啊。”

沈星乔啐了他一口：“顶多给你买瓶祛疤膏。”问他刚才干吗去了。

纪又涵这才想起来，走过去捡起扔在地上的塑料袋，里面是一些吃的，两个面包、一块熏肉，还有一瓶水。

“哪儿来的？”

“问人要的，吃吧，还不知道要等到什么时候。”纪又涵掰开面包，把熏肉放进去，做成三明治递给她。

沈星乔问：“那你呢？”

“我不饿，你吃吧。”

“你不是早上都没吃吗？”沈星乔把“三明治”掰成两半，递给他一半。

两人背靠车门站在阴影处吃东西。纪又涵三两下就吃完了，看着沈星乔捧着厚厚的三明治，吃一口停一下，似乎不知道从哪里下嘴才好，才发现她的嘴是如此小巧秀气，吃东西时一鼓一鼓的样子，像只松鼠，十分可爱。他一时看呆了，不自觉地伸出手指，在她嘴上一擦而过，触感又柔又软。

沈星乔睁大眼睛，骂道："你干吗？少动手动脚。"背过身去，离他站得远一些。

纪又涵轻咳一声，喝了口水，缓解尴尬。半路被困，又累又饿，明明这么狼狈，纪又涵却有一种甜丝丝的感觉，看着身边的沈星乔，仿佛回到了当年那个暑假，甚至希望两人可以一直待下去。不过，很快晏格非来了。

晏格非见到脸上受伤的纪又涵，"哎哟"一声叫出来，调侃："被谁打成这样啊？"

纪又涵扫了他一眼，真是哪壶不开提哪壶，问车子怎么处理。

晏格非给了三个办法："一，砸玻璃；二，找人拖车；三，问租车行要备用钥匙。"

大家一致选三。

晏格非说："那行，上车吧。车子先扔这儿，回头再来取。"

三人上车，纪又涵和沈星乔坐在后面。沈星乔盯着纪又涵脸上的伤口看，皱眉说："都肿起来了，回去得赶紧上药。你那里有药吗？"

纪又涵摇头。

"那先去我那儿吧，家里有药。"

"嗯。"纪又涵嘴角一翘，点头答应。

晏格非在前面偷眼看他们之间的互动，熟稔亲密，明显关系不浅，心里有些疑惑，跟战法上那个叫魏茵的女孩长得不像啊，难道是另外一个？

到了沈星乔住的小区，晏格非识趣地表示自己就不上去了，在车里等着就是。

两人上楼。

魏茵见到纪又涵受伤，连声问："出了什么事？跟人打架了吗？"

纪又涵稍微解释了几句，只说碰到个老外，因为一点摩擦动起手来。

两人说话间沈星乔已经找出医药包，拿出碘酒、药粉、绷带等物。魏茵见状说："我去拿剪刀。"

沈星乔把碘酒倒在棉签上，示意纪又涵去沙发上坐，然后站在他面前，弯腰低头，小心翼翼擦洗伤口。纪又涵睁着眼睛，一眨不眨地盯着她看。

沈星乔被他看得有些发窘，小声斥道："看什么看！"

纪又涵笑着说："当然是看你好看。"

沈星乔瞥了眼正走过来的魏茵，没有理他。

魏茵到处找剪刀："奇怪，我昨天还用了，一时不知道放哪儿去了。"

沈星乔让他仰起头闭上眼睛，将药粉撒在伤口上，用手按着绷带，等着剪断。纪又涵感觉到她的手在自己脸上动来动去，忽然伸出舌头，舔了她手指一下。

沈星乔一个激灵，又羞又怒，咬牙说："你给我老实点！"

纪又涵看着她，挑眉一笑。

沈星乔气得打了他一下。

魏茵拿着剪刀过来，正好看到了，眼睛在两人身上一转，心里"咯噔"了一下。

一上完药，沈星乔便扔下纪又涵，忙自己的去了。魏茵让纪又涵留下来吃饭。纪又涵透过打开的房门，时不时瞥一眼房间里面的沈星乔，心不在焉地说："不了，晏格非还在下面等我。"

"那我送你下去吧。"

"不用了。"

纪又涵拒绝得干脆利落，魏茵不好说什么，怔怔地站在那里，看着他掉头离开。

晏格非见到他，笑说："这么快，我还以为你今晚不回来了。"

纪又涵"啧"了声，表示不屑。

晏格非感叹："你才来巴黎几天啊，这么快就换了一个？"

纪又涵知道他误会了，解释："哪有，上回那个是她室友。"

晏格非吃惊地看着他："你一脚踏两船？厉害啊！"

纪又涵翻了个白眼："想什么呢你，我是那种人吗？"

晏格非被他弄糊涂了："你到底喜欢哪个？"

纪又涵没说话。

晏格非打量着他的神情："今天这个？那你招惹人家室友干吗？还丢钱包捡钱包的，花样百出。"

纪又涵好半天说："曲线救国嘛。"

晏格非摇头："服了你，追个妹子整出这么多手段，小心引火上身。"

沈星乔临睡前接到一个陌生电话，是纪又涵，问她在干吗。

沈星乔也没问他怎么有自己电话，轻轻哼了一声。

纪又涵轻笑："怎么，还在生气啊？"

沈星乔不客气地说："你以后少来找我。"

晚上魏茵都没怎么跟她说话，吃了饭早早就回房了，像是察觉到什么。沈星乔左右为难，她现在只盼着纪又涵赶紧回美国，一了百了。

纪又涵却笑了："不去找你，那你落在我车上的东西怎么办？"

沈星乔拍了下额头，无力地说："我去找你拿吧。"

"你怎么来找我？走路吗？"纪又涵语气调侃。

沈星乔不说话，也不知道什么时候能停止罢工。

纪又涵说："明天我给你送过去吧，你不是还等着寄走吗？"

"不用，我可以骑自行车。"

沈星乔按断通话键，给 Léo 打了个电话。

第二天一大早，Léo 给她送自行车来，摸着特意调低的坐垫说："你可要对它好点，它可是参加过环法自行车大赛的。"

上午纪又涵送东西来时，问她是不是要去转运公司寄快递，说自己正好顺路，可以送她去。

沈星乔早料到他会这么做，哼道："不用了，我也有车。"指了指问 Léo 借的自行车。

纪又涵看着自行车皱眉，见她一副懒得搭理自己的样子，想了想，决定等她气消了再来找她，先回去了。

沈星乔包好快递，准备出门。魏茵顺口问她去哪儿，她说去转运公司。魏茵回头看她，顿了顿问："你怎么去？"担心纪又涵又找借口送她。

"骑 Léo 的自行车啊。"

魏茵闻言松了口气，笑说："不错不错，回头借我骑下，去超市买东西。"

第二天，魏茵给纪又涵打电话，问："你脸上的伤好了没？"

"哪有这么快好，养着呗。"

"一直没出门啊？"

"为了世界和平，我还是不要出去吓人了。"

魏茵听得笑起来："哎呀，听起来真可怜。我还是去探望一下病号吧。"

纪又涵忙说不用了："到处罢工，交通不便。"

魏茵说："有自行车啊，巴黎又不大。"

纪又涵只好说："我住别人家，不是很方便。"

魏茵见他各种拒绝，态度明显比以前冷淡多了，闷闷"哦"了一声。

纪又涵又问："你室友呢，在家吗？"

魏茵神情一下子冷下来："不在。"

"去哪儿了？"

魏茵失望又烦躁："我怎么知道！"

纪又涵见她不耐烦，挂了电话。

魏茵苦笑一声，没想到这么狗血的事情会发生在自己身上。

轰轰烈烈罢工了一个星期，交通总算恢复了。

这天魏茵冒雨去机场接一批游客，安排大家在酒店住下后，出来一看，外面电闪雷鸣，昏天黑地，不由得发愁，这样的天气，打车都打不到。

她坐在酒店大堂里，看着哗哗而下的大雨，一时无聊，给纪又涵发微信。

“外面雨下得好大，你没有被淋着吧？”

纪又涵好久才回：“没有，在家呢，你呢？”

魏茵过了好一会儿，才回复：“我们在外面。”

“你室友也在？”

“嗯。”

“你们在哪里？”

“在等雨停。”

纪又涵又问了一遍：“你们在哪里？”

魏茵没法装作没看到，神情一顿，好半天才说了酒店的名字。

纪又涵想起那年暑假自己被大雨困在银行沈星乔给他送伞的事，微微一笑，拿起车钥匙。

“我去接你们吧。”

魏茵冷笑一声，果然！想起纪又涵总是从自己这里旁敲侧击关于沈星乔的事，只觉得自己可悲又可笑。

纪又涵赶到酒店时，大堂正围着一群中国人，吵吵嚷嚷的，不知在干什么。

一个满脸横肉的男人在那里叫嚣：“我丢了东西，是在车上丢的，不问你们问谁？你们收了钱，出了事就不管是吧？”

魏茵耐着性子安抚说：“如果东西确实丢在车上，一定找得到的，您别急。”

“不是你的东西你当然不急。”对方呛她。

魏茵忍着气，给司机打电话，过了会儿说：“司机大哥找了，说车上没落下什么东西。您确定手机丢在车上？”

那人蛮横地说：“出机场的时候手机还在手里拿着，到了酒店就不见了，不丢在车上丢在哪里？我手机可是新买的，说不定是你们捡到偷偷昧下了！”

明明就是无理取闹，可是魏茵不得不赔小心：“您这话说的，我们就是捡了，也没渠道销赃啊。您再想想，是不是落在别的地方？包里、外套口袋或者洗手间？”

那人一个劲嚷嚷：“我现在手机丢了，都没法跟家里联系，家里人还不知道怎么着急呢。你们旅行社收钱的时候说得多么多么好听，现在丢了东西，就不想负责了是吧？”

魏茵有种吞了苍蝇的感觉，恶心得不行，又不能撂下不管，极力敷衍着。

纪又涵在一旁听了几句，明白事情来龙去脉，看不下去，问魏茵：“他护照在你那儿是吗？”

魏茵点头。

纪又涵拿出手机：“报警吧，把他护照找出来，等会儿交给法国警察。”

那人一听说报警，声音立马小了许多，上下打量他：“你是谁啊？”

纪又涵冷声说：“丢了东西，当然要报警，在这儿吵嚷有什么用！”

那人一时没说话。

纪又涵扫了一眼众人，说：“大家都先别走，等下警察来了，恐怕要一个一个问话的。”

立即有人过来打圆场说：“老陈啊，不就丢了个手机嘛，犯不着惊动警察吧？咱们这是在国外，话都不会说，麻烦着呢。你要想打电话回家，我手机借你。”

大家围上来，都是劝他息事宁人的，说谁不丢一两个手机啊，下回小心就是了，别把事情闹大，警察局走一趟，又是国外，没事也得脱层皮。

纪又涵见状说：“不报警了是吧，那我们走了。”给魏茵使了个眼色。

魏茵立即跟在他身后离开，大松口气。

出了酒店，魏茵一脸感激说：“你好厉害啊，三言两语就把事情解决了。今天真是多亏了你，不然还不知道闹到什么时候才能回去。”又恨恨地说，“这些游客都是看人下菜碟，看我一个小姑娘好欺负，自己丢了东西，却想讹别人，换个人高马大的导游试试，看他敢不敢闹事！”

“这种人，最是欺软怕硬，吓唬吓唬就犯怵了。”纪又涵不以为意，而是问，“对了，沈星乔呢？怎么没见她？”

魏茵脸上笑意顿时一僵，装作不解的样子说：“她没跟我在一起啊。”

纪又涵皱眉看她，拿出手机，打给沈星乔，问她在哪儿，得知她在家，怕她误会，解释说：“刚才碰到魏茵，下雨天不方便，我现在送她回去。”

魏茵看着纪又涵打电话时关心讨好的语气，和对自己时态度明显不一样，有些难堪，冷着脸转过头去。

一路无话，唯有车外雨声潺潺。

到了楼下，不等车子停稳，魏茵便冲了下来。纪又涵才找出雨伞，就见她打开车门，用包挡在头顶，一路小跑进了楼道。纪又涵犹豫了下，想见沈星乔的渴望占了上风，撑伞下来，和魏茵一起上楼。

沈星乔见魏茵淋湿了，忙拿了条毛巾给她，又给她泡了杯热茶。魏茵神情冷淡，扔下一句"我进去换衣服"，便回到自己房间，把门一关。

纪又涵端起茶就喝。

沈星乔没好气地说："那是魏茵的。"

纪又涵埋怨她差别对待，小声嘀咕："我也淋湿了，怎么就没人关心。"

沈星乔看了眼魏茵的房间，压低声音说："你不是答应我不招惹魏茵吗？"

纪又涵见她脸色不好，颇为委屈："我以为你们在一起才去找她的。"

沈星乔头疼。

很快魏茵换好衣服出来，神情已经恢复如常，她说了今天发生的事，感叹："做导游这么久，还是第一次有人站出来这么帮我，真的很谢谢你。"无论如何，在她焦头烂额孤立无援时，纪又涵挺身而出，显得尤其珍贵。

纪又涵忙说："没什么，举手之劳而已。"

"哪里，别人可不会随便替我出头。"魏茵转头看着沈星乔，"纪又涵帮了我这么大一个忙，你说我要怎么谢谢他才好？"

沈星乔瞟了眼纪又涵，干巴巴地说："你想怎么谢他？"

"我一时没想好，你帮我出个主意呗。"

沈星乔干笑一声，不知道说什么好。

纪又涵见状说："说了不用谢，你太客气了。"

魏茵突然发火："当然要谢啊，不然我成什么人了！就说钱包那事，我只是帮忙找到失主，人家还送了我一台烤箱呢。"

提到这事，纪又涵就心虚，偷偷地看了眼沈星乔。

沈星乔往门口看去，示意他先走。

魏茵见两人眉来眼去，越发来气，说："我请你吃饭吧，我知道一家餐厅，很不错，明天晚上怎么样？"

沈星乔觉得闹心，不再理会两人，转身进了自己房间。

纪又涵见她走了，连连摆手："不用，不用，明天我有事呢。"说完，一溜烟跑了。

魏茵一个人坐在沙发上，发了半天的呆，心里憋着一股邪火，发泄不得。

已是深夜时分，沈星乔在忙淘宝的事，突然房门被敲响，抬头一看，魏茵站在门口，一副有话要说的样子。

沈星乔停下手中动作，回头看她。

“那天你们去郊区，半路被锁在车子外面，到底发生了什么事？”她思来想去，觉得两人若是有什么，应该是从那天开始的。

沈星乔蹙眉：“好端端的，问这个干吗？”

“纪又涵不是受伤了吗，因为你跟别人打架？”

沈星乔没说话。

魏茵知道自己猜对了，露出一个苦涩的笑容，冷哼：“英雄救美吗？真老套啊。”

沈星乔无力地解释：“事情不是你想的那样——”

“不是我想的那样，那究竟是怎样？你说啊！”魏茵大声打断她。

被自己最好的朋友一而再再而三地误会针对，这让沈星乔的心情很不好，深吸口气，想把自己和纪又涵之间的事说出来。魏茵被她欲言又止愧疚不安的样子刺痛了，觉得自己真是面目可憎，自己有什么资格逼问她？自己跟纪又涵根本什么都不是。

魏茵转过身去，背对她说：“对不起，我只是有些好奇，你就当我发神经好了。”匆匆逃离。

沈星乔一夜无眠，不知该如何处理三人之间的感情纠纷，恨不得逃离这里，什么都不用想，什么都不用管。

一大早，她便收到纪又涵发来的好几条微信，先是解释他为什么去找魏茵，然后保证以后再也不单独见魏茵，最后让她不要生气。

男孩对女孩的情意溢于言表。

沈星乔心情复杂，烦恼无奈中又夹杂着一点隐秘的欢喜。

很快，纪又涵打电话过来了：“吃早餐了吗？”

“还没，刚起。”

“我也是，昨晚都没睡好。”他顿了顿，又说，“怕你生气。”

沈星乔嘴角微扬，突然说：“昨天你走后魏茵来找我，说了一些话。”

“什么话？”

沈星乔哼了一声：“你说呢？都怪你，弄得大家这么尴尬！”

纪又涵理亏，轻咳一声，说：“不理她就是了。”喜欢他的女孩太多了，魏茵不过是其中一个，他根本没放在心上。

沈星乔听着他一点都不在意的口气，气得浑身一颤，冷冰冰地说：“你一点都没变，还是这么可恶，根本就不拿别人的感情当回事。”

纪又涵被她这么毫不留情地指责，顿时也怒了，冷笑说：“这正是跟你学的！”

沈星乔脸色突变。

纪又涵听着手机对面传来的嘟嘟忙音，深悔失言，懊恼不已。

沈星乔整理好心情出来时，魏茵正在厨房煎鸡蛋，见到她，很自然地跟她打了个招呼，问她想吃什么，似乎昨晚那场不愉快的对话已经成为过去。

沈星乔也装作什么都没发生的样子，探头去看：“又烤吐司啊？”

“对啊，今天有豆浆。”

两人坐在餐桌前，用蓝莓酱抹在吐司上，喝着自己做的豆浆，各自说起今天要做的事，仿佛什么事都没有。可是破镜不能重圆，有了裂隙的感情表面再怎么亲密无间，也回不到以前完好如初的样子。

巴黎连着下了好几天的雨，这天终于放晴，趁着天气好，沈星乔把家里该洗的洗了，里里外外打扫一遍，忙碌间，意外接到一个熟人的电话。她惊喜地说：“王老师，好久不见，怎么想起来给我打电话？”

王应容笑：“知道我现在在哪里吗？”

沈星乔反应过来：“你在巴黎？”

“对啊，你这个东道主要怎么招待我？”

“哎呀，你怎么会来巴黎？”

“来参加训练，我现在在巴黎十一大，刚到。”

“什么训练？物理方面的？”

“对啊。有时间吗？一起吃个饭？”

“好啊。”沈星乔爽快地答应了，“我去预订餐厅。”

“不用这么麻烦，你能来十一大吗，咱们先见个面。”

“行，你等着，我这就去。”沈星乔梳洗一番出了门。

沈星乔在说好的地方等着，王应容从后面拍了下她肩膀，打量着她，说：“有一年没见了吧？上回还是暑假回国的时候碰的面。”

沈星乔看着他，还是那样不修边幅，头发没怎么打理，长得都遮住眼睛了，身上随意穿了件长袖T恤，完全看不出是个理论物理方面的精英。她笑道：“你怎么一点都没变啊。”

“你也是啊，还是这么瘦。”王应容打量着她，“比起以前，头发长长了。”

沈星乔吐舌笑道：“没办法，巴黎剪头发太贵了，留着明年回国再剪。”

“哈哈哈，我们也一样，都是同学之间互相剪。”

两人笑着并肩往十一大的食堂走去。

王应容和沈星乔买了吃的，坐在树下野餐。晴空如洗，凉风习习，沈星乔望着身下一片如茵绿草，呼吸着新鲜的空气，感觉好久没有这么惬意了。

王应容吃着罐头水果，嫌弃地用勺子拨来拨去，忽然说：“夏天了，好想吃瓜啊。”顿了顿又说，“特别是甜瓜。”

沈星乔想起那年暑假夏令营，两人偷瓜解渴的事，露出怀念的笑容，笑道：“尤其是偷来的甜瓜！”

两人都笑起来，忍不住感叹：“时间过得好快啊。”

只有时间最公平，不因财富、身份、智力的不同区别对待，也只有时间最无情，一分一秒都不肯驻足停留，生老病死对任何人都一视同仁。

“你明年就毕业了吧？继续深造？”沈星乔因为多读了一年语言，比他低一届。

王应容点头，学他们这个专业的，如无意外，一辈子都要跟书本打交道。

“你呢？想好毕业后怎么办没？读研还是工作？”

沈星乔懒洋洋地说：“我还有两年，不急，慢慢想。”

两人有一搭没一搭地说着闲话，沈星乔躺在草地上，享受着微风拂面温柔的感觉，眯起眼睛说：“天气好好，好舒服。”

王应容学她的样子也躺下来，头枕在胳膊上，抬头望着头顶的蓝天发呆。

不知不觉，沈星乔睡着了。

王应容回过神来，看到沈星乔侧躺在草坪上，用包垫在脑后当枕头，闭上眼睛睡得正酣，仔细听还能听到轻微的鼾声。他慢慢移动位置，替她挡住刺眼的阳光，躺在那里，享受着此刻美妙的感觉，心里异常平静欢喜。

“哎呀，我怎么睡着了！”沈星乔睁开眼睛坐起来，声音带着刚睡醒时的沙哑，迷迷糊糊的样子特别可爱。她揉着眼睛问，“我是不是睡了很久，你怎么不叫醒我？”

王应容摇头：“没有多久。你是不是昨晚没睡好？看你都有黑眼圈了。”

“嗯，最近睡眠不太好。”

王应容见她精神不好，关切地问：“怎么了，有什么烦心事吗？”

沈星乔忙说：“没有，你知道我在做代购，和国内有时差，大半夜总是有人找。”

“代购很辛苦吧，总是这么熬夜也不是办法。”

“还好啦，做什么都不容易。我室友兼职导游，经常要受冤枉气。”

身在异国他乡不容易，王应容深有体会：“还是要注意身体，不要太累了，要多吃饭，长胖点，这么多年，你还是这么瘦。”

沈星乔想起一事，捂着嘴笑道：“我要是长胖，你该背不动了。”

王应容想起往事，也跟着笑了：“士别三日当刮目相看，我有在健身哦，要不要试试？”说着跳起来，弯下腰，回头看她，想要证明自己今非昔比。

沈星乔笑得连连摆手：“我开玩笑的，那时候你不是还背我下山嘛！”

晴空万里，天上云彩不停变化，一会儿像这个，一会儿像那个，沈星乔用手机对着天空拍照片，拿给王应容看：“像不像一头羊？这里还有角呢，真好玩。”顺手发到朋友圈。

王应容说：“我们合个影吧。”

“好啊！”

两人自拍一回，沈星乔看看太阳开始西沉，说：“我要回去了，等你什么时候有空，再请你吃饭。”

王应容和以前一样，把她送到地铁站，这才回来。

纪又涵盯着沈星乔微信晒的照片看了半天，敏感地觉得有点不对劲，好端端的，怎么突然发起风景照来，还一连发了这么多张！

他给她打了个电话，问她人在哪儿。

“在家啊。”

“今天出去了？”

“嗯，已经回来了。”

“出去玩了吗？”

“对啊，你呢，一天都在家吗？”

沈星乔明显在转移话题，纪又涵越发怀疑，问：“去哪儿玩了？”

她忍不住扶额。

“跟谁一起啊？”纪又涵很快又问。

沈星乔只好说：“去了巴黎十一大。和同学一起。”

纪又涵又是一连串的问题：“怎么突然去那儿，哪个同学？男的女的？

我认识吗？”

这样不依不饶，调查行踪吗！？沈星乔气得想揍他一顿，却又莫名觉得心虚，一时没作声。

纪又涵见她这样，冷哼一声：“看来我还真认识啊，到底谁啊，这么遮遮掩掩的。”

沈星乔只好说：“哪有，是以前培训班的同学，他来巴黎参加培训，见了一面而已。”

“是不是姓王的那个书呆子？要去剑桥的那个？”

沈星乔有些尴尬：“你还记得啊。”

他当然记得！纪又涵警觉起来：“你们一直都有联系？他经常来找你吗？”

“没有，王应容还是第一次来巴黎呢。”

纪又涵咬牙说：“那你是不是还要带他游巴黎啊”

“都是同学，好不容易来一趟，得尽地主之谊啊。”

“我们也是同学，你怎么没带我游过巴黎？”纪又涵语气不满地指责她。

“你不是都去过了吗？还在卢浮宫门口捡了钱包呢，还想怎样啊！”

纪又涵一时无语，气哼哼地挂了电话。

周末的时候，沈星乔请王应容吃饭，订的是当地一家颇有特色的餐厅，虽然位置有点偏僻，不过口碑不错，环境也安静。

沈星乔怕王应容人生地不熟找不到地方，临出发前给他打电话：“地方有些难找，要不要我去十一大接你啊？”

王应容忙说：“不用不用，我知道在哪儿。”事实上是，他怕迷路，提前去过那家餐厅。他郑重其事地换上礼服，笨拙地打好领结，带着准备好的礼物出发。

沈星乔赶到餐厅时，见王应容已经来了，笑道：“这么快啊，还以为你要晚点。”

“路上挺顺利的。”王应容从座位上拿起一束鲜花递给她。

“哎呀，还有花啊，你怎么这么客气！”沈星乔有些惊喜，接过闻了一下，花束以白色桔梗为主，中间点缀着几朵白色乒乓菊，搭配着绿色的枝叶，颜色清新淡雅，她非常喜欢，立即放在身边，笑说，“回去养起来，可以开好几天。”

沈星乔招手叫来服务生点餐，前菜是奶油蔬菜沙拉，主菜是店里的特色菜土豌豆炖羊肉，另外要了一份海鲜汤，因为王应容不怎么喜欢吃甜的东西，甜品便用新鲜水果代替。

两人边吃边聊。豌豆鲜嫩，羊肉入味，汤汁浓郁，入口即化，王应容赞道："还是法国好，东西又多又好吃，不像英国，除了炸鱼就是薯条，不然就是各种黑暗料理。"

沈星乔想起有名的"仰望星空"，会心一笑："你都在外面吃？不自己做吗？"

"我住学校宿舍，没有厨房，不过要是馋了，可以去同学那儿打打牙祭。"

"英国食堂都吃什么，土豆牛肉？"

"还有三明治，各种各样的三明治，吃得都快吐了。"

"唉——"沈星乔同情地看着他，"怪不得你都瘦了。"

两人说起将来的打算。沈星乔说自己毕业后准备找工作，问王应容："你呢，继续读研？"

王应容点头："我这个专业，恐怕要活到老学到老了。"

沈星乔感叹："真羡慕会读书的人，每次考试，我都提心吊胆，生怕挂科。"

"各有所长罢了，你也很厉害啊，我去你淘宝店看过，都五个钻了。"

沈星乔笑，颇为骄傲，这家代购店倾注了她无数心血，从排版、设计、拍照、P 图、上新、客服、售后，全都是她一个人亲力亲为，常常忙到半夜三更都不能休息。

说到这里，王应容拿出一个盒子，打开是一个铜罐，一个黑色的布包，还有一包艾柱："你做过艾灸吗？"

沈星乔摇头。

王应容示范给她看："这个是艾灸包，把艾柱放进铜罐里点燃，再用布包包好，哪里不舒服就灸哪里，有助睡眠。"

"看起来挺好玩。你从国内带来的吗？"

"对啊，我总是低头学习，脖子有时候会不舒服，这个挺管用的，你可以试试，就是味道有点大，有些人不喜欢。"

沈星乔觉得这个东西哪怕没用，例假的时候用来当暖宝宝也挺好的，说："味道大没事，打开窗户通通风就好，回去我就试。"

两人又说起共同认识的一些朋友的近况，谈谈各自的生活学习，聊得十分愉快，不知不觉，都快十点了。这时沈星乔电话响起来，是纪又涵，劈头就说："你们一顿饭还没吃完？打算吃到人家打烊吗？"

沈星乔立即环顾四周。

纪又涵其实早就来了，一直坐在车里等，见两人迟迟不出来，早不耐烦，干脆进来。

王应容见到他，露出惊讶的表情，很快站起来，跟他打招呼："我记得我们以前见过，没想到在国外还能碰到，真是天涯何处不相逢。"

"是啊，又见面了。"纪又涵敷衍地点头示意，转头看向沈星乔，"你们吃完了吗？"

沈星乔气他不请自来，脸色不怎么好，硬邦邦说："没有。"

倒是王应容应对自如，说："吃得差不多了，还有一份餐后水果。"

"那我再等一下。"纪又涵搬了把椅子，在沈星乔身边坐下。

沈星乔瞪了他一眼，小声说："你来干吗？"

纪又涵不答，而是酸溜溜地说："你们吃得很开心嘛，都舍不得走了。"

王应容看着两人窃窃私语，脸上神情有些落寞，不愿被人看出来，只好用说话掩盖，问纪又涵："你怎么也在巴黎？暑假来玩吗？"

纪又涵转过脸来，看着他意味深长地说："不是，巴黎有什么好玩的，我是专门来找沈星乔的。"

沈星乔诧异地看了他一眼。

王应容僵硬地笑了一下："我是第一次来巴黎，挺多地方想去的。"

纪又涵立即说："你想去哪儿玩，我带你去，我有车，又没什么事。沈星乔在做代购，到处跑来跑去，工作挺忙的。"

沈星乔见他擅自替自己做主，大为不满。

王应容更是不知道说什么好。

大家你看我，我看你，气氛实在尴尬。沈星乔如坐针毡，看了眼手表，站起来说："时间不早了，咱们走吧。"

三人出来，王应容神情复杂地先走了。

等他一走，沈星乔立即变脸，一脸火大地问："你到底想干吗？"

纪又涵好整以暇地说："送你回家啊。"

"我自己会回去。"

"让姓王的送你回去？"

"就算王应容送我，有什么大不了的吗？"

纪又涵冷哼一声："别以为我不知道姓王的心里在打什么主意！"

“那又怎样，关你什么事！”

纪又涵被激怒了：“我犯贱千里迢迢跑来巴黎找你，你说关不关我的事！”

沈星乔一时语塞，抬头看他，好半晌小声说：“你不是说来找我算账吗？”

纪又涵上前一步，逼近她说：“是，我怎么都忘不了你，所以找你算账来了。”

“那你不恨我了？”

纪又涵喟然长叹：“比起恨你，也许我更恨的是自己——恨自己到现在居然还喜欢你。”

沈星乔心神震动，目光复杂地看着他，想要说些什么，却一句话都说不出来。

第二天一大早沈星乔从小区出来，便听见身后有人按喇叭，回头一看，纪又涵坐在车里探出头，冲她打手势，示意她上车。沈星乔没理，继续往前走，纪又涵叫住她：“你去哪儿啊？我送你。”

“不用了，我今天有正事要办，你自己去玩吧。”

纪又涵跳下车，拉住她：“你有什么事儿啊？不会是陪姓王的小子游巴黎吧？”

沈星乔无奈地瞟了他一眼，以为谁都像他一样闲着没事吗？她今天要跑好几个地方，要拍照，要拿货，还要去寄东西，还是坐地铁比较方便。

纪又涵亦步亦趋地跟着她：“不行，不行，我今天要寸步不离跟着你。”绝对不让姓王的有一丝机会。

沈星乔见他跟着自己进了地铁站，说：“你不要车子了？”

纪又涵毫不在乎：“没事，扔在那里就是，顶多开两张罚单。”

沈星乔“啧”了声，罚的又不是她的钱，她才不心疼呢！

等地铁时，沈星乔看着复杂的地铁线路图发怔，问纪又涵：“你这样跟着，不无聊吗？”

“有你在，怎么会无聊。”纪又涵甜言蜜语张口就来。

沈星乔摇头失笑。车子轰隆隆开进来，带起一阵温热的风。车门打开，车上的人陆陆续续下来。纪又涵正要上去，沈星乔一把拉住他，指了指对面。

纪又涵以为坐反了方向，随她到对面等车。地铁很快来了，两人上车，并肩坐在一起。纪又涵打量着车厢里肤色不同面貌各异的陌生人，突然说：

“这还是我们第一次一起坐地铁呢。”说起来他们虽然认识了很久，可是真正在一起的时间却并不多。

陌生国度里，茫茫人海中，他只认识她，她也只认识他。

沈星乔转过头看他，这个爱着她的男孩，侧脸是如此英俊。

纪又涵见她在看自己，冲她微微一笑。

看着他的笑容，沈星乔只觉得心中紧闭的那扇门轰然打开。

地铁很快到站，沈星乔拽了拽他衣服，示意他下车。

纪又涵走在路上左顾右盼，问：“这是哪儿啊？”

沈星乔不答，闷头往前走。

一出地铁，协和广场熟悉的方尖碑远远映入眼帘，周围人来人往，游人如织。纪又涵惊讶地看着她：“你不是要去办事吗？”这里应该是旅游区吧！

沈星乔用脚踢了踢路边的石块，垂着眼睛说：“你不是说没游过巴黎吗？”

纪又涵反应过来，惊喜不已：“哎呀呀，今天是要巴黎一日游吗？”

“省得你说我没有尽地主之谊。”

纪又涵激动得差点跳起来，欢喜得不知所以，一把牵住沈星乔的手，牵的时候偷偷看了她一眼，见她没反对，飘飘然跟做梦似的：“快点快点，今天一定要把巴黎玩遍！”

沈星乔甩了下手，见他一直攥着不放，只好任由他牵着，没好气地说：“急什么，巴黎就在那里，又不会跑掉。”

惊喜来得太过突然，纪又涵有种晕头转向找不到北的感觉：“巴黎不会跑掉，可是我怕你跑掉啊！”拿起她的手，放在嘴边用力亲了下，仿佛盖章似的，似乎这样她就不会跑掉了。

“哎，别太过分啊，注意形象。”沈星乔瞪了他一眼。

纪又涵傻傻一笑：“我太高兴了嘛！”

两人走到协和广场方尖碑下，不少游人围在那儿拍照。纪又涵哪有心思参观，走马观花看了两眼，说：“和天安门广场也没什么区别嘛。”拿出手机，拉着她，“既然来了，我们也拍下照，留个纪念。”

沈星乔规规矩矩地在他旁边站着，看着镜头微笑。纪又涵举起手机，突然使坏，一把把她拽进怀里，并趁机在她脸上亲了一下，记录下她一脸“蒙圈”的表情。

沈星乔看了照片后一定要他删除：“太丑了，不要不要！”

纪又涵不肯："这个多生动啊，一本正经的照片有什么意思。"又给她看以前偷吃雪糕的照片。

沈星乔惊讶："你还留着这张照片啊！"

"太可爱了，那时候都快被你气死了，都舍不得删。"

沈星乔看着他笑，想起往事，心中又柔又软，突然在他脸上亲了一下。

纪又涵浑身一震，耳朵肉眼可见地红了，憋着气，眼巴巴望着她。

沈星乔只觉浑身燥热，清了清嗓子，指着远处说："那边有冰激凌卖，好多人买啊。"

纪又涵走开，排队去买冰激凌。

沈星乔这才松了口气。

天气有些热，不过还没热到不可忍受的地步。阳光热情地铺散开来，一切是那样干净明亮生机勃勃，沐浴在阳光下的人，隐藏在心中的那些阴霾失落仿佛都蒸发了，不由自主变得明媚欢快充满希望。

沈星乔吃着冰激凌，一脸满足地说："好好吃！"她每次来例假都痛，平时不敢吃冰激凌雪糕这些寒凉之物。

"真有这么好吃？"

"你尝尝就知道了。"

纪又涵突然凑过来，咬了一口她手中的冰激凌。

"哎呀，你怎么这样，你自己不是有嘛。"沈星乔推他。

纪又涵笑嘻嘻评价："味道不错。要不要尝尝我的？"

"不要，我才不要吃你的口水。"

"我可是一点都不介意你的口水，你看，这里就有——"纪又涵说着指了指自己的脸。

沈星乔又羞又恼，捶了他一拳。

两人吃完冰激凌，沈星乔拍了拍手，说："还想去哪里？巴黎圣母院？卢森堡公园？还是香榭丽舍大街？"

两人十指紧扣，纪又涵浑身上下散发着快乐的气息，大声说："哪里都可以，只要是和你在一起。"

中午的时候，两人坐在卢森堡公园前的草坪上用餐，吃的是简单的快餐，汉堡、炸鸡、可乐。这座著名的公园夏天花草繁茂，绿树成荫，一片碧绿草坪中间，点缀着一团团或红或紫各种颜色的鲜花，放眼望去，随便一处皆可入画，让人不由得沉醉其中，心旷神怡。

吃完两人坐在树下小憩。纪又涵把玩着她的手指，乐此不疲，仿佛她的手是什么好玩的玩具。

“不要捏，很痛哎。”

纪又涵忙放轻力道：“你的手好小啊。”看着她，咽了咽口水，“我可以亲一下吗？”

沈星乔以为他说的是手：“你不嫌脏啊？”

纪又涵低头，蜻蜓点水般亲了亲她的唇。

沈星乔脸立即红了。

纪又涵在她耳边呢喃：“是你先亲我的。

“你也喜欢我，是不是？

“你什么时候喜欢我的，嗯？”

沈星乔浑身上下的羞意都往脸上涌，娇嗔一声，推开他。

纪又涵趁势抱住她，深吸口气：“你身上好香。”

沈星乔挣扎：“很热哎。”

纪又涵不让她动，下巴搁在她头顶，感叹：“好像在做梦一样。”幸福来得太突然，突然得让人难以置信，一切是那么不真实。

傍晚的时候两人跟许多观光客一样，决定坐船游塞纳河。沈星乔熟门熟路地预订船票：“这家游船公司服务比较好，可以在船上边欣赏日落边用餐。”

游船的船舱是全玻璃的，内部装修简洁而不失优雅。两人坐在位置上，两岸美景一览无余，各种地标式建筑迎着黄昏的余光在眼前一一掠过。

夜幕低垂华灯初上时，服务生开始上菜。

两人就着河岸两侧璀璨的灯光用餐，现场有人演奏小提琴，轻柔舒缓的音乐在耳边低低徘徊，气氛浪漫唯美得像是电影里的场景。

纪又涵仿佛醉了，问沈星乔：“你以前坐过吗？”

“和朋友坐过一次，不过是那种露天的，不能吃饭。”

“和谁？男朋友，女朋友？”

沈星乔瞟了他一眼：“一个女同学，你又不认识。”

纪又涵满意地点点头：“那就算了，绝对不能陪那个姓王的来！”

沈星乔无语：“你怎么这么霸道啊？”

“这是独属于我们俩的回忆。”

沈星乔一脸无奈：“那我以后都不能跟异性接触了吗？”

纪又涵想了想说：“要提前跟我说。”

沈星乔气道：“我看你就是丈八的灯台，照得见别人，照不见自己，你自己还不是和魏茵纠缠不清！”

“哪有！”纪又涵立即奓毛，矢口否认，“你明明知道我为什么这么做，我的心里只有你没有她！”

沈星乔嘴角忍不住翘起，嗔道：“巧言令色。”

纪又涵握着她的手，仿佛确认似的说：“那你呢，你的心里是不是只有我，没有别人？”

沈星乔扯着他脖子上的领结往前拉，凑近他：“你说呢？”

纪又涵没想到她会这么做，居然有些不好意思，看了一眼周围，重新坐好。

两人玩了一天，纪又涵送她回家，到了楼下，还腻歪着不让她走：“再说会儿话好不好？你看，今晚月色好美。”

“改天再陪你看月亮好不好，今天太晚了。”都快十二点了，她真的是又困又累，眼睛都快睁不开。

“这就走啊？是不是少了什么啊？”

沈星乔不解：“啊？你东西丢了吗？”

纪又涵上前一步，捧起她的脸，用力地吻下去。

不同于上一次的点到即止，这一次他吻得又深又长，仿佛要在她灵魂深处刻下烙印，她几乎喘不过气来。

两人额头相抵，气息交缠。

“下次记得陪我看月亮。”纪又涵依依不舍地看着她进去，嘴角噙着笑在那儿傻站半天，直到她发短信问他到家了吗，这才回过神来，飘飘然走了。

Chapter 08
戛然而止

巴黎交通虽然恢复了，可是罢工引发的一系列问题并没有完全解决，大量市民上街游行示威，抗议政府无能不公，更有人趁机偷抢砸打、浑水摸鱼，每天走在街头，到处都是闹哄哄乱糟糟的。沈星乔因为工作原因，经常要在外面跑，王应容有些担心她，打电话问她最近怎么样，又说有东西要给她。

沈星乔得知是从国内带来的一些吃食，倒是不好拒绝，说："那我去找你吧。"

"不用，明天周末，我没事，还是我去找你吧。"

沈星乔想着他住学校宿舍毕竟不方便，于是说："好啊，我把地址发你。"

第二天王应容果然来了，带了不少香肠火腿之类的东西。那火腿跟超市卖的所谓的火腿完全不一样，是真真正正的火腿，整个猪后腿用盐腌制，挂在通风处风干整整一年，随便切一块下来，煮汤或小炒都行，又鲜又香，好吃得舌头都能吞下去。

沈星乔和魏茵都吃得赞不绝口，问他哪里买的。

王应容便说："一个亲戚自己家做的，外面没有卖。"

魏茵感叹："难怪这么好吃。"当得知他也是江城人时，笑说，"最近认识的都是江城人，好像江城人组团来了巴黎似的。"

吃完饭，大家坐在沙发上闲聊。王应容问："你睡眠好点了吗？"

沈星乔拿出艾灸包，点头说："好多了，没想到这东西真的挺有用的，效果立竿见影。对了，那个艾柱用完了，哪里有卖啊？"

"法国应该没有卖，我那里还有，回头给你。"

"不用不用，你自己留着吧，看谁回国，让她带一些就是，又不占地方。”

正说着话，手机忽然响了一下，是微信，纪又涵问她王应容走了没。

“这才几点，吃完就赶人家走啊？”

“他还要待到什么时候？”

沈星乔不理他，继续陪王应容说话。

纪又涵干脆上淘宝找她，不停地骚扰她。

王应容听她手机叮咚叮咚响个不停，以为是客户，站起来说：“那我先走了，你忙吧。”

沈星乔很不好意思，担心他再待下去，纪又涵要直接冲上来了。

“我送你下去吧。”

一下楼，她就看见纪又涵的车子停在路边。刚把王应容送走，纪又涵便不知从哪里钻了出来，一点都不客气地说：“这人怎么这么讨厌，跟个狗皮膏药似的，黏上来就赶不走。有没有眼力见儿啊，不知道你已经名花有主了吗？”

“我看讨厌的是你，人家客客气气的，可没有说过你一句坏话。”王应容和她是同学之间正常来往，什么多余的表示都没有，她总不能自作多情吧。

“你喜欢的不是我吗？怎么还为他说话！”纪又涵不满。

沈星乔哭笑不得：“你讲点道理好不好？”

“我才不要讲道理！”说着，纪又涵突然抱起她，发泄般转了一圈。

“你神经病啊！”沈星乔惊叫一声，赶紧抱住他脖子，气道，“快点放我下来！”

纪又涵哼了一声：“你都不回我信息。”

沈星乔挣扎着跳下来：“我在忙啊。”

纪又涵嘴角紧紧抿着不说话。沈星乔觉得他有点不对劲，小声说：“怎么，你生气啦？”

“再忙，回条信息的时间都没有吗？”

沈星乔忽然笑起来，主动挽着他胳膊，一脸亲昵地说：“有时候觉得你很讨厌，可是有时候又觉得你怎么这么可爱。”

纪又涵的怨气顿时烟消云散。

两人手挽着手在楼下转悠的时候，魏茵正好出门倒垃圾，看见他们如此亲密的姿态，颇为震惊。

沈星乔见到魏茵有些尴尬，忙把手从纪又涵那里抽回来，干笑说：“刚才下楼的时候我还想着别忘了把垃圾带下来，转头就忘了。”

魏茵很快恢复镇定：“你那个同学走了？”

“嗯。”

魏茵知道他们之所以一直在楼下转圈，是因为顾忌自己，于是主动让纪又涵上来坐坐。

纪又涵正要点头，沈星乔偷偷掐了他一下：“不用了，他这就回去了。”说着推了他一把，他只好不情不愿地走了。

沈星乔和魏茵一起上楼，回到家里，两人似乎和平常没什么两样，可是气氛就是很诡异。沈星乔想要解释刚才的情况：“我送王应容下去的时候，碰到纪又涵——”

魏茵打断她：“你不用对我解释什么。”

沈星乔只好作罢。

过了好半天，魏茵突然问：“你们俩在一起了？”

沈星乔默认。

“以后他来找你，不用躲着我，弄得跟第三者似的，偷偷摸摸。”说完，她扔下沈星乔回了自己房间。

沈星乔有些气闷，又不好发作。

两人同住一屋，魏茵成天阴阳怪气的，时不时刺沈星乔一下，这种压抑的气氛让沈星乔很不舒服，想要做些什么，改善一下彼此之间的关系。

这天早上，两人一起吃早餐，沈星乔说：“过两天就是你生日，要不要办个 Party 庆祝一下？”

说是 Party，其实就是找个地方，弄点吃的喝的，大家聚一聚。

魏茵提不起兴致，说：“没什么好聚的，暑假大家都回国了。”看着她腰上的艾灸包，忽然问，“你那个剑桥的同学怎么回事？他在追你？”

沈星乔赶紧否认：“没有，我们只是同学而已。”

“他肯定对你有想法，不然对你失眠这么在意？”

沈星乔无言以对。

魏茵又是羡慕又是嫉恨，有了纪又涵，还不满足吗？还要到处招蜂引蝶，一点都不避忌！她突然说：“过生日我请大家吃饭吧。你把纪又涵也叫上，不用每次见到我都回避。”自己又不是洪水猛兽，有这么唯恐避之不及吗？

每天看着沈星乔容光焕发的样子，魏茵这段日子过得糟糕透了，偏偏还不能表现出来。她不明白自己到底做错了什么，要承受这样的痛苦！

沈星乔跟纪又涵说了这事。纪又涵哪懂女孩子之间这些曲曲折折弯弯绕绕，大大咧咧说：“那我就去啊，她是你室友，时不时总要碰面，回避也回避不过来，习惯就好。”

魏茵订了一家意大利餐厅。沈星乔打听都请了哪些人，除了她和纪又涵，还有一个中国同学，那同学那天正好要兼职，时间上不知道赶不赶得及。万一到时只有他们三个，沈星乔都不知道这顿饭要怎么吃。纪又涵想了想说：“那我把晏格非也叫上吧。”

7 月 22 日，天气晴好。

沈星乔和魏茵先到的餐厅，很快纪又涵和晏格非也来了。晏格非带了个名店做的生日蛋糕，纪又涵送了一支万宝龙的笔。

晏格非一直在调解气氛，和魏茵你一言我一语，聊着时事八卦，用餐期间气氛倒也十分融洽。

吃完时间还早，魏茵提议去旁边百货商场逛逛。一楼照例是各大奢侈品专卖店，沈星乔见了新上的包包，职业病犯了，拿着手机各种偷偷拍照，并赶纪又涵去外面等。

纪又涵站在门口玩手机。魏茵走过来，双手抱胸，看着他说：“沈星乔有个剑桥的同学，男的，最近来了巴黎，你知道吧？”

纪又涵不知道她想说什么。

“你知道他送了沈星乔什么吗？沈星乔可是天天戴着不离身哦！”

纪又涵皱眉看她。

魏茵看了眼里面的沈星乔，往前走了一段距离，在靠近旋转门的地方停下来，回头看着纪又涵。

纪又涵犹豫了下，跟了上去。

魏茵突然问：“你喜欢沈星乔？”

纪又涵不是第一次被人问这个问题，露出一个了然的冷笑，毫不犹豫回答是。

“那么沈星乔呢？你确定她喜欢你吗？而不是脚踏两条船、三心二意？”

纪又涵有点生气：“你在挑拨我们之间的关系？”

魏茵梗着脖子说：“我只是将我看到的说出来，她要行得正坐得端，自然不怕人说，我就当枉做小人。”

纪又涵自然不相信沈星乔和王应容之间有什么，可是他太喜欢沈星乔，喜欢到患得患失，偏偏又对王应容十分硌硬，魏茵正好说到他的痛处，顿时怒了，冷声说：“我们就算怎样，也不关你的事，你有什么资格在这里说这些话？”

“难道我连喜欢一个人的资格都没有吗？”魏茵大声叫道。

就在这时，突然传来一阵惊恐的尖叫声，人群如潮水般四散开来。

“发生什么事了？”

沈星乔一开始还没反应过来，当看到周围的人放声尖叫、四处逃窜时，才知道出事了。她立即向门口冲去，慌乱地叫着纪又涵的名字。

刚跑到门口，一声呼啸擦着她耳边过去，“砰”的一声，身后有人倒下，鲜血慢慢从身体里流出来，很快流得满地都是。

沈星乔吓得腿一软，摔在地上，被惊慌的人群在身上踩了一脚，当时又惊又怕，也不觉得疼，立即滚到一边，让出道路。

远远地，她看见纪又涵和魏茵在一起，便挥舞着手臂，嘶哑着嗓音大叫纪又涵的名字，可是人群太嘈杂恐慌了，声音被淹没在连绵不绝的尖叫声里。

像是黑白默片般，纪又涵和魏茵被潮水般往外涌的人群推挤着，离她越来越远。

沈星乔永远忘不了那一幕，忘不了被抛下时那种绝望害怕的心情，她感觉灵魂好像都碎掉了。

变故发生时，纪又涵也愣住了。

魏茵茫然问：“发生什么事了？”

纪又涵听着失控的尖叫声，脸色一变：“好像是恐怖袭击。”

魏茵吓得心脏骤停，连忙抱住他，冲旋转门跑去：“我们快出去。”

“不行，沈星乔还在里面。”他欲往里走，可是魏茵抱得太紧了，他挣不开，急得满头大汗。这时有人倒下了，满地是血，恐惧迅速在人群中蔓延开来。

纪又涵和魏茵远远听见说死了人，都吓一跳。

所有人争先恐后往门口拥来，一波又一波，混乱不堪。纪又涵挣扎着，扒拉着，大喊大叫，可是没有用，怎么都挤不过去。

“走啊！”魏茵拖着、拽着、拉着他。

他们就这样，被势不可当的人群推出了旋转门。

到了外面，纪又涵还要冲进去。晏格非好不容易逃出来，还没来得及喘气，见他这样，挥手给了他一拳：“你嫌自己小命不够长是不是？这可是恐怖袭击，你进去有什么用？送死吗？乖乖回去等着，别给人添乱了！”

纪又涵不肯走，晏格非和魏茵只好陪他在对面一家咖啡馆等着。咖啡馆老板明白是恐怖袭击，吓得把门都关了。

很快警察来了，拉起黄色的警戒线，封锁了现场。

沈星乔见人群无头苍蝇一样四处乱闯，时不时这个被踩一脚，那个被撞一下，知道慌乱恐惧的人群最可怕，最易发生踩踏事故，连滚带爬跑回了专卖店，躲在柜台下面。

落地窗外死者的眼睛正对着她，鼻翼微张，似乎还在喘气。

沈星乔觉得她在向自己求救。

枪声一走远，沈星乔便忍着害怕跑出去，大着胆子摸了摸那个金发碧眼年轻女子的脉搏，好像还在跳动，忙说："你别死啊，坚持住，医生很快就来了。"惊恐下用的是中文，完全想不起说法语。

那女子眼睛一直睁着，嘴唇微张，一副来不及惊讶的表情。

沈星乔一直以为她活着，不顾满地鲜血，跪在地上不停鼓励她，用手堵住伤口，希望血能流得慢些。

专柜工作人员见危险远去，这才出来，见到那女子瞳孔都散了，摇了摇头，把沈星乔拉起来，说："她已经走了。"

沈星乔难以置信一个活生生的人就这样在她面前死了，好半天，眼泪才哗地滚下来，怎么止都止不住。

警察来了，封锁了进出口，荷枪实弹护着里面的人出去。

沈星乔满身是血、泪流满面的样子很吓人，立即有人过来问她有没有受伤。她摇头，随着疏散人群往外走，走前没忘了从地上捡起自己的包。

沈星乔站在大街上，沐浴着明亮的阳光，感觉像到了另外一个世界。

眼泪被风一吹，很快干了，黏在脸上紧绷绷的。

来巴黎三年了，她被抢过，被欺负过，被羞辱过，也算见识了许多，可是从未如此近距离直面生死，短短几十分钟的经历，让她对生命本身都开始怀疑起来。

面对死亡，一切是那么脆弱不堪、微不足道。

纪又涵发现了她，跳过黄线，冲进人群抱住她，急得脸都白了，大声叫："救护车，救护车！"说的是中文，没人听得懂。

沈星乔怔怔地看着他，像不认识他似的，好半天才说："我没事，都是别人的血。"

魏茵和晏格非也赶来了，听说她没事，都松了口气。

晏格非打量她："真的没事？要不要去医院检查一下？"

“真没事，就是摔了一下，好像擦破了皮。医院现在肯定乱着呢，不如回家自己上点药。”

众人见她行动无碍，好像真的没事，又对这个地方犯怵，巴不得赶紧离开，说：“那就走吧，实在是怕了这里。”

坐进车里，直到驶离现场，几人悬着的心才放下来，有种死里逃生的感觉。

晏格非开车，纪又涵半搂半抱着沈星乔坐在后面，魏茵顿了顿，转身往副驾驶座走去。路上纪又涵轻声问沈星乔哪里擦伤了，疼不疼，真的不要去医院看看么。沈星乔只是摇头，闭着眼睛靠在座椅上，没说话。

纪又涵有种不好的预感，担心地看着她，却又无能为力。

惊魂未定地回到沈星乔住处，晏格非瘫在沙发上：“可算捡回一条小命，真是吓死我了。”

魏茵打开电视看新闻，事发突然，还没有报道。

沈星乔回房拿了衣服准备洗澡。纪又涵坐在她床上，眼睛随着她的移动而移动，想要说些什么，却又不知从何说起。

“我要洗澡了，你不出去吗？”

“你真的没事？”纪又涵始终放心不下。被人群隔开的那一幕不仅让沈星乔绝望害怕，也让纪又涵懊恼不已，没有人知道她一个人时发生了什么，身上怎么有那么多些血，究竟面对了多么可怕的事情。

纪又涵又心疼又自责。

“我需要洗个热水澡镇定一下，你先出去吧。”沈星乔带上门，将水量开到最大，蹲在喷头下，双手抱着自己呜咽出声，脑中不断回放着纪又涵渐走渐远的身影以及年轻女子睁着眼睛一动不动的样子。

心里的痛一阵一阵翻涌上来，像海浪一样，一会儿一会儿的，不肯停歇，搅弄得她片刻不得安宁。

温热的水流洗去一身的血污，也抚慰了不安的情绪，沈星乔感觉舒服了些，换上干净衣服出来，一切不好的事情仿佛都远去了。

纪又涵见她神情不再像刚才那样木然，放心了些，端了杯热可可给她。

沈星乔抱在手里，没有喝，坐在沙发上看电视。

新闻已经出来了，下午两点左右，两名恐怖分子袭击了一家商场，五人当场死亡，一人重伤，多人受伤，目前事件正在调查中。

晏格非拍着胸口说：“竟然死了五个人？我们真是福大命大。”

众人不由得一阵后怕。

后怕过后，又很庆幸，七嘴八舌讨论当时情形，隐约带着点兴奋刺激的心情，毕竟这样的事不是谁都能遇上。大家凑在一起你一言我一语发泄半天，情绪渐渐稳定。

晏格非恢复得最快，当同学打电话问他有没有事时，他已经口沫横飞添油加醋讲述事情的经过，当时情况如何惊险，自己怎样冷静镇定逃出生天，说得比电视上演得还精彩。

纪又涵都听不下去，说："你就是随大流往门口跑，还分析判断英明决策呢，别胡扯了。"

晏格非虽然亲历这件事情，可是跟置身事外没什么区别，他连死人都没见到，当时跑得比兔子还快。

魏茵问沈星乔身上怎么有那么多血，纪又涵很紧张地看着沈星乔。

沈星乔没多说："我不摔了一跤嘛，地上就有血，也不知道谁的。"

一旦确定环境安全，大家该做什么还是做什么。

沈星乔胸口那里被人踩了一脚，洗完澡才发现拳头大一片青黑，疼得厉害，用红花油慢慢揉开，躺在床上休息。

魏茵看看时间不早，让纪又涵和晏格非留下来吃饭，淘米洗菜，一个人忙得不亦乐乎，下午发生的那场袭击带来的阴影在忙碌里一点一点淡去。

事情再恐怖，毕竟没有人出事，沈星乔也不过受了点轻伤，照常出现在餐桌上。大家一边讲述着事情发生时各自的心路历程，一边吃饭，晚餐气氛还是很轻松的。

沈星乔喝了点汤吃了几口菜就没吃，说胸口疼，早早回房睡了。很快，纪又涵进来，沈星乔睁开眼睛："时间不早了，你不回去吗？"

纪又涵坐在她床头，拽着她的手，问她："胸口疼得厉害吗？还是去医院拍个片子确认一下吧？"

"不用，肋骨没事，就是有些肿，又不是第一次受伤，养几天就好。"

纪又涵沉默半天，终于开口："星乔，当时我急坏了，想跑回去找你，可是大家都往门口挤，我——"

沈星乔勉强一笑："当时那样的情况，混乱不堪，能保全自己已是万幸，我没有怪你，你别多想。我很庆幸，大家都没事。"

沈星乔说得这样客气，纪又涵心都凉了，急了："你在怪我扔下你自己跑了，对不对？"

想起被人群分开的那一幕，沈星乔绝望地看着他，仿佛听见她惊恐地叫着自己的名字。纪又涵心口突然一痛，隐约明白那一瞬间失去了什么。

“不，我真的没有怪你。”沈星乔抬眼看他，迎视着他的目光，表示自己没有说谎。

那为什么你对我这样冷淡？纪又涵不满又不解。

沈星乔眼睛看着被子，忍了半天终于忍不住：“你不是在专柜外面等着吗，为什么和魏茵在一起？”她还紧紧抱着你！

纪又涵的脸唰地白了，无法解释当时的情况，简直百口莫辩。

教养使然，他不能当着沈星乔的面说魏茵的坏话，也不能把责任都推到魏茵身上，更不想提及王应容，他只能沉默，好半天说：“魏茵找我说几句话，我没想到会发生这样的事，我——”他闭上眼睛，什么都说不出来。

事情偏偏就在那时发生了。

好像被命运捉弄一样，百口莫辩。

沈星乔淡淡说：“受了一场惊吓，大家想必都累了，回去路上开车小心点。”

纪又涵垂头丧气地离开了。

纪又涵走后，沈星乔接到王应容的电话。

“刚才听说发生恐怖袭击，好像离你那儿不远，你没事吧？”

“没什么大事。”

王应容一愣：“那就是出事了？你在现场？”

“受了点惊吓而已，不要紧。”

王应容皱眉：“我明天去看你吧。”

“不用，不用，又没受多重的伤，不用特意跑一趟。”

“你还受伤了？”王应容越发担心，“现在在医院？”

“没有，没那么严重，在家呢，就被人踩了一下。”

王应容停了一会儿，轻声说：“当时一定很害怕吧？”

沈星乔鼻子忽然一酸，没说话。

“不要害怕，不要多想，洗个热水澡，好好睡一觉。”

“嗯。”

可是沈星乔睡不着，闻着手指，似乎还有鲜血的铁锈味。“砰”的一声枪响，重物倒地声，惊恐尖叫声，痛苦喘息声，白天发生的一切，像影子一样跟着她，怎么赶都赶不走。

她根本没办法入睡，爬起来开电脑看综艺节目。她无法集中精神，完全不知道主持人们在笑什么，思绪总是飘走，一张张惊恐扭曲的脸时不时在她眼前浮现。

沈星乔抱着枕头，埋头痛哭。

哭累了好一点儿，总算可以眯一会儿。

一晚上就这样时醒时睡，本以为长得没有尽头的黑夜，还是熬过去了。

天亮了，太阳冲破云层，那些惊恐、害怕、绝望所有负面情绪仿佛也随着黑夜一道隐没。

沈星乔搬了把椅子坐在窗边，阳光照在身上，是那么温暖、明亮、安全，冲刷抚慰着她受伤的心灵。

她在初升的朝阳里慢慢睡着了。

纪又涵一大早就来了。魏茵开的门，说沈星乔还没醒。他忙说没事，坐在沙发上等。看着自己喜欢的男孩焦灼不安地等着别的女孩从睡梦中醒来，魏茵心里百味杂陈，说不出的羡慕失落。她让纪又涵自便，回房洗漱去了。

纪又涵也是夜不能眠，他走到沈星乔房门前，轻轻敲了敲，没有人应，拧了下门把手，门没有锁，开了。

床上空荡荡的。他找了会儿才发现沈星乔蜷缩在椅子上，双手抱着腿，就那么睡着了。她脸色惨白，嘴唇没有一点血色，眼下乌青，眉头紧皱，似乎睡得很不安稳。

他看着一夜间憔悴许多的沈星乔，终于意识到这场变故给她带来了多大的伤害，而自己却在那时离开了她。

纪又涵从没有这样无力悲哀过。

难道这就是天意弄人？

沈星乔察觉到有人靠近，立即惊慌地睁开眼睛，见是纪又涵，以为还在梦里，待看到周遭熟悉的环境，才清醒过来，明白自己是安全的。

她揉了揉太阳穴：“你怎么来了？”声音沙哑低沉，带着一种力不从心的味道。

“怎么在椅子上睡着了，也不怕感冒。”纪又涵想抱她到床上睡。

沈星乔推开他伸过来的手，活动了一下手脚，跳下椅子，走到床边，拉开被子钻进去。太阳已经升得很高，照在床头，暖暖的，很舒服。

纪又涵的手在空中停顿了一会儿，才慢慢收回来，把椅子挪到床边坐着，担心地看着她：“一晚上没睡？做噩梦了吗？”

沈星乔轻轻点头：“睡得不好。”

“得想个办法才是，不能这样成宿成宿不睡觉啊。”

沈星乔整个人陷在被窝里，仅露出一个头，乌黑的长发铺散在枕头上，越发显得小脸苍白憔悴，羸弱不堪，仿佛一碰就碎，纪又涵的心又莫名疼起来。

沈星乔眼睛看着书桌："帮我把那个拿过来。"

纪又涵拿着艾灸包，问："这是什么？"

"艾灸用的，枕在脑后，可以睡得好些。"沈星乔点燃艾柱，房间里弥漫着一股艾草清香好闻的味道。她闻了一会儿，才把铜罐塞进布包里，味道立即没有了。

她重又躺下来，闭着眼睛说："这还是王应容送的，没想到这么快派上大用场。"也许真的有用，也许是心理作用，沈星乔很快迷迷糊糊地睡去。

纪又涵带上门出来。

魏茵问："沈星乔起来了吗？你这么早来，还没吃早餐吧？想吃什么——"

纪又涵充耳不闻，目光不善地看着她。

魏茵讪讪的："你怎么了？"

"你为什么骗我？"

"骗你什么？"

"艾灸包的事。"王应容送给沈星乔的根本不是他以为的什么暧昧的礼物，只是一个普通的艾灸包，就像他送给魏茵当生日礼物的万宝龙笔一样，没有任何特殊含义。

魏茵脸色一白，强辩："我哪句话骗你了？"

"你没有骗我，可是你故意误导我，挑拨我们之间的关系，沈星乔不是你朋友吗，你就这么对朋友？"

"我对她怎么了？王应容的事难道是我胡编乱造吗？你若是不介意，怎么会那么轻易就上当？"魏茵又委屈又愤怒，"我做了什么，你要这样指着我鼻子骂？怎么，沈星乔生气了，不理你？你怪我，怪我让你们失和？"她越说越激动，"我不过提醒你几句实话，哪里做错了？你们出了问题，别赖在我身上！"

纪又涵冷眼看着情绪失控的魏茵，转身就走："我出去一下。"

其实魏茵这点女孩子的小手段，纪又涵不知经历过多少，根本不放在眼里，他真正恨的是魏茵把他叫走，以至于留下沈星乔一个人面对那些恐怖血腥的事情，也许他恨的还有自己。

魏茵咬着唇，倔强地站在那里，不让眼泪流出来。

沈星乔是被电话吵醒的。

王应容在那头很急地说："我打车去你那里，可是说不清地址，你能跟司机说吗？"把手机递给司机。

沈星乔用法语流利地报了地址。

司机听完，说了句“D'accord”，表示明白了。

她爬起来，简单洗漱一番，收拾了下仪容，出来没见纪又涵，也没问，以为他回去了。

沈星乔换衣服鞋子出门，魏茵见了，没像平常一样问她去哪儿。

没过多久，沈星乔带着王应容回来。

魏茵跟王应容打了个招呼，态度不冷不热。

沈星乔陪王应容在沙发上坐着，要泡茶招待他。

王应容忙拉住她：“别麻烦了，喝水就行。你身体没事吧？被踩了哪里？”

“没什么大碍，已经涂了药，没事的。”

王应容连连摇头：“没想到巴黎这么危险，以后还是少出门的好。”

“不能因噎废食啊，天有不测风云，人有旦夕祸福，有什么办法。”

“你能这样想就好了，我真怕你留下心理阴影。”

沈星乔没说话，把玩着遥控器，开了电视，一见是昨天恐怖袭击的后续报道，死者家属如何伤心欲绝痛哭流涕，多看一眼都受不住，立刻关了电视。

王应容叹息说：“好在没事，不要再想了，就让事情这么过去吧。”

沈星乔轻轻应了一声。

两人好一会儿没说话，沈星乔让他留下来吃午饭，说做他喜欢吃的回锅肉。

“不了，下午还有活动，见你没事就放心了。”

沈星乔称赞他送的艾灸包管用。王应容笑道：“有用就好，等艾柱用完了，我再给你寄。”

她忙说不用这么麻烦，自己可以网上买。

正说着话，门铃响。纪又涵站在外面，扬了扬手里的袋子：“外卖，省得自己做。”进来见到王应容，神情微变，马上又笑了，冲他点头，“你好。”

魏茵不怀好意地看着两人，想知道情敌见面，会不会分外眼红。

王应容见到纪又涵，很惊讶，看了眼沈星乔，又看了看他，慢慢也笑了：“真是好巧。”

算起来，两人还是第一次正式碰面。纪又涵自我介绍：“我叫纪又涵——”

王应容打断他：“我知道，我们以前见过。高二暑假，我跟沈星乔上英语培训班，见过你几次。你住旁边华庭，对吧？”

沈星乔补充：“王应容为了学英语，在华庭租过一段时间房子。”

"没想到我们还住过一个小区，那真是太巧了。"

三人叙着旧，完全没注意到旁边脸色大变的魏茵。

纪又涵打开外卖，让王应容留下吃饭。

王应容忙说不了，拿了衣服要走。

沈星乔送他下去。王应容摆手，说她是病号，赶她回去，让她好好养伤，注意忌口。沈星乔只好算了。

魏茵突然说："我正好要下去买点东西，我送你吧。"

两人出来，魏茵说："你们三个以前认识？"

王应容点头："对啊，我们都是江城的。"

"沈星乔不是海城人吗？"

"她上学在江城上的啊。"

魏茵忍住心里的惊涛骇浪，装作随意地问："沈星乔和纪又涵是同学？他们早就认识？"

王应容也听说了纪又涵一年换一个学校的丰功伟绩，在江城一中上过一个学期的课，也算跟沈星乔同学过，点头："是啊。"

魏茵确认般问："沈星乔和纪又涵，出国前就认识？"

王应容奇怪地看了眼她，点了点头。

魏茵站在原地，摇摇欲坠。

魏茵没有回去，坐在街边的木椅上，想起沈星乔和纪又涵之间那种说不清道不明的气氛，一直觉得奇怪，现在终于明白为什么了。

原来他们早就认识，以前说不定还是情侣！那她呢，她又算什么？

她从头到尾被蒙在鼓里！

她想起第一次见到纪又涵时的情景。纪又涵拍她的肩，扬起手里的钱包，嘴角微翘冲她一笑。这个场景一直在她梦里反复出现，固执地认为是命中注定的一场相遇，回过头再看，多么讽刺！

从头到尾，都是她在自作多情，自以为是，自取其辱！

魏茵在外面待到天快黑才回去，纪又涵已经走了，沈星乔抱着电脑坐在沙发上编辑淘宝网页。下午沈星乔补了一觉，精神好了不少，见到魏茵，她问："你去哪儿了？怎么这么晚才回来？"

魏茵一天除了早餐什么都没吃，可是既不觉得饿也不觉得渴，心中只余满腔怒火，看着若无其事的沈星乔，终于爆发出来："你和纪又涵明明认识，为什么装不认识？"第一次见面还故意问她——"你朋友？"

沈星乔闻言一顿，放下电脑，抬头看她，神情平静地说："你知道了？"

她怎么还能这样平静，魏茵越发不忿："你们要怎样那是你们的事，为什么把我牵扯进来？捡钱包的事是不是设计好的？纪又涵和晏格非是不是早就认识？"

沈星乔脸色微白，没说话。

魏茵确认了心中的怀疑，觉得自己真是太可悲了，眼中露出痛苦的神色，大声吼道："你们郎情妾意也好，旧情复燃也罢，为什么要这样玩弄我的感情？我在你们眼里难道就什么都不是吗？纪又涵瞒着我也就算了，毕竟我们认识不久，可是你呢，我们朝夕相处两年多，同吃同住，互帮互助，你明知道我喜欢他，为什么什么都不说？"

沈星乔声音很轻："我提醒过你不要喜欢他。"

魏茵想起好像是有这么一回事，更怒了："你那叫提醒？你那些藏头露尾的话谁听得懂？有什么话大大方方说出来，你又没做贼，心虚什么！"她就不明白，他们认识这件事，为什么要瞒着她，耍猴一样耍着她玩吗？

沈星乔觉得很累："就算我说了，然后呢，然后你就不喜欢纪又涵了吗？我们的关系会丝毫不受影响吗？"

"所以你就瞒着我，看好戏般看着我为他黯然神伤、痛苦不堪？你是不是还在一边拍手称快，暗地里笑我愚不可及？"

沈星乔见她已经气得口不择言，淡淡说："我唯一对不起你的，就是没有及时告诉你我跟纪又涵早有牵扯。我跟纪又涵并不是旧情复燃那么简单，我也不想跟别人解释我们之间纠缠不清的关系。我不需要对你交代什么，也没对你做过什么。你要怪，应该怪纪又涵不怀好意接近你才是。你这么冲我发火，究竟是为什么？真的是因为我没对你坦白我跟纪又涵早就认识这件事吗？"

魏茵胸膛剧烈地起伏着，不作声。

沈星乔不想再藏着掖着了，干脆打开天窗说亮话，看着她，轻声说："你只是生气，生气纪又涵喜欢的是我。"

两人关系早已破裂，再也回不到从前。

被人一语道破心思，魏茵脸色发白，自嘲般笑了一下。是啊，她在嫉妒，嫉妒沈星乔，纪又涵喜欢的为什么不是自己？可是再不甘再嫉妒，又能怎么样呢？纪又涵大概恨死她了吧。

"如果你还想找人算账，就去找纪又涵，一切都是他弄出来的。"沈星乔心里很不好受，明明关系那么好的两个人，为什么会变成现在这样？纪又涵，纪又涵真的有那么好吗？这么多女孩因为他而争吵翻脸，反目成仇，自己竟然也是其中一个。

漫天血色里，那种被抛弃的绝望恐惧又涌上心头，沈星乔觉得累极了，没有半点谈情说爱的旖旎心思。

因为纪又涵，她失去了友情。

晚上接到高以诚的电话，他在网上看到巴黎恐怖袭击的事："你没事吧？"

沈星乔不知道这一天一夜自己是怎么熬过来的，听到亲人的声音，所有的伤心难过委屈害怕一股脑冒出来，话还没出口，声音先哽咽了："哥哥——"

沈星乔很少叫高以诚哥哥，大多时候都是直呼其名。高以诚一听不对劲，神情肃然问："出了什么事？"

"哥哥，我亲眼看见人死了，满身是血，死不瞑目，我好害怕。"

"不要害怕，你没事吧？有没有受伤？"高以诚急着确认她的安全。

"我没事。"

高以诚松了口气。高舅妈一把抢过他电话："星乔啊，你真的没事？没有受伤，没有瞒着我们，报喜不报忧？"

沈星乔吸了吸鼻子，实话实说："当时太乱了，被人踩了一脚。"

"去医院看了没？"

"这种外伤，法国医生只会让你回去好好养着，我自己涂了红花油。"

高舅妈皱眉："国外真是太乱了，枪支泛滥，要不你还是回国吧？"

沈星乔说："还有一个月就开学了，再说代购的事也忙着呢，走不开。"

高舅妈问她当时什么情况，怎么这么倒霉，偏偏就赶上了。

再不愿回忆，沈星乔还是简单说了几句："子弹乱飞，大家都吓坏了，拼命往外跑，我旁边的女孩中弹身亡。"顿了顿说，"很年轻，很漂亮。"

高舅舅听到这里，神情凛然，拿过电话说："代购的事先停一停，你收拾下行李准备回国。高以诚，去给星乔订机票。"

高以诚应了一声，跑去开电脑。

沈星乔错愕地听着，叫道："舅舅——"

"出了这样的事，还是先回国养养。"不仅是身体上的，还有心理上的。

高舅舅说一不二，沈星乔只能听从。

没过多久，高以诚就发了电子机票给她，说："明天的怕太急，订了后天的。"

沈星乔拿出行李箱，开始进进出出地打包东西。

魏茵倚在门边看着。

沈星乔蹲在箱子旁，没有看她："家里说巴黎太乱，让我回国，机票已经买好了。”顿了顿又说，“我准备搬家。明天我会跟房东打电话说退租的事，退房提前一个月通知，东西先放这儿，开学前我会搬出去。”

事已至此，魏茵没有假惺惺地让她别搬，只是问：“你房子找好了？”

“还有一个月，总能找到的。”

魏茵没说什么。

沈星乔关上了房门。

第二天纪又涵打电话来时，沈星乔没说她要回国的事，两人不咸不淡地聊了几句，她借口淘宝有人找，挂了。纪又涵很懊恼，却又无可奈何，两人这样的状态着实让他心焦，可是他不敢逼得太紧。

直到到达机场，沈星乔才给他发了条微信。

“我要回国了，你自己注意安全。”

纪又涵的电话立即打过来：“你要回国？什么时候？”

“现在。”

纪又涵愣住了：“为什么不早点告诉我？”

沈星乔没说话。

纪又涵觉得很无力：“你现在在哪里？机场？”

“嗯。”

“几点的飞机？”

沈星乔不答。

纪又涵抢过晏格非的手机搜索巴黎直飞江城的航班：“中午一点的？”看了眼手表，现在十一点半，“你先别进去，等我会儿，我现在就去机场。”拿了车钥匙就跑。

晏格非在后面叫：“哎，我的手机——”人已经没影了，不由得摇了摇头，“恋爱中的人啊，不是疯子就是傻子！”

纪又涵开车的时候还在跟沈星乔打电话：“你别进去啊，我很快就到，一定要等我，我有话跟你说。”

沈星乔之所以这么晚告诉他，就是不想见他，每次想起他，浮现在眼前的都是他渐行渐远的身影，折磨得她满心惶恐，没想到最后还是逃不过，叹了口气：“你开车小心点儿，路上别急，我等你。”

纪又涵到时，沈星乔在排队安检，长长的队伍，看来得排好一会儿。纪又涵冲过去紧紧抱住她，恳求：“不要走！”他已经预感到什么。

沈星乔任由他抱着，轻声说：“我一直没跟你说那天发生了什么，那些血是一个法国女孩的，我想救她，没成功。”

纪又涵怔怔地看着她。

“我这几天总是做噩梦，我想我需要时间恢复。”

纪又涵立即说：“我等你。”

“不用了。”沈星乔神情冷冷的，“就在两天前，我跟魏茵闹翻了，因为你。”这叫我以后如何面对你？

纪又涵听懂了她的意思，神情变得悲伤，眼睛慢慢红了：“可是我喜欢你啊！”他从未这么全心全意、忐忑不安地喜欢一个人，以后想必也不会有了。

“我知道。”沈星乔深深凝视着他，似乎想把他的样子刻进脑海里，她也喜欢他，可是这有什么用呢。她不知道她要多久才能平复创伤，忘掉那些噩梦，她的七情六欲都变得迟钝麻木起来。

沈星乔回抱他，在他背上拍了拍：“希望你以后无论做什么，都要注意安全。还有，多吃饭，少抽烟。”

纪又涵看着她进了安检口，消失在茫茫人海里，眼泪啪地掉下来，滚烫灼热，似乎想让人记住此刻有多痛。他怕人看见，慌乱地擦去了。

我终于失去了你，在拥挤的人群中。

飞机起飞，沈星乔看着苍茫的天空，有种想哭的冲动。

继失去友情之后，她又失去了爱情。

纪又涵失魂落魄地回去，晏格非见了，问他怎么了，乌鸦嘴般说：“被甩了？”

纪又涵直接躺在地板上，一动不动。晏格非见他这样，收起戏谑的表情，蹲在他身边：“沈星乔回国了？”

纪又涵侧过头去，闭上眼睛，不让晏格非看见自己眼中的泪光。

晏格非从冰箱里拿了罐啤酒递给他：“难过完今天，明天就好起来吧。”

纪又涵没接，忽然说：“我很后悔。”

“后悔什么？”

纪又涵没说话。如果当初他没有多此一举接近魏茵，一切是不是会不一样？

“你们认识也没多久啊，你就这么喜欢她？”真的这么伤心？晏格非有点不能理解。

“我们认识四年了。”第一次见面沈星乔将可乐洒到他身上的情景，一次次在脑海里印象加深，其中的刻意人为逐渐被淡忘，成为他最美好的记忆之一。

他所有美好的记忆都和沈星乔有关。

晏格非从没听他提起过，很惊讶："你们……不是在巴黎刚认识的吗？"

纪又涵眼睛看着半空，像是陷入回忆："我跟她是在高二暑假认识的，她在我家附近上英语培训班。她故意接近我，泼我可乐，给我送伞，还送我鱼，一红一黄两条鹦鹉鱼，漂亮得跟画册上印的一样。我们一起吃饭，做饭，闯鬼屋，打台球，看电影，我还拿了她的发圈不还她……"回忆到这里，纪又涵说不下去了，声音哽咽。

晏格非猛然明白过来："你专门为她来的巴黎？"怪不得一来就不走了！

纪又涵苦笑，阴错阳差也好，天意弄人也罢，他还是失去了她。

晏格非张大嘴巴看着他，喃喃自语："我一直以为你是花花公子，四处招惹女孩子，没想到竟然是个痴情种！"

纪又涵打开啤酒，一气灌下大半瓶，压抑不住心里的痛楚，忍不住倾诉："你知道她上飞机前跟我说什么吗？她让我多吃饭，少抽烟，好在没让我不喝酒。"

晏格非不知如何是好，扔下他一个人喝闷酒，给何知行打电话："纪又涵为情所伤，我扛不住，看着怪难受的，你赶快把他领走，带他出去散散心。"

何知行说："这才多久？他到巴黎还不到一个月吧，就为情所伤？"那也太多情了些，让他难过去吧，难过几天自然就好了。

"你也不知道？"

"不知道什么？"何知行奇怪地问。

"他专门为了沈星乔来的巴黎，他们俩以前就有过一段，好像还挺复杂。"

何知行嚷道："他没跟我说啊，我什么都不知道！他真的这么、这么——"

"旧情难忘？好像真是这样。"

"天哪！"纪又涵的所作所为完全打破了何知行对他的固有印象，"那女孩怎么他了？求爱不成反被拒？"

"要是这么简单就好了。两人眼看着就要好了，还一起游巴黎，回来高兴的哦，嘴里一直哼着小调。前几天不是发生恐袭了吗？沈星乔一个人困在里面，虽然没受伤，出来时浑身是血。我当时就很担心，果然闹掰了，沈星乔一个人回国了。”两人中间还夹杂着一个室友魏茵，更是剪不断理还乱。

何知行好久没说话：“出了这样的事也是没办法，天灾人祸谁也预料不到。沈星乔一定受了很大的惊吓。”

“我猜也是，哪还有心思谈情说爱。”

若是生气使性子，还能想办法哄回来，这种心灵受创的事，根本就束手无策，只能靠时间慢慢治愈。何知行想了想说：“我们过两天去布拉格，让他一起来吧，换个地方待着，省得触景伤情。难过的时候，最怕一个人闷着。”

晏格非跟纪又涵说了何知行邀请他去布拉格的事，纪又涵连门都不想出，哪愿意去布拉格。晏格非看不下去，说：“天又没塌下来，你这样折磨自己，成天脸不洗牙不刷胡子不刮蓬头垢面的，沈星乔就能回来啊？你要真喜欢她，回头再把她追回来就是了，男子汉大丈夫，拿得起放得下。”

纪又涵原本迷迷糊糊的，听了他这话，突然眼睛一亮：“你说我回国找她怎么样？”

“现在？”

纪又涵重重点头。

晏格非无语，好半天委婉地说：“还是过段时间，等恐袭阴影过去再说。”

纪又涵神情一暗，无精打采走到冰箱前，拿了瓶酒，到处找开酒器。

晏格非夺过酒瓶，骂道：“大白天的喝什么酒，赶紧洗澡去，你闻闻你自己，都快馊了。我一个大男人都受不了，怪不得沈星乔不要你。”

纪又涵随便冲了个澡出来，晏格非指着地上的行李箱说：“我不想跟个酒鬼住一起，你赶快给我去布拉格。借酒浇愁，德行！”

就这样，纪又涵被扫地出门，在宁静、美丽、古老的布格拉，和朋友们漫无目的四处游荡，纪又涵内心的痛苦渐渐得到舒缓。

太阳一样升起，地球一样转动，不会因为谁而发生改变。

沈星乔飞机落地是半夜，高舅舅、高舅妈、高以诚一家三口全来接她。一到家，高舅妈急着看她胸口的伤，按了按说：“肿还没消啊，明天去看下中医，抓两副药吃，免得以后落下病根。”

说了一会儿话，大家都去睡了。

沈星乔倒时差，睡不着，坐在沙发上看午夜电影。高舅舅出来喝水，思忖了一会儿，在她身边坐下，问：“这几天有没有做噩梦？”

沈星乔好一会儿才点了点头。

高舅舅打量着她，憔悴瘦弱也就罢了，问题是身上有一股死气沉沉的感觉，完全没有年轻人的热情朝气，此事定然对她打击很大。

“亲眼看着人死去，是不是很惊慌害怕？”

舅舅一副要跟她长谈的样子，沈星乔有些惊讶，不由得认真对待：“老是做同一个梦，梦里被漫天血色包围，呼吸困难，一点点窒息，慢慢死去——”一次又一次重复死亡的过程，每次醒来都吓得满头大汗，那种感觉实在太真实了，就像亲身经历一样。

高舅舅认真听着，若有所思地看着她：“除了害怕，还有什么？”

“一开始那个女孩没死，我想救她，子弹好像打到大动脉，血不停地流出来。我按住伤口，在她耳边说话鼓励她，可是没用，别人告诉我她死了。舅舅，你知道吗，她身体是软的，血是热的，眼睛一直睁着，嘴巴微张像在求救，我、我——”沈星乔仿佛又陷入当时绝望的场景，声音越来越沙哑，直至消失，完全说不下去。

“舅舅，我很内疚。”

高舅舅摸了摸她头：“这不是你的错，生死有命。”

沈星乔眼泪无声地流着。

高舅舅叹了口气，回房和高舅妈商量，给沈星乔喝的牛奶里放了半粒安定。沈星乔在药物的作用下，很快沉沉睡去。

高舅妈看着沈星乔的睡容，理了理她头发，带上门出来，轻声说：“这可怎么办，孩子受了这么大的惊吓。”

高舅舅倒很镇定，说：“还是年纪小，没经历过生死大事。”

临睡前，高舅舅想到一个办法，问：“最近有没有人要办丧事？”

高舅妈问怎么了。

“带星乔去下葬礼，让她感受一下生死是怎么回事，就不会这么害怕内疚了。”

经过几番打听，有个亲戚的亲戚出车祸过世，肇事者逃逸了，丢下一家子孤儿寡母，高舅妈送了重礼，带着沈星乔去吊丧。

一家之主去世了，上有七十老母，下有正上初中的女儿，妻子也没有工作，丧事之凄惨可见一般。三代女人哭得撕心裂肺，肝肠寸断，尤其是老母，几度晕厥。凡是前来的人，没有不红眼睛的，背后都在议论，以后日子可怎么过哟。

那种场景，简直是闻者伤心，见者落泪。高舅妈没留下来吃饭，宽慰了女主人几句，带着沈星乔走了。沈星乔眼泪汪汪的，哭得眼睛鼻子都红了，问高舅妈她们以后生活怎么办。

“还能怎么办，熬过去呗，有手有脚的，总不会饿死。难也是难在一时，家里应该还有存款，勒紧裤带供小孩上完大学，等小孩出来工作，日子就好过多了。”

沈星乔突然发现，她认为的生死困境，在大人眼里，好像没那么严重。无论发生什么事，生活总要过下去。

晚上高舅舅特意到她房间，问她对今天的葬礼有什么感想。

沈星乔沉吟半天，说：“死亡真是一件让人痛苦的事。”

“是啊，人生七大苦，生、老、病、死、怨憎会、爱别离、求不得，可是这些都是人要经历的，你要正视它，接受它，化解它，消化它。除了这些大的苦难，生活中还会有一些小病小痛小麻烦，不是什么大事，可是很折磨人，你也要正确对待，最好是握手言和。比如舅舅，年轻的时候觉得自己可以征服世界，现在年纪大了，世界没有征服，反倒被病痛征服了，不是这里疼就是那里痛的。一开始还觉得丢脸，不想承认自己老了，总是讳疾忌医，不肯去医院。随着小病小痛越来越多，不服老也不行啦，慢慢地，舅舅也想通了，年纪大了，身体机能退化，这是正常而不可避免的。除了有病治病以外，有些病痛是慢性而顽固的，无法根治，就算这样，也要学会和病痛和平共处，把它当成一个不受欢迎的老朋友，时不时造访你，直到寿终正寝，随着你一道离开这个世界。”

高舅舅的话，如同当头棒喝，让沈星乔从迷雾中清醒过来。生老病死这些她为之痛苦不堪的事情，原来只是人生中必要的经历，她得正视它们，接受它们，化解它们，直至消化它们。终有一天，她也会死去，但是会有新的生命继续传承。

伊人已逝，但愿走好。

噩梦好像知道她心结已解，当晚再也没有来找她，沈星乔睡了个安稳而漫长的一觉，一扫之前的惊悸不安。

Chapter 09 人事皆非

沈星乔很久没过过这么舒服的日子了，每天除了吃就是睡，无聊就上上网刷刷电视剧，这种无所事事的状态让她疲惫的身心得到很好的放松。

这天高以诚去参加江城一中同学会，问她去不去："整天宅在家，不无聊啊你？"

沈星乔十分享受这种独处不用跟人打交道的状态，直接拒绝："我不去。"

高以诚也没勉强她，自己去了，半夜被小飞和另外一个男同学抬回来。

沈星乔见到喝得烂醉如泥的高以诚，很诧异："怎么喝成这样？"完全不省人事，打一巴掌都没反应。

小飞和那个男同学气喘吁吁把高以诚弄上床，累得出了一身汗。高舅妈给他们倒了冰饮，两人估计是渴了，没推辞，咕噜咕噜喝着，喝完要走，沈星乔想了想，说："我送你们下去吧。"出来问小飞，"他受什么刺激了？"

小飞露出无奈的表情："今天韩琳也来了。"

另一人补充："还带了男朋友。"

好久没听到韩琳的名字，沈星乔有些怔忡，原来高以诚一直没有忘记韩琳。

高以诚第二天中午才醒，被高舅妈骂了个狗血淋头。他反常得没顶嘴，默不作声地听着。高舅妈骂着骂着反倒没意思了，出去做事。

因为宿醉，他脸色有些苍白，靠在床上揉着太阳穴。

沈星乔给他倒了杯牛奶，看着他，好半天没说话。

高以诚察觉到异样，抬头看她。

兄妹俩彼此对视着。

过了会儿，沈星乔轻声问："你还喜欢韩琳？"

高以诚转过头，好半天慢慢说：“五一的时候，我到蓉城玩。”韩琳在蓉城上大学。

“韩琳接待了我，带我玩了两天。我们穿梭在蓉城的大街小巷，找寻当地各种各样特色美食，一起爬青城山，还看了熊猫。”天空飘着细雨，可是丝毫不妨碍两人的热情。对于高以诚来说，真是快乐又梦幻的两天。

“走之前我问她，我能重新追求她吗，她拒绝了。”

“啊！”沈星乔情不自禁惊叹出声。

“她那时候没有男朋友，大学三年也一直没谈男朋友。”高以诚又生气又无力，“昨天你没见她男朋友，跟她一般高，圆滚滚的，笑起来像松鼠，根本配不上她！”

高以诚就不明白，韩琳为什么选择这样一个人，都不选择他。

沈星乔默然。韩琳这样做，只有一个原因，她不喜欢高以诚，并且将这种不喜欢直接表达出来，伤人却也坦荡。

高以诚还在痛苦纠结：“她拒绝我就算了，为什么要为了让我死心找这么一个人？”

沈星乔不觉得韩琳是这样的人：“如果韩琳真的喜欢他呢？”

“不可能——”高以诚想也不想一口否决。

“也许她男朋友其貌不扬，可是如果为人风趣体贴呢？”

高以诚想起那个矮冬瓜每次都在适宜的时候接过大家的话题，将对方逗得开怀大笑，简直就是个捧场王，沉默了。

沈星乔颇多感慨，韩琳已经不再注重外貌，而是更关注性格魅力这些更本质的东西，大概是从纪又涵身上得到的教训。

韩琳已经走出来了，而她，却一头栽了进去。

在江城待了十来天，沈星乔回了海城。弟弟天赐已经五岁了，躲在妈妈身后，睁着一双黑溜溜的大眼睛看她，完全是看陌生人的眼神。妈妈让他叫姐姐，他也不叫，一个人坐到一边玩堆积木去了。

沈星乔拿出送他的变形金刚玩具，他好像也不是很感兴趣，都没拆开包装，抱着妈妈大腿说：“妈妈，我要奥特曼。”

妈妈忙说：“好好好，明天让姐姐带你去买。”

他怯生生看了沈星乔一眼，沈星乔冲他笑了笑，没说话。

沈爸爸生意失败后，再没能东山再起，如今勉强维持着一个小公司。说是公司，其实就三个人，前两年一直在赔，今年好点，总算没赔钱，可是市场黄金时期已经过去，他想重振十年前的威风，根本不可能。

沈家还是住着别墅，开着私家车，表面上看起来依然富贵体面，可是沈星乔敏锐地捕捉到家里弥漫着一种压抑的、凝重的、消沉的气氛，像一张网无处不在，让人无法打破却又挣脱不开。后来她才明白，原来这就是日落西山大势已去。

沈妈妈问沈星乔代购生意怎么样。沈星乔说："还行，勉强养活自己吧。"

沈妈妈说起家里困难，弟弟幼儿园的学费都是东挪西凑，期待地看着她："既然代购可以养活自己，这次回校还要钱吗？"

沈星乔那一瞬间心有点凉，好半天才说："那房租怎么办？"

沈妈妈像是才想起来除了生活费还有房租这回事，不由得感叹："一个月八百欧，换成人民币六七千，真是贵啊。"

沈星乔低着头，好一会儿说："我准备搬家，换个便宜点的。"

沈妈妈有点难过，可是没有办法。家里一直坐吃山空，这种只出不进的日子，不知何时是个头，着实让人惶恐不安。

眼看要开学了，儿子女儿的学费还没有着落，沈妈妈和沈爸爸吵。沈爸爸把自己开的奔驰卖了，转而开沈妈妈的丰田。

沈妈妈给了女儿十万，看着不少，其实不过一年的房租。

这是沈星乔最后一次拿家里的钱。

高舅妈知道沈爸爸卖车的事，说："沈家也是，都卖车了，还要住别墅，光是每年物业管理费就是一笔不小的开销。儿子还非要跟人家一样读贵族幼儿园，一年学费五万多，杂七杂八算下来，比星乔花得还多。"

高舅舅摇头："沈国安还是这么死要面子活受罪。"

沈星乔原本还想在国内多待几天，想到得赶紧工作赚钱，还有找房子的事，提前回了法国。就在她离开江城的时候，纪又涵被纪晓峰一通电话召回了国内。

纪又涵一个暑假都在外面，欧洲又频频出事，纪晓峰有点担心，让他赶紧回来。李助理来接的机，没有送纪又涵回家，而是直接去了公司。纪家的泰瑞公司本部位于高楼林立的 CBD 区，主营卫浴产品。自从泰瑞五年前搬到 CBD 区后，纪又涵还是第一次来，前台小姑娘都不认识他，以为是新来的实习生。

纪晓峰刚开完会，直接在会议室见的他，说："明年你就要毕业了，让你提前来公司实习一下，看看职场是怎么回事。你先跟着李助理打打下手，端茶倒水跑个腿什么的，怎么样？"

纪又涵只能答应下来。

“那你明天就来上班吧，等会儿让人给你办个临时工作证。”

纪又涵就这么赶鸭子上架成了临时工，走之前才想起问：“有没有工资啊？”

纪晓峰笑，吩咐李助理：“按实习生标准给他算工资。”

纪又涵说是跟着李助理，其实大部分时候都跟着纪晓峰。公司高层会议他也站在一边旁听，虽然什么都听不懂，好歹混个脸熟，看看谁的杯子空了，就把茶水续上。大家都知道他是纪家二少爷，谁也不会真的指使他端茶倒水，只有一个人除外。

纪东涵开着会，头也没抬，把杯子往外一推：“倒杯咖啡来，加两颗糖。”

纪又涵初入职场，还没有学会偷奸耍滑，乖乖跑去茶水间泡咖啡。

咖啡刚端上来，纪东涵扔过来一堆资料：“全部复印一份。”

纪又涵好不容易复印好，会议已经开完了，大家都散了，只有纪东涵在等他：“你复印个资料复印到太平洋去了？”

纪又涵解释：“我第一次用复印机——”

纪东涵挑眉：“我若是等着急用呢，你也这么慢吞吞的？还各种找借口？”

纪又涵有些委屈，又不是他想上班，还不是老头子逼的。

纪东涵哼了声：“怎么，说你两句，你还委屈上了？你去楼下看看其他实习生，哪个不是被指使得团团转？”

纪又涵气得转头就找人教他怎么用复印机。

纪东涵再要他倒咖啡时，他故意不加糖。纪东涵喝着咖啡味道不对，也不能拿他怎么样，此后没在这些小事上为难他。

纪又涵此次实习不过是走个过场，混个脸熟，了解公司日常怎么运作的，因此没什么事，工作十分清闲。

想到沈星乔也回国了，纪又涵忍不住给她发了条微信，问她最近还好吗。沈星乔一直没回。他摆弄着手机，拨了以前沈星乔国内的号码，语音提示是空号，没抱什么希望拨了她法国的号码，居然接通了。

沈星乔的声音冷冷淡淡：“什么事？”

“你回法国了？”

“嗯。”

“这么快就回巴黎了？”

沈星乔最近找房子找得火大，看了五六处，没有一处满意的，若不是他，她跟魏茵还好好住着呢，哪需要如此奔波劳碌，因此一身火气全冲他去：“不回巴黎怎么办，我得搬家找房子啊，这都是拜谁所赐！”

纪又涵没想到两人关系破裂至此，好半天喃喃道：“对不起。”

沈星乔冷声说：“你要道歉的不只是我。”

半个多月没见，魏茵瘦了许多，郁郁寡欢，整件事对她也是一个沉重的打击。

纪又涵对魏茵实在生不出愧疚之心，没有她，沈星乔也不会离开他。

沈星乔轻叹一声：“希望你以后不要再随便招惹女孩子。”

纪又涵脸上露出伤心的表情，没想到一时轻率之举，最后竟然变成这样。他很后悔，无法原谅自己。

纪又涵原本想着，等过段时间，恐袭阴影过去，沈星乔生活也安定下来，魏茵不再成为他们之间的一根刺，他再去巴黎找她。

可是计划永远赶不上变化。

纪又涵九月初回到纽约，有天放学，出教学楼时，有人叫他的名字：“又涵！”是个中年妇人，虽然衣服包包都是新的，打扮得也很时尚，可就是有种落魄的感觉。

纪又涵见到她，神情一变，冷冷地看着她。

刘美琼讨好地笑着：“下课了是吗？”

纪又涵对这个抛弃了他的母亲有时候恨之欲死，可是每次看到别人的妈妈，又会想起小时候她对自己的好来，明知道她来找自己肯定不是为了看自己。他冷声问：“你找我什么事？”

刘美琼打量着他，感叹：“长高了好多，完全是个大人了。还记得你小时候总是抱着我腿哭，怎么哄都没用，非要自己哭累了才肯停——”

越是回忆过去打感情牌，纪又涵越是难堪，恨恨地打断她：“没事的话，我先走了。”大步离开。

刘美琼讪讪地跟在他后面，穿着高跟鞋，一路小跑着。

纪又涵蓦地转身：“有什么事就说吧。”

刘美琼微微喘气，看了看周围，说：“我们先找个地方坐吧。”

纪又涵突然怒了：“就在这儿说，不然我走了。”

刘美琼慢慢开口，说丈夫迷上赌博不管家里死活，女儿生病动手术的钱都拿不出来，还有儿子马上要上大学，自己日子过得多么艰难，以后不知道怎么办，说着呜呜哭出来。

纪又涵冷漠地看着她，直接问：“你要多少？”

刘美琼说了一个很微妙的数字：“做手术要两万美元。”

两万美元是纪又涵三四个月的生活费，不多不少，刚好拿得出来。

纪又涵开车载她到银行，直接取了两万美元给她。

刘美琼拿了钱，明显看得出精神一振，高兴地说一起吃饭。

纪又涵觉得很讽刺，拿他的钱请他吃饭？他明确表明自己的立场：“希望你以后不要再来找我。”扔下她自己走了。

可是事情不是他想怎样就怎样。纪又涵给钱太痛快，刘美琼得了甜头，怎么会放手。

一天下雪，纪又涵发现刘美琼又在等他，身边带着一个十来岁的小姑娘。两人站在寒风中，冻得可怜兮兮的，似乎等了很久。

刘美琼还带了东西来：“你小时候不是最喜欢吃蛋挞吗，这是我亲手做的。”

冰天雪地，天色已晚，一个女人带着一个小女孩，提着礼物笑脸相迎，纪又涵再生气也没法恶言相向，只能带她们回家住了一晚。

刘美琼指着小女孩说：“上次生病动手术的就是她，现在病好了，已经恢复了健康。”让小女孩叫他哥哥，“快谢谢哥哥。”

小女孩很有眼色，哥哥长哥哥短地叫着。

年轻稚嫩的纪又涵哪是老狐狸的对手，完全招架不住，饶是心里恨得要死，还是被哄走了两万美元。

这样一来，纪又涵的生活变得捉襟见肘，圣诞节回国差点连机票都买不起。

年后回纽约，没想到一个更大的“惊喜”在等着他。刘美琼带着一个十三四岁的男孩在他门口等着，说是借住几天，男孩要参加一个什么比赛。

纪又涵爆发了，冲刘美琼发火：“你把我这儿当宾馆吗？我哪来那么多弟弟妹妹？我姓纪，可不姓刘！”什么儿子马上要上大学，十三四岁上大学？阑尾炎动手术要两万美元，医疗保险呢？当他是傻子吗？

刘美琼一个劲儿冲他流眼泪，说外面酒店太贵了，她不过想省点钱。

纪又涵一点办法都没有，对刘美琼的那点乌鸟之情在一次又一次的失望愤怒中消失殆尽。他也不管了，收拾东西住到何知行那里，房子留给刘美琼母子，爱怎么住怎么住吧。

何知行听说后，也拿这种事没办法，血缘的事，打断骨头连着筋，若是真的见死不救，背后还不知道怎么被人戳着脊梁骨骂呢，能躲一时是一时吧。

纪又涵躲了几天清净，刘美琼打电话来问他在哪儿，说自己生病了，纽约人生地不熟，想让他带自己去医院。

手段花样百出，纪又涵都快疯了，可最后医药费还是他付的。

纪又涵实在怕了刘美琼她们。人一旦落魄，竟然会变成这样，什么脸面尊严都不要，跟狗皮膏药一样，黏上了就甩不掉。

他已经大四，交完论文没什么事，毕业典礼都没参加就回国了。回国后还接到刘美琼的电话，他立即换了号码。好在刘美琼没有追到国内，纪晓峰可不是好惹的。

别人都在毕业旅行，纪又涵一回国气都没来得及喘就进了公司，成了泰瑞的一名正式员工。他一开始进的是销售部，和大家一样到基层锻炼。他一到部门报到便引起不小的轰动，尤其是女员工们，围在一起议论他，一致决定封他为“厂花”，当天就有人邀请他下班后去酒吧玩，他礼貌地拒绝了。

没过几天，纪又涵的身份泄露出来，大家对他更热情了，背后戏称他“小纪总”。销售部的人大多男的帅女的靓，不少女孩子作风大胆，暗送秋波，纪又涵以前还会有事没事挑逗一下，反正又不用负责，就当调剂生活，出了魏茵的事后，他痛定思痛，对这些投怀送抱的美女一律敬而远之。

大家递过来的红杏枝，纪又涵不接，众人也就慢慢歇了心思。都说纪又涵这样的家世容貌，哪看得上她们，早九晚六拼死拼活就为了那点工资，人家要找也得找个门当户对的大家闺秀。纪又涵在公司女员工心中被打上了“只可远观不可亵玩”的标签。

三个月后，纪又涵成了销售部江城区的主管。开会的时候，他坐在主位，穿着白衬衫，袖子卷到手肘，脊背挺直，不怎么说话，眼睛时不时扫视全场，越来越有领导的范儿。有人偷拍照片发到公司内部微信群里，那种冷淡禁欲的样子，引得一众女员工直呼他“高冷男神”。

纪又涵就这么被误会成冷漠疏离不好接近，除了公事，私下跟人很少有来往。不过他确实忙，初入职场各种手忙脚乱，周末都没有休息。等他适应过来，已经是半年后了，业绩稳步上升，主管的位置总算坐稳了。

中秋放假，他得以休息一天，不过他得回纪家大宅过节。吃过一顿不冷不热的场面饭，他没留下来赏月，而是回了自己住的华庭。他来到露台，月亮挂在空中，又圆又亮，像舞台幕布上的布景。阖家团圆的日子，只有他是孤零零的一个人，寂寞就这样涌上心头。

他拿出手机，看着上面的手机号码，终于拨了出去。

曾经好多次想拨，可是最后每次都放了回去，有两次拨到一半又挂断了，就像近乡情怯般，越是在乎越是胆怯。事情过去一年多了，大家应该都好了吧？

手机那边传来法语和英语版的“您拨打的电话是空号”。他一愣，沈星乔换了电话号码？那他群发的自己新手机号码岂不是一直没收到？

他自从工作后，就很少用微信了，连短信都懒得发，多是直接电话联系。他查看沈星乔微信，好几个月没更新，连代购照片都没发，最后一条是一张照片，一个收拾得整整齐齐的行李箱，似乎要去哪里，没有配文。

他有点慌了，开电脑上淘宝搜到沈星乔店铺，首页贴出了通告，说她在外地工厂封闭实习，代购暂停。

沉重的悲哀袭击了纪又涵，有种无力回天的眩晕感。

他们就这样，彻底失去了联系。

第二年暑假，晏格非回国，和何知行到江城找纪又涵玩。纪又涵刚从会议桌上下来，衣服都没来得及换就去机场接他们。何知行打量他，白衬衫黑西裤打着领带，一副白领精英的模样，笑着打趣：“还挺像回事，毕业才一年，是不是就该称呼你纪总了？”

纪又涵也笑：“何老板，生意怎么样啊？”

何知行“嗐”了声：“我家反正祖宗三代都是卖海鲜的，什么生意不生意，也就那样吧。”

晏格非插话说：“我刚坐他家的船出海回来，那么大一片海域，全是他家的养殖场。”

纪又涵说：“哎哟，行啊，那下回坐你家船下西洋吧。”

“你当我家渔船是战舰啊？”

几人说说笑笑，纪又涵带他们到本地很有名的一家餐馆吃私房菜，吃完让他们退了酒店房间，一起回了华庭。

晏格非打量房子，说：“你不本地人吗，怎么也一个人住？”他在巴黎受够了一个人住的苦，外面千好万好再自由，也没有家里舒服。

何知行挤眉弄眼地说：“不住家里，是不是干什么比较方便？”

纪又涵骂他：“满脑子龌龊思想。”

何知行不服气：“你别跟我说你没带女孩子回来过！”

纪又涵想到沈星乔曾来过，好一会儿说：“有当然有，不过不是你想的那样。”

晏格非见他语气不对，脸上表情意兴阑珊的，捅了捅何知行。

何知行识相地转移了话题。

晏格非趁纪又涵走开，对何知行小声说：“我曾听他喝醉说过，沈星乔在他家附近上英语培训班，刚才开车过来的时候你注意到没，旁边那栋教育培训大楼。”

何知行讶然：“他刚才说‘有当然有’，指的是沈星乔？”

“不然呢，他又没有女朋友。”

何知行沉默半天，小声说：“他不会还想着沈星乔吧？”

晏格非耸肩：“我哪知道。”

何知行忍不住问：“沈星乔现在还在法国？她大几了？总要回国的吧？”

“那可不一定。”

纪又涵突然出现在他们身后，问：“为什么？”沈星乔为什么不会回国？

晏格非觉得他这样等下去不是办法，没有隐瞒：“回国之前我听说沈星乔过五关斩六将进了雷诺公司，她还办了个 Party 庆祝，想必是不会回国的了。”在法国工作，先不说赚的是欧元，光是各种福利假期，就够让人羡慕的，何况还进了连法国人都抢破头的雷诺公司。

纪又涵终于明白什么叫失之交臂，有些人，一旦错过就不再。

沈星乔刚进公司的时候，满意得不能再满意，拿的是 CDI 合同，公司不能随便辞退她；一年除了各种法定节假日，光年假就有 36 天；公司每天发 8.5 欧的饭票，饭票几乎可以在所有超市和饭店使用；医保社保也做得特别好，各种疾病、检查等都可以报销。每年看眼睛可以报销 700 欧左右，沈星乔既不需要配隐形眼镜也不需要戴近视眼镜，居然还可以拿来买太阳镜，任何品牌都可以。

可是两年过去了，她月薪依然是 2800 欧，职位没有任何变动。慢慢地，她认识到，作为一个外国人，还是女性，如无意外，她的职业生涯差不多就这样了。

可是回国又能怎样呢？月薪有两三万吗？假期有这么多吗？福利有这么好吗？她犹豫不决。

促使沈星乔做出回国决定的是，沈家出事了。

沈爸爸一心想东山再起，卖了别墅和朋友一起做生意，结果朋友卷款跑了，沈爸爸气得一病不起，沈妈妈在电话那头哭得嗓子都哑了。

沈星乔立即给家里打了一万欧，打电话问高舅妈怎么会发生这样的事。

高舅妈说："这事一看就是个骗局，我跟你舅舅也不明白，你爸那么精明的一个人，怎么这么容易就被人骗了。"

高舅舅在旁边说："人老了不服输呗，犯起糊涂来，谁也拉不住。"

沈星乔默然，也许这就是聪明一世，糊涂一时。

高舅妈知道她给了家里一万欧，说："那你自己钱够不够用啊？你一个月 2800 欧，换成人民币挺多的，可是你花的又不是人民币，要租房要吃喝，一个月也省不下多少钱。"

沈星乔没说话，上学时要自己赚钱养活自己，工作以后，又没那么多时间做代购，有熟客上门才去跑腿，确实没攒下多少钱。

正好公司要辞退一个人，她主动请辞，公司赔了她一年的薪水还不用交税，她拿着这笔钱愉快地回国了。

先到的是江城，沈星乔担心家里，打算第二天就回海城。

沈家每况愈下，高舅妈很担心她把钱都拿出来贴补家里，说："你先别急着回去，你爸没事，就是心里气不顺。舅妈问你，你手里有多少钱？"

沈星乔算了算，加上公司赔款，换算成人民币差不多四十几万。

"舅妈这里还有你的二十多万，六十万在江城也够付一个首付了。"

沈星乔从小生活优渥，虽然后来几年过得有点辛苦，在钱上到底没吃过什么大苦，花起钱来大手大脚，正担心自己胡乱花了，既然舅妈跟舅舅都说买房子好，值得投资，那就买吧。

高舅妈老早就看中一套房子，小两居，虽然是二手房，房产证才两年，跟新房没什么区别，还简装了下，自己再装修一下就能住。位置虽然有点远，可是已经通了地铁，回头买个车也方便得很。

沈星乔把钱给了舅妈，就回海城了，其他事情都是舅舅、舅妈在跑。

沈星乔很快明白了舅舅、舅妈的深谋远虑。

沈家没了别墅，还有两套公寓，地段都不错，倒也不愁住的地方。一套小两居，一套大三居，沈妈妈为了多收点房租，自家住小两居，把大三居租了出去。沈星乔回家都没地方住，沈妈妈让她跟弟弟挤一个房间，她忙说："我睡沙发就好。"

沈爸爸老毛病犯了，风湿腿疼，卧床休养。沈星乔见到父亲头生白发憔悴消沉的样子，突然生出一种英雄末路的悲凉。

沈星乔住了两天，沈妈妈对她说："你爸爸现在这样，弟弟又小，光是学费就不少，还在学琴，有出无进总不是办法，还是要做点什么。"

沈星乔问："那想好做什么没？"

"你爸就是太好高骛远，都到这个地步了，眼光还是放现实点好，我想着开个超市或者自己开个店什么的，总要养家糊口。"

"在小区里开个超市也不错，日常用度总能赚到。"

沈妈妈见她同意，很高兴："我算了下，租金加成本，三四十万就够了。"沈妈妈知道她回国，得了公司赔款这件事。

沈星乔才反应过来是在问她要钱，好一会儿说："我在江城买了个房子，首付六十万，现在手里只有几万的零花钱。"

沈妈妈蒙了："怎么一声不响就买房子了，也不跟家里说一声？"

沈星乔没说舅舅舅妈的主意，只说："大家都说房子升值快，我也就跟着买了，每个月要还四五千的房贷。"

沈妈妈还在问："你才回国几天，什么时候买的，钱已经付了吗？"

沈星乔没说还在申请银行贷款，点头："已经付了。"

沈妈妈无法，只好说："买了房子也好，钱放在那里也是贬值。有了房子，在江城工作也方便，省得老住舅舅家。工作已经谈妥了？"

"嗯，下星期开始上班，月薪还不到一万，缴了税和房贷，加上吃穿交际应酬，估计剩不下什么。"

沈妈妈只能另想办法。其实也并不是没有办法，沈家还有几块和田玉原石，就是变现困难了点儿，一年半载都不知道能不能卖出去。

高舅妈知道沈妈妈问女儿要钱开超市的事，背后跟丈夫说："真的缺钱，沈家在市中心不还有一套三室两厅吗？怎么，留给儿子的，舍不得卖是吧？女儿辛辛苦苦在国外打拼七八年才赚了这么点钱，怎么开得了口！"

清官难断家务事，幸好先下手为强。

纪又涵最近大发雷霆，他调任财务部，可是手下的人却在没有他签字的情况下，私自给纪东涵主持的项目划了五百万。纪又涵指着马佳辉鼻子大骂："到底谁是你领导？你身在曹营心在汉是吧？你给我滚，明天不用来上班了！"

马佳辉低着头，也不见有愧色，就这么收拾东西离开了。

纪又涵气得火冒三丈。

一山不容二虎，兄弟俩的明争暗斗终于摆到台面上来了。

纪又涵自从到财务部，工作进展得很不顺，凡是要其他部门配合，不是推三阻四就是拖拖拉拉。他知道，纪东涵开始忌惮他了。

这天下班，他在车里等着。

纪东涵一行人出现在地下停车场的时候，他迎了上去，叫了句“哥哥”。纪东涵见到他，停下脚步，其他人见状识相地离开了。

纪东涵一副公事公办的样子，问他什么事。

纪又涵看着他，好半天说：“哥哥，我只想好好工作，没想和你争什么。”

纪东涵瞥了他一眼，嘴角扯了扯，像是在笑他的天真幼稚，一句话没说走了。

CBD 区每天下班时分都是人山车海，经常有刮擦追尾的事故发生。前面的车本来已经启动，却又突然停下，纪又涵的车没刹住，一头撞了上去。助理赵彬皱眉，说：“这人怎么开车的啊？”

纪又涵忍下骂人的冲动，靠边停下。

赵彬下车和车主交涉。

当纪又涵见车主是马佳辉时，打开车门下来，语气不善地问：“你怎么在这里？”眼睛看着赵彬，意思是问“他不是被我开除了吗”。

赵彬硬着头皮小声说：“纪总把他调到行政部了——”

什么？他前脚把人开除，纪东涵后脚就把人调到别的部门？这不是公然打他脸吗？全公司的人都知道，只有他被瞒在鼓里？他简直就是个笑话！

纪又涵又愤怒又难堪，气得眼睛都红了，拽着马佳辉的衣服，给了他一拳，骂道：“狗仗人势！”

他之所以这么冲动，也是对奈何不了纪东涵的一种发泄。

马佳辉根本就不怕纪又涵，乳臭未干，却没想到纪又涵会动手打人。他只是在泰瑞工作，哪受得了这个屈辱，当即回手。两人打成一团，引得许多人驻足围观。

沈星乔就是在这时候出现的。她穿着灰色的职业套装，挎着黑色的单肩包，蹲下来捡起掉在地上的手机，从背后拉住怒火冲天的纪又涵，伸出手：“你东西掉了。”

纪又涵回首，脸上犹带怒气，见到她，脑子瞬间空白，好像做梦一样。

他反应过来，突然推开她，往前走了几步，背对她，仿佛不想看到她。

沈星乔被他推得一个趔趄，差点跌倒。

纪又涵再没有动手的兴致，看着马佳辉，冷冷地说："你要报警吗？"

马佳辉没说话。纪又涵再怎么跟纪东涵撕破脸，始终姓纪，背后还站着纪晓峰，他就算报警也讨不了好，还是先忍下这口气。纪东涵要收服人心，就不能看着他挨打不管。

交警赶到，马佳辉和赵彬在争执谁是主要责任方。

纪又涵站在车边，一根接一根地抽烟。

沈星乔走过去，还来不及说话，他突然冲她发火了："你回国干什么？你为什么不待在法国永远别回来？"

沈星乔哑口无言，这是在气头上迁怒于她？

赵彬有点惊讶，纪又涵对女孩子一向绅士有礼，从未见过他这么气急败坏吼人的，话也说得让人浮想联翩。

纪又涵恨恨扫了她一眼，满心烦躁，相遇竟然是这样的场景，内心深处既惊喜又有点难堪。他对赵彬说："后续你处理一下，我还有事，先走了。"把车钥匙扔给赵彬。

赵彬问："回头车修好，我是开回公司，还是开到华庭？"

纪又涵瞄了沈星乔一眼，还是那样，不言不语的，不知在想什么，好一会儿说："公司吧。"拦了辆出租车，转身走了。

沈星乔有点生气，她这是招谁惹谁了，劈头盖脸给她一通脸色瞧。

赵彬注意到沈星乔还拿着纪又涵的手机，不过两人关系明显不一般，他有分寸得很，可不会插手老板的私事。

沈星乔房子没装修好，还住在舅舅家。她躺在床上，把玩着纪又涵的手机，屏幕上显示四个数字的密码锁。她试着输了纪又涵的生日，0918，不是，1234，不是，1357，也不是，鬼使神差地输了0526，手机解锁了。

沈星乔愣住了，5月26日是她的生日。

她像窥破一个人内心最深处的秘密，沉重得让她几乎抬不起头来。

第二天沈星乔下班，没有回去，而是坐地铁到了华庭。看着周围熟悉的建筑，她有种时光倒流的恍惚感，漫步在熙熙攘攘的街道上，往昔一幕幕重现。就在这个超市，两人曾一起买菜；对面的银行，纪又涵曾在那里躲雨……

路过麦当劳时，她停了下来。

一切都是从这里开始。她把可乐洒在纪又涵身上还历历在目，清晰得好似昨天才发生。

八年了，时间改变了许多，可是又好像什么都没变。

国外几年的生活，将她锻炼得内心强大、意志坚定，她本以为自己不是这么脆弱伤感的人，可是此刻，仅仅故地重游，她便泪眼蒙眬，哽咽难言。

原来那些记忆早就镌刻在心里，她比自己想象的还喜欢纪又涵。

大二暑假最后一通电话后，他们再没有联系。

她在 Léo 的帮助下，租了个单身公寓。

搬家那天，魏茵没有送她。两人虽同在巴黎，此后却再也没有见过。生活慢慢恢复平静，一开始她偶尔会期待纪又涵的电话，一个学期后，心灰意冷不再期待。有时候就是这样，一个转身，便是错过。紧接着是忙碌残酷的实习，她拼尽全力终于进了雷诺公司。

刚工作那段时间，真是新鲜又刺激。下班后经常有各种各样的娱乐活动，不少同事邀请她一起去，有中国的，也有法国的。她曾赴过几次约，每每对方有所表示，她也不明白自己为什么接受不了，心里各种尴尬别扭，只能拒绝躲避，不了了之。

纪又涵的身影常常在午夜梦回时出现。她终于发现，原来自己在想念他。

也许是她的反射弧太长，她对纪又涵的爱恋是在分离后完成的。

沈星乔进了华庭小区，站在 3801 号门前，还是那扇门，没有任何变化。想起当年送还演唱会门票的情景，简直像昨日重现。她拿出手机，按了门铃。

不像当年无人应答，纪又涵很快开门："外卖吗，这么快？"他看见门外的沈星乔时，动作僵住了。

两人视线胶着在一起，从对方瞳孔里可以看见自己的身影，小小的，模糊的，似刹那又似永恒。沈星乔先开了口，摊开手："你东西掉了。"

纪又涵没有看那个手机，深深凝视着她，半晌，微微侧身。

沈星乔换鞋子进来，一眼看见墙边放着的那架鱼缸，里面一红一黄两条鹦鹉鱼慢悠悠游着，惊喜地说："你还养着它们？"

算了下时间不对，鹦鹉鱼的寿命可没有八年这么长。

这是纪又涵两年前买的，某次路过花鸟虫鱼市场，情不自禁就买了下来。他淡淡地说："养鱼挺有意思的，既能打发时间又能怡情悦性。"

陌生又熟悉，说的大概就是他们之间的这种感觉。

沈星乔有些拘谨地坐在沙发上。纪又涵给她拿了瓶矿泉水：“没有茶，将就着喝吧。”

沈星乔打量着周围，空荡荡的，什么都是单份，杯子都只有一个，典型单身汉的住所。

不一会儿，外卖来了，他直接放在茶几上，一个蟹黄豆腐，一个冬瓜肉丸汤，菜色清淡，量都不多，还有一份米饭。他没问沈星乔吃没吃，拿了双筷子，把饭放在她面前。

沈星乔抬眼看他：“那你呢？”

他到冰箱里翻了翻，除了酒水，什么吃的都没有。

沈星乔问有没有方便面。

两人在厨房好一通翻找。沈星乔踮起脚开顶上的橱柜。纪又涵走过来，站在她身后，像把她拥在怀里，手一抬，橱柜开了。

沈星乔可以感觉到他身上散发的热气，回头看他。

纪又涵没有看她，眼睛看着上面，从柜子里拿出一包龙须面，然后退开，大概是买什么赠送的，完全没有印象。

沈星乔拿着面，到处找生产日期：“还好，还有两个月才过期。”

虽然已经立秋，可是天气依然炎热，让人胃口不佳。她把面煮熟，过水捞出来，将蟹黄豆腐当浇头倒在上面，尝了下味道不错，把面递给纪又涵，自己吃起了米饭。

看得出纪又涵很喜欢，那么大一碗面全吃完了。

吃完饭，她收拾了下，没有多留，拿了包要走，临走前指着沙发上的手机说：“昨天好几个电话找你，我关机了。”

“没事，我还有一个手机。”纪又涵淡淡说，送她到门口，但没有出门的意思。

沈星乔穿好鞋子，抬起头，没有看他，眼睛盯着他下颌那里，轻声说：“那个手机密码也是我生日吗？”

纪又涵先是一惊，继而羞恼，最后有些不自然。

沈星乔温柔地看着他，上前一步，两人离得很近，呼吸相闻，近得仿佛能听见彼此的心跳。她没有踮脚，上身前倾，凑过去，在纪又涵锁骨的位置轻轻落下一吻。

就像你不曾忘记我一样，我也从来没有忘记你。

纪又涵没想到她会亲这里，像被电流击过，浑身一颤。从没有人对他这么做过，这比直接接吻带给他的震撼大得多。

心跳如雷，声音大得好像全世界都能听见。

沈星乔退后一步，柔声说："我走了，回见。"

门带上了，纪又涵还处在震荡的余味中。

一个吻，就可以让他欲仙欲死。

他悲哀地发现，自己大概逃不开沈星乔的手掌心。

此后一个星期，纪又涵都没有联系沈星乔，可是她一点都不着急。她想起纪又涵当时脸红震惊的样子，像个情窦初开的少年，微微一笑。

纪又涵打了马佳辉的事好像没人追究，可是在周一的高层会议上，他因为工作失误，被调任市场部任经理。职位看着没有下降，可是谁都知道他被排挤了，市场部哪能和财务部相提并论。

纪又涵一个人坐在办公室里，一直待到天黑，下周他就要搬到楼下去了。

今天的会议，竟然没有一个人反对纪东涵的决定。

他从未觉得自己这样势单力薄过。

他开着车，随意在街上晃荡。夜色渐深，霓虹闪烁，人群匆匆，一切都跟他没什么关系。在十字路口时，他突然掉头，朝远离市中心的方向开去。

沈星乔正在洗澡，听见手机响，匆匆穿上衣服出来，是纪又涵。她稳住心神，回拨过去，清了清嗓子："喂？"

"你在哪里？高以诚家？"

"嗯。"

"能出来吗？"

沈星乔走到窗边往外看，什么都看不见："你在哪里？楼下？"

"小区门口。"

沈星乔换了衣服，头发都来不及吹，随便擦了擦就出门了。当她坐进车里时，洗发水好闻的果香味立即充满了整个密闭空间。

纪又涵光是闻着就觉得心情好了许多。他注意到沈星乔头发还是湿的，找了一会儿没找到毛巾之类的东西，关了空调，打开车窗。自然风吹进来，轻柔又舒适。

九月的夜晚，带着点热气，可是一点都不让人觉得难受。浅浅一弯月亮挂在天边，点缀着稀稀疏疏几颗繁星，很普通的夜色，却让人有种随时会闯祸的错觉。

车子慢慢地在路上开着，漫无目的，随心所欲。

沈星乔轻声问：“发生了什么不高兴的事吗？”

“嗯。”纪又涵觉得对她没什么不可以说的，反正她什么都知道。

沈星乔露出倾听的神情。

“我是私生子。”

“嗯。”

“上面有个哥哥。”

“嗯。”沈星乔还见过他照片。

“我们关系有些不好。”

“怎么个不好法？”

“刚进公司的时候还没什么，随着我职位越来越高，他越来越针对我。”

沈星乔明白过来了，兄弟争产，屡见不鲜。

纪又涵把车子停在路边，没再就这个话题说什么。

一阵夜风吹过，撩起沈星乔的头发，吹到他脸上嘴上，麻麻痒痒的，味道像好吃的水果。纪又涵感觉自己醉了，轻飘飘、醺醺然不知今夕何夕身在何处。他想摸一摸，可是克制着，没有动作。

“在国外过得怎么样？”

沈星乔好半天说：“为了生活。”

纪又涵想起她辛苦地代购赚钱，突然就原谅她了。

“你知道吗？有时候我真恨你。”

“那现在呢？”沈星乔微微靠近他，声音轻柔得像在他心上吹了一下。

纪又涵侧身看她，他现在满心满眼都是她。

两人谁也没有再近一步，就那样坐着，感受着夜的温柔、宁静还有暧昧。

突然，手机铃声打破了沉默，沈星乔拿起接听。

“你下楼了？给我带十串羊肉串十串鸡脆骨十串五花肉两串鸡翅一瓶啤酒。”

电话那头的人说完就挂了。

纪又涵问：“高以诚？”

“嗯。”

“他现在在哪里工作？”

“一家国企，效益还不错。”

“他的腿没事了吧？”

沈星乔想起高以诚当年吊着腿躺在病床上疼得嗷嗷叫的样子，笑了一下：“应该全好了，没听说有什么后遗症。”

“那就好。”

“只是——”沈星乔故意欲言又止。

“只是什么？”

“只是就算他的腿好了，恐怕也不会待见你。”

纪又涵想起当年干的荒唐事，摸了摸鼻子。

两人回到小区门口，沈星乔在烧烤摊上点了高以诚要的东西，问他：“你吃饭了没？”

纪又涵才想起来他没吃晚饭，摇头：“不想吃。”

沈星乔让他在这儿等着，跑去买了两杯豆腐脑，说：“我没胃口的时候，吃这个还是能吃下的。这家豆腐脑很有名，又嫩又滑，好多人专程来买。这个是甜的，这个是咸的，你要哪个？”

纪又涵拿了咸的。

小区里新搭了几架秋千，两人并肩坐在一起吃东西。沈星乔吸了一口豆腐脑，赞道：“新出的这个口味好，香甜不腻。”

纪又涵问：“什么味的？”闻了闻，“桂花？”

沈星乔转头看他，笑了一下，在他杯子上吸了一口，故作自然地说：“咸的也好吃，我们换一下？”

纪又涵看着她嘴角沾上的白色豆腐脑，呆呆的。

两人换了杯子。

沈星乔有点脸热，拆开打包的烤串问他吃不吃。

“我们吃了，高以诚怎么办？”纪又涵吃着豆腐脑饿了，胃口被调动起来。

“让他饿着吧。”

纪又涵嘴角上翘，一直心事重重的他，终于展颜一笑。

Chapter 10 执迷不悟

纪又涵周末约孙蓬出来打保龄球。

“你在保险公司做得怎么样？”

孙蓬大大咧咧地说：“不怎么样，天天推销保险单，我都快烦死了，正想辞了呢，家里不让。”

“要不要来泰瑞？”

孙蓬停下手上动作，转头看他。

纪又涵一脸认真：“我说真的。”

他已经想通了，有些事不是他不想争就能避免的。看纪东涵这样子，他们俩之间已经没有缓和的余地，与其坐以待毙，不如奋起反击。

既然他势单力薄，那就招兵买马好了。

“你先去人事部，跟公司上上下下的人打好关系。一开始工资不是很高，我会想办法把你提上来的。不过我处境不妙，你可能要受点委屈。”人事部经理是纪东涵的人，孙蓬去了，肯定没好果子吃。

孙蓬想了下，干脆地说：“行，为兄弟两肋插刀，义不容辞。跟人打交道的事儿我擅长，回头就把工作辞了。”

纪又涵用力抱了下孙蓬，一切尽在不言中。

这天上午，赵彬来跟纪又涵请假，说家里出了事。要在以前，纪又涵直接准了，不会多问一句，这次他问：“出了什么事？”

赵彬说：“我妈打电话来说摔了一跤，现在不知道情况怎么样。”

“那你赶快回去，开我的车去。”纪又涵拿出车钥匙，转念又说，“算了，我跟你一起去吧，反正也没什么事。”

赵彬家住的是单位职工房，外面看起来低矮破旧，楼梯阴暗逼仄，门还是那种旧式铁门。赵妈妈一个人背靠沙发坐在地上，在那儿揉着腿，见

了儿子絮絮叨叨说："你怎么回来了？也没什么要紧的，就摔了一下，涂点药揉一揉就好。大概是拖地水没拖干净，地板太滑，拿个东西都会摔倒，人老了，不中用了——"

纪又涵见她脚踝肿得比馒头还高，说："去医院拍个片子，看看有没有伤到骨头。"

赵彬背起母亲，走下四楼。

纪又涵送他们去医院。

在赵妈妈进去拍片时，他才知道赵彬是单亲家庭。

"我妈跟我爸早就离婚了，我妈为了把我拉扯大，让我上大学，不知吃了多少苦。"赵彬毕业也没几年，跟纪又涵差不多大，还是个大男孩。

纪又涵鼓励他："好好工作，孝顺你妈。"

赵妈妈确定是扭伤，没有骨裂，不用住院。纪又涵又送他们回家，一天差不多就过去了。

等纪又涵走后，赵妈妈对儿子说："你这领导年纪不大，人挺好的啊，里里外外，跑进跑出，我都过意不去，你要好好谢谢人家。"

纪又涵这番热心的帮忙，打破了赵彬对他高高在上的公子哥儿印象，对他很是感激，从此死心塌地跟着他，没有理会纪东涵抛过来的橄榄枝。纪东涵的人试探了两次，见赵彬不接茬，也就算了，反正他也不是什么重要人物。

纪又涵初到市场部，没有任何意志消沉的样子，第一天就请全部门的人吃饭，见有人敬酒来者不拒，实在喝不了就讨饶，说留着下次再喝。大家在背后议论说："小纪总挺平易近人的啊，不像大家说的那样高冷傲娇。"

一个才转正的男员工说："刚才小纪总问我哪里人，什么学校毕业的，还问我学校周围有什么好吃的，语气特别家常，就像朋友跟你聊天一样，我有点小激动。"

一个女员工花痴说："小纪总真是又帅又温柔，进来时我撞了他一下，他不但没怪我，还让我先走。看着他那张脸，我可以三天不吃饭。"

一个年纪稍长的员工叹道："小纪总被流放了，难得脾气还这么好，他要是迁怒于人，咱们一个个都别想安生。"顶头上司日子不好过，他们这些下属也别想有好日子过。

有人说："你说纪总和小纪总，都是一家人，打虎亲兄弟，上阵父子兵，何必这么针锋相对呢——"

知道内情的老员工摇头："你们年轻人就是 too young too naive（太傻

太年轻），两人又不是一个妈生的，公司就像一块蛋糕，就这么大，你多了我就少了，谁也不甘心，不争个你死我活是不会罢休的。”

有才知道这个劲爆消息的，立即问：“两人同父异母？那小纪总是谁生的？现在的纪董夫人？”

一群人在背后八卦纪又涵的身世，当知道他是私生子，都有些同情他。

沈星乔周末收到转运公司寄来的包裹，拆开一看，除了顾客要的CHANEL（香奈儿）经典款包包，还有一粉红一天蓝两个包，颜色娇嫩，做工精致，一看就少女心爆棚。她看了看时间，用SKYPE（通讯软件）跟Léo聊天。

Léo说：“阿尼斯贝的包包怎么样？是不是很适合年轻女性？”

沈星乔回国前就和Léo商量好了，代购继续，Léo帮忙找货拿货，统一寄给她，她负责淘宝一切事宜，两人分工合作，利益平分。

反正订单也不多，也不影响正常工作，两人就当多个兼职了。

Léo一加入沈星乔的代购大业，情况立马有所改变。他拍惯了时尚硬照，根本看不上沈星乔用手机拍出的照片，弄了台二手单反相机，拍出的包包照片跟CHANEL宣传照似的。沈星乔大叹应该早点跟他合作，自己烦死拍照了，尤其是怎么拍颜色都拍不对的时候，她对PS又不精通，每次上新拍照都痛苦不已。

为了配得上Léo的照片，沈星乔不得不对淘宝页面进行设计改版，最后出来的店铺效果跟一些旗舰店比起来也不差什么，高端大气上档次，自然而然吸引了更多的顾客。

除此之外，Léo对时尚还特别敏感，他说法国近两年新崛起了一款包包，很受年轻女孩的欢迎，重点是，价格没有LV、CHANEL这么贵，折合人民币才几千块，很少有超过一万的，大家都消费得起，建议沈星乔可以试着卖卖。

沈星乔一开始还抱着怀疑的态度上架了两个阿尼斯贝的包包，觉得颜色这么嫩，会有人喜欢吗。没想到两天就卖完了，接下来一个星期每天都有人预订。

沈星乔认识到中端市场的广阔前景，几万一个的包包不是人人都买得起，但是几千的大部分女孩稍微省一省也就有了，大家的才是世界的。

当沈星乔跟Léo说顾客预订了十五个阿尼斯贝包包时，Léo很兴奋：“那我多拍几款他家的包包，我跟他家售货员认识，可以把样品拿回家拍。”

又说，“别的中等价位的包包要不要也寄两个给你看看？”

沈星乔说：“不用，中等价位我们只做这个牌子，争取做到最精最好。”做生意跟学习一样，除了稳扎稳打，也是要技巧的，最忌贪多嚼不烂。

因为寄的包包数量多了，怕海关那边出事，两人决定以后货物先寄到香港，再从香港转运江城。

沈星乔因为老跟 Léo 联系，有时候还视频，高舅妈有一次进她房间，见到电脑那头的 Léo，特意多看了两眼，评价说：“小伙子长得挺精神的嘛。”

过后，高以诚来找她：“我妈刚才问我，那个叫 Léo 的是不是你男朋友。”

沈星乔看着他“啧”了一声。

高以诚立马说：“我也觉得不是，你跟他纯粹是商业合作关系。我妈年纪大了，容易想太多。”高舅妈还在那里烦恼，沈星乔要是嫁给外国人，两家大人会不会有什么国际摩擦啊。

想到男朋友，纪又涵好几天没联系她了，也不知道在忙什么。

沈星乔回国后进了雪铁龙驻江城分部，工作地点也是在 CBD 区。这天她下班，特意绕到泰瑞楼下，纠结着要不要主动联系纪又涵，拿着手机站了好几分钟，最后还是转身走了。

一路慢悠悠晃着，快到地铁站时听到身后传来一声喇叭响。她回头，一辆银色跑车停在路边，车窗滑下，戴着墨镜的纪又涵出现在她眼前。

原来在这里等她！

沈星乔压下翘起的嘴角，走过去，双手背在身后，故作矜持地问：“先生，请问什么事？”

纪又涵没下车替她开车门，只是拿下墨镜，看了她一眼：“有没有水卖？”嘴角隐隐有一丝笑意。

沈星乔笑，还真从包里拿了一瓶喝过的矿泉水，拉开副驾驶座车门坐进去，笑问：“要吗？”

纪又涵当真接过来，一仰脖全喝了，问她晚饭想吃什么。

“清淡点就行。”想起一事，沈星乔说，“随便找个地方吃吧，吃完去下家居装饰城，还想请你这个内行参谋参谋。”

纪又涵知道她在装修房子，“嗯”了声。

两人在家居城楼上找了家粤菜馆，吃完饭溜达到一楼卫浴区。进门立即有销售人员热情地迎上来：“两位是装修房子吗？要不要看看浴室柜洗脸盆，套装有特价哦。”

沈星乔对装修一窍不通，茫无头绪，看着琳琅满目的卫浴品牌，问他哪个牌子好。纪又涵说：“那要看你买国内还是国外的。”

沈星乔比较了国内国外品牌的价格，果断选择国内的。

“国内的话，有两家还不错，价格也适中。”

沈星乔抬头看见泰瑞专柜，问：“泰瑞呢？”走了进去，她对泰瑞多少有些好奇。

纪又涵犹豫了下，跟在后面。沈星乔很快明白他为什么犹豫了。售货员见到他，立即神情紧张地叫了声：“纪总！”以为他是来突击检查工作的。

纪又涵忙说：“我们随便看看，你忙你的。”

售货员松了口气，趁两人不注意，好奇地打量他们，猜测他们的关系。

沈星乔没想到随便一个销售员都认识他，有点不好意思，转了一圈，选中一款实木柜的洗脸台和一个玻璃淋浴房。

纪又涵忽然问：“你量尺寸了吗？”

沈星乔不解：“什么尺寸？”

“你卫生间多大？”

“挺小的，六七平方米吧。”

“这个洗脸台有点大，可能会显得拥挤，洗脸台和淋浴房还是先确定下尺寸再买比较好。”

“应该放得下吧。”

纪又涵曾经做过销售主管，颇有经验，说：“小居室的话，厨卫都比较小，厨房要放冰箱，洗衣机呢，你想过洗衣机放哪儿没？”

沈星乔反应过来，这确实是一个大问题，卫生间很有可能要放洗衣机，那她先前的设想全部要推翻。她情不自禁地抱着他的胳膊：“多亏你提醒，不然就搞砸了。”冲售货员笑笑，“不好意思，回头量了尺寸再来。”

纪又涵和沈星乔走后，售货员立即在员工微信群里八卦：刚才小纪总带着女朋友来看卫浴产品，好像在装修房子。

群里顿时炸锅了，大家纷纷问小纪总女朋友长什么样。

“跟传说中不一样，一点都没有大小姐的架子。”

周末，纪又涵到沈星乔正在装修的房子看了下，卫生间哪有六七平方米，连五平方米都不到。他提出建议：“要想显得空间大些，不要买淋浴房，浴室垫高，做出门的框架就行，一眼看过去显得通透，省钱又方便。洗脸台不要买套装的，量好尺寸，订一个容积大点的台下柜，充分利用空间，台上盆小点没关系，可以省下地方放瓶瓶罐罐这些东西。洗衣机放厨房，冰箱放客厅。”

沈星乔听得连连点头，眼睛放光地看着他，赞道：“你好厉害啊。”

纪又涵享受着她崇拜的眼神，咳了声，说：“家电可以去星海电器，我们公司跟他们有合作，能拿到折扣。”

接下来他又陪着沈星乔选购家具家电这些东西，忙了一个多星期。

沈星乔看着焕然一新的房子：“终于弄好了，等味道散了就可以住进来了！”她兴奋地张开双手在原地转了个圈，脚下一绊，差点摔倒。

纪又涵忙扶住她，在沙发上坐下：“这么高兴啊？”

沈星乔用力点头：“对啊。”眼睛凝视着他，没有坐直身体，而是靠过去，在他下巴上蜻蜓点水般亲了一下，“谢谢。”

纪又涵微微战栗，却克制着没有回应。

沈星乔有些害羞，撩了撩头发坐好。

纪又涵轻轻拥住她，心里叹息，那就再高兴久一点。

纪又涵大张旗鼓地陪沈星乔买家具家电，引起了有心人的注意。张遂一开始以为他金屋藏娇，立即给张妙楚打电话：“你再不回来，你男朋友要被别人抢走了！”

张妙楚正在瑞士度假，她一年有大半年待在国外，闻言没有生气，倒有些意外，居然问：“男的女的？”

“当然是女的啦！”

“原来纪又涵他不是同性恋啊！”因为纪又涵一直没有花边新闻，也从不跟身边女孩子暧昧调情，张妙楚一度怀疑他是同性恋。她认识的那些公子哥儿只要是直男，哪个不是左拥右抱？人品好点的，虽然不劈腿，女朋友也是一个接一个地换。

张遂叫道：“他当然不是同性恋，以前高中的时候，不知交过多少女朋友。还以为张、纪两家联姻让他收敛了，没想到江山易改本性难移，现在居然金屋藏娇！”

“你怎么知道他金屋藏娇？”张妙楚虽然不敢说对纪又涵了如指掌，却不相信他会没脑子做出这样招打的事来。

“都一起买家电了，不是同居是什么？更过分的是，两人一点都不避讳，直接到中山路星海电器买的，还要了折扣，完全不将张家放在眼里。我是听商场经理说才知道这事，就林昊，我一哥们儿。"

张家是本地最大的家电商，星海电器就是张家的，张世林是最大股东，而张妙楚是张世林的独女。张遂和张妙楚是隔了房的堂兄妹，两人虽然没有从小一起长大，但关系还不错，有什么消息，都会互通有无。

张妙楚觉得有点不对劲，纪又涵又不傻，真要金屋藏娇，有必要这么明目张胆吗？

过了一天，张遂又给她打电话了，讪讪地说："好像不是金屋藏娇，他陪一个女的来买家电。"关键钱是女方付的，才会一个劲要赠品要折扣，若是纪又涵付款，自然是直接刷卡走人。

他又补充说："不过两人神态亲密，一看关系就不一般。"

张妙楚无语："别到时候发现人家姓纪。"

张遂立马叫道："绝对不是亲戚！我问了林昊，纪又涵对人家可温柔可耐心了，不但全程陪着，怕她站累了，还特意搬凳子给她坐，这样小心体贴，能是亲戚吗？"

有了先前的乌龙，张妙楚对张遂的话半信半疑。其实就算纪又涵背着她另交女朋友，她也不是很在意，反正男人都这样，她还没见过此情不渝的。不过她在瑞士也待腻了，中秋节快到了，还是回国一趟吧。

沈星乔给纪又涵发了张冷面的图片，有鸡蛋有牛肉，配菜色彩缤纷，看着就很有食欲的样子。

"最近因为装修快破产了，请不起你吃大餐，只能请你吃这个了。"

纪又涵正在开例会，听见手机响，点开微信，勾唇笑了一下。会议散后，他回她："中午一起去吃？"

"好啊。"

中午下班，纪又涵在楼下碰到孙蓬。孙蓬随口说："一起吃饭？"

纪又涵笑了笑，没应。孙蓬会意："有应酬啊？"

两人出来，沈星乔在泰瑞楼下等着，看见纪又涵迎了上去，转头见到孙蓬，笑着跟他打招呼："好久不见。"

孙蓬愣了会儿才认出她来："你、你回国了？"

沈星乔笑："对啊，你还认识我吧？"

废话，他忘了渺渺也忘不了她！他眼睛在她和纪又涵之间转了一圈，还真应了那句老话，不是冤家不聚头。

沈星乔顺口邀请："我们去吃冷面，新开的，听说挺好吃的，你要不要一起来？"

孙蓬忙说："不用不用，已经和同事约好了。"他又不缺心眼。

纪又涵往前走了两步，回头等她。沈星乔忙说："那我们走了，回头再一起吃饭。"

两人并排走着，并没有像别的情侣那样手牵着手。沿着马路走的时候，纪又涵拽了下她，让她走在里面。她冲他一笑，伸手整理头发，重新绾了个马尾。纪又涵突然站住，从她肩膀上拈起一根头发扔掉。

孙蓬在后面远远看着两人的互动，感慨万千，何曾见纪又涵对女孩子这样细心过？沈星乔，沈星乔始终是不一样的啊！

晚上在院子里散步，碰到陈宜茗，孙蓬跟她说了这事："兜兜转转，八年了吧，两人还是在一起了，缘分的事，真是难以预料。"

陈宜茗很诧异："沈星乔跟纪又涵在一起？纪又涵不是有女朋友了吗？本市富家之女，叫张什么来着？"

男生和女生看问题的角度完全不一样。孙蓬说："那叫什么女朋友，一年也见不了几次面，逢年过节到对方家里吃顿饭，例行公事一样。"

"可是他们不是要联姻吗？"

孙蓬一副无所谓的样子："那又怎样？"

陈宜茗很生气："太过分了，纪又涵太过分了！"

"这也不能怪他，他又做不了主。他之所以能住豪宅开豪车，毕业三年就成了一家上市公司的经理，都是因为他姓纪，既然得到享受，自然要付出代价。"

"说得比唱得还好听，那么多有钱人家的公子哥儿，也没见几个拿婚姻做代价的啊。"

"那是因为他们的女朋友不是张妙楚。你知道娶了张妙楚意味着什么吗？"

成人的世界就是这么残酷。天下熙熙，皆为利来；天下攘攘，皆为利往。

饶是陈宜茗对财经新闻不感兴趣，想到本市遍地开花的星海电器，也不说话了。可是她替沈星乔不值，忍不住给沈星乔打电话："你怎么也干这样的傻事？"她因为时不时买包的缘故，一直有沈星乔的联系方式。

沈星乔莫名其妙："我怎么了？"

"你怎么还跟纪又涵搅在一起？他都有女朋友了！"注定要和别人结婚的。

沈星乔蒙了，声音轻飘飘的："他有女朋友？"

陈宜茗听出不对劲:"怎么,你不知道?"

沈星乔摇头,脑子一片空白:"他没跟我说过。"他怎么会有女朋友?两人重逢快一个月了,纪又涵没有表现出任何有女朋友的迹象!

陈宜茗哼道:"纪又涵瞒着你?我真是看错他了!他是不是想坐享齐人之福?"便跟沈星乔说了张妙楚的事,"听说双方父母很满意,早就传出联姻的消息。"

沈星乔心口仿佛被人重重捶了一拳,疼得五脏六腑都痉挛起来。

所有的不对劲齐齐涌上心头。怪不得他表现得这么规矩、克制、矜持,不说亲密一些的肢体动作,就是自己偶尔挑逗他,他也没反应。还以为他年纪稍长,变得成熟稳重,不像少年时那样热情莽撞也是正常的,没有放在心上,原来竟是这样!

沈星乔又愤怒又伤心,他究竟把她当什么?

她顾不得夜色已深,打车去了华庭,她要找纪又涵当面问个清楚!

纪又涵开门见到她,有些惊讶:"这么晚来,出什么事了吗?"

沈星乔努力压抑着怒火,没有进去,神情冷凝地问:"你有女朋友?"

纪又涵脸色一白,没有反驳。

"为什么瞒着我?"

纪又涵没说话。

沈星乔失望之极,突然爆发了:"你为什么瞒着我?脚踏两条船感觉很好是不是?"

"那我要怎么跟你说?你叫我怎么说得出口?"纪又涵被她这样指责,也怒了,换成别人,谁都可以说这样的话,唯独她不行!他从未喜欢谁像喜欢她这样,念念不忘,又爱又恨,"四年前你随随便便离开,四年后你又随随便便回来,你以为我是一棵树吗?没有痛苦,没有思念,没有迷茫,一直原地不动等着你?你一去不回,音信全无,我的感情像扔进水里听不到一点回响——我有女朋友怎么了?"

沈星乔被堵得说不出话来。她忽然明白了,四年不是一个空泛的名词,而是一天又一天、一年又一年的分离。

横亘在他们中间的是一段各自悲欢、各自曲折的时间鸿沟。

沈星乔看了他一眼,掉头离去。

纪又涵没有对她做什么,是她自己一头栽进去的。

她一直以为他们停留在原地,真是大错特错。

世界上没有什么是不会变的,唯一不变的就是变化本身。

纪又涵一个人坐在黑暗中，一会儿想起沈星乔刚才失望愤怒的样子，一会儿又想起她亲吻自己锁骨时温柔缠绵的样子。思绪渐渐飘远，当年两人同游巴黎时快乐的悸动仿佛还未消去，转眼又换成隔着惊恐人群，沈星乔绝望呼唤着他名字时的场景，往事像电影画面一帧帧在脑海里回放，最后定格在手机照片上——他偷亲沈星乔，沈星乔眼睛圆睁，脸上表情既惊讶又羞涩，两人背后是协和广场著名的方尖碑。

他看着这张照片，突然站起来，拿了车钥匙出门。他有种强烈的感觉，如果他不在今晚解释清楚的话，他将永远失去沈星乔。

她向来狠心决绝。

到了小区楼下，他给沈星乔打电话，可惜这次仿佛连老天都在跟他作对，她手机关机了。他趴在方向盘上，抬头看着眼前的高楼，开了车门下车。

他记得沈星乔说过舅舅家跟他一样住在最高层。他先找到当年两人摊牌的八角亭，顺着记忆中沈星乔离开的方向，站在四单元楼前。等到有人刷楼道卡的时候，跟在后面进去。

出了电梯，一共有四家，他随便敲了其中一家："请问是高以诚家吗？"

开门的是个六七十岁的老太太，头发灰白，样子很和蔼："你找错啦，高家在右边，1802就是。"

"谢谢。"

纪又涵犹豫着，拿起的手又放下，没有敲门。

他给孙蓬打电话："你能弄到高以诚电话吗？"

"谁？"孙蓬一时没想起来。

"高以诚，沈星乔的表哥。"

"他啊，你找他做什么？"

"你能弄到吗？"

孙蓬见他一副非要不可的样子："你等会儿。"联系了以前江城一中的同学，那个同学通过小飞要到了高以诚电话。

高以诚接到陌生电话，顺手点开："谁啊？"大半夜的。

"请问沈星乔安全到家了吗？"

高以诚问："你是谁啊？"他走到沈星乔房门口，拧了拧门把，门锁着呢，人肯定在里面，"在呢，你谁啊，怎么有我电话？"听声音好像有点耳熟。

“我纪又涵，我想见沈星乔，现在在门外。”

高以诚完全没想到会是他，从防盗门的猫眼往外看，走廊上果然站着一个人，不是自己幻听了。

他立即跑去敲沈星乔的房门。

沈星乔眼睛红着，脸色很差，问他做什么。

高以诚一副见鬼的表情，指着门口：“纪又涵在外面，说要见你。”

沈星乔吃了一惊，看了眼主卧，房门虚掩，里面还有灯光，隐隐传出电视的声音。

高以诚小声说：“你还跟他纠缠不清？”

沈星乔“嘘”了声，蹑手蹑脚地出来，轻轻拉开防盗门门锁。

高以诚站在门口，一脸不善地看着门外的纪又涵：“这么晚了，你找沈星乔什么事？准备带她去哪里？”

按了电梯正要下楼的沈星乔闻言动作一顿，想了想，她指着顶楼：“我们上去说话，说完就下来。”

高以诚不好再说什么：“快点啊。”

沈星乔本来已经下定决心再也不见纪又涵，被他这么一闹，有点泄气，刚上天台就推了他一下：“你来做什么？你还来做什么？”

纪又涵晃了晃，回身捉住她的手：“因为我爱你。”

沈星乔被突如其来的表白镇住了，嘴唇微张看着他。

“对不起，刚才我说的都是气话。”他懊恼地道歉。

沈星乔回过神，狠狠地瞪他：“然后呢？因为你爱我，所以让我置身如此难堪的境地？”

纪又涵看着她的眼睛，声音缓慢低沉：“我以为你永远不会回来。当两家大人安排我们见面吃饭时，我没有拒绝。你不知道那时我多么消沉迷茫，都说念念不忘，必有回响，可是我一直等不到回响，既然总是要结婚的，那就听家里安排吧。”所以重逢那天，他才会那么暴躁失控，诘问她为什么回国，他是又欢喜又慌张。

沈星乔好半天没说话，没有什么可以责备的，事情就是这样阴错阳差。她痛苦地闭上眼睛：“她呢，她是什么人，喜不喜欢你？”

“张妙楚？你以为张妙楚是魏茵、陈宜茗之流吗？喜不喜欢这种个人情绪不在我们考虑范围之内。”这就是联姻。

原本他也一样无所谓，可是现在不一样。

沈星乔沉默。世上的人形形色色，各种各样都有，有认真严肃对待感情婚姻最后弄得满身伤痕的，自然就有人引以为鉴玩世不恭游戏人间，这跟个人出身、经历、际遇有关，沈星乔不想去评判谁好谁坏，她介意的是——“你为什么瞒着我？”一个月了，有那么多机会可以坦白，为什么不说？弄得她像个傻瓜一样，最后一个知道。

“因为我怕。”纪又涵突然抱住她，“我怕你像现在这样离开我。我想让快乐久一点，再久一点，最好永远不要醒来。你知道这些天，我有多欢喜多害怕吗？”他当然明白纸包不住火，沈星乔总会知道的。虽然埋伏着一颗定时炸弹，随时可能爆炸，可是两情相悦的日子，哪怕是偷来的，能多过一天是一天。

“那现在呢？你要我怎么办？”沈星乔挣扎着，又气又恨，对着他又捶又打。要是还像以前那样没有动心，那该多好，她就不会这么纠结痛苦自责难过了。

纪又涵用力抱紧她，力气大得她几乎无法动弹，他一脸郑重地保证：“张妙楚现在在国外，等她回来，我会跟她说清楚的。”

沈星乔不是涉世未深的小女孩，随便哄一哄就相信了。她露出一个苦笑，没有作声，眼泪无声无息滑下。

她竟然也沦落到这种地步，仅仅因为男人的甜言蜜语而心软妥协。她所有的矛盾痛苦，都是眼前这个男人带给她的，只因为他说他爱她。

不不不，不是因为他爱她，那一点都不重要，重要的是她爱他。

纪又涵伸出舌头，舔舐她眼角的泪渍，小心翼翼，情意绵绵。

沈星乔突然推开他，用手背胡乱擦了擦眼泪，哑声说：“等你做到再说吧。”转身下楼。

楼道里很暗，没有感应灯，她扶着墙壁，一步一步走得小心。纪又涵牵过她的手，在前面领着她。她甩开：“我自己会走。”纪又涵还欲牵她，她已经三蹦两跳出了楼道。

纪又涵出来时，沈星乔已经进了门，留下一个正在换鞋的背影。

高以诚远远瞪了他一眼，“砰”的一声把门关上。

高舅妈在屋里问：“高以诚，你干吗呢？”

他忙说：“没干吗！”

孩子们都大了，高舅妈不像上学时那样管着他们，只说：“都几点了还不睡。”

两兄妹以为瞒过了高舅妈，其实高舅妈什么都知道。第二天吃晚饭，沈星乔加班不在，她问高以诚：“昨天晚上是不是有人来过？”

“没有啊。”高以诚习惯性否认。

“还没有！说话声音那么大，聋子都听到了。”

高舅舅忙问：“谁来过？什么时候，我怎么不知道？”

高舅妈嫌弃地说：“你睡得跟猪一样，打雷都叫不醒。”转过头继续问，“到底是谁啊？大半夜找上门，你没在外面闹出什么事吧？”高舅妈最担心他弄大人家女孩肚子。

高以诚忙撇清自己：“不是找我的，找沈星乔的！”

高舅妈皱了皱眉，就算谈朋友，哪有半夜上门的。

高舅舅倒蛮感兴趣，问：“星乔她男朋友？”

高以诚不知该从何说起，他自己也稀里糊涂的，只能长叹一声：“一言难尽。”

高舅妈用筷子敲了他一下：“卖什么关子！哪儿人？怎么认识的？”

这个没什么不能说的，高以诚回答：“本地的，高中就认识。”

高舅妈放心了许多，看来是同学，至少不是什么不知根底的人。她转头说起他来：“你年纪也不小了，若是有喜欢的人就带回家看看，你比星乔还大一岁呢。”

高以诚加快速度扒饭，扔下筷子：“我吃完了。”溜回了房间。

高舅妈摇头：“现在孩子，都不知道他们在想什么！”

晚上沈星乔一回来，高以诚立即冲她使眼色。沈星乔吃完饭，晃到他房间，他立马把门关了，说：“不是我不仗义，实在是我妈太狡猾。”

沈星乔忙问：“你跟舅妈说了什么？”

“我没说什么啊，昨晚的事，你以为我妈聋子听不到啊？”

沈星乔扶着额头叹气。

高以诚捅她，有些嫉妒地问：“你跟纪又涵好上了？”他断了一条腿，跟韩琳什么都没发生，倒是成全了她和纪又涵！

沈星乔沉默良久，最后说：“我也不知道。”

高以诚不解地看着她，这算什么回答？还在暧昧期？

沈星乔打开窗户，秋风吹进来，已经微有凉意。她背对高以诚，看着沉沉夜色，忽然说：“哥哥，你跟杨芷姐姐在一起，还会想起韩琳吗？”杨芷是高以诚的女朋友，大学同学，在江城工作，她见过一次，三人一起吃过饭。

“会啊。”高以诚很坦诚。

沈星乔惊讶地看着他：“这样对杨芷姐姐岂不是不公平？”

“过去的事情永远在那里，每当回忆的时候自然会想起。”高以诚笑她傻，“你们女孩子怎么都这么喜欢钻牛角尖。有些事情不是这样看的，就像两条平行线，一段过去了，另一段并不是连着开始，而是另有起点，看似交叉，其实永远不在一个平面上。”韩琳是过去，存在他的记忆里，可是并不妨碍他的现在。

他那么喜欢韩琳。沈星乔犹豫半天，问：“不会遗憾吗？”

高以诚耸肩：“那有什么办法，人生就是这么遗憾不完美。”哪怕你貌似潘安财比邓通，也有可能得不到心上人的爱。

他顿了顿问：“你跟纪又涵呢，又是怎么回事？”

沈星乔没有直接回答，轻叹：“人生就是这么矛盾不完美。”

沈星乔接连几天没理纪又涵，电话不接，微信不回，下班在她公司楼下等着也装没看见，每次都和同事一起走。纪又涵想说话都不方便，最后只好使出了最老套的招数。

公司前台小姑娘通知沈星乔有人找。沈星乔出来时，一个穿着花店工服的小伙子捧着一大把红玫瑰站在那里：“请问是沈星乔小姐吗？请你签收。”

这么张扬地送花，还是这么一大捧红玫瑰，摆成心形，一看就是九十九朵，引起许多女同事的注意。

沈星乔不想被人围观，忙签了字，抱着花回了座位，一路上不断有人抬头看她。

沈星乔拿出插在里面的卡片，仅有三个字：我爱你。

手写的，三个字越写越歪，狗爬似的，应该是某人亲笔。

这么大一捧花，都不知道放哪儿，放桌上碍眼又碍事。她找了一圈，拿出垃圾桶，收起垃圾袋，把花往垃圾桶里一插，正好合适。

下班的时候，她犯难了，若抱着这么大一捧玫瑰走路，人都看不见，跟杀器没什么分别。别说挤地铁，挤电梯都惹人嫌，再说她也不敢抱回去让舅妈看见，最后扔在垃圾桶里，不管了。

第二天来上班，玫瑰被保洁员收走了，在茶水间听两个保洁阿姨说卖了八十块钱，比自己一天工资还高，兴奋不已的样子。

沈星乔有点气恼。

没过多久，送花小弟又来了，这次是白玫瑰，还是九十九朵，卡片上的字换成了英文：I LOVE YOU。花式英文字体倒写得似模似样。

沈星乔头疼，电影里送一车厢玫瑰，最后都怎么处理的？

她不想再留给保洁阿姨拿去卖钱，又不能抱回舅舅家，想了半天打车到新房子，买了个垃圾桶接了点水养着。

第三天是黄玫瑰，卡片换成了法语：JE T'AIME。沈星乔简直无语。

当第四天粉玫瑰和韩语版的“我爱你”卡片送到时，沈星乔终于坐不住了，她已经在公司里引起了话题，人人见到她都要调侃一两句，猜测是哪个高富帅这么大手笔，连顶头大老板弗朗索瓦都笑问她谁这么浪漫。

沈星乔给纪又涵打电话，气冲冲地说：“不要再给我送花了！”

“不喜欢吗？”他还打算把“我爱你”用各种语言写个遍呢。

哪个女孩子会不喜欢花，可是这也太夸张了。沈星乔语气暴躁地说：“不要再送花了，垃圾桶都买不过来，你想让我开花店是不是？”

纪又涵闷声低笑：“好。”只要你不再不理我。

沈星乔下班抱着粉玫瑰出来，纪又涵在楼下等她。她把花扔给他：“还给你！”

纪又涵笑了笑，把花放在后座，拽着要走的她：“一起吃晚饭好不好？”

沈星乔瞟了他一眼，冷声说：“那天晚上你来找我，舅妈知道了，问我是不是男朋友，你说是，还是不是？”

纪又涵慢慢放开她：“张妙楚的事，我会解决好的。”

沈星乔轻轻哼了一声，往前走了几步，忽又停下，翻出一包湿巾，远远扔给他。

纪又涵接过来才发现手上脏了，看着她远去的背影，露出一个淡淡的笑容，抽出湿巾，慢慢擦着手。

高以诚知道纪又涵在追沈星乔，自然而然地关注起他来，当从小飞那儿知道纪又涵有个要结婚的女朋友时，气得差点找上门去再打一架。他打开电脑放音乐，音量调到最大，把沈星乔叫到自己房里。

“纪又涵跟张家的事，你知道吗？”

沈星乔低着头不说话。

高以诚见她那样，显然是知道的，脸色渐渐变了，咬牙切齿地说：“我就知道，我就知道，纪又涵就是个恶魔，专门蛊惑你们这些不谙世事的女孩子！”随即又指着她鼻子骂，“你是疯了还是傻了？明知道他有女朋友还跟他纠缠不清？当初那么斩钉截铁地说不喜欢他的人是谁？跟我拉钩约定从此再也不见他的人是谁？”

不是他提起，沈星乔都忘了，原来自己还有那么决绝的时候。她淡淡地说："那都是老皇历了。你不知道，他到巴黎找过我，我大三时之所以搬家，也是因为他，室友跟我闹翻了。"顿了顿又说，"你说得没错，他就是个恶魔。"她所知道的每一个女孩子都为他执迷不悟，包括她自己。

高以诚好半天说了句："孽缘！"问她，"那你以后打算怎么办？就这么跟他混着？"

"他说会跟张妙楚分手。"

高以诚冷笑一声："说说而已，这你也信？"

利益结合的婚姻可比感情结合的婚姻牢固多了，这不是两个人想怎样就怎样，而是两个家族，动辄关乎利益得失。

沈星乔把音乐声调小，没什么情绪地说："不信又能怎样？"

不信也要信啊。

高以诚想起自己对韩琳的求而不得，有些哀伤："为什么我们两个的爱情都这么坎坷曲折？"还真是难兄难妹。

"可是爱情就是这样，让人快乐又心碎。"沈星乔平静地说。

第二天是周末，早上起来，沈星乔看到纪又涵发来的短信。

"半夜醒来，三点半，很想你，再也睡不着。"

时间是凌晨五点二十。

沈星乔的心在那一刻猛然颤了一下。

这叫我如何拒绝得了你？

纪又涵的追求手段远不止这些。他给沈星乔发微信，说想见她。沈星乔不回，他又问可以去找她吗。沈星乔怕他像上回那样找上门来，说不行，等下她要陪舅妈去超市，要过节了，好多东西要买。

下午五点多的时候，沈星乔收到一条陌生短信，说有她的快递，让她下楼取一下件。沈星乔莫名其妙，她最近没在网上买东西啊，但还是下楼了。

楼下没看到快递的车子，她拿出手机准备打电话，眼前忽然出现一盆绿色盆栽。纪又涵戴着帽子墨镜，冲她一笑。沈星乔拿下他的帽子，没好气地说："既然要当人肉快递，装得也像点，好歹穿件工服。"

纪又涵把盆栽往她手上一递："好看吗？听说可以防辐射。"希望每天见到它，偶尔会想起他。

盆栽是多肉植物拼盘，五颜六色，长势旺盛，汤盆那么大，外面还围了一圈小栅栏，颇有野趣。沈星乔一看就喜欢，抱在怀里，问他怎么养。

“呃——”纪又涵买的时候根本没想到这个，估摸着说，“很容易养的，跟仙人掌一样。”

沈星乔无语地看着他，拿出手机百度。

纪又涵凑过去一起看：“光照充足，适时浇水，还要施肥杀虫——”转头看她，“不比养鱼轻松啊。”

“无论植物还是动物，都要悉心照料，才会长得好。”

两人肩并肩头挨着头动作亲密，邻居老太太路过，忍不住多看了两眼，见到沈星乔手里的盆栽，赞道：“这多肉长得精神。”

沈星乔忙打招呼：“李奶奶好。”

李奶奶笑着点头，打量纪又涵，调侃道：“小伙子，你又来啦？”

纪又涵这才想起她是高以诚的邻居，忙跟着问好：“李奶奶好。”

李奶奶应了声，看着沈星乔，含笑说了句：“小伙子长得也精神。”

沈星乔只好傻笑不说话，等李奶奶一进去，立即赶纪又涵走：“要吃饭了，我就不留你了。”

纪又涵有些泄气：“好久没一起吃饭了。”

“你是不是还想擅闯家门？”沈星乔推他走，“小心高以诚揍你。”

“如果揍我一顿，能让我们在一起，那就让他揍好了。”

沈星乔被他的甜言蜜语磨得简直没脾气，抱了盆栽上楼。

高舅妈开门，问：“这绿植哪儿来的？”

沈星乔撒了个谎：“网上买的。”

高舅妈拿在手里看：“还挺漂亮，圆呼呼肉嘟嘟的，买几盆放在阳台养着，应该挺好的。网上哪家店买的？”

沈星乔一时语塞：“不记得了，回头我找找。”

高以诚等高舅妈进了厨房，哼道：“什么网上买的，有人送的吧？”

沈星乔看了高以诚一眼，不说话。高以诚气道：“纪又涵这是打算温水煮青蛙？手段还挺多。你就傻乎乎地往里跳？”

沈星乔没理他，收拾出一块地方，把盆栽放在向阳的桌子上，仔细摆好位置。高以诚双手抱胸倚在门口，见她这么看重：“你真打算养着啊？”

沈星乔“砰”的一声把门关上了。

完了，看来是不撞南墙不回头了。

丹桂飘香日，佳节又中秋。纪又涵原本打算跟往年一样回大宅吃顿饭就走，不过纪晓峰身体不舒服，他留下来住了一晚。

纪晓峰在餐桌上感叹："真是年纪大了，天气一转凉，稍不注意就病了。"

关幕青把他的酒杯收了，说："不说头疼吗？还喝白酒。"

纪晓峰年纪大了，不像年轻时候脾气又臭又硬，变得温顺起来，低声下气地说："老毛病了，大过节的，总不能连酒都不让喝吧。"

关幕青当着儿子儿媳的面，不好落他面子，放下酒杯："只能喝一杯，安琪你看着他。"

纪东涵的妻子李安琪笑嘻嘻答应。

李安琪是纪东涵在美国读书时认识的，虽是中国人，可从小在美国长大，为人开朗活泼，和纪东涵结婚后，没有住纪家大宅，而是在外面过两人世界，和纪又涵一样逢年过节回来一趟。

因为纪晓峰不能吹风，大家也没有赏月，吃完饭就散了。纪晓峰窝在书房沙发上，腿上盖着毛毯，翻了翻纪又涵递上来的项目计划书，扔在一边，说："你想做卫浴电器？"

"我觉得我们可以扩大产品种类，不只是做瓷砖、浴缸、浴盆、喷头这些，像卫浴要用的浴霸、热水器也可以涉足。"

"你知道公司以前也生产过浴霸，最后因为市场销量不好，入不敷出，只能停产的事吗？"

"知道，我认为是技术问题，技术不过关，跟不上时代，市场没有竞争力。"

"年轻人有冲劲是好的，不过还是要慎重。"

纪又涵眼见不成，有点急了，说："学如逆水行舟，不进则退，做生意也一样。你看诺基亚，什么都没做错，就这么破产了，当引以为戒啊。"

泰瑞这两年的销售额确实在下降，纪晓峰露出思索的表情，最后说："这不是我一个人能决定的，你要在公司会议上说服大家。"

纪又涵眼睛一亮，用力点头。

纪晓峰看着他那傻样，笑了笑："你出去吧，计划书我会再看的。"

纪又涵带上门出来，碰到走廊上的纪东涵。

纪东涵看着他，挑了挑眉，一句话没说下楼了。

Chapter II 失魂落魄

过了两天，纪又涵照例带了节礼去张家，张妙楚回国了。她长得很高挑，皮肤白皙，黑发如瀑，眼睛大而圆，鼻子高又挺，嘴唇殷红，牙齿洁白，是个不折不扣的大美女，就是美得有些千篇一律，好在嘴角的一颗痣让她从众多美女中脱颖而出。

张妈妈敲她的门："又涵来了，你陪他坐会儿。"

张妙楚说："他又不是第一回来。"

张妈妈说她："你这孩子，怎么越大越不懂礼貌，有你这么把客人晾在那儿的吗？"

张妙楚只得换了衣服出来，从桌上拿了瓣柚子吃着，转头看见纪又涵，才想起招待客人，忙问他要不要吃。

纪又涵摇头，看着外面说："今天天气好，不冷不热，出去走走？"

张妈妈一脸欣慰地看着两人一前一后地出了门。

和纪家不同，张家是传统庭院，回廊曲折，小桥流水，走在里面，像是置身古典山水画里。两人到后院，张妙楚捡了几颗石子，靠在太湖石堆成的假山上打水漂，不耐烦地说："把我叫出来，什么事啊？"

纪又涵看着满塘残荷："我们这样，你不觉得尴尬吗？"

张妙楚停下手里的动作，转头看他，看来传言是真的了，耸肩说："我无所谓。"

纪又涵继续说："你能想象我们在一起结婚过日子的场景吗？"

"各过各的呗，不少人都这样。"反正就算因为爱情结婚，最后大家还是要出轨的。

"那孩子呢？"

张妙楚惊讶地看着他："你太落后啦，科学技术日新月异，不说美国，我们国家二十多年前就攻克了这个难题。”哼，想激她出头，没门！

纪又涵见她无动于衷，只好说：“我不想这样，婚姻不应该是这样。”

那是因为你喜欢上了别人，以前怎么没听你说过这样的话？两家商量联姻时不是没反对吗？张妙楚腹诽。

“那你就去说啊，我都无所谓。”她可不会被他怂恿去当这个出头鸟，不然她爸铁定要把她骂个狗血淋头，她妈又要对着她哭哭啼啼了。

纪又涵满腹心事的样子，不说话。

张妙楚把手里的石子全部扔进水里，说：“我爸在书房，你要找他我可以帮你通传。”扔下他走了。

纪又涵哼了一声，心想我又不傻，要说也是跟我家老头子说，他是来做客的，不是来讨打的。

回来时，张世林在客厅喝茶，招手叫纪又涵过来：“来来来，咱们杀一局。”拿出象棋摆上。

去年正月纪晓峰带纪又涵到张家贺寿，天气晴好，张世林和纪晓峰坐在树下下棋，纪又涵站在一边看。当纪晓峰把炮移开时，纪又涵忍不住“呀”了一声提醒，纪晓峰立即想拿回来。张世林哼道：“观棋不语，落子无悔。”很快纪晓峰被将军，输了。

张世林看着纪又涵说：“你爸是个臭棋篓子，你好像不错，咱俩下一局。”结果一老一少连下了三局，一输一赢一和局，可谓是棋逢对手。纪又涵自此入了张世林的眼，他身世虽然差了点，好在一表人才，长得好的人总是讨人喜欢些，加上不乱搞男女关系，没那么多乱七八糟的事，自然成了张家的东床快婿。

张世林在下棋时问他：“你要做家电？”

“只做卫浴方面的。”

张世林鼓励他说：“年轻人就是要勇于尝试，墨守成规总有被淘汰的一天。”对于家大业大的张家来说，纪又涵捣鼓的浴霸热水器这些不过是个小投资。

有了张世林的支持，纪又涵的卫浴电器计划顺利在公司内部通过了。

张妙楚跟张遂在酒吧碰头，一进来，酒吧服务生立即认出了她，问她想坐哪里。她说安静点，服务生把她领到角落的位置。刚坐下，经理特地过来跟她打了声招呼，送了两杯新调的果酒。张遂的眼睛在周围美女身上到处扫射。张妙楚说：“别看了，问你点事，你知道那女孩是谁吗？”

“哪个女孩？”

“纪又涵陪着一起买家电的！”看来是真爱啊，不然也不会想着取消联姻了。

“哦！”张遂反应过来，“我问过了，两人高中就好过，后来那女孩去了法国上大学，纪又涵去了美国，两人就断了，前几个月那女孩回国了。”

“旧情复燃？”张妙楚有点惊讶，“没想到纪又涵这么长情。”

“我听胖子说了，两人纠缠深着呢，纪又涵因为那女孩伤心过好长一段时间，弄得我都不好替你出头。”明明占理，却总有种棒打鸳鸯的感觉。

张妙楚忙说：“你不要乱出头，这点小事还不需要你出手。”沉吟半晌又说，“纪又涵这几年一直没交女朋友，都是因为那女孩伤了他的心？”以纪又涵的条件，想要女朋友，一大把年轻漂亮的姑娘排队等着。

张遂“哎呀”一声叫出来：“你不说我还没想到，纪又涵高中可风流了，到处拈花惹草，怎么突然就清心寡欲起来？”琢磨半天说，“沈星乔真厉害啊，能把纪又涵收拾成这样，我看你还是算了吧。”

“那女孩叫沈星乔？名字挺好听的。”

“我没见过，不过听说学习也挺好的，工作认真努力，大概是乖乖女优等生那种。”张遂摸了摸下巴，“没想到纪又涵喜欢这样的。”

张妙楚关注点却不是这个：“有意思，我有点想会会她。”问问沈星乔有没有什么恋爱秘诀，能让一个人惦记这么多年女朋友都不交，甚至不惜取消联姻！她拍了下张遂，“哎，你还知道沈星乔什么，都说出来。”

张遂说：“我也是听人说的，哪还知道什么啊，我又不是中情局的。”

“你再去打听打听，你不狐朋狗友多嘛！”

最后，张遂打听到沈星乔专职代购好多年，把淘宝店地址发给张妙楚。

这天晚上，旺旺上有人找，是个陌生账号，说要买包。沈星乔问她想买哪款，店里有的都能代购，没有的也可以帮忙找，发货要等十天左右。对方说不想等，说店里不是有一款包有现货吗，又说她也在江城，怕照片颜色有偏差，问能不能上门看货。

阿尼斯贝包包销量不错，一个月卖了五六十个，补货都补不及，沈星乔正在大力推广这个品牌，说上门看货不方便，如果可以，她们可以约在附近咖啡馆见面，她把对方看中的包包带来。

沈星乔原本以为是叽叽歪歪的人，没想到对方很爽快，立即拍了两个包付款了。

两人约在第二天下班后见面。沈星乔先回了趟高家，问高舅妈：“快递来了吗？”

高舅妈说：“来了，上午就把件取走了。”

沈星乔看着被包包纸箱气泡膜占满了的阳台，都蔓延到客厅了，说：“我还是尽快搬家吧，再这样下去，都没地方下脚了。”

“味道散干净没啊？要不要找人检测下甲醛苯胺什么的？”

“这么久了，应该没事了吧，一直开着窗通风呢。先把货搬过去，周末我就找个面包车弄走。”

“找面包车做什么？东西又不多，让你舅舅开车送过去。”

“我怕装不下。”

“装不下挤一挤，座位上还可以放，自己有车，花那个钱做什么。”

其实也花不了多少钱，还省得自己动手搬上搬下，不过长辈就是这样爱操心，沈星乔只得答应，说去见一个客户，不在家吃饭，拿了东西走了。

张妙楚靠窗坐在街边的咖啡馆里，打扮随意，戴着墨镜，出众的美貌和强大的气场，使得不少人在背后猜测她是不是哪个明星。沈星乔一进来就看到她了，叫她的网名：“请问是哈尔的千寻吗？”

张妙楚忙站起来：“你就是小星乔法国代购的店主吧？”隔着墨镜肆无忌惮地打量沈星乔，过了一会儿才把墨镜摘下来。

沈星乔见桌面空空的，说：“你怎么不叫东西啊。”把带来的袋子放在椅子上，拿过菜单问，“你晚饭吃了没？想吃什么？”

张妙楚说：“我晚上一般不吃东西。”

沈星乔去前台点餐，回来时除了自己的套餐，还给她点了一壶伯爵红茶，说：“这个没有糖，现在天气凉了，喝点热的胃里舒服。”

张妙楚看着她：“你对人都这么细心周到吗？”

沈星乔笑：“这是美女才有的特权。”

张妙楚慢慢笑了，果然跟她身边的女孩子不一样。

沈星乔拿出包：“你看看满意不。”

张妙楚随便看了一眼，接过袋子放在地上。

沈星乔见状说：“你不检查一下有没有问题？”

“不用，相信你。”

这也太随意了，都没拿出来看一下。张妙楚伸手时，沈星乔注意到她腕上的手表，几乎怀疑自己看错了——梵克雅宝的恋人之桥。这款被誉为世界上最浪漫的手表曾让沈星乔痴迷不已，女孩撑伞指向时针，男孩手持玫瑰指向分钟，分别站在巴黎艺术桥的两端，11 点 55 分时，女孩轻轻一跃来到男孩怀中，两人深情拥吻五分钟，然后回到原点，诗意又浪漫。这款手表只接受定制，一只手表一套房。

沈星乔有点疑惑，真戴得起恋人之桥，怎么会买阿尼斯贝，至少也得是爱马仕级别。不过她不会失礼去问人家手表是真是假，只是说：“你也喜欢宫崎骏？”

“对啊，宫崎骏所有电影我都看过了。”一说到自己喜欢的东西，张妙楚立即精神奕奕，“每次宫崎骏电影首映，我都会想方设法一睹为快。”

“去日本吗？”

张妙楚点头，得意地炫耀：“我还有宫崎骏的签名呢！”

“哇哦！”沈星乔惊叹，表示羡慕嫉妒恨。

“你最喜欢宫崎骏哪部电影？”张妙楚问。

“《龙猫》。”

“我最喜欢《哈尔的移动城堡》，知道为什么吗？”

“为什么？”

“哈尔是宫崎骏电影里所有男主角中最帅的！”

沈星乔想了想：“好像真的哎，宫崎骏的男女主角都不是走俊美风的那种，除了哈尔。”

两人说起宫崎骏来滔滔不绝。张妙楚把一壶茶全喝完了，临走前有点不好意思，从车窗里伸出头，远远冲她挥手：“沈星乔，谢谢你请我喝茶。”

当沈星乔看到张妙楚开的红色玛莎拉蒂时，终于确定对方戴的恋人之桥不是淘宝山寨货。她一个人往回慢慢走，突然神情一僵，张妙楚怎么知道自己姓沈？

10 月 30 日是纪晓峰生日，也不是整数，在关幕青的提议下，请了关系好的亲戚朋友来家里吃饭，凑了两桌，意思一下。

张世林很给面子，亲自来了，张妙楚自然也尾随其后。纪又涵陪着她在纪家周围转悠，张妙楚忽然说：“你看我新买的包好看吗？”

纪又涵哪懂这些，看了眼，矢车菊蓝，颜色还不错。他随口敷衍：“挺好看的。”

“我也觉得不错，没想到网上代购还能买到这么满意的包包。”

纪又涵停下脚步，皱眉看她。张妙楚成天飞国外，买东西哪需要代购。

“你在哪家店买的？”但愿不是他想的那样。

张妙楚挑眉一笑：“你说呢？”

纪又涵看她的眼神慢慢变冷，扔下她往回走。

张妙楚在后面挑衅似的说："你不想知道我和沈星乔说了什么吗？我们还见面了哦。"

纪又涵很生气："你不是无所谓吗，又去找她做什么？"完了，沈星乔一定气坏了，怪不得这两天又不理他。

"我好奇啊。"纪又涵越是表现得一往情深，她越是想知道沈星乔有什么魅力。

纪又涵拿这些恣意任性我行我素的千金小姐没办法，冷声说："你有什么事可以找我，你这样随便打扰别人不觉得失礼吗？"

"怎么会失礼？我是去买东西的，顾客上门，总没有不招待的道理啊。"

纪又涵无语，一时不知如何反驳。

张妙楚睁着一双无辜的大眼睛看他："怎么，我不能去见她吗？你这么紧张做什么？沈星乔她人挺好的，我们相见甚欢呢。"

纪又涵头疼不已："你以后能不去找她吗？"

张妙楚冷哼一声："我爱找谁找谁，你管得着吗！？"甩下他走了。

纪又涵觉得没办法拖下去了，择日不如撞日。

纪晓峰陪了一天的客，有点累，晚饭也没吃，躺在书房沙发上小憩。纪又涵敲门进来，手里端着一碗粥和两样小菜。儿子难得表孝心，纪晓峰只得坐起来，勉强吃了两口，见他没走，说："就知道你无事献殷勤，必有缘故，说吧，什么事？"

纪又涵站在那里只觉度秒如年，支吾半天，眼一闭心一横说："我跟张妙楚实在处不来。"

纪晓峰慢慢放下勺子，抬头看他："那你的意思是？"

"我们的婚事还是算了吧。"

纪晓峰把碗一放，瓷器和桌子碰撞发出清楚的"砰"的一声，脸色一沉："你在外面弄出了什么事？"

"我、我没有啊。"纪又涵有些心虚。

"无缘无故的，取消婚事干吗？你是自己说还是我让人去查？"

纪又涵忙上前一步："我就是不喜欢张妙楚。"

纪晓峰觉得他真是越活越回去了："那你喜欢谁？啊？"

纪又涵不敢吭声，纪晓峰气坏了："你知道张妙楚是谁吗？张家能看上你，不介意你的身份，是你小子撞大运了，你还敢嫌弃人家！"

“我身份怎么了，私生子是我自己愿意的吗？张妙楚那么好，让别人去娶啊，我才不稀罕！”纪又涵也炸了。

不光彩的出身是两人的禁忌，纪晓峰站起来，“哐”的一声掀了托盘：“你翅膀硬了，要造反是不是？”

关幕青听见动静，敲了敲门推开，满地碎片，父子俩对峙着，像在吵架，悄悄带上门离开了。这事她不好插手，又不是她亲生的，拦也不是不拦也不是，让他们自己解决吧。

纪晓峰一时怒急攻心，只觉头疼眼花，踉跄着倒在沙发上，不停地喘着粗气。

纪又涵有点慌了：“爸，您没事吧？”

纪晓峰挥手赶他：“气死我你想干什么就干什么，再也没人管得了你，哦不，现在就没人管得了你！”

纪又涵无奈：“我不娶张妙楚，您就这么生气？”

纪晓峰揉着胸口说：“今天张世林刚同意给你的卫浴电器计划投资，还答应共享星海电器的渠道资源，你转头就跟我说这样的话？你是要我过河拆桥彻底得罪张家？这只是张妙楚的事儿吗？你又不是三岁小孩，怎么连轻重都分不清？”

纪又涵低着头，好半天说：“就张妙楚那脾气，有当人儿媳妇的样儿吗？”

“我又没要她孝顺，你们给我好好的，别出幺蛾子就行了。”

“她不孝顺您，我娶回来供着啊？”

这话说得纪晓峰心里一暖，咳了声说：“你别整天给我想一出是一出，就是孝顺我了。”语气软了一些。

纪又涵有点抓住他爸的命门了：“我跟张妙楚真合不来，今天见面还跟乌鸡眼似的，以后日子还过不过了？您还想不想要孙子啊？”

纪晓峰没想到他都想这么远了，说：“你别忽悠我了，我还不知道你，以前怎么没见你这么不愿意？是不是有人怂恿你？”肯定是外面有人了，委婉地说，“女人的话，随便听听就好，闹就让她闹，你还当真了，出息！”

纪又涵看着他爸，轻声说：“她没有跟我哭闹，也没有逼我分手，是我，是我想要和喜欢的人在一起，我想要婚姻美满，家庭幸福。”

纪晓峰浑身一颤，人缺什么才会渴望什么，他给纪又涵的再多，也不能给他一个完整家庭，这是他最内疚的。他闭上眼睛叹了口气：“你出去吧。”

纪又涵带上门走了。

过了会儿，关幕青领着阿姨来打扫房间，满地狼藉，要拖地。纪晓峰回卧室休息去了，临睡前跟关幕青说："现在是不是有个词儿，叫什么'中二病'？少年时没叛逆，全积攒到现在了！"

关幕青听得笑了："你还挺时髦，网络用语都知道。"

纪晓峰又头疼了，以为是高血压引起的，到处找降血压的药。

第二天吃早餐，一家人都在，独独不见纪晓峰。李安琪用不熟练的中文问："爸爸吗？"

纪东涵看了眼纪又涵，没好气说："被某个'中二'少年气病了。"

纪又涵涨红了脸，吃了个包子就去公司上班了。

纪东涵虽然在心里骂他脑袋被门夹了，失心疯犯傻，竟然想和张家取消联姻，不过这事于他是有利的，他不但不会阻止，若有机会还要推波助澜一把。

沈星乔搬新居，请舅舅一家到凯悦吃了一顿大餐，高舅妈送了两盆金钱树以示乔迁之喜。沈星乔从此一个人住，不过还是经常回舅舅家蹭饭。

这天下班，沈星乔看见纪又涵的车，远远就绕道而行。纪又涵发现她忙推门出来，追上去时，她已经混在茫茫人海里不见了。

纪又涵唉声叹气，还在生气啊。

沈星乔到家先处理淘宝事宜，正跟客户聊天，突然门铃响。她一边问"谁啊"，一边从猫眼往外看。纪又涵见她在家，精神一振："我！"

沈星乔沉着脸开门："你来做什么？"

纪又涵面对她展开一本 A4 大的速写本，第一页写着大大的三个字：对不起。和玫瑰卡片字体一样，写得歪七扭八的。

沈星乔哼了一声。

纪又涵见状，忙翻到第二页：我不知道张妙楚找过你。

沈星乔瞪了他一眼。

纪又涵又翻到第三页：我跟老头子说了取消联姻的事。

沈星乔惊讶地看着他，没想到他真有勇气跟家里说，她一直以为他在哄她。

纪又涵翻到第四页：万圣节快乐。

沈星乔笑了，才想起来今天是万圣节。

纪又涵翻到第五页：我爱你。

沈星乔看着那三个字，像有魔力，让人的心跟着沉沦堕落。她鼻子忽然有点酸，拿过速写本，装作翻看的样子，清了清嗓子说："进来吧。"

纪又涵眉开眼笑地脱鞋。

"没有你穿的拖鞋。"才搬来，缺东少西的。

"没事，那就不穿。"纪又涵穿着袜子在屋里溜达，"一个人住害怕不害怕？"

沈星乔一个人在国外生活了那么多年，没好气地说："你当我才离家的小姑娘啊。"

纪又涵看了她卧室，又打开另一个房间，空空如也，什么家具都没有，堆满了各种纸箱包装盒，看来是当库房用。他说："可以买两个货架，省得都堆在地上。"

"嗯，有这个打算。"沈星乔倒了杯水给他，里面有一片柠檬。

纪又涵喝了口，酸酸甜甜的，是蜂蜜柠檬水。

从这个细节就可以看出独居男孩和女孩的不同来，沈星乔去了纪又涵那里那么多次，喝的从来都是瓶装矿泉水。

纪又涵说："游乐园每年万圣节都有活动，小吃也特别好吃，饿不饿，要不要去吃？"

沈星乔斜眼看他："你和谁一起去过？"

纪又涵笑，故意嗅了嗅，说："好酸啊。"

沈星乔捶他，他捉住她的手往外走："当然是听说的，一起去吧。"

沈星乔站在游乐园灯火辉煌的大门前，好一会儿才认出来，说："这不是我们以前来过的那个吗？"

两人买了票进去，才发现热闹得跟庙会似的。人潮涌动，笑语喧哗，到处都是南瓜灯骷髅头，光怪陆离，工作人员古今中外各种吓人造型都有，不少游客脸上戴着面具。偌大一个广场挤挤挨挨摆满了小吃摊，香味老远就闻到了。

两人吃了鸭血粉丝汤，又吃了章鱼烧和灌汤包，差不多就饱了。沈星乔买了份臭豆腐，恶作剧要纪又涵吃。纪又涵露出嫌弃的表情，不肯吃。沈星乔叉了一块，笑嘻嘻递到他嘴边。纪又涵先是为难，随即像是想到什么，张嘴吃了，挑眉说："我吃了，有什么奖励没？"

沈星乔见他色眯眯的样子，推了他一下，起身走了。

纪又涵笑着追上去，走到阴影处时，一把抱住她，凑过去亲她，温柔吸吮舔舐。

好半晌，两人才气喘吁吁地分开。

纪又涵轻声问：“好吃吗？”

沈星乔擦了下嘴巴，没说话，走到摊子前：“我们也买两个面具戴吧。”戴上面具，遮住自己红透了的脸。

看表演时，两人曾被人群冲散了一次。沈星乔找了一圈没见到人，拿出手机打电话，大概是太吵了没听见，一直没人接听。她有点急，双手拢成喇叭状，大声喊：“纪又涵！”突然被人拽进怀里。

纪又涵紧紧牵着她的手：“下次走散了，就在原地等着，知道吗？”

“嗯。”

此后两人十指紧扣，再也没有分开过。

纪晓峰多多少少松了口风，纪又涵原本以为要自己软磨硬泡，事情才会有所转机。

其实这也很好理解，又不是旧时代封建大家长，都是改革开放后富起来的，没那么多陈规陋习。古代多子多孙是福，七八个孩子也不嫌多，现在可不一样，都是一两个孩子，看得比眼珠子还重，真要抵死不从，家长也没办法。

这天纪又涵带着赵彬勘察泰瑞在郊区的工厂，正好有一排房间空着，他想着怎么改建成电器厂房。突然接到纪东涵的电话，他很诧异，两人几乎没有私交，公事都是助理通知他。

纪东涵在那头说：“你来一趟市医院。”声音听起来似乎有些颤抖。

“出了什么事？”

“你赶快来！”纪东涵“啪”的一声挂了电话。

纪晓峰病了好几天，时不时头疼恶心，低烧一直不退，关幕青让他去医院检查一下。纪晓峰对医院很抵触，说去年不是检查过了吗，年纪大了就这样，抵抗力下降，吃点药就好了。关幕青一定要他去：“检查身体怕什么，没见过你这么不愿去医院的。”

“医院是什么好地方吗？到了我们这个年纪，跟殡仪馆只差一步之遥。”

纪晓峰拗不过，只得去了。

纪晓峰脑内查出了肿瘤，恶性。

一开始关幕青还瞒着他，只是火急火燎地叫来了纪东涵。纪东涵确认不是误诊，一时也慌了神，把纪又涵也叫来了。

三人听医生拿着片子叽里呱啦说了一大堆，越听越糊涂。纪东涵听得不耐烦，打断医生：“我只问你，能不能治好？钱不是问题。”

那医生又说了一大堆，反正就是没有把握，脑科也不是他们医院擅长的，建议转院。

纪晓峰见到他们三人同时出现，就知道不好了，问关幕青自己得了什么病。关幕青安慰他，说不是什么大病，血糖有点高，医生让住两天院，孩子们知道他病了，来医院探望而已，让他不要多想。

可是流淌在几人身上凝重悲伤的气氛是瞒不了人的，纪晓峰突然问：“我还能活多久？”

关幕青哽咽说：“胡说，能治好的，咱们找全国最好的医生，不行还可以去国外，一定能治好的！”

纪晓峰当天晚上就得知是脑瘤，因为早有心理准备，接受得很快，把纪东涵纪又涵叫到身边，说：“生死有命富贵在天，这也是没办法的事。我已过了耳顺之年，黄土都埋到脖子上了，早死晚死都是要死，总要接受，没必要弄得跟天塌下来一样。当然病还是要治的，只是希望你们不要乱了阵脚，日子该怎么过还怎么过。”

他说了这番话，又看得这样开，大家心里好过了些。纪东涵跟他商量起转院的事来，纪东涵的意思是可以联系美国同学，找最好的肿瘤科专家。

纪晓峰不愿意：“万里迢迢的，诸多不便，国内的专家就很好，不比国外的差。”

关幕青说：“那就去北京，那里的神经科是全国最好的。”

纪晓峰得了重病的消息很快流传开来，泰瑞的股票一天比一天跌得厉害，连一些股东都开始蠢蠢欲动。纪东涵最近焦头烂额，他虽然进公司工作十来年了，还是没有纪晓峰的威望，压不住一些元老级合伙人。

纪又涵来医院时，纪东涵正在病房里跟纪晓峰说话，他在外面等着。好半天，纪东涵出来，叫他：“你进来。”

纪晓峰躺在床上输液，他已经开始做放疗，穿着病号服，头发全部剃光，脸色惨白，不过精神看着还不错。纪东涵坐在床边，纪又涵站着。

纪东涵说：“公司情况你也看见了，今天收盘时，股票又跌了六个点。”

纪晓峰说：“我一倒下，仅凭你们兄弟俩是压不住那些老狐狸的，臣强主弱，还是要想办法找外援。”

纪又涵已经预感到他们要说什么，好半天说：“说什么丧气话，您的病又不是不能治好，医生不是说有治愈的希望吗？”

纪晓峰说："这不是丧气不丧气的问题，而是防患于未然，无论能不能治，总要做好最坏的打算。和张家联姻的事，恐怕不能如你所愿了。"

纪又涵神情一变，却又无可奈何。

纪东涵说："我跟爸爸商量好了，趁他身体还能走动，明天陪他去一趟张家，把你跟张妙楚的婚事定下来，先把局面稳下来要紧。"

纪晓峰说："你们先订婚，我看了，11 月 16 日就是吉日，宜出行纳采订盟，虽然急了点，不过张世林为人有君子之风，知道我们的难处，会帮这个忙的。"

只有不到半个月。

纪又涵看着父兄，想起沈星乔，内心如在滚烫的热油里煎熬，形容惨淡，一句话都说不出来。最后，他轻轻点了点头。

纪东涵见纪又涵答应，松了口气，他还真怕他不管不顾又犯起浑来，好歹关键时刻没掉链子。他说晚上还有个应酬，不得不去，先走了。

纪又涵愣愣地站在那里，好半天没动，失了魂似的。

纪晓峰见状叹了口气，招手让他坐下，像小时候那样摸了摸他头，说："人生不如意事十之八九，岂能事事随心所欲？有时候就是这样，总要有取舍，选择了，就不要后悔，一切都会过去的。"

纪又涵低着头，颤抖着说："我知道。"尽管知道，可是心口依然疼得厉害，好像有什么东西硬生生被剜掉一样。

纪晓峰见他如此难过，想了想说："我年轻时也喜欢过一个姑娘。"

纪晓峰为人虽然并不古板严肃，不过身为父亲一向很有威严，从未在小辈面前说过这些。纪又涵抬头看他，既诧异又新鲜。

"那时候知识青年都要上山下乡，我去的是云南一个叫泸水的地方。那里有气势磅薄的怒江穿绕而过，还有神秘美丽的神仙湖，湖水会随人的声音不断变化。风景美是美，天蓝得跟宝石一样，水绿得跟颜料似的，可是照样没东西吃。我饿得狠了，就去偷老乡地里的玉米，被人家姑娘抓了个现行。那姑娘心地好，不但没告状，还送了我两根玉米。我也没客气，当着人家面就啃完了。那里住的都是白族人，大概是水土关系，姑娘们都长得肤白貌美，穿着蓝布裙，戴着银首饰，淳朴善良。那姑娘此后常常接济我一个土豆两个红薯之类，有一回过节送了一碗糙米饭，里面埋着一块肉。"

纪又涵听得入神，见他不说了，不由得问："后来呢？"

"后来我就回江城了。"纪晓峰唏嘘，"四十多年前的事了，都快忘了。年轻时的狂热冲动终究会退去，最后还是少年夫妻老来伴。"

大鱼正版

纪又涵明白父亲的意思，倔强地偏过头去。

纪晓峰语重心长地说："男子汉大丈夫，不能因为一时情爱迷了心智，人生在世，不只有爱情，还有责任、理想、自我价值的实现。无论发生什么，哪怕我不在了，你也要勇敢坚定地走下去，不要回头，不要畏惧，大步前行，方不辜负到这世间走一遭。"

纪又涵用手挡住发红的眼睛，沉默地听着，纵然如此，到底意难平。

纪又涵不知道怎么跟沈星乔说，前几天他还信誓旦旦地保证两家很快就会取消联姻，转眼就要订婚了。他曾去看过戒指，畅想过两人在一起的日子。早上沈星乔叫醒他，早餐有他喜欢的煎鸡蛋，还有他不喜欢的水果蔬菜，而她总是唠叨他挑食对身体不好，每次都逼他吃完。然后两人去上班，晚上有时间就自己做，嫌麻烦就在外面吃，吃完还可以顺便看个电影，生活平凡又幸福。可是现在，这种畅想全成了虚幻泡影。

纪又涵一天一天拖着，一直拖到不能再拖。有时候他真希望世界末日来临，这样他就不用亲口说出这个残忍的消息。

11 月 15 日下班后两人约在公司附近一间茶餐厅见面。沈星乔神情平静，像是有所准备，问："你爸的病怎么样了？"

"过两天去北京。"

两人默默无语，好半天没人开口，各自埋头吃东西，气氛沉闷凝重。

纪又涵一句话如鲠在喉，用尽全身力气才说出来："我要订婚了。"

沈星乔似乎早有预料，并没有如何惊怒，只是问："什么时候？"

"明天。"

沈星乔维持着一个姿势很久没动，仔细听才能察觉呼吸粗重了许多，好半天说："我是不是该恭喜你？"

纪又涵脸色一白，轻声说："家里的意思是先订婚稳住局面，以后的事以后再说。"

沈星乔把手里筷子往桌上一丢，一根筷子滑下餐盘，滴溜溜地滚到地上，从鼻子里轻轻哼了一声："你说这话，什么意思？"

纪又涵嚅动着嘴唇，欲言又止。

"你要我继续这样名不正言不顺地跟你在一起？"

纪又涵神情黯然："你知道我从未这样想过。"如果可以，我宁愿舍弃一切，哪怕一无所有，哪怕遭人唾骂，哪怕万劫不复，只要还有你，可是我不能。

沈星乔看着他，带着一种无力回天的绝望。他没有错，她也没有错，也许这就是命，明明相爱，却不得不分开。

她再也没法待下去，“砰”的一声站起来，拿了包要走。

“星乔！”纪又涵坐在那里，没有追上去，只是看着她的背影，哀求道，“你能不能给我一点时间？”

沈星乔只觉五内如焚，忍了许久的眼泪滚落下来，没有回答，头也不回地走了。

她失魂落魄地走在大街上，秋风瑟瑟，落叶萧萧，裹紧风衣还是觉得冷。无处不在的冷，穿过风，透过空气，钻进皮肤，无孔不入地向她袭来。

黯然销魂者，唯别而已矣。

纪又涵和张妙楚的订婚虽然仓促，却依然盛大隆重。泰瑞和星海的高层都到了，还来了不少媒体记者。在纪东涵的操作下，本地报纸新闻大肆报道了此次订婚，高调宣布张纪两家联姻，一则变相警告一些蠢蠢欲动的人，二则也是安抚人心。

纪又涵在席间不断被人调侃灌酒，饶是每桌只敬一杯，一轮下来，也快喝趴下了。张妙楚一直跟在旁边，见他站都站不稳，扶他到休息室：“你在这儿歇会儿吧。”脱下高跟鞋，揉着小腿，“这哪是订婚啊，简直就是受罪，从早上到现在，除了以茶代酒，灌了一肚子水，连口菜都没吃上，又饿又累。”回头见纪又涵闭着眼睛似乎睡着了，没好气地说，“你倒好，喝醉了一了百了，我还得出去送客。”

送完客都四点多了，纪又涵醉眼蒙眬浑身酒气。纪晓峰让李助理扶他上车，他不肯，坚持要打车回华庭。纪晓峰无奈，知道他大概还是心里不快，不然不会喝这么多。

张妈妈一心撮合小两口，说：“哎呀，醉成这样怎么能一个人走，楚楚，你送下又涵吧。”

大家纷纷表示赞同。

张妙楚只得开车送纪又涵回去。

下了车，纪又涵意识虽有，但仍迷迷糊糊的，四肢无力。张妙楚只好半扶半撑着他进了电梯。好不容易进门，她累得大口喘气，开冰箱找饮料喝，看了看倒在沙发上软成一摊泥的纪又涵，问他：“你要喝水吗？”

纪又涵闭着眼睛摇了摇头。他躺在那里，衬衫扣子解开，露出修长的脖颈，脸色即使因为醉酒苍白，也遮掩不住如玉的光泽。因为侧躺的关系，五官分外立体，眉毛浓黑粗长，是英气的卧蚕眉，眼睛闭着，越发显得睫毛浓密似扇，鼻梁高挺，嘴唇薄而紧抿，弯成一个好看的弧度，下巴微翘，线条圆润。张妙楚头一次这么近距离地打量他，哪怕她交过不少娱乐圈男朋友，也不得不承认纪又涵是个美男子，睡着了柔弱又乖巧，毫无抵抗力的样子让人忍不住想动手动脚，蹂躏一番。

她小心地解了一颗扣子，纪又涵昏沉沉的没反应。衬衫在她手指下一点一点敞开，直到腰际，露出年轻光滑充满弹性的肉体，腰肢精瘦，腹肌隐现。原本只是恶作剧，可是此刻，张妙楚有些意乱情迷，咽了咽口水，觉得发生点什么也不错，本来就名正言顺。

她的手刚解开皮带扣，还没抽出来，纪又涵察觉到动静睁开眼睛，好一会儿才看清她，挣扎着坐起来，发现上衣敞着，皱眉说："你干什么？"

张妙楚装作受惊倒在他身上，一只手搭在他腰上，另一只手按在他胸口，抬头看他，眼波如水，搭在腰上的手慢慢往下，如若无骨。

无需语言，一个眼神已经足够。

纪又涵脑子瞬间清醒了，咬紧牙关，突然发力推开她。

张妙楚毫无防备，跌在地上，大觉丢脸，坐在那里好半天没动。

纪又涵胡乱扣上扣子，扣错了两个也不管，踉踉跄跄地往外走，低头到处找鞋。

张妙楚尴尬了一会儿，若无其事地站起来，双手抱胸居高临下地看着他："你要去哪里？"

纪又涵不说话。张妙楚伸出腿，拦在中间："你能跨过去，我就让你走。"醉成这样，折腾什么啊，还不赶快回去歇着。

纪又涵扶着墙摇摇晃晃地站着，挥手赶她："你走。"

张妙楚颜面大失本就心情不好，见他赶自己走，更是怒从心头起，伸手狠狠推了他一把。纪又涵"咕咚"一声摔在地上。

张妙楚扳回一城，算是出了口恶气。

纪又涵像是摔晕了，爬了两下没爬起来，干脆靠墙坐着，从裤子口袋里拿出手机，刚点开通讯录，手一滑，手机摔在地上。

"你想找谁？沈星乔？"张妙楚瞥见上面的联系人，嗤笑一声，又恼怒又羞愤，她自恃家世优渥容颜美貌，还从未被人这么无视过，简直是人生中的奇耻大辱！

纪又涵怔怔地看着手机，像是才明白过来他已经没有资格去找沈星乔。

张妙楚拿了包要走，经过他身边时，不轻不重地踢了他一脚，骂道：

"借酒浇愁是吧？我不得不提醒你，既然订了婚，我们俩就是一根绳上的蚂蚱，我不希望闹出什么丑闻，弄得大家面上不好看。"摔门走了。

纪又涵捂着头，身体蜷缩，痛苦得好像病了一样。

高以诚第二天从网络新闻上看到纪又涵和张妙楚订婚的照片，下班后没有回家，而是到沈星乔住处，借口蹭饭，时不时地打量她。

沈星乔用吃剩的红烧排骨，做了排骨面，说："我这儿可不比家里，顿顿四菜一汤，就着酸豆角，就这么吃吧。"

高以诚拿过筷子："没事儿，管饱就成。哎哟，还有荷包蛋啊，够意思。"吃了一碗，又盛了一碗，"这面挺好吃的，没想到你还有这手艺。"

"哪是面好吃，都是排骨的功劳。"

吃完饭，沈星乔把淘宝订单打印出来，高以诚帮着她包货，问："你最近怎么样？"

沈星乔头也不抬："挺忙的，最近淘宝销量剧增，都是买阿尼斯贝的，再这样下去，不能叫'小星乔法国代购'，要改名叫'阿尼斯贝专卖店'了。"

忙就好，没那么多时间伤心。高以诚看着她，欲言又止。

沈星乔注意到了："你想说什么？"

"你跟纪又涵……"

沈星乔动作一顿："你知道他订婚的事了？"

新闻铺天盖地，哪能不知道，高以诚小心观察着她的神情。

沈星乔低头，露出一个苦涩的笑容："我们大概就这样了吧。"

高以诚很气愤："他不是说会分手吗？难道从头到尾都在骗你？"

沈星乔平静地说："他原本跟家里闹了一场，不过他爸病了，挺严重的，不得不订婚。"

高以诚恨恨地说："你还为他开脱？你怎么就这么傻？"都到这个份上了，事实摆在眼前，还看不清楚！

"这不是开脱，我知道他对我怎样。你以为我是傻子吗？是不是真心喜欢，我会感觉不到？可是光喜欢是没有用的啊，阴错阳差，天意如此，我不想怪罪他，怪只怪我们有缘无分。"

有缘无分，高以诚想到他和韩琳，忽然问："这些天你睡得好吗？"

沈星乔没有正面回答："失恋了，总要难过一段时间吧。"夜夜辗转难眠，靠工作打发时间，音乐整宿整宿放着，每一首悲伤情歌都会让她泪流满面。

高以诚担心地看着她。

沈星乔振作精神，声音大了些："没事的，熬一熬就过去了。"

高以诚也没好办法，唉声叹气地走了，回去后跟女朋友杨芷说起这事。"看她那样，还想着姓纪的那个浑蛋呢。"

杨芷说："一时半会儿很难忘记的，尤其是这样明明喜欢不得不分手的，要是长情啊，好几年走不出来都有。"

高以诚很紧张："那怎么办啊？总不能让姓纪的祸害她一辈子吧？"

杨芷想了想说："你知道走出失恋最好的办法是什么吗，就是开始一段新的恋情。"

高以诚决定给沈星乔介绍朋友，不管成不成，只要忘记纪又涵就好。

周五下班，别人都呼朋引伴吃饭唱歌看电影尽情享受周末，沈星乔则马不停蹄地赶回家，她要赶在快递下班前让他们把包好的件取走。

旺旺一上线就有人咨询，尤其是周末晚上，有时候忙得连吃饭的工夫都没有。她刚喘口气，忽然有人问："是沈星乔吗？"

沈星乔看了下，陌生账号，买家信用为零，以为是打广告的，警惕地问："你是谁？"

"王应容。"

沈星乔很惊讶。

王应容要了她的电话打给她，说："微信好久不用，都忘了密码，只好抱着试试看的心态到淘宝上找你，没想到你还在做代购。"

"就当兼职，赚点外快也不错。"沈星乔见他电话是国内的，"你回国啦？"

"嗯，早就回了，去了趟北京，才回江城。"

沈星乔没有问他去北京做什么，只是说："有时间聚聚吧。"

"明天周末，可以吗？"

"明天啊——"沈星乔有些为难，"明天答应了高以诚和他女朋友一起吃饭。"

"后天呢？"王应容显得很急迫。

周日沈星乔本来要上新，只好放在一边："好，那就后天。"

"就这么说定了，订好地方通知你。"

第二天沈星乔赶到餐厅时，才发现除了高以诚和杨芷外，还有一个不认识的男生，戴着眼镜，头发抹了发胶，显然特意打扮过，不怎么说话，有些腼腆的样子。她有点奇怪，不过没多想，埋头吃东西。高以诚说：“这个梭边鱼火锅好吃吧？挺有特色的，他们家的箭竹笋也不错，外脆里嫩，咸鲜入味。”

“嗯，还不错。”

那男生突然说：“熊猫就最喜欢吃箭竹笋。”

“哦，是吗？怪不得是国宝呢，真会挑东西吃啊。”沈星乔随口附和。

吃到一半，杨芷说去卫生间，高以诚陪着一起走了，此后两人再也没回来。沈星乔终于回过味来，很是尴尬，心里大骂高以诚，胃口也没了，放下筷子说饱了。

那男生似乎有点紧张，问她哪个大学毕业的，学的什么专业。

“巴黎十二大，国际贸易。”沈星乔说完就不动了，没有反问他“你呢”，一点都没有进一步了解的意思。

偏偏那男生不会察言观色，还在问她巴黎留学怎么样，是不是很有意思。

沈星乔一带而过：“也就那样吧。”

正好这时有电话，是王应容打来的。沈星乔如释重负，冲那男生歉意一笑，拿着手机说：“我出去一下。”

王应容在那头说：“我在订餐厅，你有什么想吃的吗？有没有忌口，能不能吃辣？”没听见应答，拿下手机看了眼，问，“你方便说话吗？有没有打扰你？”

沈星乔忙说：“没有没有，幸好你打电话救场。我没忌口，什么都吃。”

“怎么了？”

沈星乔很生气：“高以诚干的好事，他叫我出来吃饭，原来是相亲，尴尬死我了！”

王应容确定她仍单身，有些窃喜，装作不经意地打听：“那人怎么样啊？”

沈星乔没好气地说：“什么怎么样，还不都是两只眼睛一个鼻子。”远远看见高以诚和杨芷，忙说，“回头再聊，我要找高以诚算账。”

王应容见她这样，知道相亲肯定没戏。

Chapter 12 造化弄人

沈星乔从没有这样生过高以诚的气，回了舅舅家也不理他。

高舅妈知道后，说他办事草率："你给星乔介绍朋友，心是好的，怎么能瞒着她呢？这不是打人一闷棍吗？"

高以诚好心办坏事，有些郁闷，心想还不是怕沈星乔不来嘛，都是年轻人，大家见个面说说话而已，就当联谊，又没有要怎样。

高舅舅疑惑地问："怎么介绍起朋友来？星乔不是有男朋友吗？"

高舅妈说他："肯定是分了啊，这还用问！"高舅妈只知道沈星乔失恋了，不知道其中的曲折纠葛，怕她难过，让她回来住几天。沈星乔想念舅妈做的菜，周末便回去了。

最后高以诚给沈星乔购物车里十多件东西付了款，花了半个月工资，沈星乔才原谅了他。高舅舅、高舅妈、沈爸爸、沈妈妈还有沈小弟都收到沈星乔送的礼物，连杨芷都有。高以诚见独独没有自己的份儿，有些吃味，说："就会拿我的钱做好人。"

沈星乔冲他扮了个鬼脸："让你帮倒忙！"

周日，沈星乔出门晚了，打车去，偏偏碰上车祸，晚了半小时才到，连声道歉："对不起，我来晚了，你饿不饿——"

王应容从背后拿出一束花，有些紧张地递到她面前。

是百合，花香馥郁，搭配满天星和一些绿草，白绿相间，淡雅宜人。

沈星乔只是单纯来见旧友，没想到他会做出这番表示，有些不知所措，最后还是收下，礼貌地说谢谢。

王应容见她收下，立即松了口气，拿过菜单让她点菜。

"你还没点啊？就干坐着等了半个小时？"

他笑笑："不知道你喜欢吃什么。"

“我都吃的。”沈星乔接过菜单，商量着点了几个菜。

不一会儿，菜上来了，两人边吃边聊。

沈星乔问：“你怎么突然回国了？”

“毕业了自然就回来啦。”

沈星乔才想起来，算了算时间：“你博士毕业啦？”

“嗯。”

“哇哦，厉害，你是我认识的学历最高的人。这次回来，打算不走了？”

王应容点头。

“现在在哪儿工作啊？”

“学我们这个专业的，除了教书就是做研究，我打算一边教书一边做研究。”

“哦，哪个大学？”

“北大。”

沈星乔发出惊叹，竖起拇指，赞道：“不愧是学霸！现在真要叫你王老师了，过两年该叫你王教授了吧？”

王应容对自己的人生道路一直有清晰的规划，没有反驳，只说：“还早着呢。”

“那你要去北京工作喽？”

“聘书刚拿到，年后开学才上班呢，有两个多月休息。”

“真好，老师有寒暑假，不像我们，每天朝九晚六，除了法定节假日，年假只有五天。”沈星乔表示羡慕。

王应容说：“回国也没跟我说，换了手机号也不通知一声，我早就想联系你了，费了好大劲才找到你的淘宝店。”似乎有点怪她。

沈星乔忙说：“我微信群发了。”

王应容“哎”了声，痛定思痛地说：“我这就重新申请个微信号。”赶在离开前，加了沈星乔好友。

两人坐地铁回去，沈星乔见他跟自己一个方向，用疑惑的眼神看他。

王应容说：“我送你回去吧。”

沈星乔忙说不用不用，王应容笑：“这又不是在巴黎，怎么，你还担心我不认识路啊？”

沈星乔只能作罢，王应容将她一直送到舅舅家小区门口才回去了。

王应容刚走，一辆车在沈星乔身边停下，高舅舅从外面回来，滑下车窗，问她：“要不要上来？”

沈星乔嘻嘻一笑，跳上了车。虽然没多远，不过能少走一步是一步。

高舅舅看了眼她手里的花，说：“这男孩就是高以诚介绍的？看着有点眼熟啊。”

沈星乔无语，怕他误会，不得不解释：“不是，是我同学，叫王应容，曾经来过家里一次，您还记得吗？”

高舅舅想起来了：“哦，那个高考状元！原来是他啊，他不是去剑桥读书了吗？回国了？”

“嗯，现在在北大任教。”

“哎呀呀，真是出息！”高舅舅一听肃然起敬，到家还在感叹，“生子当如是啊。”

弄得高以诚有点讪讪的，说：“王应容回来了？我得请客，当年高考多亏了他，不然我现在还不知道在哪个犄角旮旯里待着呢。”

高舅妈是女人，心思转得快，见王应容送沈星乔回来，还送花，觉得有戏，说：“要不把他请家里吃顿饭吧，多做两个菜，他也不是第一次来。”

高舅舅表示赞同：“这样好，亲近又随意，我还想跟他聊聊天呢。以前就觉得他目标坚定敏而好学，有老一辈知识分子的风范，将来一定大有作为。”

因为是高以诚出面请人，沈星乔不好阻拦，有些头疼地听着大家议论王应容，尤其是舅舅，各种溢美之词跟不要钱似的。高舅妈回房后调侃他：“你恨不得人家是你儿子是吧？”

高舅舅立即住嘴不说了，高舅妈却笑了：“当不成儿子，当外甥女婿也不错嘛，肥水不流外人田。”

纪东涵、纪又涵、关幕青一家出动陪纪晓峰到北京，在医院住下后，主治医生说病情很复杂，开了好几次会讨论怎么治疗。纪晓峰让两兄弟回去，说：“你们留下有什么用？这是一时半会儿能治好的吗？有你妈跟保姆就行了，公司一大堆事等着你们呢。”

纪东涵记挂着公司，当晚就回了江城，纪又涵又陪了两天才回去。

一到家，他就接到张妙楚电话，要他参加自己生日 Party。纪又涵冷冷地说不去：“我爸还在医院生死不明呢。”

张妙楚愤愤地挂了电话。

张妙楚二十八岁生日，没有大办，包下一块场地，请了一些关系好的朋友，无限供应酒水自助餐，准备了几个别出心裁的游戏，还请了乐队，大家尽情玩乐一天。

张遂带着女朋友来了，找了一圈，问："纪又涵呢？"

张妙楚的闺蜜吴醉墨说："没来，太过分了，场面功夫都不做。"

张妙楚为了自己面子着想，只好说："他爸住院呢，没心情来这种场合。"

吴醉墨说："又没让他吃喝玩乐，露个面总行吧？来都不来，还未婚夫呢，太不把人放在眼里。"

张妙楚嘴上不说什么，越想越气，她可不是那种受了委屈默默忍受的人，拿出手机上了淘宝，从交易订单里找到沈星乔电话，一开口就问阿尼斯贝包包库存有多少，她准备买来送人。沈星乔正要下班，都不知道是谁，心想大概是哪个老顾客，看了下后台，说目前现货有十七个。

"我全要了，不过你能不能亲自跑一趟？我现在就要。"张妙楚挂了电话，直接把地址发给她。

沈星乔有种天上掉馅饼的感觉，她赶快打车回家，和司机一起把包包全搬到车上，拿出手机，照地址找到地方。

下了车，给了司机双倍的钱。十七个包装完整的包包堆成两列，有大半个人高，沈星乔两只手根本拿不过来，打电话给张妙楚，问她能不能来拿一下。

张妙楚带人出来，把包搬进去，问她："你支付宝账号多少，我这就转账给你。"示意她进来再说。

沈星乔见到是张妙楚，脸色有些不好，可是没办法，还没给钱呢。

张妙楚并没有立即转账，而是开了瓶香槟，从酒杯堆成的塔顶往下倒，等大家注意力都集中到她身上，指着地上的包包说："今天来的女士，每人发一个包。"

众人一片欢呼。有人插科打诨问："那男士呢？"

立即有人骂："你还要不要脸啊？"

大家笑成一团，香槟鸡尾酒满天飞，现场气氛奢靡又欢快。

沈星乔一刻都不想待，可是又不好催着人要钱，无奈地站在那里，显得格格不入。

张妙楚用手机对着她偷偷拍了张照，传给纪又涵。

张遂远远地打量着沈星乔，说："原来纪又涵喜欢这样的，长得不怎么样嘛。"

吴醉墨哼道："这些女孩我见多了，成天想着钓金龟婿，打着感情的幌子，扒着就不放手，也不看看自己配不配。”拿了个包，走到沈星乔面前，递给她，轻蔑地说，“辛苦你跑一趟，就当小费，拿着吧。”

沈星乔听对方口气不对，抬头看她。

吴醉墨装作失手的样子，包掉在地上，口里说：“哎呀，你快捡起来。”

沈星乔察觉到对方的敌意，转头就走。招数太老套了，她都看不下去。

吴醉墨拦住她，傲慢地说：“你眼光太差了，纪又涵可没有多少钱，他上面还有个哥哥，将来家产都是他哥哥的，他一个私生子，想争也争不到什么。你要找有钱人，应该钓他哥哥纪东涵才是。”

沈星乔冷冷地看着她。

吴醉墨装模作样地拍了拍额头：“哦，对了，在我们眼里，纪又涵没什么钱，对你们来说就不一样了，有几套房两辆车大概就是你们口里的金龟婿了吧。”

沈星乔慢慢笑了：“你在向我炫耀你有钱？你觉得我会羡慕嫉妒？我嫉妒什么？你是真诚善良富有同情心，还是聪明勇敢充满责任心？抑或才华横溢学识渊博出类拔萃？你又有什么好羡慕的？凭你无礼的举动、肤浅的言论还是身上穿戴的昂贵的衣服首饰？仅凭物质可不够让我既羡慕又嫉妒啊。我承认有钱很好，可以做很多事情，不过有时候也没什么用，比如当你考试永远不及格的时候，你爱的人却不爱你的时候，又或者羞辱别人却不成的时候。所以你看，它没有你认为的那么神通广大呢，你到底有什么好炫耀的？”

吴醉墨被她连珠炮似的一番话堵得哑口无言，张妙楚自然不甘朋友受辱，站出来说：“你这么义正词严，你的所作所为又是怎样呢？只要喜欢，无论道不道德都不在乎吗？”直戳沈星乔痛处。

沈星乔脸色微白，面对她始终有些理不直气不壮，却不甘示弱，反问：“那么你今天的所作所为就是光明正大的吗？”

张妙楚不说话了，她确实没安好心。

周围静悄悄的，大家全在看沈星乔，只有嘈杂的背景音乐还在歇斯底里叫个不停。沈星乔环顾全场，觉得自己跟他们完全是两个世界的人，道不同不相为谋，拿出手机，输了一行字，对张妙楚说：“账号已经发到你手机上了，谢谢照顾生意。”

沈星乔扬着头，大步离开。

在回去的路上，她做了一个决定。

纪又涵看到张妙楚发的照片，眉头皱起，想了想，关了电脑下班，赶到派对现场，沈星乔已经走了。

张妙楚见到他，冷哼一声："不说不来吗？怎么又来了？"越发恼火。

纪又涵四处张望。

"找人？不巧，刚走。"

纪又涵眼神不善地看着她："你把沈星乔叫来做什么？"

"怎么，心疼了？"纪又涵的话无异于火上浇油，张妙楚柳眉倒竖，双目圆睁，"怕我欺负她？我就欺负她怎么了！"

纪又涵不想跟她吵，见沈星乔不在，转身欲走。

"你给我站住。"张妙楚冷声喝道。

纪又涵无奈地看她："你不是无所谓吗？不是各过各的吗？现在又在干什么？"

"我想干什么就干什么，今天无所谓，明天有所谓，反复无常那又怎样？"张妙楚嫉妒沈星乔不是因为纪又涵，而是没有人像纪又涵这样魂牵梦萦地爱着她。她嫉妒爱情本身，因为知道自己永远得不到这样纯粹热烈的爱情。

纪又涵出来立即给沈星乔打电话，问她在哪儿，他想去找她。

沈星乔回了自己住处，声音平静地说："你不要来找我，我也不会再见你。大概是我的不干脆，给了你错觉和鼓励，让你觉得我们好像还可以若无其事地在一起。"今天的当头一棒，让沈星乔醒悟过来，明白她做不到。

"不清不楚最是伤人伤己，我们就这样吧，希望你保重身体，好好照顾自己。"

沈星乔平缓得几乎没有起伏的声音像一把无情的利刃，猛地插进纪又涵心里。他红着眼睛声音嘶哑地喊道："星乔！"

听到他呼喊自己名字，沈星乔忽然想到他用自己生日做手机密码，眼泪哗地流出来。她颤抖着挂了电话，蹲在地上埋头痛哭。

纪又涵木然地站在那里，三魂七魄好像都散了，难过得不能自已。

为什么，为什么命运要这样捉弄他？他们明明那么爱着彼此，为什么就是不能在一起？上天何其不公！

爱情开始时让人目眩神迷不能自持，结束时又让人心碎欲绝肝肠寸断。大概所有事情都是这样，越美丽越危险，希望的同时又伴随绝望。

沈星乔病了，着凉感冒，咳得胸口都疼，周末强撑着病体去舅舅家。王应容应邀来吃饭，早早就到了，关心地问她要不要紧。她摇头，用手捂着嘴巴:“普通感冒,已经吃了药。你离我远点,小心传染给你。”

“没事,传染就传染,反正不用上班。”王应容一点都不在意,挨着她在沙发上坐下。

沈星乔不自在地动了动。

“怎么病了啊?太不会照顾自己了。你看你,几天不见,瘦了好多,气色也不好,怪叫人心疼的。”王应容语气亲昵地说。

沈星乔看着他,眼中神情有些复杂,过了会儿站起来,去洗手间洗了个手,回来对高以诚说:“我有点不舒服,想睡会儿,吃饭时叫我。”

高以诚在她的位置坐下,陪王应容说话,招呼他吃水果零食。

沈星乔因为生病,没胃口,满桌子的菜没动,喝着高舅妈专门给她做的蔬菜粥。王应容见状舀了勺豆腐,说:“吃点豆腐吧,补充蛋白质。”

沈星乔不好拒绝,点了点头。此后王应容时不时给她夹菜,不是香菇菜心就是芹菜豆干,都是清淡爽口适宜病中吃的。沈星乔见高以诚用打趣的眼神看她,忙说:“不用了,不用了,我想吃会自己夹,你是客人怎么能麻烦你,你吃你的,可别饿着。”王应容这才算了。

虽然大家没说什么,沈星乔却感觉十分窘迫,匆匆把粥喝完,就下桌了。

高以诚凑过来,捅了捅她说:“王应容是不是喜欢你?胆子真大,当着大人的面明目张胆地追求你,就差昭告天下了,接下来是不是要求婚?”

这是沈星乔最害怕的,王应容看似温和儒雅,出手却直中要害,她简直难以招架。

吃完饭,因为沈星乔神情恹恹的,精神不大好,陪王应容说话也是强撑着。王应容没有多留,高舅妈让沈星乔送下他,其意思不言而明。

沈星乔像是反应迟钝,好半天才站起来。

换了鞋出来,等电梯时,沈星乔故意咳了几声。

王应容想和她独处一会儿,才没有拒绝她的相送,见她这样,有些心疼:“你还好吧?”犹豫了一下,“要不你还是别送了吧,生病了,不能吹风。”

沈星乔没客气:“那我就回去了,有些头疼,你路上小心。”

高舅妈才把门关上,见她就回来了,问:“这么快就回来了?没送王应容下楼?他怎么回去?坐公交车还是地铁?”

“地铁吧。”

“哎呀,地铁站远着呢,早知道让你舅舅送他。”

高舅妈一点都不拿王应容当外人，这让沈星乔压力很大，她觉得不能再这样下去，当断不断自取其乱。她跟着高舅妈进了厨房。

高舅妈一边洗碗一边打听王应容的情况，问他父母做什么的，家里有没有兄弟姐妹，房子买了没，月薪多少，俨然是拿他当结婚对象看。

沈星乔小声说：“舅妈，我挺喜欢王应容，不过我不爱他。”

高舅妈停下动作，拧开水龙头冲干净手上泡沫，在围裙上擦了擦，转过来看她，想了想措辞说：“过日子都是柴米油盐，家长里短，哪有那么多爱不爱的。你还年轻，总觉得爱情是一切，可是爱情和婚姻是两回事。谈恋爱可以不管不顾，结了婚就不一样了，买菜做饭带孩子，拖地洗碗洗衣服，都要人做，爱情再美也抵不过生活中这些琐碎事情啊。”

“我知道，可是您想过没有，如果不爱一个人，怎么能长年累月忍受生活中这些琐碎小事呢？不爱就不会足够理解包容，生活里一点点问题都会放大争吵，动辄得咎，所以离婚率才这么高。现在跟以前不一样啦，现在女孩子经济独立，精神也独立，至少我自己是这样，不靠老公吃饭，也耐得住寂寞，那么，我一直有个问题，为什么结婚？”

高舅妈还是传统想法：“男大当婚女大当嫁，到了年纪自然要结婚。”

“不，不是为了结婚而结婚，也不是为了房子车子结婚，更不是为了他对你好结婚，而是应该为了爱情结婚。”沈星乔说话声音不大，神情却很坚定。哪怕以后不爱了，至少无怨无悔。

结婚本来就应该是两个相爱的人在一起，互相忠诚、宽容、守护，无论贫穷富贵、疾病健康、失意得意，永远不离不弃。为什么大家都忘了呢？

高舅妈好半天没说话，最后说：“有情人终成眷属，都是书上说的，哪有那么容易！照你这样，你不结婚啦？”

“我不知道，但我知道我不能和王应容结婚，我不想害了他。”

“王应容挺好的啊，长得不差，文质彬彬的，又聪明又有前途，看得出很喜欢你，你就这么讨厌他？”

“我怎么会讨厌他，相反从朋友角度我很喜欢他，甚至崇拜他。”

可是不爱他。她爱过人，知道爱一个人是什么感觉。

沈星乔很了解自己，如果两人硬要凑成对，她一定会在某些地方拿王应容和纪又涵作比较，这对他是残忍且不公平的。

高舅妈叹气：“你这孩子，还是太理想化，以后有的苦头吃！”

沈星乔也很茫然：“也许吧，也许将来我孤独终老，无依无靠，也许某一天我无法忍受改变了想法，可是至少现在我是这么认为的。”她还没有被生活打垮，她还不想妥协。

高舅妈摇头："你呀你，等你老了，一个人生病没人照顾的时候就知道日子多凄凉了！"

沈星乔强笑说："所以要努力赚钱啊，虽然钱不是万能的，却可以解决这个问题。"

高舅妈晚上把沈星乔的想法跟高舅舅说了，一脸担忧地说："你说现在孩子都怎么了？看星乔这样，根本就不想结婚，可愁死我了。"

高舅舅是男人，一向心粗，只是说："没有白出国读书一趟，见识就是不一样。不过理想很丰满，现实很骨感哪。"因为爱情结婚，那得要多坚定的信念多大的勇气才能做到啊！

高舅妈忽然说："是不是失恋闹的，一时没缓过来？"

高舅舅打破她的幻想："这哪是一时气话，想得这么通透，明显就是深思熟虑过的。"

高舅妈唉声叹气。

12月了，天气一天比一天冷，这天刮起大风，温度骤降。

王应容给沈星乔打电话，嘘寒问暖："刚才出去，外面好冷，都穿上大衣了。你衣服穿得够吗？"

"听天气预报说要变天，出门前特意多穿了件毛衣。"

"嗯，注意保暖，你感冒好了吗？"

"差不多好了。"

"下班去吃羊肉火锅怎么样？这个季节吃最好了。"

沈星乔有话跟他说，答应了。

王应容老早就到沈星乔公司楼下坐着等她。

沈星乔下班，见到他说："你可以直接去餐厅啊，不用绕一大圈来接我。"

王应容说："没事，我在休假，又不赶时间。"他想早点见到她。

两人推门出来，寒风一吹，沈星乔哆嗦了下。

王应容拿下围巾，围在她脖子上，说："这还是当年你送我的呢。"

沈星乔有些惊讶："你还在用啊？"摸着格子围巾，有些唏嘘伤感，今天注定不是一个愉快的夜晚。

"质量很好，永远都不过时。"他用得很小心，每年冬天一过就拿去干洗收起来放好。

沈星乔脚下一停，风呼呼从脸上吹过，冷冰冰的，轻声说了句：

"走吧。"

纪又涵待在车里，远远看着两人的亲密互动，一颗心如坠冰窖。他实在太想沈星乔了，她不见他不要紧，他只要偷偷看她一眼就好，这几天每天都在这儿等着。

他做着一个人的梦，可是此刻残忍的事实粉碎了他的自欺欺人。从此他连梦都没有了，空白一片，只剩荒芜，没有任何念想、希望，人生犹如进入一片灰色地带。

他终于明白，既然做了选择，注定要失去。

他像个奥运会被罚下场的选手，彻底失去了角逐金牌的资格，抱憾终身。

羊肉鲜嫩美味，冬天吃最是滋补暖胃，沈星乔和王应容胃口大开，吃完浑身暖洋洋的，出来都不觉得冷了。王应容送沈星乔去坐地铁，两人沿着人行道慢慢走着。路边的梧桐树叶短短几天时间全部掉光，光秃秃的。行人步履匆匆，街道有些冷清。

沈星乔双手插在口袋里，看着昏黄的灯光从高高的路灯上倾泻而下，像一个罩子，把人罩在其中。她呼了口白气，忽然说："你知道我和纪又涵的事吗？"

王应容怔了下，没想到她会说起这个，他当然知道，从在巴黎沈星乔的公寓里见到纪又涵那刻起，他就明白了。好一会儿，他才说："他不是订婚了吗？"

啊，原来他什么都知道！沈星乔长长吸了口气："你知道吗？我真的很崇拜你，你聪明优秀意志坚定，完全是我梦想里成为的样子。我们的征途是星辰大海，听起来就让人热血沸腾。我小时候还想过当科学家呢，可惜数学太不争气，能及格就不错了。"

王应容并没有因为她的赞扬露出得意之色，而是神情不安地看着她。

"相反，纪又涵不学无术好逸恶劳，可是我喜欢他。"

王应容脸色一白，明白她今天要说的是什么了，有些悲伤地说："可是他已经订婚了。"还是本市首富之女。

"我知道，我们不可能了。"沈星乔淡淡地看着他的眼睛，"我一直把你当良师益友，如果可以，希望能继续这样。"如果不能，那也没有办法。

"高考时你帮我补课的情形，直到现在我一闭上眼睛就能想起，以后也永远不会忘记。我不是个活泼外向的人，从小没什么朋友，而你，是我最重要的朋友。”

只是朋友而已。王应容神情十分失落。

沈星乔见他这样，很是内疚，可是她不得不快刀斩乱麻，轻声道：“对不起。”

王应容站在那里看着她离去，悲伤像流水一样将他淹没。他想起沈星乔趴在课桌上睡觉的样子，脸上一道红红的印子；想起她痛经时面无血色极力忍耐的样子；想起两人一起爬山偷瓜狼狈却快乐的样子；想起她为自己围上围巾嘴角含笑神情温柔的样子；想起她躺在草坪上睡得无知无觉宛如睡美人的样子……

千百种样子的沈星乔，或欢喜或安静或温柔或痛苦，从此都跟他没有关系了。

王应容的心空茫茫的，里面似乎有风不停吹着。

他抬头看着天空，漆黑的夜空，隐隐有几颗星星。宇宙如此深邃宽广，个人的悲喜不过是俗世中的一粒微尘，转瞬即逝，却让人刻骨铭心。

似此星辰非昨夜，为谁风露立中宵。

过了差不多一个星期，沈星乔收到王应容的微信，发了两张图片，两件女装大衣，一件红色，一件驼色，问她哪件好看。沈星乔得知是给他姐姐买，问了他姐姐性格，选了红色那件，说冬天红色亮眼。

她很庆幸没有失去这个朋友。

随着新年的来临，公司进入了一年中最忙碌的时候，沈星乔可谓焦头烂额、疲于奔命，几乎每天晚上十点以后才能到家。可是淘宝发货也不能耽误，高舅妈接过了这个难题，她每天下午过来一趟，等快递把件拿走再回去，有时候还会做好饭菜，沈星乔回来只要热一下就能吃。元旦放三天假，她却不能休息，除了包货发货忙淘宝的事之外，转运中国香港的包裹丢件了。为了处理这件事，她一个星期没休息好，因为是奢侈品，Léo 寄出的时候每一单都会投保，尽管如此，索赔的过程也是各种刁难推托，一个月后，赔款还没有到账。

沈星乔觉得不能再这样下去，她很久没有休过假了。

跟 Léo 视频时，Léo 也说代购工作量大增，已经影响他正常生活了。

生意一天比一天好，两人都发现了其中的商机。

沈星乔觉得自己站在分岔路口上，一条是平稳的小道，一条是危险却充满机遇的捷径。她需要做决定，要么安于现状，要么奋勇一搏。

她问 Léo 他们能不能成为阿尼斯贝的代理商。

Léo 有点惊讶："你想成为阿尼斯贝的代理商？就凭我们一个网店？"

"事在人为，注册公司也不是多难的事。"

年前，沈星乔说了她想辞职代理阿尼斯贝的事。高舅妈不同意："做生意哪有那么容易，还记得钱阿姨吗？她老公辞了工作开酒楼，总以为做餐饮稳赚，多年积蓄赔了个精光，辛辛苦苦二十年，一朝回到解放前。你一个女孩子，有稳定的工作，还能赚外快，这样就挺好，那么累干吗？有钱不如买个车，有房有车的，日子多舒服！"

过年回家，沈妈妈已经在小区附近开了个超市，雇了两个人帮忙，收银都是她或沈爸爸，勉强养家糊口。弟弟过年就十岁了，在读小学，沈妈妈说他想学钢琴。

沈星乔问他："小提琴不学得好好的吗？怎么想学钢琴？"

他好半天才说："喜欢钢琴。"

"你拉一段小提琴我听听。"

学了两年，一支曲子还是拉得跟锯木头一样。

沈妈妈说："想学钢琴就让他学吧，总要他喜欢才行。"

沈星乔腹诽，小提琴学不好，钢琴就能学好啦？不过这话她不能说。

第二天一家人上琴行挑钢琴。沈星乔觉得初学者，国产的就挺好，弟弟看不上，非要德国产的，打完折近四万。毫无疑问，钱是沈星乔出。

沈星乔苦笑，单凭工资，她就是省吃俭用一年，也攒不下四万块。也许她该庆幸，弟弟没有选三角钢琴。

这次的事，越发坚定了沈星乔努力赚钱的心。

年后 Léo 回复她说阿尼斯贝走的是中低端路线，可以代理，不过要有一定资格才行。

说来说去都是钱的事。

沈星乔手里的那点存款可不管用，唯一值钱的就是名下的房子，她做了生平最大胆的决定，瞒着家里把房子卖了。

因为急等着钱用，要价不高，在房产中介没挂一个月，就有一对新婚夫妻看中房子，付的是全款。沈星乔缴清银行贷款，拿着到手的六十五万现款，被高舅妈骂了个狗血淋头："你无法无天了，卖房子说都不说一声！"

沈星乔缩着脖子不说话。

高舅妈恨恨地说："你那房子，怎么能只卖这么点钱？装修就花了十来万，年后房子又涨了，你不赚就算了，居然赔钱卖房子！”

沈星乔小声说：“有些税要交，银行还有违约金——”

“买房不都是买家交税吗？哪有卖家交税的？你怎么就这么傻！”

高舅舅出来打圆场：“算了算了，卖都卖了，有什么办法。”说沈星乔，“房子是你的，你要卖，还能拦着你不成？说一声，舅舅可以帮你打听打听谁要买，省得这么贱卖了。”

沈星乔被说得惭愧又茫然。她可谓是孤注一掷，也不知道这个决定是对还是错，内心一直战战兢兢、如履薄冰。

沈星乔出了七十万，把 Léo 也拉进来，两人凑了一百万注册了个公司。

法国签证一下来，沈星乔就辞了工作，飞去巴黎跟 Léo 会合。两人摩拳擦掌，准备大干一场。和阿尼斯贝负责人谈合同是沈星乔最煎熬的事，双方扯了大半个月才把细节谈妥，预付了一笔不小的保证金。

沈星乔在繁华的中山路租了家店铺，雇了两个人，开了国内第一家阿尼斯贝专卖店，同时在网上开了天猫旗舰店，线上线下同步进行。

一开始自然是入不敷出，租金、水电、人工样样要钱，沈星乔都急红了眼，让 Léo 站在门口名为打包装袋，实为招揽生意，果然吸引了不少女顾客流连驻足。

阿尼斯贝毕竟不是国际一线大牌，很多人不知道，价格也不便宜，一开始生意不好，差不多亏了半年才开始收支平衡。

好在沈星乔早有心理准备，万事开头难，目前最重要的是提高品牌知名度，尽快打开局面。电视广告明星代言目前她还承受不起，她是做网店起家的，开始在淘宝上大力推广营销。

第一年过得很艰难，大家都不看好她，说阿尼斯贝什么牌子，听都没听过，几千块一个，网上卖卖也就算了，实体店哪卖得动。

沈星乔面对惨淡的销售额，曾有一段时间非常沮丧。倒是 Léo 想得开，安慰她说失败了也不过几万欧，就当吸取教训，他们还年轻，钱努力再赚就是。

随着坚持不断的推广营销，天猫旗舰店销量逐日增加，实体店情况却没那么快好转，不过两相抵消，总算不亏钱了，沈星乔好歹松了口气。不用像个无底洞不停往里投钱，此时的她已经谢天谢地。

第一年基本上没赚钱，沈星乔穷得过年连件新大衣都舍不得买，劳心劳力，累死累活，勉强站稳脚跟。

十月的一个晚上，沈星乔在外跑了一天，回来还要忙淘宝，累得倒头就睡。半夜被手机吵醒，是个陌生号码，看了眼时间，凌晨两点十分。铃声不停地响着，本来要挂断，不知道为什么，她心念一动，手指滑向绿色的接听键。

对方许久没说话，隐隐有呜咽声传来，像是呼啸的风声，又像是隐忍的哭泣。

她神情微变，忙坐起来，小心翼翼地喊："纪又涵？"

纪又涵蹲在医院楼梯里，哭得像个孩子，满脸是泪："我爸爸走了。"

纪晓峰住院后，年前开了一次颅，医生说手术很成功。大家欢天喜地，以为很快就会好，没想到病情反复，脑内又长了一个肿瘤，而且恶化得很快，熬到十月终于不治而亡。

沈星乔艰难地开口："你要节哀。"

纪又涵哽咽说："其实走了也好，每天看到那么多仪器插在他身上，头发掉光，瘦骨嶙峋，吃也不能吃，喝也不能喝，呼吸都困难，走了省得受那么多的罪。"

"生老病死，我们迟早也有这么一天，你不要太难过。"

"我以后没有爸爸了。"纪又涵声音嘶哑地哭道。

沈星乔默默听着他的啜泣，无声地安慰他。

面对死亡，语言是如此苍白无力。没有人能帮他，一切只能靠他自己挺过来。唯有勇敢坚强，才能逆风飞扬。

纪家两兄弟彻底闹翻了，因为纪晓峰的遗嘱。纪晓峰名下37%的股份，只转让了22%给纪东涵，剩下的15%给了纪又涵。不过这15%的股份是有条件的，纪又涵五年内不得转让变卖。纪东涵快气炸了，如果不是他母亲早就转了8%的股份给他，自己也有一点散股，他都成不了第一股东，而纪又涵一跃成为公司第三大股东。

纪东涵脸色铁青回到纪家大宅，对关幕青说："公司又不是老头子一个人的，创业之初是你和他一起辛苦打拼，厂子建立的时候外公出钱又出力，关家在背后可没少帮忙。凭什么？凭什么给那小子15%的股份？"给个5%意思一下也就罢了，居然15%，没比自己少多少！

关幕青也很生气，虽然房产、现金大部分给了她，可是老头子明摆着偏心眼。纪又涵进公司工作才几年？论年纪论资历论功劳，有什么资格得到比她还多的股份？她辛辛苦苦风风雨雨陪了他一辈子，到头来连个私生子都不如！

不过气归气，纪晓峰人都走了，他们也无可奈何，死者为大，丧事还是要好好操办。

纪晓峰的丧事很隆重，追悼会来的人很多，几乎将一条街堵住了。当地葬礼有许多风俗，要请道士，按照风水摆设灵堂，亲朋好友来吊唁时家属要跪拜迎送。一通丧事办下来，纪家所有人都瘦了一圈。

尾七一过，丧事就算完了，纪东涵开始对纪又涵出手，借口公司经营状况不佳要裁员，把孙蓬、赵彬等几个纪又涵的亲信全裁了。如今纪又涵不但是市场部经理，还是公司大股东，纪东涵暂时拿他没办法，便从他身边人下手。

孙蓬、赵彬得到裁员的通知，愁眉苦脸地来找纪又涵。

纪又涵脸色阴沉地坐在那里，忍着怒气说："你们明天照常来上班，该干什么干什么，我看谁敢拦着！"他刚才去堵人事部经理，人不在，大概知道他要来早就溜了。

全公司的人都知道兄弟俩斗法，底下的人谁也不敢乱得罪，孙蓬、赵彬就这么不明不白地留在市场部，也没人过问。

到了月底，纪又涵自掏腰包给他们发工资。

纪东涵懒得在这些小事上跟纪又涵计较，在公司高层会议上提出撤掉卫浴电器计划，说公司这一年营业额不理想，应该调整方向，不宜开发新产品，致使资金周转困难。

纪又涵自然不答应，新型热水器都快研发成功，前期投入了那么多人力物力财力，现在竟然要撤掉？当场据理力争，先是报告电器计划进行到哪里，未来前景如何广阔诱人，最后指责纪东涵公私不分排斥异己。

新上任的纪董一言不发，将一份文件扔到他面前："这是今年的财务报告，公司营业额比去年下降了近 30%，还要维持正常运转，哪有钱投资你的那些计划？"

因为纪晓峰的生病去世，泰瑞这一年风雨飘摇，举步维艰。纪又涵一时无话，好半天说："我会想办法去拉投资。"

"行，能拉到投资是你的本事，公司不会再投钱进去。"

可是拉投资谈何容易，尤其是现在的泰瑞，新旧交替，人心惶惶，大家都持观望状态，没有一个人肯雪中送炭。纪又涵一次次被拒，眼看就要停工，他索性自己出资，钱不够就卖房卖车，年底股票分红也投进去，豁出一切坚持着。

张遂来找张妙楚："你知道吗？纪又涵的兰博基尼卖了。"

张妙楚很惊讶:“他破产了吗?”

“早就有谣传说他卖房卖车,我一直将信将疑,昨天亲眼看见一个朋友的朋友开着他的兰博基尼,听说三百万买的,没开几次,跟新的一样,真是捡了个大便宜。”

张妙楚皱眉:“他就这么缺钱?”竟然到卖房卖车的地步?

“反正他现在日子不好过。他爸一走,他就卖房卖车,遗产应该没分到多少,纪东涵又对他打压得厉害,将来还不知道怎么样呢!现在反悔还来得及。”张遂意有所指。

大家都没忘记,两人还有婚约在身。

张妙楚低头不语。这桩联姻本来就非她所愿,只是纪家突遭大难,他们张家不好在这个时候背信弃义,落人口实。

纪又涵诸事不顺,沈星乔的生意却是渐入佳境。有女明星背着阿尼斯贝出街,某时尚杂志对其一身行头一一作了点评,无形中为她打广告,专卖店生意一下子火爆起来,知名度渐渐打开。

沈星乔问 Léo:“要过年了,大家都放假,你不回国吗?”

Léo 说:“中国过年,法国又不过,我回去做什么?”

“春节那几天,所有店铺关门,外卖都叫不到,到时候你吃什么?”

Léo 没想到这么严重,第二天跟她说:“过年我要出去玩,来中国这么久,哪里都没去过。”

既然他有所安排,沈星乔也就不管了。

年底几天正是忙的时候,一直到大年三十才稍微清闲了点儿。淘宝已经停了,沈星乔给店里的小姑娘放了假,自己站好这最后一班岗。

大街上不少店铺关了门,客流量锐减。沈星乔一个人守店无聊,推门出来呼吸新鲜空气。一个十来岁的男孩在玩滑板,“砰”的一声摔在地上。她忙跑过去,扶他起来:“小朋友,你没事吧?”

那男孩疼得眼泪汪汪,却摇摇头。

沈星乔见他手掌擦破了皮,让他等着,回去拿了创可贴给他贴上,问他:“大过年的,你怎么一个人?你爸爸妈妈呢?”

“在上班。”男孩道过谢,拿了滑板要走。

原来和她一样寂寞。

“哎!”沈星乔叫住他,“我请你喝饮料怎么样?”

沈星乔让他在休息区的沙发上坐下,冲了两杯奶茶招待他,和他聊一些学校里的事情。

纪又涵坐在车里远远看着，说不出地羡慕那个男孩。

公司放假了，以往每年都要回纪家大宅过年，虽然不怎么愉快，却像一个不得不遵从的仪式，早已习惯。今年纪晓峰走了，秦阿姨打电话问他回不回来，他说不回去，对方也就算了，再也没人像老头子那样逢年过节便催逼着他回家，往年最痛恨的事情如今变成了最温暖的怀念。他一个人百无聊赖，躺在床上看着天花板，空荡荡的，没有一点人气，原本藏起来的寂寞在这个特殊的日子里现了原形，像影子一样无处不在跟着他。

他听歌，看电视，喂鱼，还是无法忍受这种寂寞，开着车在大街上到处游荡，最后来到中山路。他看着沈星乔把促销广告牌搬出来，拿着抹布认真地擦着玻璃，忙完又整理货架，然后推门出来伸了个懒腰，望着天空发呆。

一个男孩滑着滑板冲过来，摔倒了。

沈星乔领着他进去，两人坐在沙发上喝饮料。

纪又涵想象着那个男孩是自己，不知道沈星乔会对他说什么。

一杯奶茶喝完，沈星乔送那男孩出来，叮嘱他早点回家，不要在外面流连。

沈星乔冲那男孩挥手，突然眼睛看向他的方向，像是发现了什么。

纪又涵赶紧低头，再抬起来时她已经进去了。

他怅然若失。

明年岂无年？心事恐蹉跎。

正月去张家拜年时，张妈妈提到他跟张妙楚的婚事，问他什么想法。

纪又涵淡淡地说：“我总要守孝三年。”

张妈妈不吭声，等他走后，不满说：“楚楚过完年二十九，再等三年，都成老姑娘了！”

张家都觉得纪又涵坚持守孝三年的做法有些过了，可是谁也不能说什么，对外还要称赞他一声仁孝。

沈星乔在舅舅家过的年，大年初一回家，初四回了江城，初五开业。初七 Léo 回来了，送了她一罐刺儿茶。沈星乔看着上面写着“永州特产”，说：“你去湖南永州了？”

“对啊，我去找我外公出生的地方，一路打听，得到很多人的帮助，原本没抱什么希望，没想到真的找到了。我本以为要翻山越岭，做好了各种吃苦受累的准备，哪知公路一直修到山脚下，一路都是坐车，跟外公记忆里的故乡完全不一样，变化太大了！你知道吗？村里还有老人记得我外公，说他是留洋第一人，十里八乡大名鼎鼎，可惜亲戚都失散了，找不到了。他们还举行宴会招待了我，所有人坐在长得望不到头的桌子两边，喝酒吃肉，唱歌跳舞，热情又淳朴。"Léo 兴奋地说着。

Léo 拿出一张老槐树的照片给她看："这棵树在村头，有三百多年的历史，外公曾经爬到树上掏过鸟蛋。我妈看到这张照片，都哭了，让我打印出来烧给他老人家。"他最后感叹，"这趟永州之行让我学到了很多，我有点明白什么是历史和传承了。"

沈星乔很高兴他能有此收获，笑道："你这一趟，没有欠下什么风流债吧？"

不幸被她言中，Léo 在路上认识了一个中国女孩，两人度过了美好的一个星期。

"星乔，你不要这么压抑克制自己，喜欢就用力去喜欢，悲伤就尽情发泄出来，遇见了什么，就享受什么，不要犹豫不要害怕，谁也不知道明天是不是世界末日。中国人有句话，我觉得很有道理，叫什么有花就摘，不要等到没有花想摘都摘不了。"

有花堪折直须折，莫待无花空折枝。

沈星乔轻叹："你知道吗，中国人还有句话，叫曾经沧海难为水，除却巫山不是云。"也不管他听不听得懂，说的是中文。

Léo 看着她，突然说："你又在想他。"

"想谁？"

"你心里的那个人。"

沈星乔泪光莹然地转过身，用力把眼泪咽回去。

Chapter 13 柳暗花明

沈星乔有点意外，陈宜茗结婚居然会邀请她当伴娘。她说自己没有当过伴娘，经验不足，问陈宜茗要不要再考虑一下。

陈宜茗说："伴娘一共四个，拦门挡酒收红包都有人做，你不要做什么，只要站在我旁边就行。"

沈星乔明白了，她就是凑数的那个，答应了。

到了结婚那天，沈星乔一大早就赶到影楼化妆。坐电梯时，一个伴娘小心翼翼护着陈宜茗的肚子，不让人碰到，沈星乔才知道她是奉子成婚。听说男方是陈宜茗学长，家境殷实。

婚礼在香格里拉饭店举行。走红毯时，沈星乔跟在陈宜茗后面，帮她提着长长的裙摆。两边人群笑闹着，漫天花瓣彩纸撒向两位新人，起哄要新郎亲新娘。一道炽热的目光黏在沈星乔身上，她感觉到了，抬头寻找，那么多人里，一眼就看到了纪又涵。他穿着白衬衫戴着领结，站在红毯边上，冲着她笑，眼睛里全是她的倒影，俊美如昔。

从未想到会在这里遇见，沈星乔怔住了，有种天旋地转的感觉，裙摆一点点从手里滑落。两人视线紧紧胶着在一起，顷刻间，周围的人好像都不存在了，只剩他们，静静凝望着彼此。

有时候，一眼就是一生。

旁边伴郎拉了下她，她回过神来，新娘已经走了，忙追上去，重又提起裙摆。走了几步，忍不住回头，纪又涵还站在那里看着她。

沈星乔一路浑浑噩噩的，婚礼进行到哪一步都不知道。新娘抛捧花时，大家都跳起来抢，只有她站在那里没动。最后捧花被一个眼疾手快的伴娘抢到了，抱在怀里喜笑颜开。

在红毯上拉了她一下的那个伴郎走过来，问她："你怎么不抢捧花？"

沈星乔摇了摇头，没说话。

他磨蹭着不走，过了会儿拿出手机："你电话号码多少？"

沈星乔矜持地笑着，有点不知道怎么应付他，大喜的日子，她不想因为自己破坏气氛。

孙蓬被人推出来，只得走过来，喊了一声："沈星乔，陈宜茗找你。"

沈星乔忙对那伴郎歉意一笑："我先走了。"

她陪着新娘敬了一圈酒，抽空赶紧坐下来吃几口菜。送完客，她已经累得快站不住了，回到休息室，脱下鞋子瘫在沙发上。

纪又涵推门进来，手里端着一个盘子。她忙拽了拽裙子，坐好。

"看你都没吃什么东西，饿了吧。"

是一盘糕点，有黄金球、椰汁糕，还有一些新鲜蓝莓。沈星乔没有客气，拿起椰汁糕，一口一个，东西不多，很快吃完了。沈星乔拿起最后一个蓝莓，找地方放盘子。纪又涵接过来，顺手在她嘴角擦了一下。沈星乔神情一僵，纪又涵却像什么事都没发生似的，抽出纸巾擦了擦手。

沈星乔看着他，头发剪短，瘦了一些，最大变化是给人的感觉，不像以前那样张扬浮躁，内敛沉稳了许多，磨难使人成长，这一年多的时间，他一定很不好过。

"你还好吗？"

纪又涵眼睛落在她露在裙子外面光溜溜的脚上，阳春三月，天气还凉，没有回答，却问："刚才跟你搭讪的那个人，你给他联系方式了吗？"

沈星乔白了他一眼，懒得理他。

"你给他电话了？"

沈星乔以手扶额："这很重要吗？"

他一本正经地点头："很重要。"

沈星乔无语，试图转移话题，把手里的蓝莓递给他："你吃吗？"

纪又涵看了她一眼，直接用嘴叼着吃了，还是没放过她："你给没给？"像个执拗的孩子，不得到答案不罢休。

"你就那么介意？"

"嗯。"

沈星乔彻底被他打败，只好说："没来得及。"

纪又涵得逞般笑了，凝视着她："你今天真漂亮。"

沈星乔没好气地说："如果给了呢？就不漂亮了吗？"

"你在我心里永远是最漂亮的。"

明知道是甜言蜜语，沈星乔还是忍不住高兴，想到张妙楚，眼神微暗，移到沙发边，低头找鞋子。

纪又涵蹲下来，扶着她的脚，把鞋子套进去，手指碰到脚背，滑腻冰凉。

“不冷吗？”说着，他在她脚上吹了口热气。

温温热热，麻麻痒痒，从脚心直通心底，沈星乔哆嗦了下，推开他站起来：“我要走了。”

“我送你回去吧。”

“不用了，有人来接。”沈星乔跟主人打了招呼，出了酒店。

纪又涵不信，跟着她出来，当看到从车上下来的 Léo 时，神情复杂。看来他得跟张妙楚好好谈一谈。

张妙楚最近神出鬼没，一会儿在中国香港，一会儿在欧洲，一会儿在太平洋某个小岛上，纪又涵想找她都堵不到人，他只好打电话问吴醉墨她什么时候回来。

吴醉墨很不待见他，说：“她想回来的时候自然会回来，你管得着吗？”

纪又涵通过张妙楚朋友圈晒的照片，敏感地察觉到什么，说：“她想做什么是她的自由，不过在此之前，希望她能回来处理一下我们的事。”

张妙楚去中国香港参加朋友的生日 Party，在游艇上认识了李少棠。通过与李少棠的相处，她明白自己想要什么。如果不能在物质或精神上有所提升，她为什么要结婚？别的且不说，至少李少棠在物质上能提升她一大截，何况李少棠年纪大，为人耐心体贴，很懂得照顾人。

当纪又涵提出取消婚约时，张世林大发雷霆，甩了他一巴掌，骂他是养不熟的白眼狼。张妈妈倒是很平和，说取消也好，要是真等三年，他不要紧，女儿年纪大了拖不起。

张世林正要狠狠收拾纪又涵一顿，张妙楚知道后拦住他，大方地表示子不思我岂无他人。饶是如此，张家转头便从泰瑞的卫浴电器计划中撤资。撤资倒也罢了，纪又涵早有准备，卖房卖车也是为了应付这个，只是原先答应的诸多便利尤其是渠道那块全部泡汤，一时间弄得他左支右绌，雪上加霜。

某次张世林无意中从张妈妈和张妙楚的谈话中听到了李少棠的事，只觉人老了，管不动了，儿孙自有儿孙福，由他去吧。

联姻自此作罢。

三个月后，张妙楚结婚了。婚礼在中国香港举行，盛况空前，最让人津津乐道的是，接新娘的不是婚车，而是一溜直升机。

张世林面对和自己年纪差不多大的女婿一开始还有些尴尬，当在李少棠的帮助下，星海电器成功进入香港市场后，翁婿俩像朋友一样相处得十分融洽。

纪又涵一恢复自由身就去找沈星乔，也顾不得是大晚上。快下班了，沈星乔正对着电脑打印淘宝订单，突然接到纪又涵的电话。

“你往外看。”

纪又涵站在对面冲她挥手。

沈星乔叮嘱员工看好店，拿了包出来。

四月天朗气清，惠风和畅，街道两旁灯火通明。两人没有进商场，而是在路边的长椅上坐下。

纪又涵很兴奋，一把抱住她：“我们终于可以在一起了。”

沈星乔还有点不敢相信，他和张妙楚就这么解除婚约了，将信将疑：“你提出的？”

纪又涵不自觉地摸了下脸，不说话。从小到大，纪晓峰都没打过他耳光。

沈星乔忧心他为此付出太大代价，张家随便下一个绊子，就能叫他吃不了兜着走。

“没事儿，张妙楚也不是完全无辜。”有事他扛着就是了。他虽然挨了一巴掌，却像解开一道沉重的枷锁，心情从未有过的轻松。他后悔没有早点这么做！

沈星乔沉默半天，问：“张妙楚……她怎么说？”

纪又涵避重就轻：“她有了更好的选择。”

沈星乔默然良久：“如果你也有了更好的选择呢？”

纪又涵的兴奋像被泼了一瓢凉水，瞬间冷下来。

沈星乔发觉自己没有想象中那么高兴，她也不明白自己在怀疑害怕什么，说她还有事要忙，先回去了。

也许是太过伤心留下的后遗症，冷却了的热情，需要时间才能重新沸腾。

纪又涵突然意识到，两人的路还很长。

不过至少没有以前那么无望了。出口就在那里，只要不停往前，总能到达。

这天沈星乔正拿着对货单清点库存，迎来了一个意想不到的客人。

“欢迎光临。”小姑娘忙上前招呼。

沈星乔抬头，震惊不已，好一会儿才认出来：“魏茵？”

魏茵戴了隐形，头发染成栗色，穿着干练的黑白套装，时尚又漂亮。

魏茵有些不自然，解释般说：“我来江城出差，听说这里开了一家阿尼斯贝专卖店。”

“嗯，目前国内唯一一家。你什么时候回国的？”沈星乔热情招待她，又是拿糖果又是泡咖啡。

“读完研就回来了。”

“现在在哪儿工作？”

“北京一家投资公司。”

“听起来很厉害啊。”

“还好吧，没有你厉害，自己当老板。”

“压力很大的，下面员工全都指望着你，每天一睁眼就要想着怎么养活大家。”

“刚开始嘛，会好起来的，我对阿尼斯贝这个牌子很有信心，好多网红都在推荐。”

当年的芥蒂经过时间的洗礼在简单几句寒暄中慢慢消失了。一开始两人还有些拘谨，说到熟识的同学，回忆起巴黎求学时的共同经历，提到住过两年多的那间公寓，感觉渐渐熟悉起来。

魏茵自从做出来见她的决定，心就一直提着，此刻终于放松下来，事过境迁，大家都不在意了。

“我是来跟你道歉的，当年我太执拗，伤人伤己。”

“不不不，我也有错，不管什么原因，我不该瞒着你。”

两人看着对方，同时笑了。

渡尽劫波兄弟在，相逢一笑泯恩仇。

魏茵换了个舒服的姿势，叹道：“恐袭那天，我大概是失心疯了，才会拉着纪又涵说你坏话，还告诉他王应容在追你，当时的我真是又丑陋又自私。”这些年，一想起这件事，她就后悔不已，时间越久，年纪越长，她越认识到那天沈星乔受到的惊吓恐惧有多深，直到现在，得到沈星乔的释怀原谅，她终于解脱。

沈星乔终于明天那天发生什么了，纪又涵为什么明明在外面等她，后来却和魏茵在一起，原来如此！

“你现在呢，有男朋友吗？”女人在一起，难免问到感情问题。

沈星乔本想摇头，迟疑了下，最后笑了笑，没答。

魏茵说她是偷溜出来的，晚上还要陪老板应酬。

沈星乔送魏茵出去，站在路旁陪她打车，说定个时间请她吃饭。

这时手机响，沈星乔看了眼，按断了，过了会儿，又响起来。

“你不接吗？”魏茵探过头，好奇看了眼，一眼瞥见屏幕上的名字“纪又涵”，愣住了，惊叹，“你们还在一起啊？”算了下，两人从高中到现在，有十年了吧。

直到坐进车里，她仍感慨万千。

缘聚缘散，分分合合，冥冥之中，自有天意。

纪又涵悻悻地把手机一扔，跌坐在椅子上。这些天，沈星乔一直对他不冷不热，让他很不安，安慰自己，也许她在招待顾客，不方便接电话。

下班了，赵彬进来打了个招呼，说他走了。纪又涵点点头，想到回家也是一室冷清，有种无处可去的凄凉。

当接到沈星乔电话时，他真是喜出望外。本来在等电梯，一看周围人多，他立即往回走，就近找了间无人的会议室，关上门，清了清嗓子：“喂。”

“下班了吗？”

“正要走。”

沈星乔一时没说话。

纪又涵忙说：“晚上一起吃饭吧。”

沈星乔有点为难：“我还要忙。”一堆的事要做。

“没事，我去找你，随便吃点什么。”

“你不要来店里。”沈星乔叮嘱他，让员工看到不好，老板要以身作则，公私分明。

因为堵车，纪又涵一个小时后才到。正是晚餐高峰期，快餐店里人满为患，沈星乔没有等位，打包了汉堡鸡腿饮料，拉着纪又涵出来，在商场前的喷泉旁找了个地方坐着。夜色之下，幕天席地，微风习习，周围没什么人，纪又涵有种野餐的感觉，突然说：“你还记得在巴黎的卢森堡公园吗？我们也是这样。”吃着简单的快餐，感觉却比米其林三星餐厅还美味。

重要的不是吃什么，而是陪你吃东西的那个人。

沈星乔想起那快乐的一天，眼神温柔，不由得露出笑意：“今天魏茵来找我。”

纪又涵一时没听清："谁？"

"魏茵。"

纪又涵神情变得紧张，怕她又使坏："她找你做什么？"

沈星乔见他紧张的样子，笑了："怎么，怕她找你算账啊？"故意吊了会儿胃口才说，"放心，人家早忘了你，她告诉我恐袭那天她为什么和你在一起，特意来跟我道歉。你怎么从来没跟我说过？"

原来是这事儿啊，纪又涵松了口气："你们俩是朋友，再说我一个大男人，总不好背后说人坏话。"

沈星乔看着他，想到他当时被自己责怪却一句辩解的话都没有，心有戚戚焉，好一会儿叹道："你要是坏点就好了。"她就不会这样死心塌地，念念不忘。

纪又涵飞快地在她嘴上亲了一下，挑眉笑道："够不够坏？"

沈星乔瞪他，抽出纸巾擦嘴巴，背过身去吃东西，不理他。

纪又涵扯她："星乔？小星乔？沈星乔？"

"我魂没掉，不用你叫。"沈星乔没好气说。

纪又涵看了看，地上有一张宣传单，捡起来，很快折成一只小船，递到她面前："不生气了好不好？"

沈星乔有些惊喜，拿着小船摆弄："我也会，我也会折这种小船。"拆掉小船，想要重折，却怎么都折不好。

纪又涵拿着她的手，教她怎么折："先对折，然后这样，把上面的翻下来，从中间打开，再往下折……"

"对，对，对，就是这样！"沈星乔想起怎么折了，捏住两边，往外一拉，一只简单的小船就折好了，举到眼前，笑得十分开心，"弯弯的月儿小小的船，小小的船儿两头尖。我在小小的船里坐，只看见闪闪的星星蓝蓝的天。小学学这篇课文的时候，老师还教过我们怎么折纸船呢。"

纪又涵看着她如花笑靥，情不自禁地在她脸上亲了下。这回沈星乔没生气，只是横了他一眼，把小船放进后面的水池里。纪又涵从钱包里拿出一个硬币，轻轻放在船上。两人相视一笑。纪又涵摸了摸她手，说风有点大，问她冷不冷，不等她回答，一把拽进自己怀里，抱着她轻声说："这样就不冷了吧？"

沈星乔捶了他一下，推开他站好，理了理头发说："我要回去了。"

纪又涵有些不舍，拉着她说："我等你下班。"

"我还不知道忙到什么时候呢，你先回去吧。"

纪又涵不想回去，说："那我也回公司加班吧。"感叹两人是一对苦命鸳鸯，工作压力大。晚上十一点多到家，洗了个澡，躺在床上怎么都睡不着，给沈星乔发微信，问她睡了没，一直没回，干脆打电话。

沈星乔正在编辑淘宝网页："你还没睡啊？"

"刚到家，你呢？还在忙？"纪又涵知道她一向睡得晚。

"嗯，今天要上新完。"

纪又涵想说熬夜对皮肤不好，劝她早点睡，又忍住了，都是工作需要，没办法。

这时 Léo 叫她："饺子煮好了，你要不要吃？"

沈星乔都快饿晕了，忙说："要，要！"

纪又涵问："你在跟谁说话？"

"Léo 啊。"

纪又涵拿下手机看了眼时间，快十二点了："你还没回家？"

"我今天住这儿。"

"什么？"纪又涵惊得坐起来，"你跟 Léo 住一起？"

公司在店铺附近租了套大房子，一则给 Léo 住，二则当仓库用，忙的时候，沈星乔也会过来住，省得大半夜打车回去。

"偶尔啦，舅舅家有点远，上下班不方便。"

纪又涵心情不好，不说话。

沈星乔察觉到他不高兴，解释说："我跟 Léo 是纯粹的同事关系。"尤其是合作开了公司以后，更是杜绝了其他可能。

"那也不能住一起，男女有别。"纪又涵不肯承认自己嫉妒，他跟沈星乔还没在一起过过夜呢，都不知道她穿睡衣是什么样子。

沈星乔无语，在巴黎的时候，她还男女混住过呢。房子是公司的，相当于宿舍，她为什么不能住？挂了电话，吃夜宵去了，吃完她和 Léo 一个拍照修图，一个编辑上新，一直忙到凌晨快三点才睡。

第二天一大早，沈星乔就被电话吵醒了。纪又涵说他在附近，问她具体楼层地址。沈星乔换了衣服，迷迷糊糊下楼，十分火大地问他干吗。

"我带了早餐，你要不要吃？"纪又涵晃了晃手里的打包袋。

才六点，吃什么早餐啊，她夜宵都没消化。沈星乔困得不行："你自己吃吧。"转身上楼。

"我特意到黄记买的灌汤包，还有豆浆，你摸摸，都是热的。"

沈星乔用力揉了揉眼睛，感觉清醒了点儿，接过打包袋："谢谢，我带回去吃。”

纪又涵一把拽住她：“外面冷，去车里吃吧。”

沈星乔被他半拖半拽着上了车，靠在副驾驶座上，嘴里含着豆浆吸管睡着了。

纪又涵把豆浆从她手里拿出来，调低座位，轻轻给她盖上衣服，换了个舒服的姿势，很快他也睡着了。

沈星乔是被小区里嘈杂的声音吵醒的，醒来好一会儿才想起来自己怎么会在车里，找到纪又涵手机一看，八点多了，她居然睡了这么久！她摇醒纪又涵：“一大早的，你发什么疯？我昨晚三点才睡！”

纪又涵打了个哈欠，抓过她的手亲了一下：“以后不要在这里住了，好不好？昨晚我一晚上没睡好。”想到她跟别的男人住在一起，还是 Léo，他怎么睡得着！

沈星乔有点感动有点心疼又有点生气，推开车门下来，跑进楼道里。

纪又涵在后面大声说：“下班我来接你。”

从这天起纪又涵无论早晚，包接包送，坚决不让她跟 Léo 有机会住一起。如此几天下来，沈星乔妥协了：“好了，我以后都住舅舅家，你明天不用来接我，还没有坐地铁方便。”每天绕半个城来接她，经常堵车，几乎天天迟到，要不是他们俩一个是领导一个是老板，不用打卡，工资早就扣光了。

最近纪又涵光顾着谈情说爱，到了月底发工资结账时才发现又没钱了。新型热水器研发成功，耗电少，加热快，使用寿命长，接下来要投入更多的钱广告营销，他简直一筹莫展。要不是他名下 15% 的股票不能转让变卖，他早就卖了。他甚至问何知行借钱，何知行很爽快地借了两百万，解了一时燃眉之急，却远远不够。

沈星乔见他愁眉苦脸，心说他真是舍近求远：“你要借钱，为什么不问你哥借？”

纪又涵从没想过还可以问纪东涵借钱。

“你不借，怎么知道不行？”再怎么样，都是一家人，不能见死不救。

这话提醒了纪又涵，卫浴电器计划是公司项目，又不是他私人的，凭什么他卖房卖车，纪东涵分文不出？

端午节的时候他回了纪家大宅，吃完饭趁周围没人，问纪东涵：“哥哥，你能不能借我点钱？”

纪东涵知道他也快山穷水尽了，倒是有点佩服他，居然坚持到现在，据技术部的人说，产品测试结果很不错。纪东涵挑眉问："你要多少？"

"五千万。"

纪东涵差点一巴掌呼过去，真敢狮子大开口："卖了你都不值五千万！"

纪又涵赖着不走，纪东涵走到哪儿跟到哪儿，引得关幕青和李安琪都来问他纪又涵怎么了。纪东涵快烦死了："滚滚滚，赖我这儿有什么用，明天去财务部一趟。"东西都弄出来了，不可能扔在那儿不管。

纪又涵暗骂他不见兔子不撒鹰，眼看有利可图，又出手了，不过他也松了口气，至少以后再也不用为钱犯愁。

在广告营销方面，纪又涵采用的是网络营销，各种关于热水器浴霸喷头的软文段子层出不穷，引起话题后，再在各大平台播出广告，代言的男明星不是最有名的，却是身材最好，赤裸裸男色公关，各种手段轮番轰炸，泰瑞的浴室电器成功推入市场，销量稳步上升。

经此一役，纪又涵算是彻底在公司站稳脚跟，有了自己的人手和势力。

纪又涵对着快餐盒拍了张照，发给沈星乔，附带一个可怜兮兮的表情，说想吃她做的饭。沈星乔看到笑了，回复说这两天可能不行，她的手受伤了。

纪又涵打电话过来："严重吗？"

"不严重，一道小口子，不用缝针，就是要打破伤风针。"

"怎么会受伤？"

说到这个，沈星乔一肚子的气："上午有个顾客闹事，买了一个月的包非要退，颜色都磨损了，我们说不符合退换条件，她就大吵大闹，还推了我一把，正好撞到铁架子上，把手划伤了。"

纪又涵皱眉："这事最后怎么解决？"

"还能怎么解决，好言好语把她送走呗。"做生意就是这样，遇到一些无理取闹的顾客也只能认栽，没有办法，和气生财。

"你现在在哪里？"

"在附近医院，排队挂号呢。"

"我去找你。"

纪又涵来得很快，到医院时，沈星乔正在做皮试，眼泪汪汪的，见到他忍不住说："好疼啊，好多年没打过针了。"

纪又涵摸了摸她的头，柔声说了句"乖"。

沈星乔"扑哧"一声笑出来："你哄小孩呢。"

纪又涵心情一荡，周围有人，不好做什么，手指在她耳垂那里捏了捏。

沈星乔白他一眼，头往旁边移了移。

护士过来，让她进去打针。

打完针出来，纪又涵问她吃饭了没。

沈星乔神情恹恹的："没胃口。"一上午气都气饱了。

纪又涵减慢车速，左右张望，见前面一家小店窗口不少人排队，念着招牌："白氏肉夹馍，要不要吃？"

这么多人排队，看起来蛮好吃的样子，沈星乔不作声。

纪又涵下车，一气买了十个。

沈星乔惊讶："你买这么多做什么？"

"吃不了带回家呗，排了这么长时间的队。"

沈星乔注意到方向不对："你去哪儿？我还得回去上班呢。"

"你都受伤了，就不能歇半天？"纪又涵冲她一笑，"我们去玩吧。"

沈星乔吃着肉夹馍打他："掉头，回去，一堆的事没做完。"

纪又涵不为所动："歇半天怎么了，公司又不会倒。"

车子都上高速了，沈星乔想想自己确实好久没放过假，瞪了他一眼，给 Léo 打电话，说她回去了，下午不去店里。Léo 让她好好休息，说自己会盯着。

沈星乔把手机一扔："去哪儿啊？"

"去一个没有人的地方。"

车子停在荒郊野外，旁边有一条大河蜿蜒流过，远处是连绵群山。沈星乔下车，四处张望，问："这是哪儿？"

"小时候老头子带我来这儿钓过鱼，那边有一个水库。"

初夏天气宜人，草长莺飞，放眼望去，绿意盎然。两人沿着河堤漫步，沁凉的河风吹来，消去了烈日带来的炎热。没走多远，下了河堤，是一处地势平坦的河滩，周围一带长满了芦苇。穿过芦苇丛是一片斜坡，杂草长势旺盛，偶尔点缀着颜色各异的野花。

两人坐在斜坡上，纪又涵指给她看："当年我就是在这儿，钓了一条大黑鱼。"

面对青山长河，回归自然的感觉让沈星乔身心一轻，她深深吸了口空气，新鲜湿润，夹杂着一股青草的土腥气，所有的工作、压力、气闷统统抛到脑后。

"你小时候是个什么样的人？"沈星乔看着太阳折射下的河面，波光粼粼，微风一吹，荡起层层涟漪，随口问道。

纪又涵好半天说："没什么朋友，不快乐。"

沈星乔转头看他，想到他的身世，默然无语。

"不过老头子对我挺好的，工作那么忙还来参加家长会，成天给我收拾烂摊子，基本上要什么给什么。"想起父亲，纪又涵充满怀念。

沈星乔恰好相反，她有一个幸福又快乐的童年。

午后时分，太阳直射而下，热气蒸腾。纪又涵折了些树枝和野花，给她编了个花环。沈星乔一边嫌丑一边还是给面子地戴在头上。

纪又涵指着远处说："看见那边那棵大树吗？以前树下供奉了土地公，不知道现在还有没有。"

两人牵着手过去，那是一片小树林，旁边有一间残破的石屋，中间一条被人踩出来的小路，茂密的杂草比膝盖还高。沈星乔心里毛毛的，担心有蛇，小心翼翼地跟在后面："还没到吗？"

"前面就是。"

那是一棵粗壮的柏树，至少几百年树龄，数人才合抱得过来。底下建了一个半人高的佛龛，破旧不堪，几乎被藤蔓和杂草掩埋。

"不知道土地公还在不在。"纪又涵扒开杂草，探头往里看。

沈星乔瞄了一眼，黑漆漆的，像是有什么神秘不可预知的东西随时会从里面钻出来，有些害怕："不要看了，回去吧。"

"啊！"纪又涵突然一声惊叫。

沈星乔吓得拽着他转身就跑。

"哈哈哈——"纪又涵大笑。

沈星乔才知道他在逗自己玩，气得捶他："无聊，无聊，无聊！"

纪又涵任由她捶打，说："里面什么都没有，村民大概把土地公移走了。"

沈星乔没好气说："这里这么荒凉，香火都没有，神仙当然要搬家。"伸手在脖子上拍了一下，惊道，"有虫子，好像钻进去了！"把衬衫从裤子里抽出来，拼命抖搂，一直没见东西出来，疑心还在里面，急得解开扣子，探头往里看。

纪又涵一眼瞥见里面风光，喉结上下动了动："这里好像有个红点。"

"哪里？"

纪又涵一把抱住她，在她颈侧轻轻咬了一下。像是电击，沈星乔浑身一麻，抬头看他。纪又涵蜻蜓点水般亲吻着她的嘴角、脸颊、额头、眼睛、鼻子，然后来到嘴唇，轻咬舔舐。沈星乔慢慢闭上眼睛，抱着他脖子，踮起脚尖。

回到车里，纪又涵灌了大半瓶水下去，才将心里的燥热稍稍冲淡。

沈星乔走了半天的路，早就饿了，找出肉夹馍吃起来。

纪又涵直直地看着她："我也饿了。"

沈星乔把袋子递过去："还有好多。"

纪又涵凑过来，在她手上咬了一口。

回城正是下班的点儿，堵了好半天的车，到舅舅家楼下时，天都黑了。沈星乔要走，纪又涵追出来，手里提着剩下的肉夹馍："你拿着吧，我不开伙，省得扔掉。"

沈星乔伸手去接，他趁机在她手上不轻不重啃了一下。

沈星乔瞪他："你属狗的啊？"

"星乔！"高舅妈吃完饭下来溜达，老远就看见他们。

沈星乔神情有些慌乱："舅妈。"

高舅妈不动声色地看了眼纪又涵，问她："怎么这么晚回来？"

纪又涵忙收起调戏的表情，一本正经地问好："阿姨好。"

"嗯，你好。"高舅妈冲他点头，开门进了楼道。

沈星乔忙跟上去，关门时冲他挥手，让他先回去。

沈星乔吃饭时，高舅妈问："刚才那人是谁？你朋友？"

沈星乔轻轻点了点头。

"哪儿的人？做什么的？"

本来在看电视的高舅舅调低音量，竖起耳朵听两人说话。

"同学。"

高以诚立即问："谁啊？我认识不？"

沈星乔看了他一眼。

高以诚被她看得一个激灵，想起前段时间报道的富家女盛大的婚礼，感觉有些不好："不会是纪又涵吧？"

沈星乔咬唇不说话。

高以诚无言以对。

沈星乔吃完饭，回房了。

高舅妈向儿子打听纪又涵的情况。高以诚气冲冲地说不知道。高舅妈说他："问你两句你还不耐烦了。"洗碗去了。

高舅舅说："纪又涵，这名字听着怎么这么耳熟？"

高以诚心想，当然耳熟啦，我的腿就是他打断的。来到沈星乔房间，他跨坐在椅子上，一副要跟她长谈的模样："你苦还没吃够啊？居然又跟他纠缠在一起！"

"哎呀，你不要对他有偏见嘛，他人挺好的，你们以后说不定可以在一起打球。"

高以诚想到那个画面哆嗦了下："我看你是被爱情冲昏了头脑！"

"那也没办法啊。"沈星乔耸了耸肩，推他出去，"我的事不用你操心。"

高以诚唉声叹气。

当纪又涵真的邀请他和小飞周末出来打篮球时，他如遭雷击，和小飞商量半天，最后一拍桌子："去就去，谁怕谁啊！"

两人带上球衣球鞋，雄赳赳气昂昂地赴约了。

纪又涵叫上孙蓬，四人凑在一起玩了一下午。晚上纪又涵做东，请大家到凯悦吃饭。纪又涵席间注意到高以诚连吃了两只芙蓉虾，立即让人又上了一盘。小飞凑到他身边，小声说："这是在讨好大舅子？"

高以诚啧了声："吃你的吧。"心里颇有些得意，怎么都想不到，当年那么嚣张狂妄的纪又涵也有讨好他的一天，风水轮流转啊！

沈星乔也不知双方胜负如何，反正高以诚回来后，再没骂过纪又涵。

在凯悦吃完饭，时间还早，孙蓬觉得不尽兴，问纪又涵去不去酒吧。纪又涵说："那车子怎么办？"两人都开车来的。

纪又涵察觉到他情绪低落："去我家吧，我家什么酒都有。"喝醉了直接倒头大睡，反正是周末。

孙蓬熟门熟路进屋，感叹："好久没来了。"看见墙边的鱼缸，"你又养鱼了啊？"

说起鱼，纪又涵问："你从我这里带回去的那两条鱼，后来怎么样了？"

孙蓬有些尴尬："我养了几天，经常忘记喂食，鱼都快饿死了，后来就送给渺渺了。"

纪又涵没说什么，拿出酒和杯子，打电话叫下酒菜。孙蓬开了电视，调到体育频道。

炎炎夏日，开着空调喝酒看球，吃着毛豆小龙虾，两人像回到学生时代。

孙蓬突然说："我挺羡慕你的。"

纪又涵转头看他。

“你跟沈星乔，这么多年了，发生了那么多的事，没想到还能在一起。”

想到沈星乔，纪又涵嘴角情不自禁地上翘，微笑的样子落在孙蓬眼里真是又羡慕又嫉妒：“前几天我碰到渺渺了，在商场里，她和一个男人在看钻戒，听说要结婚了。”当时他正吃完饭出来，毫无防备，就这么迎头碰上。他也不明白自己怎么了，两人明明看到对方，渺渺都站起来了，他居然没打招呼，转身落荒而逃。

和渺渺分手后，他也交过几个女朋友，一开始很新鲜刺激，慢慢地激情退却，他越来越没耐心，恋爱周期越来越短，最后一段感情三个月不到，他都忘了对方长什么样。只有渺渺，他永远记得，记得她的一颦一笑、娇嗔埋怨，他们在一起时的所有细节。也许这就是初恋的魔力，第一次总是让人难以忘怀。

人生若只如初见，那该多好。

孙蓬怀着惆怅的心情喝酒，很快醉倒。

没有人比纪又涵更懂这种心情，求而不得，心有不甘。

现代社会，恋爱自由，每个人看起来像有无数的选择，错过一个还有一个，没什么值得惋惜留恋的，时间会抹平一切，其实并不然。选择是唯一的，最美的花只有一朵，最想要的人也只有那一个，一旦错过，没有重来。

在你自己都没有意识到的时候，一个漫不经心的选择，或妥协或坚持，也许走向的将是完全不一样的人生。

孙蓬醉得一塌糊涂，躺在地上，拖都拖不起来。

纪又涵干脆不管他，来到露台，呼吸新鲜空气。夜色在霓虹灯的照射下，迷蒙如雾，将一切温柔包围。他的心软成一团，给沈星乔打电话。

沈星乔已经睡着了，大半夜被吵醒，迷迷糊糊地问：“怎么了？”

“我想你。”纪又涵从未这么庆幸过，甚至怀疑自己是在做梦，只有听到沈星乔的声音，才能确定他们真的在一起。

沈星乔听着他含含糊糊的声音，有些头疼：“你喝酒了？”

纪又涵恍若未闻，只想倾诉自己满到快要溢出来的浓烈感情，胸口又热又涨，千言万语最后化成一句话：“我爱你。”

沈星乔蓦地清醒，轻轻应了声：“嗯。”

“看着月亮我想到你，吹着夜风想到你，呼吸着空气还是想到你，我无时无刻不在想你。我爱你，你知道吗？”

沈星乔不知道他喝了多少，才会如此直白热烈、毫不遮掩，安抚似的说：“知道，知道。”

“你不知道！”纪又涵摇头，半醉半醒，“你在我心里，在我梦里，在我的血液里，日复一日，年复一年，就在这里——”他拍了拍自己心口，“你听见了吗？”

静默无声，心上人的爱意铺天盖地袭来，沈星乔的心仿佛开出一朵花，整个世界霎时变得绚烂多姿，轻声说：“听见了，我也爱你。”

纪又涵终于满足了，露出一个灿烂的笑容：“我们要一直在一起，永远不分离。”

“好。”

就算是醉话，沈星乔亦心满意足，幸福得像是拥有全世界。

不管将来怎样，世事如何变迁，哪怕纪又涵醒来什么都不记得，有过这么一段山盟海誓，沈星乔觉得余生足矣。她到人间一趟，没有白活一场。

第二天沈星乔到店里转了一圈，盯着快递把货拿走就回来了。她去了趟超市，买了些樱桃，按照网上教的，盐水浸泡十分钟，去蒂，用筷子去核，白糖腌渍两个小时。樱桃捞出来，樱桃水加糖、桂花和清水煮开，加入适量的淀粉汁使得糖水有浓稠感，然后将煮好的糖水趁热倒入腌渍好的樱桃中并盖上盖子，纳凉后放入冰箱就可以了。这样做出来的糖水樱桃依然色泽艳丽，口感脆甜。

虽然不要什么技术，却十分费劲，从下午一直忙到晚上。高以诚从外面回来，见冰箱里有糖水樱桃，以为是高舅妈做的，盛了一碗就吃，还称赞糖水好喝，甜度适中。沈星乔见状惨叫一声，赶紧把剩下的倒入玻璃罐中装好，装了整整两大罐。

高以诚才知道是给纪又涵准备的，心里满不是滋味，讪讪地说：“他吃得了那么多吗？小气吧啦！”

沈星乔不理他，叮嘱他不许偷吃。

高以诚泄愤般把一大碗樱桃全吃了，冲厨房喊：“妈，明天也做糖水樱桃吧。”

高舅妈没好气地说：“去去去，我忙着呢，哪有时间做这个，要吃找你女朋友去。”不说樱桃贵得要死，光是去核就去了一个多小时，她可没这耐心。

沈星乔抱着罐子放进冰箱里，冲他做鬼脸，他摇头叹：“女生外向啊！”

沈星乔一大早顶着烈日提着两大罐糖水樱桃去泰瑞。

纪又涵见到她很惊喜：“你怎么来了？”

沈星乔轻描淡写地说：“做了点吃的，给你送来。”

纪又涵拿出来看了眼：“糖水樱桃？你做的？”

“嗯。”

“哎呀，我最喜欢吃樱桃了，正好没吃早饭。”纪又涵心里比糖水还甜。

“放冰箱里可以吃好几天。”东西送到，她也该走了，还要赶回去上班呢。

纪又涵拉住她：“外面太阳大，进来歇会儿吧。”

“不要啦，工作时间，影响不好。”

“什么影响不影响，我们又不是见不得人。”

沈星乔最后还是被他拉进了办公室。他用喝咖啡的杯子盛了一杯，迫不及待尝了一颗：“樱桃去核了啊？好吃！”

沈星乔打量着他办公室，挺宽敞的，装修简洁明快，被一个实木文件柜隔成里外两间，外面摆着办公桌椅和沙发，里面大概是休息的地方。

纪又涵递了颗樱桃到她嘴边。沈星乔摇头：“我吃过了。”纪又涵不依不饶，她只好张嘴。纪又涵偏又不给，转头塞到自己嘴里。沈星乔气得瞪他，他笑得像只狐狸，凑过来亲她。她吓一跳，打他，提醒他这是在办公室。他才不管，抓住她埋头就亲，还问她樱桃甜不甜。

沈星乔又羞又急。

这时有人敲门，沈星乔惊得一把推开他。

纪又涵咳了声：“进来。”

“北京的黄总到了，纪董刚下楼。”

纪又涵看了眼时间：“这么快？知道了，我这就下去。”

沈星乔见他有事，忙说：“我先走了。”

纪又涵抽出纸巾擦了擦嘴巴：“一起吧。”

两人下来，正好碰到纪东涵一行人。纪东涵本来在说话，声音有点大，语气不太好的样子，看到沈星乔停了下，特意多打量了她一眼。沈星乔故作镇定：“您好。”

纪东涵朝她点了点头。

沈星乔忙不迭要走，偏偏纪又涵追上来，当着众人的面叮嘱她：“我有事送不了你，你打车回去吧，别坐地铁了，下班我去找你。”外面热得跟蒸笼似的，地铁站还得走好长一段路。

沈星乔“嗯”了声，不敢看众人表情，一溜烟走了。

纪东涵斜睨了纪又涵一眼，率领一行人迎接黄总去了。

沈星乔赶到店里，和 Léo 一起做年中结算。今年相比去年，销量增加不少，尤其是淘宝，都忙不过来，还得再招两个人，账面资金也有了富余。公司发展形势良好，一切按部就班，沈星乔松了口气，想着要不要去欧洲玩一趟，在法国读书那几年，除了跟大家去瑞士滑过一次雪，她连伦敦都没到过。

沈妈妈给她打电话，先是提到她个人的感情问题。沈星乔说有空会带男朋友回家看看。沈妈妈接着说起上学难的事："现在跟你上学时那会儿不一样了，想上好点的学校比登天还难。你弟弟明年要上初中，我跟你爸打算让他去师大附中。"师大附中是海城最好的中学，当年沈星乔都没考进去。

"现在小学初中不都划片吗？"

"划片，咱们这儿是三中，三中什么学校，你也知道，好一点的老师全走了。今年中考，一共还不到十个人考上重点高中。"

"那怎么办？托人找关系？"

"一般关系没用，白欠人情还花冤枉钱。我已经把三居的那套房子卖了，打算在师大附中买学区房。"

"那也行。"

"市中心一百三十平方米的大三居，买套不到七十平方米的小两居钱都不够。"

沈星乔顿了顿，问："还差多少？"

"差二十万。"

沈星乔好半天说："我想想办法，可能没有那么多。"

生意刚见好转，沈星乔原本打算买车，现在只能把钱拿出来给家里买学区房。度假就更别提了，她还是努力工作吧。

Chapter 14 鸡飞狗跳

在餐厅吃饭，当沈星乔第三次拿起手机回复帖子时，纪又涵一把抽出她手机，不满地说：“你能不能看看我？你到底是跟我约会还是跟手机约会？”

沈星乔忙讨好地给他倒了杯饮料，把手机收进包里：“问你个问题。”

“嗯。”

“你是抱着什么心情参加陈宜茗的婚礼？”

纪又涵警惕地看着她，一时没回答。

沈星乔解释她为什么突然问这个：“韩琳国庆结婚，高以诚收到请帖，决定去参加婚礼。他女朋友跟他大吵一架，甚至提出分手。我在网上发了个帖，问大家他应不应该去。”

“大家怎么说？”

“有的说事过境迁，不是情人，还是同学，去也没什么；有的说出个份子钱就好，没必要亲自去，现在女朋友的心情更重要。你身为前男友，对这件事怎么看？”

纪又涵有点尴尬，这种问题简直是地雷，一不小心就踩中引爆。他推托说：“我不知道韩琳要结婚，她又没给我发请帖。”赶紧表明立场，“好多年前的事了，不是你提起，我都忘了她名字。”

沈星乔忙说：“我没别的意思，我只是想知道站在男性立场，你是怎么想的。那陈宜茗呢，你为什么去参加她的婚礼？”

“因为你会去。”纪又涵看着她，一字一句说，“当孙蓬告诉我你是伴娘时，哪怕没收到请帖，我也会去。”

沈星乔慢慢笑了，脸上发烫，有些不好意思，清了清嗓子说：“这个虾仁不错，你要吃吗？”给他夹了一个。

高以诚跟女朋友杨芷吵得很厉害。沈星乔给他出主意：“你带杨芷姐姐一起去呗？”

“她不去。”

“你好好跟她说啊。”

“没有用，她态度很激烈，不肯听我解释。”

沈星乔默然，好一会儿说：“你一定要去吗？”吵成这样，不去不行吗？

高以诚不知道怎样形容自己的心情：“我不是余情未了念念不忘，也不是求而不得心有不甘，我只是想和过去做个了断。”韩琳代表着他整个青葱岁月，他去参加她的婚礼，不如说是和少年时的自己告别。

沈星乔能理解他，可是杨芷不能。杨芷明确地告诉高以诚，如果他坚持要去，两人就分手。

高以诚纠结又痛苦。

偏不巧，高舅妈生病了，先是嗓子疼没在意，然后低烧，吃了药没好，几天后去医院已经转成肺炎。高舅妈这一病，饭没人做，地没人拖，衣服没人洗，家里简直乱了套。几人下班回来，清锅冷灶，高以诚打电话叫外卖，鱼香肉丝、茄子烧豆角、莲藕排骨汤，不是油乎乎黑乎乎就是咸乎乎，浓油赤酱，全是味精，吃完高舅舅说胃不舒服，到处找胃药。沈星乔给高舅妈熬了白粥，高以诚宁肯等着，也不吃打包的糙米饭。

沈星乔挨个房间收脏衣服，两天没洗，衣服堆成山，洗衣机洗了三次才洗完，还有些衣服不能机洗，只能手洗，忙到十二点多还没睡。纪又涵知道后说：“明天我让我家小时工阿姨过去吧。”

沈星乔忙说不用，这点家务活，自己还是干得过来。

“你们都上班，你舅妈生病了，中饭怎么办呢？总不能让她自己爬起来做吧？这个阿姨在我家做了好多年，人勤快，信誉好，也帮人做饭带孩子，很稳妥的，你就放心吧。”

第二天纪又涵介绍的赵阿姨果然来了，中午给高舅妈熬了营养又美味的海鲜粥，下午收拾厨房，打扫卫生，做好了晚饭才回去。

高舅妈要给她钱，她说纪先生已经给过了，问高舅妈想吃什么，明天她带过来。高舅妈忍不住感叹：“头一次生病，享受到有人伺候的待遇。”

高舅舅、高以诚下班回来，见到满桌饭菜，狼吞虎咽，饿了好几天，可算吃饱了，就连沈星乔，也多吃了半碗饭。

多亏了赵阿姨，高舅妈这一病病了十多天，家里依然窗明几净，井井有条。高舅妈病好后，让沈星乔请纪又涵来家里吃饭。

纪又涵打听高舅舅、高舅妈喜欢什么，沈星乔让他不用客气，买点水果就行。周末纪又涵来时，除了水果，送了高舅舅两瓶珍藏版五粮液，送了高舅妈一台扫地机器人，高以诚则是一款时尚牌手表，却是女款。高以诚把手表拿给沈星乔看："这是送你的，拿错了吧？"

沈星乔去问纪又涵。

纪又涵笑说："没错，就是给他的，他不是跟女朋友吵架了吗？"

高以诚才明白过来是让他送给杨芷，叹气，他们都冷战半个月了。

沈星乔问他："你到底怎么想啊？我看杨芷姐姐不是说着玩的。"

高以诚不明白杨芷为什么要这么逼迫他："为什么她就是不理解呢？我只是去参加同学婚礼而已。"

问题是这同学是初恋，还单恋了这么多年，沈星乔忍不住腹诽。

"你呢？你也觉得我不应该去吗？"高以诚问她。

沈星乔委婉地说："又不是非去不可。"反正搁她身上，她也不乐意。

高以诚哼道："你们女人就是这么小肚鸡肠。"

沈星乔没好气说："也可以不小肚鸡肠啊，分手就什么事都没有。"

纪又涵听两人争论半天也没争论出个所以然来，忍不住说："哪那么多废话，沈星乔要是不愿意我去，我就一定不去。"

堵得高以诚一句话说不出来。沈星乔心里得意得不行，嘴角上翘，又不好表现出来。

纪又涵参观沈星乔房间，单人床，书桌，绿色椅子，粉色窗帘，卡通床单被罩，像仍在上学的少女的卧室，一眼看见窗边的多肉盆栽。

"还养着呢？长大了不少。"

"嗯，换过一次土，隔几天浇一次水，挺好养的。"

高舅妈在厨房问削皮刀哪儿去了，沈星乔忙说："在我这儿，我昨晚削苹果忘了放回去。"她让纪又涵随意，拿了削皮刀出去，高舅妈让她把山药削了。

纪又涵坐在椅子上，拿起沈星乔放在床头的一本时尚杂志翻看，很快失去兴趣。沈星乔书桌当梳妆台用，上面堆满了瓶瓶罐罐，左边抽屉没关严，拉开一看，都是面膜、头绳、夹子、棉签等杂物，重又关好。所有抽屉都没有锁，除了中间那个，虽然锁着拉不开，不过钥匙插在上面。他手贱般，轻轻一拧，锁开了。抽屉里放着各种证件，毕业证护照租房合同等，除此之外，一眼看见熟悉的 A4 速写本，翻开是他写得狗爬一样的字，第一页是对不起，一页页翻过，最后一页是我爱你。

其中有个巴掌大的心形盒子。他拿出来，轻轻打开，四张用中文、英语、法语、韩语写着的“我爱你”的卡片，分别装在四个透明塑封袋里；还有一个颜色都褪了的锦袋，里面是当年他送她的多层珍珠发圈。

纪又涵看着这些东西，胸口涨涨的。

沈星乔进来，见抽屉开着：“哎呀，你怎么乱翻人东西？”

纪又涵看着她，轻声说：“没想到你都留着。”

沈星乔有种秘密被窥破的尴尬和羞恼，推了他一下，把东西都收起来，锁进抽屉。这些都是证据，他爱她的证据，难过的时候拿出来看看，绝望的时候抱在怀里入眠，支撑着她度过漫漫长夜奋勇前行。

纪又涵紧紧抱住她：“突然发现，我好像没送过你什么像样的礼物。”

“不用，这些就足够。”

纪又涵心情激荡：“不够，永远不够。”他很懊恼，他送过韩琳项链，送过陈宜茗扇子，送过魏茵钢笔，甚至送了高以诚手表，他送过那么多人礼物，却忘了最重要的那个人。

沈星乔头靠在他胸口，调整了下角度，认真倾听：“我听见了你的心跳声，扑通扑通，跳得好快。”她把手放在他心口，“我很贪心，别的都看不上，只要你这里。”

“好！”纪又涵毫不迟疑地点头，抬起她下巴，激动地想要亲她。

沈星乔按住他的嘴，推到一边，小声说：“你干什么！”门都没关，舅舅就在外面。

纪又涵不管，把她压在墙上，手从领口伸进去，唇舌霸道地舔舐着她的双唇，一路向下，来到胸前。

沈星乔急了，用力踩了他一下，从他腋下钻出来，骂道：“你疯了！”

纪又涵呻吟：“我好难受。”

沈星乔看着他，咬唇说：“活该！”带上门出去了。

纪又涵躺在她床上，空气中到处充斥着女性独有的幽香，清淡缥缈，若有似无，勾引得他更加心痒难耐。

高舅妈从昨天起就在准备，算上凉菜甜品，做了十二个菜，摆了满满一大桌。纪又涵见状忙说：“舅妈辛苦了。”

沈星乔等没人时，说他：“你乱叫什么？”

纪又涵嘻嘻笑：“迟早要改口的，省得费事。”

“哼，就你嘴甜。”

吃饭时，高舅舅问他喝不喝酒。高舅妈拦住说："他开车来的，喝了酒等下怎么回去。"

纪又涵忙说："没事，陪舅舅喝两杯是应该的，我可以打车回去，要是醉了啊，就住这儿不走了。"

逗得高舅舅笑："行，你可以跟高以诚住。"

吃了饭，他又陪高舅舅下象棋。高舅舅问他："你高中也是在江城一中上的？"

他摇头："不是，我上的是私立学校。"

高舅舅多看了他一眼。

等他走后，高舅妈评价说："一表人才，就是长得太好了些。"有些忧心，长得好的男人难免花心，怕沈星乔拿捏不住。

高舅舅说话了："我记得以前跟高以诚打架的那人，好像也姓纪，英威国际的是吧？"实在是高以诚断腿又误了高考这事印象太深刻，大家想忘都忘不了。

沈星乔低着头不说话。

高以诚好半天才若无其事地说："嗯，就是他。"

高舅舅跟高舅妈对看一眼，一时不知道说什么好。

高舅舅咳了声，最后用一句"不打不相识"揭了过去。

国庆的时候，沈妈妈带着沈小弟来江城玩，也是见见纪又涵的意思。纪又涵请吃饭，大家都去了。沈妈妈对他挺满意，背后说："长得这样好，又有房有车有出息，就是不知道是不是过日子的人。"和高舅妈有一样的担心。

高舅妈说："两人从小就认识，听高以诚说，分分合合好几回。我冷眼瞧着，对星乔挺上心，刚才吃饭时，还特意让人把饮料换成热的。姻缘啊，都是上天注定，儿孙自有儿孙福，咱们啊，担心也没用。"

吃完饭，纪又涵问沈小弟想不想看海豚表演。沈小弟眼睛一亮，连连点头。一行人转道海洋馆，高以诚说他有事，先走了。

海洋馆很大，里面灯光昏暗，假期人有点多，都是家长带孩子来的。沈星乔跟纪又涵走在后面，多看了会儿海龟，大家就走散了。两人牵着手慢悠悠溜达，完全无视拥挤的人群，像是在香榭丽舍大街那样闲庭信步。

纪又涵问："高以诚还是没去参加韩琳婚礼？"

"嗯，他最后决定不去了。"沈星乔觉得他终于从一个叫韩琳的桎梏中醒悟过来。生活不能永远陷在回忆里，哪怕回忆再美好，也要冲破迷雾，勇往直前。

纪又涵也说：“除非他想抢婚，不然去干吗，徒增尴尬。真以为情人最后能成朋友啊，那一定是因为不够喜欢。”

沈星乔不赞同：“因人而异吧，别说情人成为朋友，前任和现任处得好的也大有人在呢。”

纪又涵不以为然：“鬼知道他们怎么想的，反正我不行。”

沈星乔忽然狡黠一笑，侧头看他，问：“那你和哪个前任反目成仇？”

纪又涵抓着她的手不轻不重咬了一下：“小没良心，当时你和王应容在一起，我都快恨死了，甚至想让你离开他。”

沈星乔忙说：“我可没跟他在一起过，你别冤枉人啊。”吃醋归吃醋，无中生有就不好了。

纪又涵重重哼了一声：“那天他去你公司楼下找你，还给你围围巾，我心都碎了。”哪怕现在想到那个画面，他也恨不得把人暴打一顿。

沈星乔好奇他怎么知道的：“你当时就在旁边？”

纪又涵傲娇地甩过头去，不说话。

沈星乔扯了扯他，不理，抿嘴笑了一下，清了清嗓子说：“你要翻旧账是不是？”顿了顿，掰着手指，“我知道的就有韩琳、陈宜茗、魏茵、张妙楚，不知道的还不知道多少呢，高以诚说以前每见你一次身边跟着的都是不同的女孩——”

纪又涵立马投降，正好走到阴暗角落，一把扯过她，低头堵住她的嘴。

两人去看大白鲸。巨大的玻璃水箱中，一头白鲸慢悠悠游着，突然一个俯冲，朝观众张开大嘴，露出里面森森白牙，吓得众人连退数步，哇哇大叫。眼看大家又聚过来，它又作势往前，尖嘴顶在玻璃上，蠢萌蠢萌的。沈星乔一边拍着胸口一边大笑：“它好调皮啊！”她隔着玻璃想要摸摸它，位置太高，跳了两下没够到。

纪又涵一直在旁边看着她，突然抱住她，把她托起来：“摸到没？”

沈星乔被他吓一跳：“你干吗？”

“不摸，鱼走啦！”纪又涵笑嘻嘻说。

沈星乔只好隔着玻璃敲了敲，试图引起大白鲸的注意。那大白鲸冲她龇牙咧嘴了一下，掉转身子，甩着尾巴游走了。

沈星乔见周围人都在看她，忙用头发遮住脸：“快放我下来！”

纪又涵一个松手，她倒在纪又涵怀里，感觉自己都快没脸见人了。

一个小朋友见他们这样，吵着也要摸，他爸爸只好蹲下来让他坐在自己肩膀上。他兴奋地扭着身子左顾右盼，嘴里哇哇大叫。他爸爸苦着脸说：“儿子哎，你该减肥了，你爸我快要扛不动你了。”

沈星乔见状小声问：“我重吗？”

纪又涵突然来了个公主抱，还做样子掂了掂，用买菜的口气说：“再重点就好了，太瘦了，一点肉都没有，不知道好不好吃啊。”

沈星乔吓得打他，挣扎着跳下来，横了他一眼：“我哪里瘦了，我只是骨架小。”

纪又涵在她耳边说：“是吗？那我要看看。”

沈星乔羞得踹他：“你个流氓，流氓，臭流氓！”

纪又涵边笑边躲：“好啦，三点半了，要去看海豚表演了。”

沈星乔背着手不让他牵，自顾自往前走，打电话问高舅妈他们在哪里。众人在海豚馆会合，看了一场尖叫连连的海豚表演，尤其是沈小弟，出来后还兴奋不已，不停说着海豚多聪明多可爱，一行人满载而归。

回到舅舅家，吃过晚饭，沈星乔拿了枕头被子睡沙发，把床让给沈妈妈，沈小弟跟高以诚睡。沈妈妈坐在旁边，问她：“你店里是不是忙不过来，要招人？”

沈星乔点头。

“你还记得三叔公吗？他有个儿子，上回你爸犯病，还是他帮忙送去医院的，想来江城找事儿做，求到我这里，你看去你那儿行吗？”

沈星乔没抬眼：“他多大？什么学历？”

“有三十了吧？学历嘛，乡下孩子，能有什么学历。三叔公身体不好，一年到头要吃药，正月到乡下拜年，可怜的哟！”

沈星乔一听就不乐意，年纪小还可以给个机会，都三十了还这么一事无成，又是亲戚还是长辈，工作上有什么事，她都不好说。她回答：“我们招人有自己的一套流程，不好随便乱塞人，首先他这学历就不过关。”

沈妈妈不以为然：“嗨，就搬搬抬抬送下货要什么学历？都是亲戚，你小时候不还去三叔公家玩过吗？就当帮个忙，反正你也要招人，招谁不是招啊，一样要给工钱。”

“要求学历不是因为工作有用没用，而是受过良好教育，会自然而然潜移默化形成一套系统的做人做事的方法，简单来说，同样是陌生事物，受过教育的就比没受过教育的要灵活变通容易上手，也更好培训。”

沈妈妈听得半懂不懂，不耐烦说：“一句话，你到底同不同意？”

沈星乔很无奈："公司又不是我一个人的，我真的没办法。"

"你不是占大头吗？这点主也做不了？"沈妈妈被驳回，面子上下不来，有些不高兴。

沈星乔不说话了。

这时，高舅舅走过来，说："他在海城待得好好的，为什么要来江城？江城工资虽然高些，扣除房租吃用，也攒不下多少钱，还不如留在老家呢，赚一点是一点。"

沈妈妈不服气说："人往高处走，水往低处流，人家也想到大城市见识一番啊。"

一时气氛有些不好，沈星乔找了个借口，起身去了高以诚的房间。

高舅舅见没人，说沈妈妈："你是不是到处显摆女儿有了出息自己开公司当老板，人家说两句好话，你就想都不想一口答应下来？你也不想想星乔有多难做？这是她一个人的公司吗？开了这个先例，到时候大家都求到她头上，怎么办？"他越说越气，"还有啊，你问星乔要钱买学区房那事，我都没说你。"

因为高舅舅从小就很有兄长的威严，沈妈妈对他一向十分敬畏，自然不像对女儿态度那么强硬，小声说："她是姐姐，有这个能力，帮一下弟弟怎么了？"

高舅舅很生气："她一个女孩子白手起家，创业没问家里要一分钱，两年来没放过一天假，好不容易赚了点钱，全给家里了，你还要她怎样帮！说起来大小也是个老板，手底下管着十来号人，至今挤地铁上班，你以为她赚钱容易啊？"

沈妈妈不说话，样子甚是不悦。

这话也只有高舅舅能说，高舅妈是不好说的，不管高舅舅和沈妈妈怎么吵架翻脸，两人始终是亲兄妹。高舅妈在厨房远远听了一耳朵，最后见两人说僵了，神情不大好，忙走过来推高舅舅回房，跟沈妈妈说些菜价又涨了旅游景点人山人海之类的闲话，话里话外提两句，说沈星乔眼看要结婚了，按照江城风俗，男方出聘礼，女方也要出嫁妆才像样，问沈妈妈可有准备，最后说："星乔是个好样的，一个人在外面打拼，不知道吃了多少苦，家里帮不上忙，至少要体谅不是。"

沈妈妈来江城一趟，多少了解了一些沈星乔的不易。

十月底是纪晓峰周年祭，纪家全家出动去上坟，连纪东涵的女儿

Grace（格蕾丝）都来了，纪又涵带着沈星乔一起去。祭拜完回到纪家大宅，沈星乔第一次来，给Grace带了个玩具。Grace快四岁了，在美国出生，一直住在外公外婆家，中文只会简单蹦几个词。沈星乔用英文跟她说："这个是水滑梯，可以用来吃凉面，我们一起组装好不好？"

两人合力把滑梯组装好，按下开关，水抽上来，沿着螺旋状滑梯流下去，如此循环往复。沈星乔给她做演示："像这样，把凉面放在上面，顺着水流下来，然后从底下的盆里捞出来。"把面放在事先调好的调料里，尝了一口，点头说，"好吃！"

Grace又新奇又兴奋，张开嘴巴，叫嚷着："我要吃，我要吃！"平时不肯吃饭的她竟然把一碗凉面都吃了。

关幕青在一旁感叹："谁想出来的点子？吃个面竟然有这么多花招！"

沈星乔笑道："哄小孩嘛。"

李安琪说："可算解决了吃饭问题，你不知道，她平时最挑嘴了，成天这个不吃那个不吃。"拿了些马奶葡萄，洗干净放在滑梯上，Grace也津津有味地吃了。

餐桌上，除了平常吃的，多了两碟小菜，一碟是腌刀豆，一碟是腌辣椒。关幕青见了，"咦"了一声，问哪儿来的。秦阿姨笑说："这是沈小姐带来的。"

沈星乔忙说："刀豆和辣椒都是自己种的，我舅妈亲手做的，跟外面卖的不一样，带给大家尝尝，也不知道阿姨吃不吃辣。"

关幕青见她如此客气，自然要捧场，说："江城人哪有不吃辣的。"尝了一筷子刀豆，赞道，"酸酸辣辣，腌得入味，好吃。"感叹，"记得我小时候物资匮乏，家里没菜，经常吃腌刀豆下饭，好多年没吃这个了，还挺怀念。"

纪东涵则问："这辣椒怎么做的，比外面买的好吃多了。"

沈星乔说："自己种的，胜在材料新鲜，配料也放得足。"

李安琪在美国长大，不大吃这些，蘸了点辣椒尝了尝，辣得直喝水。

纪又涵埋头吃饭，心里有点诧异，没想到沈星乔跟大家挺说得来，比他在这个家里游刃有余多了。

吃完饭，沈星乔陪Grace玩积木。纪又涵则跟着纪东涵上楼，问他要户口本。纪东涵说："准备结婚？"

"嗯，先把证领了，婚礼以后再办。"

户口本自然是关幕青收着，纪东涵去找关幕青，纪又涵在书房等着。书房是纪晓峰最喜欢待的地方，一年过去了，还保持着原样，所有东西都没动，仿佛纪晓峰还在世时一样，随时要用都能用。桌上摆着一张全家福，纪晓峰、关幕青站在中间，纪东涵、纪又涵分立左右，是纪又涵十八岁生日时照的。

纪又涵拿起照片，擦了擦纪晓峰的脸，想起父亲生前的音容笑貌，心里酸酸的。

纪东涵进来，看到他手里的照片，也是神情一暗，叹道："亲戚或余悲，他人亦已歌。"

死者长已矣，生者当勉力。

纪晓峰去世后，因为遗嘱，兄弟俩曾一度剑拔弩张，不过随着纪东涵逐渐坐稳公司董事长的宝座，纪又涵另辟蹊径站稳脚跟，兄弟争产落下帷幕，两人的关系逐渐缓和。股票的事木已成舟，纪东涵再不满也不能把老头子从地底下揪出来吵一架，只能认了，再说他最后还是得到了他想要的。纪晓峰的离开，使得两人认识到人生无常血缘密不可分，不管怎样，兄弟始终是兄弟，同出一脉，打断骨头连着筋。

就拿纪又涵结婚这件事来说，纪东涵身为兄长，不能不帮着操持，甚至在某些场合要代替纪晓峰出现。毕竟自古以来有长兄如父一说，纪晓峰一走，纪东涵慢慢接手了纪家一应大小事情，权威日盛，不再纠结嫉妒父亲对幼弟的宠溺偏爱，对纪又涵自然而然少了敌对情绪，相应的责任心渐生，有了一家之主的威严。

纪晓峰一走，关幕青对纪又涵都没有那么耿耿于怀了。人都走了，还计较那么多又有什么用，人死又不能复生。纪晓峰的离开，仿佛带走了她一部分的生命力，以往在意的那些爱恨情仇也都随之消散，不痛不痒了。

纪又涵揣着户口本下来时，沈星乔正在跟关幕青说话："我在中山路开了个店，卖包，网上也有，代理法国的一个牌子，阿姨什么时候有空可以来坐坐。"

关幕青点头说好，知道纪又涵拿了户口本，问她什么时候结婚。

沈星乔一无所知，有些害羞："早着呢。"心想某人都没求婚。

两人要走，关幕青让人搬了一箱红酒出来，说："这个红酒是从法国酒庄直接运过来的，酒精含量低，蛮适合女孩子喝的，每天喝一杯，美容又养颜。"

沈星乔没推辞，大大方方地说："谢谢阿姨，那我就恭敬不如从命啦。"

纪又涵晚饭喝了点酒，回去时沈星乔开车，路上跟他商量："送你回华庭，地铁该停了，车子借我开一天，明天下班你到店里来取，怎么样？"省得大晚上的打车回高舅舅家。

纪又涵侧头盯着她看，不说话。

到了楼下，沈星乔没下来的意思，时间有点晚，她得赶紧回去。

纪又涵说头疼："你扶我一下。"

沈星乔忙扶着他，一起乘电梯上去。

大概是累了，一夜好眠。早上在纪又涵的骚扰中醒来，沈星乔微微蹙眉："我不舒服。"

纪又涵含含糊糊说："我就亲亲。"

眼看要失控，沈星乔赶紧爬起来，穿上衣服，一看时间，九点多了。她"啊"的一声，冲进卫生间，刷牙洗脸。纪又涵跟进来，靠在门上懒洋洋说："迟到就迟到，怕什么，大不了歇一天。早餐想吃什么？"

沈星乔催他："快点，还有事呢，等下要去见一个客户。"

两人到楼下吃早点，街头很不起眼的一家小店，老板现场调馅擀皮，店里坐满了人，两人只好坐在外面。沈星乔惊叹："这家店还在啊！"用醋蘸小笼包，轻轻咬了一口，点头，"还是以前的味道，皮薄馅多，好吃。"迫不及待喝了口豆浆，老板自己做的，带着一股花生的清香，味道香醇浓厚。

纪又涵见她舌尖微露，嘴角一圈豆浆沫，心里一动，伸手擦去。

沈星乔脸一热，移开凳子，离他坐得远远的。

纪又涵起身，端了碟腌萝卜皮放在她跟前，在她脸上摸了一下，这才坐下吃东西。沈星乔横了他一眼。

纪又涵让老板再来一笼小笼包，一本正经说："多吃点，补充体力。"

下班纪又涵早早就来接她，抱着她不让她回去。

沈星乔说："不行，我两天没换衣服了，护肤品都没带。"

"那去买。"

沈星乔无奈："我想好好休息。"

纪又涵只能送她回去，闷声说："你搬来跟我一起住吧。"

沈星乔捶了他一下："想得美！"随即小声说，"我怎么跟舅妈说啊。"

纪又涵依依不舍地看着她下车，叹气，要名正言顺地住在一起，他还得加快脚步啊。

周末沈星乔刚送走一波顾客，关幕青推门进来。沈星乔挥了挥手，让小姑娘下去，亲自接待，有些意外地说："您怎么来了？"

关幕青打量四周："来做头发，想起你店在附近，过来看看。"

沈星乔介绍说："阿尼斯贝这个牌子针对的是年轻女性，颜色相对嫩一些。"

关幕青点头："看出来了，不太适合我，不过我可以给小朋友买两个，外甥女快要过生日了。"

沈星乔知道她这是特意捧场，到她这个年纪身份，自然什么都不缺，只要安富尊荣就好，帮她挑了两个："这两款卖得最好，经典畅销，明星都在背，小姑娘应该会喜欢。"

结账时，沈星乔拿出自己的 VIP 卡，让收银员打折。

关幕青见了笑："便宜我了。"

沈星乔说："自己人嘛，应该的。"又问关幕青等下要去哪里。

"我成天也没事，今天见天气好，就出来走走。"

"那我陪您逛逛？这一带我熟着呢。"

关幕青一个人逛街正无聊，问："不耽误你做生意吧？"

"不会，有人盯着呢。"

沈星乔拿了包出来，关幕青让司机老徐等着，走时叫他。

沈星乔问她有没有什么要买的。关幕青说她就是出来散散心。沈星乔明白了："那能先去吃点东西吗？我有点饿了。"

"行啊。"

两人到附近的美食一条街，坐在户外遮阳伞下，沈星乔要了些关东煮，不好意思地说："中午吃饭时，刚好送货的人来了，没吃饱。"

关幕青怜爱地看着她狼吞虎咽："哎呀，你慢慢吃，我又没什么事儿，不急啊。"

旁边有人卖椰子，沈星乔要了两个，给钱时正好没零钱。关幕青翻了下钱包，也没有，刚想说找人换开。沈星乔问老板："能不能微信支付啊？"老板说行啊，指了指摊子上贴着的二维码。沈星乔扫了一下："给你发个红包吧。"老板嘿嘿笑："谢谢啊。"

关幕青大开眼界："这就付好啦？小摊上都能网上支付啊？"

沈星乔吸着椰汁说："你不知道，我住的小区楼下烧烤摊、麻辣烫都能手机支付，出门只要带个手机就行，钱包都不用，可方便了。"

关幕青感叹："时代变化太快了，我们这些人都快跟不上了。"难得给面子地将一个椰子全喝完了，笑说，"感觉像在海边度假。"

沈星乔说："阿姨你没微信啊？你申请一个吧，现在大家都用微信，很方便的。"

关幕青有点犹豫："麻不麻烦啊？"

"不麻烦，很简单的，我帮你申请。"沈星乔告诉她，"手机号就是账号，密码别忘了。我教你怎么加好友，只要扫一下这里……成功了，小星乔就是我。"又教她怎么用微信钱包。

吃完东西，沈星乔带她到旁边商场地下二楼一个小店，说："这家店专门卖日韩的一些小东西，我要买两个起泡瓶。"

关幕青从没来过这种地方，问："起泡瓶是什么？"

"把洗发水、沐浴露、洗面奶这些东西装进去，可以产生大量泡沫，用起来比较方便。"

沈星乔拿过一个煮蛋计时器，说："这个煮蛋器也很方便，有三档开关，可以煮出蛋黄半生、半熟、全熟的鸡蛋，我主要拿来煮溏心蛋，一煮就成，嘻嘻。"

"哎呀，还有这种东西！"关幕青很新奇，说挺实用的，表示她也要一个。

沈星乔拿着一包"休足时间"说："这个东西贴在脚心或小腿，可以缓解肌肉酸痛，简直是逛街、旅行、出差必备神器。我有时候站久了就贴上两片。阿姨你穿着高跟鞋走了这么多的路，要不要拿两个回去试试？"

"有用吗？"关幕青怀疑地问。

"真的有用，我用过，很有效的。"

关幕青回去后，睡前贴上，一觉醒来，小腿的酸胀感果然不见了，忍不住感叹："还是要跟年轻人多相处啊，我都快成老古董了！"

有一次，她偷偷跟秦阿姨说："老二这媳妇不错，老大那媳妇——"摇了摇头，"中国话都说不利索。"

最近事情多起来，沈星乔忙到十点才下班，纪又涵送她回去。她大大伸了个懒腰："好累啊。"

纪又涵说："你是老板，哪需要事事亲力亲为。"

"我跟 Léo 商量过了，想招一个经理，不过合适的人难找，还要慢慢寻摸。"

"我认识几个猎头，你说下要求，我帮你问问。"

"好啊。"两人说了会儿工作上的事，沈星乔自己当老板，可谓是摸着石头过河，纪又涵给了她很多实用又中肯的意见，帮了不少忙。

这天下班，纪又涵带她去吃饭，本市很有名的一家西餐厅。点菜时，纪又涵问："甜点要不要？"

沈星乔说："不太饿，有牛排和沙拉够了。"

纪又涵极力推荐，说："这家甜点很不错，来一份吧。"

沈星乔无所谓地点头。

吃饭时，纪又涵出去了一下。没多久，饭后甜点端上来，和平常不一样，上面盖了个盖子。沈星乔不以为意，揭开盖子，心形蛋糕中间有一朵水果雕成的玫瑰花，玫瑰花里面竖着一枚戒指，旁边是一杆巧克力做的旗帜，旗帜上面写着"WILL YOU MARRY ME（愿意嫁给我吗）"几个英文花体字。

沈星乔怔住了，用勺子碰了碰戒指，确定是真的，拿起来，中间一颗指甲盖大的梨形钻石，旁边两颗小钻亦有绿豆大。她极力压下心中的惊喜，咬唇看着纪又涵，眼中波光盈盈，心中压抑着一种似喜非喜欲哭不哭的激荡感情，几欲喷薄而出。

纪又涵拿起戒指，戴在她左手中指上。

沈星乔捂着嘴，感觉像电影里的场景，充满不真实感，心潮澎湃，好半天才缓过神来，压低声音说："一开始还以为是假的。"她还想吃来着，又问，"什么时候买的戒指？"

纪又涵说："一个月前就订了，今天上午才拿到，高兴吗？"

沈星乔冲他做了个鬼脸，一时说不出话来。

从餐厅出来，两人手牵手走在路上，她时不时伸出手来看戒指，从各种角度观察钻石折射出的璀璨光芒有什么不同，满心欢喜。

周末的时候，两人回了趟海城，见过沈爸爸，住了一天，然后把结婚证领了。领证那天刚好下雪，两人一时兴起，堆了两个小小的雪人，用树枝做眼睛鼻子嘴巴，把雪人摆成亲吻的样子，旁边放着结婚证，拍照发到朋友圈，宣布两人结婚了。

众人纷纷送上幸福，更有人表示这恩爱秀得快闪瞎了大家的"钛合金狗眼"。

回到江城，两人去纪家大宅吃饭。关幕青问沈星乔打算什么时候办婚礼，她好做准备。沈星乔说不急，纪又涵曾经对张家说要守孝三年，话都说出去了，总要做到。

李安琪带 Grace 回美国过圣诞节去了，这次只有纪东涵来了，他问沈星乔："是不是你教我妈玩的微信？"

"啊，怎么了？"

"上次她特意打电话要我回来，我还以为有什么事呢，结果是加她微信，加了后成天给我发一些'早餐吃鸡蛋的好处''这五种食物千万不能吃''枸杞搭一物，胜过唐僧肉'之类的养生鸡汤文，一天发一篇，比上班还准时。"

沈星乔听了捂着嘴笑，小声说："阿姨在我发的每条微信下面点赞，还问我为什么不给她点赞。"

吃完饭，关幕青拿了个盒子过来，递给沈星乔。

沈星乔打开一看，是个翡翠镯子，冰透飘绿，像一汪泉水中飘着一根水草似的，惊艳中带着一股灵动。饶是沈星乔不懂这些，也知道价值不菲。

关幕青说："不知道圈口合不合适。"

沈星乔立即涂了护手霜戴上，大小正好："谢谢阿姨。"

关幕青问她："我总算弄明白了'雷'是什么意思，天雷滚滚，剧情雷人什么的。不过最近老看见有人说'污'，'污'又是什么意思？"

沈星乔支吾着，一时不知该如何解释。

临走前，纪东涵扔了把车钥匙给她，说："车库里有辆车，你开走吧。"

是辆 MINI Cooper（宝马迷你），正适合女孩子开，沈星乔有些不敢相信，转头问纪又涵："你哥送我的？"

纪又涵颇有几分嫉妒，哼道："从小到大，除了生日礼物，他可什么都没送过我。"

沈星乔捏了捏他的脸："吃什么醋，还不是看在你的面子上。"兄弟俩表面上关系不怎么样，实际上还是血浓于水嘛。

回到华庭，纪又涵说："这房子随便住住还行，做婚房还是有点旧了。纪东涵结婚时在帝苑那边买了一整层楼，一梯一户，咱们不住帝苑，总得有新房吧，你喜欢哪里？"

两人商量半天买房的事。沈星乔想要离工作的地方近，纪又涵却偏向别墅，说以后有了小孩，活动空间比较大。不过如果买别墅的话，两人经济有些紧张，还要贷一部分款。

这天中午纪又涵出来吃饭，在楼下见到了完全没想到的一个人，刘美琼。比起六年前，刘美琼又老又胖，以前还化妆打扮着，现在则完全不管了，看起来像个老太太。她一见纪又涵就哭哭啼啼，说曹华外面有了人，她日子没法过了。曹华是她现在老公，比她小五岁。

纪又涵有种被雷劈的感觉，根本不想管她那一摊破事儿，问她住哪儿，想送她回去。

刘美琼发狠话说："我下了飞机就来找你，你要是不管我，我就死给你看！"

纪又涵注意到她身边的行李箱，一个头两个大，在附近找了个酒店安排她住下。他回去跟沈星乔说起这事，沈星乔简直风中凌乱，不知该说什么好，没想到她还有这么一个婆婆。

刘美琼住了两天酒店要跟纪又涵回家，说她一个人住酒店失眠害怕根本睡不着，白天还犯病晕倒过一次，若不是服务员及时发现，说不定她就永远醒不过来了。

"你都结婚了，还把我一个人撂在外面，这像话吗？"两天的时间已经够她打听清楚纪又涵的情况。

纪又涵说住酒店不挺好吗，有人伺候，舒服又自在。

刘美琼冷笑说："俗话说，狗不嫌家贫，儿不嫌母丑，你倒好，嫌弃亲娘来了！真是人家说的，娶了媳妇忘了娘，现在连家门都不让进，我要找电视台记者哭诉去！"

纪又涵被她吵得头疼，只能带她回家，跟沈星乔说："先住两天，我再想办法把她送走。"

沈星乔苦笑，就怕请神容易送神难啊。

刘美琼拉着沈星乔一把眼泪一把鼻涕说曹华如何吃喝嫖赌败尽家产，如何狼心狗肺负了她，甚至动手打她，她走投无路，只能来投奔他们，又哭道："我知道，对又涵来说，我没尽到做母亲的责任，可是那时我也没办法啊，纪晓峰是不会让他跟着我的。哪个做母亲的会不心疼自己孩子？当年母子分离，跟硬生生在我心口上剜了一刀一样。我怀胎十月辛辛苦苦生下他，为了他吃尽了苦头，现在儿子长大了，有本事了，我才敢来找他。他要是不管我，我就真没活路了，还不如死了的好！"

沈星乔忙安抚说不会的，纪又涵不是这种人。心说种瓜得瓜种豆得豆，结什么样的因就得什么样的果，一报还一报，一点都不同情她。沈星乔忍着恶心问："那您现在打算怎么办？"

"我要离婚，我要跟曹华离婚！"刘美琼恨声道，"我要让曹华这个白眼狼付出代价！"话里话外让他们借钱给她打官司。

沈星乔头疼，钱倒是小事，就怕离了婚更甩不掉这个大麻烦了。

Chapter 15 岁月静好

纪又涵和沈星乔上完一天班回到家，刘美琼阴阳怪气地问：“你们吃了没？”

沈星乔说：“吃过了。”这都快九点了。

“吃的什么？”

沈星乔听她口气不对，没答。

纪又涵说：“火锅。”

“哟，你们在外面吃香喝辣，我在家连口粥都没得喝！”

沈星乔只好问：“您还没吃啊？”

刘美琼眉毛一竖：“人生地不熟，清锅冷灶，我上哪儿吃去？”

纪又涵不耐烦地说：“外面那么多吃的，什么不能吃？”

“出去了，回来谁给开门？我又没钥匙！”

“那叫外卖！”

刘美琼冷哼一声：“说得轻巧，我哪有钱！我要有钱，就不万里迢迢来投奔你们了！我活到这么大，小时候日子那么困难都没挨过饿，现在居然在儿子手里饿肚子，连口热乎饭都吃不上，我命怎么这么苦啊——”说着说着开始淌眼抹泪哭天喊地。

纪又涵气得脸青，不知道的人还以为自己怎么虐待她了呢，不就是要钱吗，鄙夷地看了她一眼，掏出钱包，把里面所有现金扔在桌上，大概有三四千，头也不回地上楼了。

刘美琼立即不哭了。

沈星乔取下自己的钥匙给她，明天自己再去配一把：“这是大门钥匙，您收好。”心说，真要饿了，不会自己做啊，冰箱里什么没有？一个人不想炒菜，随便下碗面条、做个蛋炒饭也行啊，再不济还有馒头水饺呢。她拿出外卖单，“想吃什么您自己叫。我们俩都要上班，早出晚归，忙起来的时候连饭都顾不上吃，家里很少开伙。”

为了避免跟刘美琼一个桌子吃饭，平时经常下厨的沈星乔连锅都不碰。

家里来了这么个无赖似的婆婆，动不动就一哭二闹三上吊，赶又不能赶，说又不能说，还得供着，沈星乔根本不想回家，周末都在加班。大晚上回去，结果物业找上门来，说邻居投诉他们扰民。

原来刘美琼一个人在家没事吊嗓子，她是学评剧出身，站在露台上一吊能吊一下午，楼下的人都快吵死了。沈星乔忙好声好气把物业送走，让纪又涵去跟他妈说。两人在楼下又是一通吵，刘美琼不服气，说她吊嗓子怎么了，大白天的又没妨碍人睡觉，她还没投诉隔壁拉小提琴的呢，跟锯木头一样，振振有辞：“我一个人在家总要找点事做。”

纪又涵气道：“人家说了，你要再扰民，就报警。警察要是找我麻烦，你也别在这儿住了，赶紧走吧。”最好滚回美国去，纪又涵非常后悔把她带回来，弄得好好一个家乌烟瘴气。

这些都不算什么，没两天沈星乔回家见到一个五六十岁的男人，抽着烟露出一口黄牙冲她笑，上赶着说：“这是外甥媳妇吧？外甥呢，还没下班啊？”刘美琼说是她哥哥，让她叫舅舅。

沈星乔沉着脸没应，实在受不了，回房收拾了几件衣服，拉着行李箱出来，说她要出差，回高舅舅家住了。

高舅妈听她说了这些事，叹气：“纪又涵哪儿哪儿都好，偏偏亲妈这个德行！”

可真是应了那句世事哪能十全十美。就像张爱玲说的生活是一袭华美的袍，爬满了虱子，总有不如意处。

纪又涵到家没见到沈星乔，打电话问她在哪儿，得知回了舅舅家，闷闷地说：“我也不想在家待。”刘美琼竟然要他帮所谓的舅舅安排工作，还说沈星乔一看就不是过日子的人，异想天开地要管他的账，舅舅刘建良也在一旁帮腔。纪又涵不胜其烦，拿了车钥匙出来，想去找沈星乔，又怕时间太晚，打扰高舅舅，最后到附近酒店开了间房，孤枕冷衾，怎么都睡不着。

他给沈星乔打电话：“隔壁好吵，一点都不隔音。”

“酒店就这样，忍一忍吧。”她也忍着呢。

“我睡不着。”

“那就看电视。”

“不想看。”

“那你要怎样啊？”

“我要你。”

沈星乔脸一热，清了清嗓子说：“就一晚上，洗洗睡吧。”

纪又涵过了没滋没味的一个晚上，一大早就去高舅舅家。到的时候沈星乔还没起来，高舅妈见到他有点惊讶：“这么早啊，还没吃吧？”忙下楼去买早点。

纪又涵钻进沈星乔房间，把手伸进她被子里，故意冰她。沈星乔按住他作乱的手，骂道：“好冷。”

纪又涵坐在床头，双手压在被子两侧，凑过去亲她：“现在不冷了吧？”

沈星乔被他困在怀里，像鱼一样在被子里扭动：“我都没刷牙洗脸。”

“我不嫌弃。”纪又涵埋在她颈侧，深深吸了口气，“你怎么这么香？”

“那是你臭，你又抽烟了？”

“就抽了一根，想你想得睡不着。”纪又涵手从她睡衣领口钻进去。

沈星乔打他：“一大早的，干什么呀！”

“你怎么能扔下我一个人，一声不响地回来？”纪又涵忍不住抱怨，“你不知道昨晚我怎么熬过来的，不停地看外面，天就是不亮，每次睡醒一看，天怎么还是黑的。”

沈星乔“呸”了一声：“那我要出差了，你怎么办？”

“我不活了。”纪又涵抱着她亲了又亲。

两人腻歪了一会儿，沈星乔推他：“我要起来了，把椅子上衣服拿过来。”

纪又涵拿着她胸衣说：“我帮你穿，是这样吗？还是这样……”在她白皙圆润的肩膀上落下一吻又一吻。

沈星乔咬着唇嘤咛一声，推他：“就知道占便宜。”背过身去，快速把衣服穿上。

吃早餐时，高舅妈说：“你们俩打算怎么办？就这样住外面啊？”

提到这事沈星乔就心烦。

纪又涵苦笑：“只能拿钱打发。”他太了解刘美琼了，不给钱是不会走的。

高舅妈摇头："一旦开了先例，以后可就难办了。救急不救穷，每次都给钱，你们自己日子不要过了？"人性就是这样，闹一闹就有好处，只会养得胃口越来越大，欲壑难填。

纪又涵叹气："那也没办法。"他要是真不管，刘美琼光脚的不怕穿鞋的，真干得出找媒体哭诉的事来，国内舆论如此，总是说天下无不是父母，闹出来只会给人看笑话，家丑不可外扬，他根本就无可奈何。

高舅妈提点说："你们是小辈，说什么做什么都矮了一截，自然没办法，可是你家又不是没有长辈，长辈的事，让长辈出面就好。"

沈星乔猛地反应过来，纪晓峰走了，关幕青还在啊，关幕青是正室，没有比她更合适的人了，就是不知道她愿不愿意为了没有血缘关系的继子出这个头。

她上了一上午的班，中午给关幕青发微信，说她下午休息，问关幕青要不要出来逛街。

关幕青很快回了条语音："这么冷的天，逛什么街啊，我们去泡温泉吧。"

敷着面膜坐在酒店温泉池里，时不时喝一口红酒，泡完按摩，沈星乔舒服得全身毛孔好像都张开了："阿姨，我头一次这么享受，好奢侈。"

关幕青笑她没见过世面："既然你喜欢，那就办张卡，随时可以来，我认识这里的老板。"

神清气爽出来，正好酒店老板在，亲自送她们出去，跟关幕青寒暄，笑问沈星乔是谁。关幕青介绍说是儿媳。沈星乔在一旁听着眼睛骨碌碌乱转，等老板走后，拉着关幕青衣服说："阿姨，我有事要跟你说。"慢慢把刘美琼的事说了。

关幕青听完皱了皱眉，没说什么。

"阿姨，我不想回家，我跟你住行不行？"沈星乔可怜兮兮地看着她。

关幕青一个人住那么大一栋房子，冷冷清清，当然不会拒绝。

沈星乔回纪家大宅住，纪又涵自然也跟了过来。住了两天，纪又涵回家拿衣服，回来后快气死了，原来他们这几天不在，刘建良带着老婆孩子一大家子住进来，几个熊孩子把家里整得又脏又乱，养的鱼也全弄死了。

其他的倒罢，沈星乔听见鱼死了，眼泪当即掉下来，难过地关在屋里晚饭都没吃。

关幕青看不下去，第二天带人去了华庭，见到刘美琼二话不说先给了她一巴掌："你还敢回来！当我纪家无人了是吧？"

刘美琼见到关幕青，不自觉地心虚，捂着脸不敢吱声。

刘建良忙上来拉架：“有话好好说，大家都是自己人，咋一上来就动手呢。”

关幕青露出厌恶的神色，疾言厉色地说：“谁跟你是自己人？你最好搞清楚自己是谁！”给身边的人使了个眼色。那人是请来助阵的保镖，人高马大，上前推了刘建良一把，把刘建良推倒在地。

刘建良媳妇见状忙跑过来，大声嚷嚷：“哎哎哎，你们怎么打人啊，还有没有王法！”

关幕青扫了一眼房子，地上到处是垃圾，墙上被涂得乱七八糟，回头还得重新粉刷，冷声说：“这是我纪家的房子，什么时候轮到你们姓刘的住了？滚，现在就给我滚，不然别怪我不客气！贱人，当年我就说过，你要敢出现在我面前，见一次打一次，看来教训得不够狠啊，这么多年过去，光长年纪没长记性，不要脸勾引别人老公拿钱倒贴小白脸不算，居然还敢鸠占鹊巢，耀武扬威，我还没死呢！”看着刘建良一家子，轻蔑地说，“也不掂量掂量自己，这是纪家，跟你们姓刘的有什么关系？想占我纪家的便宜，也要问问你有没有那个胆子！没问你要钱赔偿损失就不错了，还不快滚！”

她又对司机说：“老徐，打电话给防盗门公司，让他们把门给换了。”指着几个保镖说，“盯着他们，让他们立即滚，看好了东西，可别让人顺手牵羊，回头少了什么，找都找不回来。”

刘美琼等人在保镖虎视眈眈的威胁下，只得灰溜溜地走了。

刘美琼一行人被赶出来，立即气势汹汹地去找纪又涵。偏纪又涵不在，去了郊区的工厂视察，不知道什么时候回来。几人站在街头商量半天，刘美琼领着众人掉头去中山路阿尼斯贝专卖店。沈星乔毫无防备，被堵个正着。

大家七嘴八舌诉苦，说关幕青如何凶残恶毒、仗势欺人。沈星乔看戏一样，也不说话，似笑非笑听着，感觉比六月天喝冰水还舒服，真是大快人心！众人说得累了，见她一语不发，没有任何表示，慢慢声音小了。

刘美琼很不满：“你什么意思？看我们倒霉，你很高兴是不是？我跟你说，不管怎样，纪又涵都是我儿子，怀胎十月生下来的，想赶我走？没门儿，我告你们去！”

沈星乔心里冷笑一声，口里慢慢说：“那您想怎样？关阿姨是长辈，想做什么我们哪里拦得住？关阿姨的脾气您也知道，眼睛里揉不得沙子，我们当小辈的，有什么话只能听从，什么主都做不了。您也得体谅又涵啊，他一个私生子，上头还有哥哥，人家没当他是眼中钉肉中刺地虐待已经是发善心了，他爸在的时候还好，多少能护着点儿，他爸一走，他日子还不知道多难过呢！”她也没说谎，纪又涵确实有段时间穷得就只差砸锅卖铁了。

她这番似埋怨似指责的话听得刘美琼一愣。

刘建良以为跟着纪又涵这个外甥能沾光，没想到他境况这么不好，想想也是，在后娘继兄手下，自然得看人脸色过活，忙打圆场说："我也知道你们不容易，可是现在怎么办？天都快黑了，总不能露宿街头啊！"

沈星乔不为所动："那只好委屈大家，找间宾馆住吧。"她才不会傻得去安排住宿，躲都来不及呢，热心地告诉他们附近哪家宾馆安静又实惠，"往前走两个路口就是，都不用坐车。"看了眼时间，"不好意思，我还在上班，一堆的事要忙，先走了。"

她也没回店里，找 Léo 去了，怕他们打她电话，手机干脆关机。

晚上纪又涵回来，沈星乔让他找个名目去外地出差几天。

刘建良一大家子，第一天住宾馆的钱是刘美琼付的，第二天就不肯出了，原本沆瀣一气的兄妹俩起了内讧。他忍痛付了一天钱，来找沈星乔，这次姿态放得很低，话里话外说江城住得贵，吃得也贵，根本消费不起，想问她借钱。

沈星乔不接他的茬，只说："您又不是江城人，留在江城当然事事不便。您要是要买火车票，旁边就有售票点，我可以带您去。"

通过这两次接触，刘建良知道她是个厉害的，估计在她那里讨不到什么好处，纪家有关幕青坐镇，根本惹不起，和刘美琼又闹翻了，已经心生去意，只好说："那就去看看。"

沈星乔出钱买了第二天的火车票，总算把这一家子送走了。

刘美琼却没那么容易打发。纪又涵一出差回来，刘美琼立即上泰瑞闹了一场，站在前台撒泼，指责他忘恩负义亲妈都不顾，引得公司里不少人探头探脑看热闹。纪又涵承受着众人异样的眼光，难堪至极。纪东涵得到消息下楼，怒不可遏，他比关幕青更恨刘美琼，好好一个家全被她拆散了，因为这个女人，他跟母亲不知受了多少委屈，现在居然敢闹上门来！

"保安呢，哪里去了？什么人都放进来，怎么做事的！"

众人见他发怒，立即散了。刘美琼见到他阴冷的神色，没有先前那么泼了，叉在腰上的手放下来。保安气喘吁吁赶来，半拖半拽着把她拉走。

下班兄弟俩回了纪家大宅。纪又涵心情很不好，把刘美琼到公司大闹一场的事说了，沈星乔恨得牙痒痒却又无可奈何："成天这样闹，她到底想怎样？"

纪又涵冷笑："还不是要钱。"

沈星乔实在受不了这么个闹法："要多少？"不过分给了算了，就当破财消灾。

纪又涵估计没有一百万打发不了。

"一百万？我工作这么多年都没挣到一百万！"沈星乔又惊又怒。

纪东涵在一边听着，冷冷地说："这次一百万，下次两百万，再下次五百万，不给就跳楼割脉服毒各种威胁，到时你们怎么办？给还是不给？"

沈星乔震惊地看着他。

好半天，纪又涵问："那该怎么办？"

纪东涵骂他："在美国的时候你就不应该给钱，她第一次来找你，你就应该跟家里说。这种人贪得无厌，你以为给钱就能了事啊？胃口就是被你养大的，姑息养奸！"

纪又涵被骂得抬不起头。

沈星乔转头看着关幕青："阿姨，她要天天吃饱了没事来我跟又涵工作的地方，一哭二闹三上吊，我们日子也不用过了。"

沈星乔很得关幕青的欢心，看在她面子上，问："老大，你有没有什么办法？"

纪东涵没好气地说："恶人自有恶人磨，与其扬汤止沸，不如釜底抽薪。"打电话给美国的朋友，让他去找曹华，给了他一笔钱。

很快刘美琼接到女儿的电话，哭着说爸爸成天喝酒赌钱，还把外面的女人带回家，动不动就骂她，昨天还打了她，家里什么吃的都没有，她已经饿了一天，哥哥圣诞放假没有回来，不知道去哪儿了，电话也打不通。刘美琼心急火燎要回美国，大晚上给纪又涵打电话，让他买飞机票，指定要头等舱的，还要五十万块钱。

沈星乔跟听天方夜谭似的："想得挺美。"平时她都舍不得坐头等舱。

最后买了张经济舱的机票，爱坐不坐。送刘美琼去机场时，沈星乔说："我跟又涵刚结婚，又买了房子，银行还贷着款，手里实在没有多少钱。纪家有钱那是关阿姨和纪东涵的，跟我们没什么关系。"说了自己的难处，完全不给钱也是不行的，刘美琼还不知道干出什么事来呢，最后给了五万现金，用牛皮袋装着，话说得很好听，“这点钱，您拿着给家里小孩买点吃的穿的，算是我们俩的一点心意。”

刘美琼很不满，可是没办法，她赶着回美国，没时间跟他们耗着，只能接过来。

沈星乔看着她进了安检口，浑身一轻，外面阳光都明媚了几分。

回去的路上，纪又涵说：“要是过个一年半载她又来呢？”

沈星乔苦笑：“那到时再想办法吧。”

周末沈星乔回了华庭一趟，看着乱成一团的家，又气又恨，和纪又涵商量过，决定把房子装修一下，去去晦气。

今年冬天特别冷，外面又是刮风又是下雨，滴水成冰，这样的天气持续了好几天，衣服穿在身上都潮潮的。

沈星乔下班回来，呵着冷气对关幕青说：“室外温度零下十三度，这还是白天，我骨头都快冻僵了，阿姨，要不要去泡温泉？”

关幕青说：“不去，温泉泡完回来路上又冷了。这天也是邪门，在我印象里，江城从来没有这么冷过。”她年纪大了，受不了这样严寒的冬天，“去泡温泉还不如去热带避寒。”

沈星乔正好想休假，说她想去海边享受阳光沙滩。

“去马尔代夫怎么样？光照充足，海水质量好，感觉不错。”

“好啊好啊，天气预报说还有一波寒潮。”沈星乔上个厕所回来，关幕青说买好了明天去马尔代夫的机票。

沈星乔张着嘴：“这么快？不要做个旅游攻略什么的吗？”

关幕青瞟了她一眼：“马尔代夫有什么好做攻略的，就是去晒太阳。”

沈星乔赶紧跑去准备东西，衣服、凉鞋、防晒霜、墨镜、帽子、常用药、零食……

纪又涵回来，听说她要和关幕青去马尔代夫，明天一大早就走，老大不愿意：“你就扔下我一个人啊？”

“玩两天就回来。”沈星乔站在洗手台前，把牙膏牙刷毛巾这些东西装进塑封袋里。

纪又涵从后面抱着她：“我们都没一起旅游过。”他们甚至没度蜜月。

“下回吧。”

沈星乔拍了拍他胳膊，示意他放开。

纪又涵在她后颈上咬了一口，赌气说：“我也去。”

沈星乔回头看他："你不要上班？"年底正是忙的时候，他哪走得开。

纪又涵重重哼了一声。

"好啦，回来给你带礼物。"

沈星乔对此次的马尔代夫之行很是期待，江城天气这么恶劣，哪怕只晒太阳，她也心满意足。

关幕青订的自然是头等舱豪华酒店，沈星乔文能当翻译，武能搬行李，沟通跑腿照顾人样样在行，一点都不娇气，一趟旅行下来，关幕青什么都不用操心，只管享受，对沈星乔大为赞赏："你就是我的机器猫，渴了饿了累了，有求必应，下回去哪儿都要带着你。"

沈星乔也很满意，她第一次来马尔代夫，明亮的阳光，绵长的白沙滩，成片的椰子林，水飞机，水上屋，新奇又兴奋，每天精力充沛地在外面跑，乐不思蜀。

纪又涵看着她微信上晒的照片，幽怨不已，每天问她什么时候回来。

两人玩了一个多星期，等到江城寒潮过了才回来。沈星乔晒黑了一圈，精神奕奕，连吃两碗饭，满足地打了个饱嗝："还是家里的饭菜好吃。"

回到房间，沈星乔收拾行李，拿出一件纱笼，围在腰上，转了个圈，兴致勃勃问纪又涵好不好看。纪又涵坐在地上翻看她买的一些贝壳饰品，瞄了她一眼，不说话。

沈星乔蹲下来，捅了捅他："还在生气啊？不就晚回来几天嘛。"

"一开始说三天，结果三天过去又三天，十天啊！"

"好啦好啦。"沈星乔抱着他脖子在他头上安抚似的亲了亲，拉他胳膊，"快起来，看看我给你买了什么。"

纪又涵不动，一本正经地说："我起不来。"

"怎么了？"

"没力气，要亲亲才能起来。"

沈星乔失笑，在他嘴上亲了下："行了吧。"

纪又涵仍不动。

沈星乔捶他，拿过领带，在他脖子上缠了一圈，手指沿着他颈侧大动脉处划了长长一道，扯着领往朝床的方向走。

纪又涵一骨碌爬起来。

沈星乔笑骂他没节操，推他进浴室。

无论去哪里，都有人在等她，这种感觉真好。

她要记住这种感觉，不管是用手、用眼、用脑还是用心，永远不让它消失。

华庭的房子在装修，沈星乔和纪又涵留在纪家大宅过年，纪东涵一家人也来了。大年三十这天，寒风夹着雪花飘扬而下，很快地面蒙上一层白色。

Grace 兴奋不已，拍着手大叫："下雪啦，下雪啦！"闹着要堆雪人。

外面天寒地冻，李安琪怕她冻着，不让出去。她委屈得直掉眼泪，一个人坐在那里生气，谁也不理。沈星乔拿出一个硬币，哄她："Grace，要不要看魔术？"

沈星乔做出魔术大师的样子，一本正经地说："看好了，这是硬币，现在放进这只手里。"她左手握拳，往上吹了口气，伸到 Grace 跟前，"猜猜看，硬币在哪里？"

Grace 指了指沈星乔的左手。沈星乔打开，左手是空的。她睁大眼睛，扑过来抓沈星乔的手，到处找硬币。纪又涵拆沈星乔的台："在另外一只手里。"

沈星乔瞟了他一眼，摊开两只手，都是空的，得意笑道："不见了。"

Grace 表示惊奇："Auntie（阿姨）好厉害！"

纪又涵说："肯定在袖子里。"

沈星乔把袖子捋起来，抖了抖，斜睨他："事不过三，再找不到，可是要受罚的哦。"

纪又涵不服气："你起来。"

沈星乔站起来，转了个圈，沙发上没有。

"口袋里。"

沈星乔把口袋翻出来，空空如也。

Grace 捂着嘴笑："Uncle（叔叔）输了。"

沈星乔问 Grace："你说我们罚 Uncle 什么好？"

Grace 皱着眉头苦思冥想。

沈星乔出主意："我们罚 Uncle 包饺子好不好？"

"好！"

沈星乔要走，纪又涵拉住她，在她身上到处乱搜，问她到底把硬币藏哪儿了。沈星乔扭着身子笑，说痒，从折起的裤腿处拿出硬币，推他去厨房："愿赌服输。"

饺子皮和馅儿都是现成的，Grace 兴致勃勃也要包，一会儿捏只兔子，一会儿捏只乌龟，玩得不亦乐乎，弄得身上脸上到处是面粉。沈星乔点着她鼻子笑：“哪里来的小花猫啊？”她咯咯地笑，把黏糊糊的小手往沈星乔脸上抹。沈星乔忙钻到纪又涵身后，纪又涵被抹个正着，身上两个白乎乎的小手印。他抓住沈星乔，不让她跑，沾了面粉的手在她脸上拧了一下。

沈星乔挣脱不开，一边擦一边叫：“Grace，快帮帮 Auntie！”

Grace 立即跳下椅子，抱住纪又涵的大腿，又拖又拽。

关幕青和李安琪在一边看着哈哈大笑。

关幕青说：“星乔很会哄孩子嘛。”

李安琪挤眉弄眼说：“星乔，你这么喜欢小孩，自己也生一个啊。”

沈星乔脸微微一红，笑笑不语。

这时纪东涵走过来，挑了团肉馅出其不意抹在纪又涵脸上：“欺负女人小孩，不要脸。”抱起 Grace 就跑。

纪东涵突然来这么一下，把纪又涵吓一跳，兄弟俩还从来没有这么玩闹过。

Grace 在父亲怀里，冲纪又涵做鬼脸，鹦鹉学舌：“不要脸。”

纪又涵抽出纸巾擦脸，讪讪说：“偷袭的人才不要脸。”上楼换衣服去了。对比去年过年时的惨淡凄凉，今年的欢声笑语让纪又涵颇多感触，他第一次在这个所谓的家感受到欢快团圆的节日气氛。他原本以为，父亲的离去，带走了他对家的最后一点留恋，可是沈星乔的到来，改变了这种情况。

吃过年夜饭，放烟花是 Grace 最期待的，大家来到院子里。纪东涵为了讨女儿欢心，亲自上阵。Grace 捂着耳朵又蹦又跳，大声叫着：“还要，还要。”

沈星乔仰头看着夜空中一团团炸开的五颜六色的花火，明明灭灭，转瞬即逝，搓着手呼了口冷气。纪又涵握着她的手放进自己衣服里，问：“冷吗？”

“还好。”沈星乔有种似曾相识的感觉，“你还记得中心广场的烟花吗？”

“嗯。”

“那晚你一直跟着我吗？”她还以为他要对她不利，结果什么都没做。

纪又涵想起那晚的情景，她跟王应容并肩站在人群里，不时说着什么，王应容手虚虚拢在她肩膀周围，护着她不被拥挤的人群挤到，两人看起来是那么亲密。他当时恨得眼睛都红了，愤怒、不甘、嫉妒各种情绪纷至沓来，才会不顾一切堵住她。当她看到他，露出意外神情时，他又狼狈得什么都说不出来，只能转身逃跑。

回忆那时的心情，纪又涵突然萌生出一种强烈的幸运感，他紧紧抱着沈星乔，在她头上亲了一下："那天晚上回去，我做了一个梦。"

"什么梦？"

纪又涵看着她笑，在她耳边呢喃："就像我们每天晚上做的那样。"当时明明那么恨，却又对她有了欲望。爱与恨的界限是那么模糊不清，年少的他还无法分辨。

沈星乔踮起脚，在他下巴上咬了一下："从小就色。"

无论以后发生什么，哪怕天崩地裂，都阻止不了他们现在过得很幸福。

正月初四，沈星乔和纪又涵去高舅舅家拜年。高舅妈看着两人手里提的大包小包，说："哎呀，怎么带这么多东西来啊？"

沈星乔说："有些是我们买的，这几样是关阿姨让拿的。舅妈，我们的你就别回礼了，回了我也不要。"

高舅妈特意看了关幕青送的，有人参有酒，还有一大盒不知什么东西。

沈星乔拆开盒子，拿出一瓶："这是鸡枞菌，用油炸的，下饭很好吃。关阿姨说喜欢你做的腌菜。"

"我又做了腐乳，等下带两罐回去，还有腊肉香肠。"

"肉不用，有亲戚送了许多，还是野猪肉做的呢。"

"那就算了。对了，前两天熬了肉酱，要不要？"

"啊，这个要，下面最好了。"

两人说着闲话，沈星乔没看见高以诚，问："哥哥呢？"

"去女朋友家了。"

"啊，好事要近了吗？"

"不知道，两人好像又吵架了，我也懒得管。"高舅妈摇头，"不说这个了，我问你，初二你们回家，你妈跟你说了什么？"

沈星乔露出一个无奈的表情，好一会儿说："我妈说要攒钱给弟弟出国读书，打算在师大附中附近再开一个超市，问我有没有钱。”

高舅妈皱眉：“你没给吧？”

沈星乔摇头：“买房子贷了好几百万的款，今年公司打算在北京开一个分店，真的没有。”那些钱又不是她一个人的。本来打算住一晚，因为这件事，她跟纪又涵连夜回了江城。

高舅妈看了看，见高舅舅不在，小声说：“你妈打电话说了你一通，还问你舅舅借钱。”

“啊？”沈星乔吃了一惊。

“我没答应，说高以诚马上要结婚，随时要用钱。你弟弟才上初一，出国读书？哼，八字还没一撇呢，急什么！”

沈星乔叹气，生活中的这些鸡毛蒜皮家长里短就跟风湿一样，无法根治，发作了也只能缓解一时是一时。

三月底的时候，房子重装好了，沈星乔收拾东西，准备搬回去。秦阿姨有次聊天时感叹：“你们这一走，家里又该冷冷清清的喽。”

关幕青近六十的人了，既不上网也不打麻将，平时在家就养养花种种草，顶多和朋友出去逛街做个头发按按摩什么的，也不喜欢在外面吃饭，纪东涵一家又不常回来，日子过得挺无聊。

沈星乔想了想问：“阿姨怎么不养只狗或猫什么的？”

“夫人倒是挺喜欢这些小动物，看见别人的宠物狗还会逗一逗，不过老爷有哮喘，不能养这些，老爷走了也一直没养。”

沈星乔搬家前一天，带回了一只白色的小奶狗，浓密的毛发，尖尖竖起的耳朵，滴溜溜的黑眼珠，湿乎乎圆润的鼻子，小小的嘴巴，粉嫩的小舌头一舔一舔的，健康又可爱。关幕青一见就喜欢上了，抱着问：“哪里来的小狗啊？多大了？”

纯种博美犬，沈星乔在宠物店花大价钱买的，谎称朋友送的：“才一个半月，阿姨养着玩吧。”

“给我啊，你自己不养？”

“这么小的小狗一天要喂好几顿，我天天要上班，哪有时间，别把小狗饿坏了。”

“那要怎么养？有什么注意的没？”

沈星乔对养狗也没什么经验，两人对着电脑看了大半夜的帖子。

关幕青说：“小狗不能喝牛奶要喝羊奶，狗粮要先泡软了，还有好多东西不能吃……哎呀，我怕记不住，你给我打印出来吧。”

“好，我先整理一下。”

关幕青当天就去买了狗窝、狗盆、狗链、玩具这些东西回来，兴致勃勃的，人都精神了几分，还征求大家意见问叫什么名字好。秦阿姨说叫毛毛，纪又涵说叫 White，沈星乔说那还不如叫小白呢，众说纷纭，最后关幕青决定随大流叫小白。

此后关幕青的微信变成养狗日常。

小白一天天长大，学会了握手、打滚、作揖等简单指令，等到关幕青烦恼该不该给它绝育时，一年倏忽过去。

沈星乔从北京出差回来，扔下行李箱就跑去洗澡。纪又涵拿起她扔在床上的手机，随手翻了翻，看着她朋友圈的照片，脸色有些不好。

沈星乔很快出来，站在镜子前吹头发。

纪又涵倚在门口：“北京分店的事还顺利吗？”

“嗯，中间有点波折，不过最后都解决了，顺利开业。”

“这次你去北京，除了公事，有没有见谁？”

沈星乔动作一顿，从镜子里偷瞄了他一眼，随即若无其事地说：“那么多同学朋友在北京，当然要见面吃饭什么的啦。”

“都有谁？”

“比如魏茵啊，崔宇轩啊，你不认识。”

纪又涵轻轻哼了一声：“还有呢？和你一起游未名湖的是谁？”

沈星乔转过身来，一脸无奈：“又不是我一个人，魏茵也去了。”

“你为什么要去？不去不行吗？”

“未名湖挺漂亮的啊，草木葱茏，生机旺盛，比没有人气的颐和园圆明园有趣多了。”

纪又涵很生气，指责她：“你明知道他对你心怀不轨，你还不避嫌！”

沈星乔拿起毛巾扔在他脸上：“莫名其妙！”

纪又涵气得把王应容从沈星乔微信好友里删除了，为此，沈星乔跟他吵了一架，当天两人睡在床头，各据一方，谁也不理谁。

第二天纪又涵就后悔了，特意绕道城西的老字号买了沈星乔爱吃的卤鸭舌，回家时发现关幕青竟然也在。

关幕青见他回来，拿起包要走。他忙说：“吃了饭再走吧？”

关幕青说不了，让他好好照顾沈星乔。

纪又涵问：“阿姨来做什么？”

沈星乔横了他一眼，显然还在生气。

他忙跪在沙发旁，奉上鸭舌：“别生气了好不好？”

“你怎么能乱删我好友？”

“不是我删的，是这只手不听话，昨天也不知道怎么回事，情不自禁就删了。”纪又涵装模作样打了下右手，“对不起，我已经教训过它了，下回再也不敢了。”

沈星乔“扑哧”一声笑出来。

纪又涵立即顺杆爬，坐在旁边，抱着她亲了一下。

沈星乔清了清嗓子：“阿姨问我什么时候办婚礼。”

纪又涵想了想：“十月吧，天气不冷不热，咱们要好好准备，办一场盛大的婚礼。”

“十月可不行，太晚了。”沈星乔微微一笑，“肚子大了穿婚纱不好看。”

Extra 01 我好想你

明明还只是十一月，位于南方的江城却下起了雪。长达半个多月的阴雨天气，到处湿哒哒黏糊糊的，呼啸寒风里飞舞着细小的雪子，飘飘洒洒，入土即化。纪家的女主人关幕青年纪大了，受不了空气里无处不在的湿冷，邀着已经怀孕四个月的沈星乔一起到郊区的温泉山庄度假，以便度过此次突如其来的寒潮。

两人刚泡完温泉，浑身上下暖呼呼的，惬意地坐在大厅里喝茶。旁边是一整面墙的落地玻璃，从这个位置望去，只见山势起伏，草木青翠，周围一带湖光山色，尽入眼底。关幕青端起咖啡杯，优雅地抿了一口，说："又涵去了北方出差？咱们这里已经这样冷，北方还不知冷成什么样呢。"

"嗯，去了哈尔滨，我查了天气，零下十多度，雪大得没过脚脖子。"沈星乔一边回答一边举着手机拍了几张山明水秀的照发给纪又涵。

"带衣服了吗？"

"带了大衣，他说不冷，屋里暖气充足。"

关幕青点了点头，就此作罢，换了个话题，问她晚上想吃什么。

纪又涵收到照片时，正在外面，带着手下几个员工冒着大雪往附近的餐厅赶去。合作方一直拖着不肯签合同，不知中间出了什么问题，纪又涵晚上请对方负责人吃饭，要早点到，有所准备。

点开照片，只见青山绿水，佳人浅笑，心情不由得大好。北方不比南方，一到冬天，草木彻底凋零，到处灰蒙蒙光秃秃的，显得分外萧索，想要看点绿色，只能温室种植。室外严寒，室内干燥，水土不服的他很不适应，因此越发想念江城，还有江城的那个人。

席间好一番推杯换盏、觥筹交错自不必说，一向不喜饮酒的他在对方负责人的豪迈热情下也不得不接连举杯，最后还是助理站出来替他挡酒，这才逃过一劫。

眼看快十点了，对方负责人依然豪兴不浅，到处找人拼酒，大有不醉不归之意。纪又涵摇了摇头，留下随他同来的一个经理主持场面，先走一步。

外面又刮起了风，朔风夹杂着雪花，纷纷扬扬而下。下榻的酒店离此处不远，纪又涵喝了不少酒，感觉胸口有些闷，没有坐车，裹紧大衣，步行回去。

大概是严寒的缘故，街上行人稀少，即便不得不在外奔走，也大多都是行色匆匆。纪又涵呼出一口白气，看看时间，给沈星乔打视频电话。

“今天怎么样？胃口还好吗，有没有吐？”

沈星乔躺在柔软舒适的大床上，摸摸还不怎么显怀的肚子：“还好，晚上吃了腌橄榄，倒挺喜欢。你现在在哪里？”

纪又涵举起手机照了一圈给她看。

“这么大雪啊！”沈星乔不由得惊呼，“你穿那么一点够吗？冷不冷？”

纪又涵忍不住搓了搓冻红的双手：“在外面有点，不要紧，等下就回酒店了。”

“晚上又没吃什么东西吧？”沈星乔打量着他发白的脸色，“附近有什么吃的吗？或者买杯奶茶，不喝，抱着暖手也行啊。”

纪又涵嫌麻烦：“算了吧，很快就到了。”

“哎呀，小心冻出病来，你去，你去嘛。”

温软娇嗔的话语像一杯热气腾腾的暖饮，瞬间暖彻心扉，纪又涵不自觉地上扬嘴角，清了清嗓子：“好吧，买给你闻闻。”站在那里张望了一下，右转进入一条满是各种小店的小巷子，嘴上忍不住吐槽，“我就奇怪了，那奶茶一股浓浓的工业合成品的味道，除了甜什么都尝不出来，你们这些女生怎么就那么喜欢呢。”

比起大街上稀稀落落的行人，这条狭窄曲折的小巷意外地喧嚣热闹。小小的奶茶店居然有人在排队，纪又涵买了一杯，准备折返时，发现斜对面一家叫“牛杂面”的小店座无虚席，香气顺着寒风一直飘到他面前，一时间只觉又冷又饿，饥肠辘辘。

推门进去，店面不大，一共不到十张桌子，客人大多是附近的学生，有的还抱着书和笔记，大概是刚下晚自习，三五成群，笑语喧哗，和同伴热烈讨论着什么，让这间平平无奇的小店充满了蓬勃的朝气。

纪又涵夹杂其中，颇为打眼。他盯着墙上的菜单看了好半天，不知该做何选择。前桌一个十八九岁的男孩见状说："这家的牛杂面特别好吃。"

旁边一个女孩笑道："炖萝卜也值得一试，我最喜欢，咬一口，汁水横流，吃了还想吃。"

"那就一份牛杂面，一份炖萝卜。"纪又涵闻言一笑。两人一看就是情侣，亲亲热热地分吃一碗炖萝卜。女孩将自己碗里不吃的香菜、花生全部拨给男孩，男孩抽出一张纸巾，给她擦衣领上溅到的酱汁。周围也多是成双成对、呼朋引伴的年轻人，纪又涵感慨之余，又有些嫉妒，大家都有同伴，只有他孤身一人，格格不入。

也不坐下吃了，打包回去，到了酒店，边吃饭边和沈星乔聊天。他不怎么喜欢吃内脏，牛杂面尝了尝便放在一边，倒是炖萝卜确实不错，软烂入味，特地拍给沈星乔看。

"哎呀，看得我也有点饿了。"

"刚才打包的时候，店里全是十几二十岁的年轻人，还有不少情侣，不由得想起了以前的事。一转眼，都快到而立之年了，时间过得真快啊。"

"那你想起了谁？韩琳还是陈宜茗？"沈星乔忍不住开起了玩笑。

纪又涵瞪了她一眼，那些年少轻狂的日子啊，现在想想真是汗颜，思绪陷入回忆中，突然说："你还记得我们刚认识时，你请我吃炸酱面的事吗？"

沈星乔早不记得了："怎么可能，要请也是你请我吃吧？"

"哪里，我记得很清楚，那天下着大雨，你主动请我吃炸酱面。"

沈星乔惊呼："你这么不要脸，让女孩子请你吃饭？"

"是你主动请的我，不过最后是我付的钱。"

沈星乔不承认："谁付钱谁请客，那还是你请的我。"

纪又涵气得哼了一声："强词夺理！明明是你先追的我！"

沈星乔闷声大笑："好了，吃完了洗个热水澡，早点睡吧。"挂了电话。半梦半醒间听到微信提示音，点开一看，纪又涵发来的，简单四个字"我好想你"，回了一句"早点回来"，翻身又睡着了。

经过一个多星期的来回拉扯，总算把合同搞定，纪又涵在庆功宴上匆匆露了一面，扔下大家，独自一人乘坐当天的飞机回了江城。落地后打了辆车，直奔家里，在车上他跟沈星乔视频："你在家吗？"

沈星乔举起手机给他看周围的青山绿水。

"不是说今天就回来吗？"

“阿姨碰到了一个老朋友也来泡温泉，说再待两天。”

纪又涵看着她，闷不吭声。

“怎么了？”

“你知道我现在在哪里吗？”

沈星乔立即反应过来：“啊，你回来了？不是说还有两天吗？”

“我催着对方提前把合同签了，庆功宴都没参加，直接坐飞机回来了。”

“哎呀，那只能明天见了，你先回家吧。”沈星乔看看时间，下午五点多，天都快黑了，问他，“中午吃饭了吗？”

“飞机餐，难吃。”

“难吃也没办法，晚上你自己随便吃点吧，叫个外卖，或者煮个面条饺子什么的。”

纪又涵满心期待却扑了个空，怏怏不乐，回到家一室冷清。他在房间里转了一圈，门窗紧闭，悄无人声。打开冰箱，冷藏室空空如也，新鲜蔬菜、酸奶、肉类等一律没有，只有几瓶罐头，冷冻室倒有不少饺子、羊肉、奶酪、黄油等食材。他提不起兴趣下厨，打开电视，所有台转了一圈，只觉心烦意燥，时间难捱。闷坐半天，忽然跳起来，他关了电视，拿起车钥匙外套，来到地下停车场。

他给沈星乔发了条微信，说自己这就去找她，让她把温泉山庄具体位置发给他。

“你现在过来？开车要四五个小时呢，天黑了，山路又难走，外面还在下雨，你别过来行吗？明天我就回去了。”沈星乔极力劝阻。

“我都上高速了。”

沈星乔无法，只好说：“那你开车小心点，雨天路滑，宁可慢些。”心里一直惦记着，吃完晚饭问他到哪儿了。他说路上有人出了车祸，堵在出城的收费站。

“哎，哎！”沈星乔想到他忙了一天，刚下飞机也没休息，还要开夜车，满心担忧，走到窗户边，探头往外看，“外面雨下大了呢。”

纪又涵也很无奈，看着前方一动不动的车海，宛如停车场，不知什么时候才能到。

“实在不行，你在附近找个酒店住一晚，还有好长的路呢。”听到有人出车祸，沈星乔有些心惊肉跳，对他疲惫驾驶很不放心。

“那我还不如掉头回去。”

“那也行啊。”

“不要，我想早点见到你。”

“明天我一大早就回去，好不好？”

“那也要中午才能到。”

沈星乔又是好笑又是感动：“你就这么等不及？”

“一刻都等不及，没有你在身边，简直就是度日如年。”

沈星乔被他的甜言蜜语打败了：“那你一定要打起精神开车，我跟阿姨说一声，等下让邓师傅去山下迎你。”邓师傅是关幕青的司机。

关幕青听到纪又涵要来，诧异地说：“大晚上的，又下这么大的雨，他来干吗？”

“我也这么说，可是他都开到半路了，也不好掉头回去。”

关幕青的朋友陈阿姨打趣说：“你要体谅人家年轻小夫妻，一日不见如隔三秋，小别胜新婚嘛，理解，理解。”

说得沈星乔不好意思起来。

纪又涵在山下路口见到了关幕青的车，打灯示意，正要继续往前开，却见停在路旁的车子没有发动，而是打开了门。沈星乔撑着一把伞走下来，冲他挥手。

纪又涵忙开过来，冒雨冲出驾驶座，小心翼翼地扶她上车：“路上滑，扶着我。”上了车，又说她，“在酒店等着就是，跟来干吗。”

沈星乔亲了亲他放在方向盘上冰凉的双手，冲他微微一笑：“我也想早点见到你啊。”

纪又涵只觉心头一股冲动直往身下而去，俯身正要亲她。沈星乔一把挡住他的脸：“好好开车，不要胡思乱想。”

纪又涵气得弹了下她的脑门：“小没良心，从小就这么坏！”

Extra 02 鬼迷心窍

冬日清晨，室内温暖如春。沈星乔一觉醒来，感觉有点凉，找到床头的遥控器，将暖气温度调高了两度。纪又涵察觉到她的动作，闭着眼睛问怎么了，声音带着刚醒来时的沙哑低沉。透过没有拉严实的窗帘，沈星乔看到外面反射着一片白光，缩了缩脖子说：“好像下雪了，好冷啊。”

“是吗？又下雪了？”纪又涵翻了个身，将她整个人拽进怀里，在她耳边哈着气说，“有我在，你还怕什么冷，我就是你冬天里的一把火。”

沈星乔笑着捂住耳朵，推他：“起来了，上班要迟到了。”

纪又涵光着脚跳下床，拉开窗帘，外面银装素裹，雪压青松，昨晚这场雪下得还真不小。沈星乔披衣起床，来到厨房做早餐。

纪又涵在卫生间洗漱，忽然听到哐啷哐啷一阵响，含着满口泡沫跑出来。沈星乔拿着盖子尴尬地站在那里，本想榨点新鲜果汁，没想到把料理机摔了，蹲下来查看，接上电源，指示灯没有显示：“好像摔坏了，好可惜，新买才没多久呢。”

纪又涵见没事，回去刷完牙，随便洗了把脸，拿过机器摆弄，又找了工具把接头处拆开。等沈星乔早餐做好，料理机也已经修好了，把早就准备好的水果放进去，按下开关，机器便轰隆轰隆运转起来。

沈星乔惊喜不已：“你还会修这个？真厉害！”

纪又涵面上不显，内心得意不已：“现在小家电其实挺结实耐用的，没那么容易坏，一般都是接头处有问题。”

“还是男生动手能力强啊，以前家里电器坏了，我从没想过自己也可以修理。”沈星乔不由得感慨，感受到家里有男主人的好处。

纪又涵忽然说：“我其他能力也很强。”

沈星乔捂着脸失笑，用手捶他：“吃你的饭去吧！”

用过早餐，纪又涵送她去上班。到了沈星乔才想起一事：“晚上不用来接我了，跟人有约。”

纪又涵看着她不说话。

“不是别人，是魏茵啦，她刚调来江城工作，请她吃饭。”

纪又涵不满道：“那我呢？”

“晚上你就自己解决吧。”沈星乔打开车门，正要下车。

“哎！”纪又涵忽然叫住她，“你忘了今天什么日子吗？”

沈星乔当即怔住，想了半天，疑惑地看着他：“今天星期六，不是你生日，也不是我生日，圣诞节在下周，你不会说是什么游戏纪念日吧？”

纪又涵一本正经地说：“是结婚纪念日。”

“胡说！我们还没办婚礼呢，哪来的结婚纪念日！”因为纪又涵父亲的去世，当地有三年不得嫁娶的风俗，所以婚礼还要推迟到明年才能办。

“我们领证那天不是正下雪吗，所以每逢下雪，就是结婚纪念日啊！记得领证那天你还做了对亲吻的小雪人送我呢，就放在这辆车子的车头！结婚纪念日这么重要的日子，你居然要扔下我，去和别人约会！”

沈星乔听得无语，摇头：“你还真是……你就这么不待见魏茵？”亏他连这种理由都想得出来！

纪又涵矢口否认：“哪有，我本来都订好了餐厅。”

沈星乔只好侧过身子亲了亲他下巴：“明天好吗？天气预报说，明天还有雪，再来庆祝我们的结婚纪念日好了。”

纪又涵一张棱角分明的俊脸还想绷着，却抵不过肌肤相亲带来的柔软微凉的触觉，心头一痒，忽地失笑。

“我走了，你开车慢点，注意安全。”沈星乔挥挥手，进去了。

到了中午，天气放晴，积雪融化，滴滴答答流淌在地上，润物无声。下午六点的时候，魏茵如约来找沈星乔。沈星乔正在跟物流对账，让她稍微等下。这时 Léo 拿着围巾大衣出来，正要下班，魏茵同他打招呼：“Hi，Léo！”

“哎，你不是那个，那个跟沈星乔一起住的吗？”说完他又补充了一句，“在巴黎的时候。”

“啊，你中文说得这么好了！”魏茵表示惊讶。

Léo 立即做谦虚状：“马马虎虎，马马虎虎，毕竟来中国也好几年了。”

“早就听说你跟沈星乔合伙做生意，看看这店面，这地段、这装修，财源广进啊！”

Léo 忙拱手说："还好，还好，公司还未上市，大家还需努力。"

"哇哦，这话你都知道，士别三日当刮目相看嘛！"

Léo 立即露馅了："一直在学中文，不过有些成语还是听不懂。"

魏茵拍了拍他的肩："好好学习，继续努力。"

Léo 问："你是来找沈星乔的吗？"

魏茵点头："对啊，正要去吃饭。你去哪儿，要不要一起来？"

"啊，可以吗？"

"当然可以啊，咱们也算是旧友重逢，应当喝酒庆祝。"

听到喝酒，Léo 眼睛立即亮起来，连连点头："对对对，喝酒，一定要喝酒庆祝。不过沈星乔有小 baby，不能喝酒。"

"她不能喝，咱们可以喝啊，走，走！"

Léo 就这样随魏茵、沈星乔一起吃饭去了。

半路上纪又涵发来微信，问什么时候去接她，当得知 Léo 也去的时候，惊讶地发了一连串问号。

——什么，Léo 也在，不是只有你跟魏茵吗？

沈星乔解释了一下情况。

——那我也可以去啊！

他还以为是闺蜜间的聚会，一直强忍着没有跟去。

沈星乔看着手机上的信息，清了清嗓子，问魏茵："纪又涵也要来，可以吗？"

魏茵忙说："当然可以。"

沈星乔订的是一家西餐厅，三人赶到时，纪又涵迎了出来。沈星乔讶然道："你这么快！"

"给你发信息的时候就在路上。"纪又涵转过身，看着大为变样的魏茵，感觉有点尴尬，不自在地摸了摸鼻子，"好久不见。"

魏茵打量着他，记忆深处那个独一无二的英俊少年逐渐褪去，幻化成了眼前这个礼貌客套的有为青年，二者合为一体，打破了困扰她整个少女时代的桎梏。她上前一步，轻轻拥抱了一下纪又涵，很快退开，微笑道："好久不见。"

随着这一拥抱，像是一种解脱，围绕在两人之间的那种微妙尴尬的气氛瞬间不翼而飞。

沈星乔有种如释重负的感觉，曾经失去的友情、爱情在这一刻得到圆满。

魏茵和 Léo 聊得颇为投机，毕竟有在巴黎一起生活的经历，说到激动处，还时不时蹦出几句法语。魏茵一时好奇，叫了一道法式焗蜗牛。

Léo 尝了口后说："一点都不正宗，跟我在法国吃的完全两个味道。"

魏茵又让沈星乔吃，说味道蛮好的。

沈星乔摆手："我才不上你的当，怪恶心的，我从来没吃过蜗牛。"

纪又涵转头看她："你吃过。"

"胡说八道，我自己怎么不知道！"

"怎么没有？你还在巴黎读书的时候，我请你跟魏茵吃饭，那家餐厅位置好难订，其中就有一道菜是奶酪蜗牛，你明明吃了。"

魏茵也点头，附和道："是有这么一回事，我人生第一次吃米其林三星餐厅，记忆深刻，不过纪又涵当时哪是请我啊，根本就是醉翁之意不在酒。"

沈星乔说："这事我当然记得啊，可是明明没有蜗牛。"

纪又涵一口咬定有："法国菜都是一份一份端上来的嘛，你都吃完了，我还以为你喜欢蜗牛呢。"

魏茵也说有。

沈星乔只好认输："看来还真是一孕傻三年，记性都被狗吃了。"

事后，纪又涵埋怨说："我们的事，你怎么什么都不记得？"

沈星乔气道："你还敢怪我？也不看看你那时干的好事，我哪记得吃了什么菜啊，没当场哭出来就不错了，米其林三星餐厅吃得味同嚼蜡！"

提起这事，纪又涵就心虚："我那时不是被你鬼迷了心窍嘛！"

沈星乔翻了个白眼，到底谁被谁鬼迷了心窍啊。

本书由李李翔委托长沙大鱼文化传媒有限公司正式授权广东旅游出版社，在中国大陆地区独家出版中文简体版本。未经书面同意，本书的任何部分不得以图表、电子、影印、缩拍、录音和其他任何手段进行复制和转载，违者必究。